Roger Borniche est né en 1919 dans l'Oise.
Il fut tout d'abord artiste lyrique, puis inspecteur de grand magasin. Pendant la guerre, il passe le concours d'inspecteur de police et est affecté à la Police Judiciaire de 1944 à 1956. Il est promu inspecteur principal en 1950. Il est décoré de la Médaille d'Honneur de la Police et de la Médaille des Actes de Courage à titre exceptionnel. A titre tout aussi exceptionnel, le ministre de l'Intérieur lui accorde le bénéfice de l'Honorariat lorsqu'il démissionne de ses fonctions. « Borniche est un policier exceptionnel qui a mené et réussi seul les affaires criminelles les plus retentissantes de l'après-guerre. Policier racé. On peut lui confier les enquêtes les plus difficiles », dit de lui le directeur des services de Police Judiciaire, partageant les appréciations formulées par le commissaire Chenevier.
Roger Borniche est l'auteur de : Flic Story, René la Canne, Le Gang *parus à la Librairie Arthème Fayard, et* Le Play-Boy, L'Indic, L'Archange, Le Ricain, Le Maltais *et* Le Gringo *parus chez Grasset.*
Outre ses activités d'écrivain, Roger Borniche a collaboré à différentes revues, entre autres : Historia, Le Crapouillot, Encyclopédie du Crime, *etc.*

Gestapistes en perdition, faux résistants et vrais truands, aventuriers et indics : à la Libération, le Milieu ne dépose pas les armes. A sa tête, Ange Malaggione, dit l'Archange, séminariste devenu tueur.
Face à Malaggione, à quelques bandits de grande envergure et à la troublante Sylvia de Neyrac, l'inspecteur Roger Borniche, — six best-sellers en six ans — apprend son métier de flic.
Une haletante chasse à l'homme, une histoire d'amour, de trahison et de sang dans la meilleure tradition de *Flic Story.*

ŒUVRES DE ROGER BORNICHE

Dans le Livre de Poche :

FLIC STORY.
LE GANG.
LE PLAY-BOY.
RENÉ LA CANNE.
L'ARCHANGE.
LE RICAIN.
LE GRINGO.

ROGER BORNICHE

L'Indic

GRASSET

A Sylvia

Il est de bon ton d'affirmer :

« Toute ressemblance avec des personnes existant ou ayant existé ne saurait être que fortuite et n'engagerait en aucun cas la responsabilité de l'auteur. »

Donc, j'affirme...

R.B.

PREMIÈRE PARTIE

I

Ange Malaggione n'appelle pas à son secours les démons de la nuit. Ce n'est pas son genre. Il n'a jamais imploré personne, sauf dans un passé lointain mort à jamais, quand il priait, de toutes ses forces, pour le bonheur des hommes, et pour la paix. Où est Dieu, en ce jour d'hiver 1943 ? Où est la paix ? Où sont-ils, les hommes heureux ? Ange Malaggione n'a plus l'habitude de se poser ce genre de questions.

Le visage d'Abel, qui somnole à côté de lui, dans la voiture, traduit bien la terreur de feu et de sang qui s'est abattue sur le monde. Ange ne jette qu'un bref coup d'œil à son compagnon, car la chaussée noyée de brouillard ne pardonne pas. Depuis Beauvais, on n'y voit guère. Ange, tendu comme un fauve, guette les pièges de la route noire. Noire comme les temps que vit la France. Noire comme l'uniforme de ceux qui l'emploient...

Oui, un coup d'œil à Abel, cela suffit. Mais il n'est plus temps de s'étonner de ce genre de compagnie. Ange Malaggione plisse les yeux derrière ses verres épais. Quel calvaire, cette conduite de nuit sur la route d'Abbeville ! Il ralentit encore, le nez soudé au pare-brise que raclent les essuie-glaces. Sur la vitre, autour de balais, une boue mêlée de gouttelettes gelées s'accumule...

Ange ne se retourne pas quand Abel gémit dans son sommeil, puis se remet à ronfler. Sans doute, perdu dans un mauvais rêve de tueur, a-t-il caressé machinalement, pour se rassurer, la crosse du Parabellum qui dépasse de sa poche... Abel! Quelle ironie dans ce prénom de victime, pour un bourreau! Et Ange, qu'est-il d'autre qu'un bourreau, lui, l'ancien séminariste passionné d'histoire sainte? Tout cela n'est pas plus risible que le sort de l'humanité, voilà tout.

La « Quinze perfo » Citroën, la reine des tractions avant, traverse Méricourt. Encore un village qui dort. Des arbres disparaissent au coin des murs sombres. Le clocher de l'église se cache dans le brouillard. Malgré lui, comme attiré par une force mystérieuse, Ange Malaggione cherche à surprendre le cimetière assoupi dans son deuil. Elles doivent être fleuries, les tombes toutes fraîches des fusillés de l'avant-veille.

« Une exécution de terroristes, murmure-t-il. Ils n'ont qu'à pas faire les cons... »

Un village qui dort, ou qui fait semblant. Ange sait que derrière les volets, derrière les vitres barbouillées de bleu, derrière les lucarnes aveugles, à l'heure du couvre-feu, la radio anglaise distille son venin contre les forces du Reich.

« *Les Français parlent aux Français...* Bande de salauds, de pousse-au-crime... »

Il a parlé tout haut, et derechef Abel grogne.

Est-ce sa faute à lui, Ange, si la radio ennemie appelle à la violence, encourage le peuple au sabotage, à l'assassinat des officiers allemands et des bons Français? Ange a choisi son camp. Le camp de la Grande Europe. Quand la guerre sera finie, on verra bien qu'il avait raison.

Lui, Malaggione, est dans le sens de l'histoire. Il veille. Avec la police, française ou nazie. Il est dans la Gestapo française. Depuis son entrée à la rue Lauriston, il est devenu un autre homme. Un des responsables de l'ordre nazi. Henri Lafont, le patron, ne s'est pas trompé sur sa valeur. Bony non plus, son bras droit. Ils l'ont accueilli avec les égards dus à sa condition d'évadé de maison centrale.

« Merde, on n'y voit rien avec ces phares camouflés ! Toujours à cause de ces maudits Anglais. »

Et puis, les ronflements d'Abel deviennent dangereux. Ça le berce. Il ne manquerait plus qu'il finisse par s'endormir, lui aussi !

... Un homme qui connaît son affaire, Lafont. Il a su s'entourer. Il a su les reconnaître au premier coup d'œil les futurs fers de lance de l'Europe nouvelle... Abel, le Sanguinaire... Jean-Michel Chaves, le spécialiste de la baignoire que la couleur de son appendice nasal fait surnommer « Nez de Braise »... Adrien Estebéteguy, le Basque, l'artiste du découpage au couteau... Et les autres, tous les autres, la fine fleur des hommes du Milieu.

Tous des professionnels. Des vrais. Aussi professionnels que les anciens policiers qui apportent à la rue Lauriston un caractère quasi légal d'action antiterroriste : Bony, Bérard, Leroi, Seiché... Comme eux, l'ancien forçat Malaggione lutte contre les maquisards et les parachutages. Un bon chien d'attaque, Malaggione. Un fauve dressé.

Il l'attend avec impatience, cet officier des services secrets anglais qu'un avion de la Royal Air Force va larguer, tout à l'heure, dans le secteur d'Abbeville. Il sera fier de le ramener, tout tremblant, à Lafont, pour un des interrogatoires dont le maître de la rue Lauriston a le secret...

La traction dépasse Pont-Rémy. Fantomatique passage de l'inquiétante voiture noire qui circule à cette heure tardive sans se cacher, sûre de sa force... Le mince filet des phares danse sur le mur de brouillard qui estompe les rives de la Somme. Ange, ses mains moites crispées sur le volant, ralentit. Une fois de plus il maudit sa myopie, comme il a toujours maudit les lunettes épaisses, les verres culs de bouteille qui ne sont pas la moindre disgrâce de ce visage ingrat. Car Ange Malaggione est laid, très laid. Mais qui s'aviserait de le lui dire, maintenant qu'il a en poche sa carte de la police allemande ? Maintenant qu'il peut faire trembler n'importe qui où il veut, quand il veut ? Les règlements de compte de naguère, c'était de la petite bière. Ils vont rire, à Marseille, un de ces jours...

La montre de bord phosphorescente annonce vingt-deux heures quand il entrevoit, sur sa droite, l'embranchement de Francières, et un terrain jouxtant un petit bois. Il ouvre la vitre pour avoir une vision plus nette. L'air humide et froid le secoue. Il se sent léger, heureux... La joie du chasseur peut-être.

Il engage la traction sur le chemin, roule en première sur une centaine de mètres. Le voici, le transformateur électrique désigné d'une croix, sur le plan maladroitement tracé par les doigts torturés, écorchés, du garagiste Lacoze.

Ange Malaggione s'arrête. Il éteint les phares. La nuit se referme sur lui. Une fois de plus, il vérifie le plan, sur lequel s'étale une tache brune. Du sang... Toute la scène surgit, en une seconde. Une scène désormais classique. Hier, à l'aube, le concessionnaire Panhard de la rue Lecourbe à Paris était repéré, en pleine émission clandestine, par les services de goniométrie de l'armée allemande. C'était un robuste Savoyard nommé Lacoze.

Ni une, ni deux, les justiciers d'Henri Lafont l'entraînent rue Lauriston... Lacoze s'entête. Il ne livrera pas son code, il ne révélera aucun secret. Il ne bronche pas quand on le place sur la règle triangulaire, les genoux bien à plat sur l'arête coupante, tandis qu'Abel Danos se fait un plaisir de tomber de haut sur ses épaules. Il reste indifférent quand on lui lime les dents, puis les ongles et le bout des doigts, avec une râpe de serrurier. C'est alors que Lafont a recours à une de ses bonnes idées habituelles. Il envoie Nez de Braise chercher la femme de Lacoze, qu'il enferme dans un minuscule placard où elle parvient à peine à se tenir debout.

Alors, par un œilleton, le garagiste peut constater l'atroce résultat de ses dénégations. Les doigts écrasés entre les mâchoires d'un étau, la malheureuse hurle dès le premier arrachage d'ongle. Lacoze craque. Il lâche le contenu des derniers messages radio qu'il a captés : Londres soupçonne que certains de ses réseaux de sabotage sont tombés entre les mains des spécialistes allemands de l'intoxication. Un officier va être bientôt largué en France occupée pour tirer au clair la situation. Ivre de coups, hagard, Lacoze indique le lieu et l'heure approximative du parachutage.

Malaggione les entend encore, les paroles du supplicié. De pauvres mots de désespoir, de honte, tandis que la femme crie toujours. Il dit tout, Lacoze, pour faire cesser ces plaintes. Il répond à toutes les questions. Il décrit le relais où l'émissaire de Londres cachera sa radio et ses armes. C'est une maison isolée à colombages. On peut la repérer par le chêne géant qui surplombe une mare à canards. Malaggione revoit les doigts meurtris qui s'acharnent à tracer sur le plan sommaire l'emplacement du transformateur et de la maison...

Grand seigneur, Lafont a fait libérer la femme. Nez

de Braise, lui, s'est livré à son plaisir favori. Il a fait connaître à Lacoze les délices de la baignoire, pour « retard volontaire préjudiciable à l'enquête »...

« ... Où on est ? »

Abel Danos éternue, s'étire, râle :

« Foutu pays. De quoi attraper la crève. Tu ne peux pas fermer cette bon Dieu de vitre ?

– Râle pas, dit Ange. T'as dormi tout le temps. Moi je suis crevé, j'ai les yeux qui me piquent...

– Alors, où on est ?

– On arrive... Qu'est-ce qu'on fait ? On a au moins deux heures d'avance.

– D'abord, je pisse », dit Abel, en ouvrant la portière avec une agilité de pachyderme.

Ange le regarde s'extirper de la traction.

« Allume un peu, grogne Abel. On n'y voit rien. »

Quand les phares sont allumés, Ange remonte sa vitre, ferme la portière, allonge ses jambes. Il est pris d'une lassitude soudaine, voisine du sommeil. L'épaisse silhouette d'Abel sort de la zone faiblement éclairée, se perd dans la nuit, disparaît... A-t-il décidé d'aller, seul, reconnaître le pavillon ? On ne sait jamais, avec Abel. C'est un être silencieux. Il aime à agir seul...

Après tout, grand bien lui fasse. Pour l'instant, Ange Malaggione n'est pas d'humeur à faire du zèle. Son enthousiasme de tout à l'heure est bien retombé. Il a froid. Il remonte le col de son manteau de cuir noir, se recroqueville. Le cuir est glacé. Image sinistre de ce manteau de cuir noir, uniforme de torture et de mort.

Dans un moment de faiblesse, Ange Malaggione se souvient du soleil, des îles du Salut, où il est né il y a un peu plus de vingt-neuf ans. Il revoit sa mère, fanée, usée par les maternités et le climat de la Guyane. Son père, François Malaggione, garde-chiourme au pénitencier... Comment se retrouve-t-il dans ce rôle ingrat, le père Malaggione, ce petit homme sec, nerveux, au visage buriné, couleur de pain d'épice? Il n'avait aucune prédilection pour la chiourme. Mais aucune non plus pour le métier de berger de ses parents et de ses frères. La vie est dure dans les montagnes corses. Et particulièrement à Bastelica, où la neige s'accroche encore aux hautes pentes quand les pommiers et les cerisiers sont en fleurs...

Bastelica!

Dans la bouche paternelle, ce nom sonnait comme un souvenir des ancêtres, un regret peut-être. François, comme beaucoup de ses compatriotes, souhaitait une place de tout repos sur « le Continent ». Un emploi de gardien de prison, voilà ce qu'il lui fallait, voilà ce qu'il demande, avec les recommandations d'usage du réseau des cousins et amis. Mais l'administration est aveugle, et tout ce qu'on lui propose, c'est la Guyane. C'est ainsi que sur ce théâtre où devait s'illustrer Papillon, Gabrielle Scorri, épouse Malaggione, donne le jour à son cinquième enfant mais premier garçon. Le premier garçon! Enthousiaste, le père Malaggione le baptise, dans la plus pure tradition corse, Ange-Louis-Lucien-Eugène-Napoléon, en hommage à la famille impériale.

A six ans, Ange est timide, renfermé. Déjà très myope, il porte d'épaisses lunettes fumées qui accentuent son allure maladive. Ses fins cheveux noirs encadrent un visage long et maigre. Tout son petit personnage est chétif et triste. Un missionnaire, le père Gouriou, le prend en affection. Touché par l'intelligence de cet enfant fragile, il lui enseigne le catéchisme, puis le latin, et des éléments de théologie. Ange grandit, et ressemble de moins en moins au futur tueur de l'Occupation et de l'après-guerre. Dès l'âge de douze ans, il se sent attiré par les ordres. Aujourd'hui encore, la vue d'une église lui rappelle l'ombre de la chapelle du père

Gouriou. Elle le hantait, cette chapelle. Une soif de pureté l'y appelait. Une force l'y poussait, plusieurs fois par jour. Il s'y recueillait, avec la gravité de l'enfance. Il jouait sur le vieil harmonium des hymnes à la gloire du Seigneur. Il jouait sa tristesse, sa solitude. Le dimanche, aux offices, il chantait pour les forçats. Il chantait leur solitude à eux, dans cette colonie pénitentiaire du bout du monde. Il lui semblait que Dieu lui avait donné le sens de la musique pour apaiser leurs âmes...

Son adolescence est faite de recueillement, d'ascèse. Sa vocation de missionnaire s'affirme. Lorsque son père est muté en France, au pénitencier de l'île de Ré, Ange saisit l'occasion d'entrer au séminaire. La chute n'est pas loin...

Le Malaggione d'aujourd'hui, le fauve, refuse l'image de l'adolescent qu'il était.

« Qui veut faire l'ange fait la bête », dit-il parfois, avec un rire qui dissimule peut-être une furieuse amertume.

Tout s'est passé très vite. Au séminaire, Ange étonnait ses professeurs par sa foi ardente, son labeur acharné. Mais son âme rêveuse n'était pas faite pour la discipline. Habitué à vivre seul, il devint rebelle. Une dispute avec un supérieur mit le feu aux poudres :

« Gardez ma soutane pour d'autres. J'ai décidé de changer de vie ! »

La suite de l'histoire surprend par ses enchaînements rapides. Lorsqu'il lui arrive d'y penser, Ange s'en étonne lui-même. Il ne comprend pas très bien.

Cette nuit, pas plus que d'habitude, dans cette voiture noire perdue dans un brouillard glacé, où les vitres embuées par sa respiration l'isolent du monde extérieur, cotonneux, effrayant de silence.

« Qu'est-ce qu'il fout, Abel ? » murmure-t-il.

De sa main gantée, il essuie un peu de buée sur le

pare-brise. Rien n'apparaît dans le pinceau lumineux des phares.

« On va finir par se faire repérer, éclairés comme ça. »

Il n'ose pas éteindre, non plus. Il ferait beau voir qu'Abel se perde dans la nuit... C'est toujours pareil, avec ce con. Des risques inutiles. Des coups faciles, qu'on rate. Ange l'aime bien, au fond. Et Lafont, le patron, l'apprécie pour d'autres qualités, Abel Danos, le Sanguinaire...

C'est en 1938 qu'Ange Malaggione découvre Marseille, dans le sillage de son compatriote Lucien Montana. Lucien, originaire de Corte, apprend son métier de souteneur dans le quartier de l'Opéra. Grâce à ses conseils éclairés, le jeune Ange va vite en besogne. Logé rue Sénac, chez son oncle Jean-Baptiste, l'ex-séminariste découvre le septième ciel avec une petite rousse tachée de son, Taki. C'est sa première maîtresse. Il en tombe amoureux, évidemment. S'il en restait là cela ne serait pas grave. Seulement, Ange a, de par sa formation, la tête pleine d'idées de rachat par l'amour, de filles perdues arrachées au trottoir... Ce qui ne fait pas l'affaire du souteneur de Taki, Philippe Graziani, qui a des intérêts dans presque toutes les maisons de la Côte.

Quand il apprend les projets de Malaggione, le caïd convoque le jeune homme dans une brasserie de la Joliette. Là, devant un parterre de bons copains hilares, il le nargue. Et il le gifle.

Et c'est ce jour-là, le 7 août 1938, au moment où de noirs nuages s'amoncellent sur l'Europe, qu'est scellé le destin d'Ange Malaggione.

« Avec ta gueule d'avorton, a dit Graziani, tu crois que tu peux plaire aux filles ? »

Et il l'a giflé une seconde fois.

Impuissant devant l'insulte, tremblant de rage, Ange quitte la brasserie. Le fauve est né.

« Taki, tu vas m'aider à me venger.

– Je t'aiderai. Moi aussi, je veux m'en débarrasser. »

La vengeance s'accomplit dans une maison close d'Ollioules, joliment baptisée *La Source*. Un endroit discret. C'est Taki qui y attire Graziani, d'ordinaire méfiant, et protégé. Malaggione guette, en compagnie de son cousin Raffali, ancien agent de police du commissariat de Juan-les-Pins, et de son inséparable Lucien Montana. Philippe Graziani sort tranquillement de *La Source*. Ange lui loge deux balles de revolver dans la tête, à bout pourtant. Puis il range posément son arme et prononce, au-dessus du cadavre, les paroles que le père Gouriou lui a enseignées, et qu'il répétera toute sa vie, lorsqu'il rencontrera un ami ou lorsqu'il abattra un ennemi :

« *Pace et salute !* »

Paix et salut.

Le fauve a tué.

Lucien Montana, qui craint les représailles du Milieu, dénonce Ange Malaggione. Deux jours après le meurtre, le jeune garçon est arrêté. L'instruction va vite. Il est condamné à huit ans de réclusion.

En maison centrale, celui qu'on va désormais surnommer l'Archange se replie sur lui-même, comme l'adolescent d'autrefois, en Guyane. Seulement, ce n'est plus à Dieu qu'il pense. C'est à la haine de la société qui l'a condamné. Derrière les barreaux, son désir de vengeance s'accroît. Il a une nouvelle raison de s'évader : Lucien Montana a abattu le petit Raffali qui l'accusait, dans les bistrots du Vieux-Port, de s'être conduit en indic.

Le fauve grandit...

Dans la traction, faiblement éclairée dans la nuit, l'Archange se rappelle sa première rencontre avec cet Abel Danos qui ne revient toujours pas. Le jour où il a vu pour la première fois l'inoubliable visage de celui qu'on surnommait alors le Mammouth, en raison de sa force herculéenne. Celui qui chez Henri Lafont est devenu le Sanguinaire. Des cheveux blonds, raides, sur un crâne plat. Une large face carrée. Des joues roses, des joues de porcelet, où le sang affleure, des lèvres minces. Des gestes de pachyderme, amples, lourds...

Cette rencontre a lieu au cours d'un transfert à la Maison Centrale de Poissy, dont la devise est : « On entre ici lion, on en ressort mouton »...

Le Mammouth, son aîné de cinq ans, est un récidiviste de la cambriole. Ses colères font peur aux surveillants comme aux détenus. C'est lui qui, avec ses amis Emile Buisson et Nez de Braise, a froidement abattu, pour le dévaliser, un encaisseur de la rue de la Victoire à Paris[1]. C'est aussi un spécialiste de l'évasion. Les surveillants et les prévôts le serrent de près.

Tandis que les armées nazies s'installaient en France, Ange et Abel travaillaient, loin des événements du monde, à l'atelier disciplinaire réservé aux fortes têtes. Chaque condamné y était astreint au travail minimum, sous peine de sanctions. Les brimades, supportées avec courage, n'avaient fait que renforcer leur amitié naissante, leur désir d'évasion, et surtout leur haine de la société.

« C'est plus l'Archange que tu es, disait Danos. C'est le Diable ! »

Et puis un jour, l'Archange fut transféré à la maison de force de Nîmes, où il connut des jours moins durs

1. Voir *Flic Story.*

qu'à Poissy. Sollicitude qu'il devait à la profession de son père, mort dans l'exercice de ses fonctions. A Nîmes, Ange Malaggione devait s'évader assez facilement. Quand l'horizon de la France était au plus sombre, le sien s'éclairait, grâce, justement, à l'Occupation. Il a franchi clandestinement la ligne de démarcation à Moulins. Il s'est retrouvé à Paris, en zone occupée.

Là, il n'a pas tardé à prendre contact avec son cousin germain, Albert Scorri, que son teint cadavérique avait fait surnommer Bébert le Pâle. Scorri faisait partie de la bande des Corses du boulevard Flandrin, séides de la Gestapo française. Il a recommandé son cousin à Henri Lafont, ancien repris de justice devenu un personnage officiel, important. Admis d'office, Ange a eu la surprise de retrouver dans l'équipe de tueurs de Lafont son ami Abel le Mammouth, évadé de la prison de Fresnes.

Danos en était déjà à sa trente-sixième mission...

« Réveille-toi, dit Abel Danos, en cognant à la vitre de la traction que la buée rend opaque.

— Je ne dormais pas...

— Tu aurais dû. Il faut toujours dormir quand on peut. »

Abel s'insère dans la traction. Des gouttes de brouillard scintillent dans ses cheveux raides, couronnant bizarrement sa face de brute d'une dignité bucolique, que sa voix surexcitée de truand jouant à la guerre vient aussitôt dissiper :

« Je me suis bien démerdé », dit-il.

Toujours content de lui, il gonfle ses joues porcines pour donner plus d'importance à ses paroles. Comme s'il avait traversé une forêt entière grâce à son flair de cochon truffier.

« Tu as vu la maison ? » demande Ange, en étouffant un bâillement.

Pour éviter la mauvaise humeur du Mammouth, il faut entrer dans son jeu. Il a appris à manœuvrer ce lourdaud au cerveau atrophié, qu'il aime bien, malgré tout.

« Oui. Avec l'arbre, la mare, et tout. Même que j'ai failli tomber dans la flotte, on ne la voit pas, dans le brouillard... Maintenant que j'ai repéré les lieux, c'est du gâteau. J'ai même aperçu la clef dans un creux de l'arbre. On n'a qu'à s'installer dans la baraque, bien planqués. Le type entre, il ne se méfie pas, tu comprends. Alors, ni une ni deux, on lui saute dessus. Ça me rappelle les jeux de scout, quand j'étais môme. »

Ange ne dit rien, le regard perdu sur le chemin désert, à travers le pare-brise dont il vient une fois de plus d'essuyer la buée. Il a éteint les phares et l'on ne devine plus que vaguement la forme des arbres. Il a beau connaître la cervelle d'oiseau de ce brave Sanguinaire, il s'étonne chaque fois de sa paisible inconscience. Il se décide enfin à répondre, sur le ton de l'infinie patience :

« C'est ça, Mammouth. Et comme on sera tous les deux dans la cabane, la clef ne sera plus dans la cachette. Alors, forcément, le type se méfiera. Résultat, zéro. »

Abel parvient presque à avoir des yeux normaux, tant il les écarquille. Cette impeccable argumentation le désarçonne. Il en demeure bouche bée quelques secondes, puis il approuve avec enthousiasme :

« Ça alors, je me demande où tu vas chercher tout ça !

– Question de bon sens, dit Ange avec modestie.

– Quand même... Bon, voilà ce qu'on va faire : comme je suis le plus costaud, je l'attendrai dedans. Dès qu'il se pointe, je l'assaisonne. »

Il frappe de son énorme poing la paume de sa main gauche. La traction retentit du claquement sinistre.

Ange se dit qu'il serait bien capable de l'assaisonner pour toujours. Avec Abel, il faut s'attendre à tout.

« Vas-y doucement, quand même, dit-il. Le patron a bien précisé qu'il faut ramener l'officier à tout prix, et en bon état. Il paraît que les S.S. contrôlent tout un réseau british et ils voudraient bien savoir pourquoi Londres se méfie des messages bidon qu'ils lui refilent.

— T'en fais pas, je mettrai des gants... Dis donc, je n'ai pas sommeil, moi. Si tu veux dormir un brin, j'ouvre l'œil. Je te fais signe dans une heure... »

Et il ajoute, avec une sollicitude quasi maternelle :

« Il y a une couverture, derrière. »

Ange sent monter en lui un énervement proche de l'angoisse. Il faut que l'affaire réussisse... Dans des cas comme ça, il redevient un peu l'adolescent inquiet qu'il était. Ange n'a jamais pu s'endurcir complètement contre une certaine fébrilité. Il lui arrive parfois d'être en proie aux pressentiments, au doute. Dernier défaut de jeunesse... Il est furieux contre lui-même, dans ces moments-là, mais qu'y faire ?

Et cette mission-là, pour lui, est décisive.

« Si tu réussis, a promis Lafont, je te fais nommer sous-officier de l'armée allemande. »

Un uniforme comme ça, avec les bottes, ça ferait oublier son petit 1,67 m... Il aurait fière allure en débarquant à Marseille dans cet accoutrement pour flinguer Lucien Montana, dont on dit qu'il appartient à l'armée secrète. Ah ! il fait de la Résistance, ce cher Montana !

« Retourne-toi, Montana ! »

Stupeur de cet indic qui reconnaît la voix et se

trouve devant l'uniforme allemand... Deux coups de revolver à bout portant, comme pour Graziani. *Pace et salute !*

La vengeance accomplie, et sans risque. L'impunité assurée...

« ... Alors, grogne Abel, tu rêves encore ? »

Ange, sans répondre, remet le moteur en route, allume les codes, enclenche la première. C'est lui, désormais, qui va prendre la direction des opérations.

« On va planquer la voiture, dit-il en démarrant. Bien que, je me demande si le gars pourra sauter dans cette purée de pois... D'ici à ce qu'on soit venu pour rien...

— Tu crois ? » dit le Mammouth, inquiet.

Il n'a pas les mêmes ambitions qu'Ange Malaggione, mais il ne supporte pas qu'une proie lui échappe.

« On verra bien... »

Ange tourne à gauche après le transformateur, parcourt environ trois cents mètres, éteint à nouveau les phares, coupe le contact. Ces gestes précis rendent à la mission la réalité qui commençait à se dissoudre peu à peu dans ce maudit brouillard... Et c'est à ce moment qu'un ronronnement d'avion viole le silence de la nuit.

« Le voilà, dit Abel. Lui aussi est en avance. On est marrons. Faudrait pas qu'il se pointe avant nous. »

Déjà il a sauté de la voiture, Parabellum au poing, et se rue dans le chemin détrempé. Ange a du mal à le rattraper.

« Le temps qu'il arrive au sol et qu'il se débarrasse de son parachute, murmure-t-il, on y sera. Viens ! »

Silencieux, précis, il précède Abel qui souffle comme un phoque. Il devine l'arbre géant plus qu'il ne le voit. Il cherche la clef, la trouve, manque, comme le Mammouth tout à l'heure, de tomber dans la mare, et découvre enfin la serrure, ouvre la porte.

« Referme derrière moi, ordonne-t-il, et remets la clef en place. Deux tours, n'oublie pas... C'est peut-être un code. Après, planque-toi. Je me démerderai. »

Il entend Abel verrouiller la porte. De nouveau, c'est le silence.

Il tient d'une main son P 38 de service. De l'autre, une torche électrique dont il diminue l'éclat entre ses doigts. Il avance au jugé, cherchant la cachette idéale. La maison sent la moisissure. Sur la table de la cuisine, des détritus de nourriture, des boîtes de conserve vides. Une bougie, aussi, à demi consumée. Dans la salle à manger, un désordre inattendu de vaisselle, de vêtements, de valises. Une autre bougie, fixée par sa base sur une assiette ébréchée, et une boîte d'allumettes. Au fond, une chambre avec un lit défait, et une armoire bretonne à laquelle manque la porte droite.

Ange regagne le couloir. Il n'a pas peur, dès lors que l'action est engagée, et doit réussir. Pourtant, l'étrangeté des lieux, à l'aspect à la fois habité et abandonné, l'impressionne. Il heurte une chaise qu'il n'a pas eu le temps d'éviter et se surprend à s'injurier. Il s'en veut pour ce manque de sang-froid. Une blessure d'amour-propre, aiguë, fugitive.

Un léger bruit de serrure. Un courant d'air glacial. L'homme est là. Ange se jette derrière la porte du couloir, la tire sur lui, retient son souffle. Un rayon lumineux se dessine sur le sol. Des pas légers font craquer le plancher... Le parachutiste passe devant Malaggione sans déceler sa présence. Ange le sent méfiant. Il est sans doute armé. Il faut le prendre par surprise, pour qu'il n'ait pas le temps de réagir. Il vaut mieux que le Mammouth soit resté dehors.

Par une fente de la porte, Ange distingue confusément une grande ombre qui pose sur la table de la salle à manger la lampe électrique et un pistolet de fort calibre.

L'homme prend son temps. Il va et vient dans la pièce, se penche sur un poste radio. Ange pourrait agir s'il n'était obligé, pour quitter sa cachette, de fermer la porte, donc de mettre un écran entre l'Anglais et lui. Il cherche en vain une solution, tandis que l'homme, de plus en plus à l'aise, pianote sur sa radio. Par instants, Ange peut voir un visage jeune, des cheveux clairs, un menton volontaire... C'est quand il repartira qu'il faudra le braquer par-derrière. Il n'y a qu'à attendre.

Un craquement du parquet fait bondir le parachutiste sur son arme. Il est tendu, revolver au poing, le regard fixé vers la salle à manger. La main d'Ange transpire sur la crosse du P 38. L'Anglais repose son arme, mais ses mouvements se font plus rapides. Il range sa radio dans une mallette, vide un sac dans une valise... Ange reconnaît le crissement de billets de banque froissés. « L'argent pour acheter les consciences des Français », se dit-il, se rappelant une phrase de la propagande.

La lumière de la bougie s'éteint, l'homme se déplace dans le couloir, s'arrête à la porte d'entrée pour écouter, l'ouvre, pose sa valise sur le seuil. Ange bondit :

« Haut les mains ! Police ! »

Il applique le canon de son arme sur la nuque de l'inconnu, qui ne s'est pas retourné.

« Jette ton flingue ! »

L'Anglais ouvre la main, laisse tomber le revolver à ses pieds.

Devant lui se dresse le Mammouth. Il lui braque sa torche dans les yeux :

« Alors, pépère, on partait en vacances ? Police allemande. T'as compris ? Rentre ! »

Abel le pousse dans le couloir, maintenant éclairé. Puis dans la salle à manger. L'homme est livide.

« Je ne comprends pas, dit-il.

– Te fatigue pas, grogne Danos. Et donne tes jolies menottes, que j'y mette les miennes. On fera la causette tout à l'heure, chez Papa Lafont. »

Les bracelets d'acier se referment sur les poignets tendus. Ange a allumé la bougie. Il ouvre la valise... Les deux truands, fascinés, contemplent les billets de banque.

Le Mammouth se baisse, plonge sa gigantesque main dans les liasses, les palpe, les enserre, les fait sauter, les rattrape...

« Eh ben, on n'a pas perdu notre temps ! Et comme le temps, c'est de l'argent, tout ça, c'est à nous. C'est notre prime. »

Ange regarde le parachutiste, qui ne bronche pas.

« Si un jour tu revois Churchill, dit-il, tu le remercieras de notre part... »

Abel continue de fouiller la valise. Il écarte les dernières liasses, exhume le canon d'une mitraillette Sten, puis la crosse, puis des pains de plastic... Il ponctue chaque découverte de son exclamation préférée :

« Eh ben ! »

Il se relève, avec un sourire jovial.

« Sacré farceur ! C'est dangereux de faire joujou avec ça, à ton âge ! Très dangereux... Tu crois pas ? »

L'Anglais ne répond pas.

Il tousse, porte ses mains enchaînées à ses lèvres, comme par réflexe. Un craquement sec...

« Le con ! »

C'est Ange qui a crié. Il a compris. Il se précipite sur le prisonnier, le secoue, tente de lui faire ouvrir la bouche, lui pince les narines. En vain. L'homme se raidit, les mâchoires contractées. De toutes ses forces, il résiste à Malaggione qui voudrait le faire cracher.

La tête se penche sur le côté, les muscles se détendent, les genoux plient, le corps s'affaisse sur le plancher avec un bruit mat.

Le Mammouth se baisse, examine le parachutiste sans oser y toucher, se redresse, stupide.

« Qu'est-ce qu'il fout ?

– Il s'est buté, dit Ange. Pilule de cyanure sans doute... On aurait dû le fouiller. Qu'est-ce qu'il va dire, Lafont ? Il faut quand même le lui ramener, sans ça il ne nous croirait pas. Je vais chercher la bagnole. »

Il s'enfonce dans la nuit.

Il est fatigué, découragé. La récompense – l'uniforme, les galons –, ce n'est pas encore pour ce coup-là. Bien sûr, il y a l'argent, c'est toujours ça, mais il entend déjà l'engueulade de Lafont :

« Qu'est-ce que vous voulez que j'en fasse, de votre macchabée ? Vous croyez qu'ils vont être contents les S.S. de l'avenue Foch ? »

Le ronronnement familier de la traction le calme un peu. Il s'arrête tout contre la maison, laisse tourner le moteur. Dès qu'il est entré dans le couloir, un crachement de robinet l'attire dans la cuisine.

Il en verra d'autres dans sa vie. Mais jamais il n'oubliera l'hallucinant spectacle.

A la lumière vacillante des deux bougies qui projettent sur les murs des ombres démesurées, Abel, en bras de chemise, les manches retroussées, lave ses mains rouges de sang au-dessus de l'évier.

Au pied de la table, dans une large flaque brune, baigne le corps mutilé du parachutiste.

Sur le buffet, près d'une scie et d'un grand couteau, la tête détachée du tronc semble contempler la scène.

« C'était pas la peine de s'encombrer du mec, dit

Abel, en se savonnant avec soin. La frime nous suffit. Comme ça, les S.S. seront forcés de nous croire. Mais, putain, comment veux-tu faire du bon travail avec des outils pareils ? »

II

C'ÉTAIT le temps où je n'étais pas encore flic. Si l'Archange m'avait rencontré dans la rue, il n'aurait pas senti le danger, il ne m'aurait même pas regardé. La carte de police, allemande il est vrai, elle était dans sa poche à lui. Comment le fauve aurait-il deviné que ce jeune homme maigre et râpé serait son chasseur pendant des années ? Il arpentait dans son manteau de cuir noir le pavé de la capitale, sûr de lui, entouré de malfrats prêts à tout. Il avait l'argent, il jouissait d'une honteuse puissance. Moi, j'étais seul, je n'avais rien. Dans ce monde en perdition, je ne savais même pas ce que j'aurais pu souhaiter. De manger à ma faim, peut-être. Fût-ce, une fois au moins dans un de ces restaurants de marché noir que fréquentait Ange Malaggione. Il est vrai que je n'avais jamais entendu parler d'Ange Malaggione, ni de ses pareils.

Ils ne perdaient rien pour attendre. Mais ils ne le savaient pas. Moi non plus. Nos destinées ne s'étaient pas encore croisées. Ange pillait, torturait, tuait, en toute impunité. Moi je vivais, triste, dégoûté, désœuvré, le roman d'un jeune homme pauvre sous l'Occupation.

Un jeune homme rescapé de l'armée de la débâcle. Bien sûr, je n'ai pas à me plaindre, j'aurais pu être prisonnier, déporté, et je suis libre. Mais libre de quoi, libre pourquoi ?

Paris est mort. Les talons des bottes des soldats allemands martèlent le pavé. Les queues s'allongent devant les boutiques. Les gens respirent la misère, la méfiance. La peur.

Le ciel est gris, les uniformes sont gris, le pain est gris. Tout est gris. Gris, aussi, le costume de démobilisé dont l'armée de Pétain m'a doté en récompense de trente-six mois de bons et loyaux services.

J'ai vingt-trois ans, un grand corps à nourrir, pas de travail et pas un sou en poche.

J'ai faim.

Les cabarets où le chanteur fantaisiste Roger Bor, mon double d'avant-guerre, s'exhibait avant la tourmente sont fermés. Radio-Paris n'engage que des artistes germanophiles, et les postes privés se sont tus. Hier, je n'ai même pas pu payer le loyer de mon taudis de la rue Feutrier, envahi par les punaises.

C'est le cœur serré que je gravis les sept étages de ce building moderne, où le crépitement des machines m'assaille chaque fois que s'entrouvre une lourde porte. Ainsi, on travaille, ici, on s'active. La vie continue, alors que je ne fais rien, que je me dis à quoi bon ? Rien de pire que d'être chômeur, et de surprendre le brouhaha du travail de ceux qui gagnent leur vie. Courage, Borniche, c'est pour ça que tu es là.

DIRECTION DU PERSONNEL.

Le voici, sur le dernier palier, l'écriteau tant attendu. J'ajuste ma cravate. Je tire une dernière fois de ma poche la lettre que j'ai si souvent relue... On a les messages d'espoir qu'on peut :

GRANDS MAGASINS DU PRINTEMPS.

Monsieur Roger Borniche.

Monsieur,

Comme suite à votre demande d'emploi, veuillez vous présenter à notre siège social, 118, rue de Provence, service du personnel, muni de vos pièces d'identité et de vos références.

Mes références ?

J'ai chanté :

Avec l'ami Bidasse,
On n' se quitte jamais
Attendu qu'on est...

ou encore :

Pour promener Mimi,
Ma p'tite amie, Mimi
Et son jeune frère Toto,
J'ai une auto...

Ça plaisait peut-être, mais je ne sais pas si ce sera suffisant... C'est bien ça qui m'inquiète.

Je ne peux pas me douter que derrière cette porte capitonnée, le destin, cette loi immuable qui règle d'avance l'enchaînement nécessaire et inconnu de tous les épisodes importants de l'existence humaine, le destin, dis-je, m'attend...

Allons-y !

Il se présente à moi sous les formes pleines et les traits alléchants d'une jeune femme brune, qui me désigne un fauteuil profond, au bord duquel je me crispe.

« Votre curriculum vitae est plutôt... succinct, monsieur Borniche. Vous n'indiquez pas vos activités précédentes. »

J'ai beau me maintenir sur le bord du fauteuil, je me trouve en contrebas. Ça me rappelle la communale. Ça me met en état d'infériorité. Surtout que ce n'est pas le moment de lorgner les jambes de la maîtresse.

Vais-je lui chanter :

Elle avait tout pour me plaire,
Moi j'avais tout pour lui plaire aussi
Mais elle habitait à Bécon-les-Bruyères
Et moi j'habitais à Bercy...

Vais-je lui dire que j'aimais le cabaret parce que j'étais libre comme l'oiseau sur la branche, ce qui doit être plutôt mal vu dans ce genre d'endroit ? Vais-je, au contraire, me perdre dans un labyrinthe d'explications mensongères et incontrôlables ?

« C'est-à-dire... Je viens d'être libéré du service militaire dans l'armée de l'Armistice... »

Elle ne cille pas. Elle continue de m'observer en silence. Puis, dans la fixité de son œil noir, une décision se prend. Ma gorge se bloque. Dois-je m'enfuir avant d'attendre l'arrêt ?

« Vous êtes jeune, vous avez l'air dynamique. J'ai pour vous un emploi beaucoup plus agréable que celui de vendeur. Service spécial. »

Elle lisse d'un revers de main une grande feuille étalée devant elle puis s'empare d'un crayon à mine bicolore. Et elle inscrit une croix dans une des innombrables cases bariolées de bleu et de rouge. Par cet être de rêve aux vêtements harmonieux et au parfum discret, me voici réduit à l'état de signe avant même d'avoir pu émettre une opinion.

Quand même, elle ne m'a pas mis à la porte, ça me réconforte, j'interroge :

« Service spécial ?

– C'est la police des magasins. Vous surveillez les stands. Vous repérez les voleurs. Votre chef sera M. Bleuze. Je l'avertis de votre affectation. Son bureau est au 98, rue de Provence. Au revoir, monsieur Borniche, et bonne chance. »

Cette radieuse et expéditive apparition me tend la main. Je redégringole les étages comme un automate et je me retrouve, abasourdi, sur le trottoir.

Me voici détective privé !

Je ne sais pas encore que c'est le premier pas dans ma vie de flic.

Au fait, l'émotion m'a fait oublier de demander le montant de mes appointements.

Dois-je remonter ?

J'aurais l'air de quoi ? Et si par hasard elle changeait d'avis ? Après tout, je saurai tout ça tout à l'heure.

Je vole vers la rue Caumartin, plane le long du Prisunic, atterris devant la boutique vieillotte du 98, rue de Provence. Le sort en est jeté.

Chapeau sur l'œil, œil malicieux et nez au vent, Mlle Kim, célibataire de carrière, est chargée de mon apprentissage.

« Dans trois jours, vous vous débrouillerez tout seul », m'assure-t-elle du haut de sa petite taille.

A ses trousses, je découvre les organes vitaux de ce grand magasin dont le souffle tiède me lèche la figure, dont le bourdonnement irrite mes oreilles comme les grandes brasseries ou les halls de gare. La voix fluette de ma compagne me prodigue les conseils d'ancien :

« N'intervenez jamais dans le magasin. Cela indispose la clientèle. Mais attention, ne perdez pas votre client de vue... Notre compétence s'arrête au bord du trottoir. »

Je hoche la tête.

« Conclusion : interpellez sur le seuil de la porte, et conduisez aussitôt votre prise au bureau. M. Bleuze se chargera du reste.

– Du reste ?

– Eh bien, oui, il proposera une transaction. Et en cas de refus, il déposera une plainte en vol au commissariat du quartier. C'est simple. »

Ce n'est pas sorcier, c'est vrai. Je me fie à mon œil pour ne pas manquer le voyou. Je jette autour de moi un regard circulaire, un regard d'acier. Ils n'ont qu'à bien se tenir, les chapardeurs des grands magasins...

Kim me déçoit ! La voici qui se précipite au rayon des gants, pour comparer les prix d'articles en solde. Drôle de façon d'exercer une surveillance ! Je la rejoins à l'instant où une jolie femme lève ses yeux vers moi. Je souris à l'inconnue, qui semble répondre par un battement de paupières, tout en s'éloignant.

Le coude de Mlle Kim s'enfonce dans mes côtes :

« Vous avez vu ? » souffle-t-elle.

Je reviens sur terre.

« Vu quoi ?

– La femme qui vient de partir. Elle a opéré. Suivez-moi ! »

Je me laisse entraîner, ahuri.

Au rayon voisin, l'inconnue au doux regard essaie un chapeau. Je l'observe, dissimulé par la cage de l'ascenseur. Kim radote. Cette fragile créature n'a pas pu commettre un vol sous les yeux des vendeuses, sous les nôtres... Nonchalante, elle gagne la sortie. Kim trottine. Je lui emboîte le trot. Nous voici devant la porte Haussmann. Kim accélère. J'allonge le pas. Le sautillement de ma collègue exaspère mon impatience. Que va-t-il se passer ?

Ça y est, Kim accoste... Mon œil s'arrondit. La femme proteste et se fâche. J'en étais sûr. Kim, imperturbable, ouvre d'autorité le sac à provisions. Sous mon long nez surpris et curieux, apparaissent, comme du chapeau d'un prestidigitateur, une demi-douzaine de paires de gants, des bobines de fil, de la dentelle, une cravate, des peignes, un flacon d'eau de Cologne... De quoi rêver, une petite fortune en ces temps de grandes restrictions !

Kim, menton relevé et sac sous le bras, entraîne sa victime dans la voie de la transaction.

Son chapeau disparu, je file au rayon des foulards. J'ai découvert un perchoir idéal d'où je vois sans être vu : la plate-forme de l'escalier d'honneur.

« Voyez-vous, m'a expliqué Collot, le sous-chef de service, les primes sont réparties de deux façons. L'une dite « de quantité », accordée selon le nombre de vols de petite importance, l'autre « de qualité », nettement supérieure mais beaucoup plus rare, pour tout vol considérable. Il va de soi que la disparition d'une machine à coudre est plus préjudiciable à la direction que celle d'un foulard.

– Et combien vole-t-on de machines à coudre ? » ai-je demandé.

Il a eu un geste évasif :

« Zéro... »

Je suis donc venu m'installer au rayon des foulards. Ce grand magasin qui fonctionne « comme avant » me donne une sensation d'irréalité, un malaise, comme un vertige... Dehors, ce sont les affiches rouges et noires qui annoncent les représailles en cas d'attentat, le rationnement, la faim, les trafics. Ici, même si les tickets de rationnement sont indispensables, on a l'impression d'être protégé. D'ailleurs, les grands magasins ne sont-ils pas un microcosme, une citadelle de la consommation, même s'il n'y a plus grand-chose à consommer ?

Attention, Borniche ! Tu ferais mieux de t'intéresser au manège de cette mégère au chignon gris, qui enfouit, gratis et sans points textile, dans un sac en osier glissé entre elle et le comptoir, des carrés et des carrés de tissu. La vendeuse est occupée à l'autre bout du rayon, et ne peut rien voir.

Je suis là, heureusement, et bien là. Je vais enfin servir à quelque chose.

Repue, la femme déambule nonchalamment vers la sortie. Je dévale l'escalier, bousculant au passage une vieille dame respectable qui me menace de son manchon. J'atterris au rez-de-chaussée. La femme a disparu. Je cherche, je cours, je virevolte. Perdue ? Non. Le chignon gris se meut là-bas, entre des têtes, devant la vitre de la porte. Un dernier sursaut. Ma carte jaillit. Trop tard. Kim, toujours elle, kidnappe ma proie sur la ligne de but...

La haine m'envahit. Je maudis la vieille fille qui coasse, comme pour m'exaspérer davantage :

« Hé ! hé ! jeune homme... Tel est pris qui croyait prendre ! »

A qui fait-elle allusion ? A la voleuse ou à moi ?

De toute façon, je me vengerai.

Ma vengeance ne viendra jamais. Quelques jours plus tard, M. Bleuze me confie une mission beaucoup plus importante : la surveillance nocturne des magasins, quand s'activent les menuisiers, les peintres, les électriciens, les pompiers... Triffault, un sexagénaire filiforme et voûté, visage glabre et nez crochu, tout de noir vêtu, parfaite image de Fantomas, emploie sa voix d'outre-tombe à me mettre au courant :

« Tu te planques aux endroits où les vols ont été signalés, et tu attends.

– Toute la nuit ?

– Comme tu veux. De la fermeture à l'ouverture, tu es le maître des immeubles, des sous-sols aux réserves. Tu comprends, petit ? »

Je suis flatté de l'importance de cette mission, qu'on m'a confiée si vite. Je la prends à cœur :

« L'ennui, c'est que je ne peux pas être partout à la fois...

– Les stands sont recouverts de bâches. Il faut les soulever, pour voler quelque chose. Alors, tu places des repères... Des épingles légèrement fixées dans le bois, des petites boulettes de cire, des cheveux, etc. Et le matin, si ça a bougé, tu fouilles tous les ouvriers à la sortie de neuf heures. Tu comprends, petit ? »

J'ai compris. Pendant des heures, calfeutré dans un placard, je retiens mon souffle à chaque bruit insolite. Je guette, j'observe, j'échafaude.

Je glisse aussi, à pas feutrés, dans la pénombre de cette vaste cité souterraine où les chants des peintres se répercutent dans un écho assourdissant.

Les nuits passent. Et les semaines, et les quinzaines. Aucun vol.

« Je crois, me dit Triffault, qu'on a remarqué ta présence. Sans t'en rendre compte, tu as fait de la police préventive. Bravo. D'ailleurs, tu es doué pour ce métier. Tu devrais entrer dans la police officielle. C'est intéressant. Beaucoup plus intéressant pour un jeune comme toi que de végéter ici. Demande à Bleuze, il en sort. Il a été révoqué comme franc-maçon...

– De la police ?

– Bien sûr. Et mon fils vient d'y entrer. Pour le

moment, il est stagiaire au commissariat du XVIIIᵉ. C'est la Municipale, les gardiens. Mais après ses classes, il demandera la P.J. Ça, c'est du boulot. Tu comprends, petit ?

– Ça fait quoi, exactement, la P.J. ? »

Mon ignorance le désarme. Il hausse ses épaules décharnées.

« Ça arrête les bandits, bien sûr. Il y a un concours à la fin de l'année, prépare-le. Tu m'en diras des nouvelles. Et puis là, au moins, il y a une retraite. Avec un peu de chance... »

III

« Sylvia, Paul est encore en larmes... Que s'est-il passé ? »

Mme Roussel pousse son rejeton devant elle, comme la preuve manifeste de l'ignominie de Sylvia qui hausse imperceptiblement les épaules, agacée.

« Je ne sais pas, madame. Il pleure souvent depuis quelque temps.

– Il dit que vous l'avez giflé.

– C'est faux.

– Alors, mon fils est un menteur ? »

Sylvia de Neyrac ne répond pas. Elle regarde Yvonne Roussel bien en face. Celle que son mari appelle, aveuglé par son inébranlable amour, « la belle Mme Roussel », ne l'impressionne pas. Ce n'est qu'une grande femme sèche, grisonnante avant l'âge, qui porte bien la toilette, c'est tout...

Paul sanglote de plus en plus bruyamment, mettant la situation à profit. A dix ans, il sait exploiter la faiblesse de sa mère. Dans un coin de la pièce, son frère Victor, de quatre ans son aîné, se tient sournoisement en réserve, prêt à faire face contre l'ennemi commun : Sylvia, l'institutrice. Dix-neuf ans à peine, brune aux yeux bleus... Victor la regarde se déshabiller, le soir, par le trou de la serrure. Il connaît ses longues jambes, son dos, ses seins qu'il effleure, pendant les leçons, sans en avoir l'air, se penchant sur elle pour demander une explication. Souvent, Victor rêve qu'il s'est endormi la tête contre les seins de Sylvia, et qu'elle lui caresse les cheveux, longuement...

Naturellement, le désir qu'il lui porte, c'est son secret. Voilà deux ans qu'il a appris à tout cacher, tout dissimuler. Comme son père le banquier, qui ne doit qu'à la guerre de ne pas avoir été inquiété pour de multiples malversations.

Les Cygnes, cette propriété au bord du Cher, c'est la maison de la grisaille. *Les Cygnes...* une grande maison plongée dans la nuit de l'occupation, peuplée d'êtres qui s'ennuient.

« C'est vrai, dit Victor. Elle l'a giflé. Je l'ai vu. »

Il regarde Sylvia avec haine. Ce matin, pendant le cours de géographie, elle l'a repoussé alors qu'il se serrait contre elle. Il a eu honte. Il aurait voulu la tuer. S'il la désire la nuit, il ne peut, par dépit, que la détester le jour. Il déteste ses longs cheveux bruns, ses yeux bleus, son cou gracieux. Il lui en veut d'être si belle, quand Mme Roussel se dessèche sur pied, quand les deux bonnes rivalisent, autour de lui, de grossièreté salace.

« Faites attention, ma fille, dit Mme Roussel. Mes garçons sont des êtres sensibles. Je vous interdis de les toucher.

— Bien, madame. »

Sylvia affecte de répondre comme une domestique, puisqu'on la traite comme telle. Voilà plus d'un an qu'elle patiente dans cette maison sinistre, parce qu'elle ne peut pas faire autrement. Mais un jour...

« Allez jouer, mes enfants », dit Mme Roussel.

Les deux garçons sortent, avec un regard de triomphe. Ils ont gagné la première manche de la journée.

« Et vous, dit Mme Roussel, occupez-vous un peu

d'Emily. Elle a mis de la peinture partout, même sur le parquet du salon. »

Aux *Cygnes,* la petite Emily, née sans être trop souhaitée, lors des accords de Munich, est le seul être qui témoigne de l'affection à Sylvia. Elle l'aime de toute la force de ses quatre ans, et Sylvia le lui rend bien. Combien de fois elle a pleuré, en cachette, serrant l'enfant contre elle...

Elle pleure sur son enfance sans joie, sur sa famille déchue. Drôle d'enfance, en vérité, dans le château de Neyrac, Creuse, glacial et délabré, entre son père, Honoré-Gonzague, caricature de noble dégénéré, et sa mère Marie-Adélaïde, née de la Ferrière, enfant trouvée, adoptée par un vieux marquis sans successeur...

« Vos origines douteuses », répétait Honoré-Gonzague, pris de boisson.

Désespoir, ennui, vengeance ? Tandis qu'Honoré-Gonzague fuyait son château, faisait fugue sur fugue pour achever de se ruiner dans le Paris des années 30, Marie-Adélaïde, la délaissée, avait fini par céder aux avances du médecin du bourg voisin, bonhomme jovial, rubicond, sanguin – le seul être vraiment humain de la petite enfance de Sylvia. Les portes des dernières relations s'étaient fermées. Désormais, Marie-Adélaïde était étiquetée « femme de mauvaise vie ».

Quand elle est entrée, à onze ans, au pensionnat des sœurs de Marie-Mère-de-Dieu, à Limoges, Sylvia a passé trois nuits blanches tant elle était surexcitée, heureuse.

« Tu t'ennuyais donc tellement, à Neyrac ? avait demandé Charles-Henri de Viray, chez qui elle déjeunait le dimanche.

– Oh ! oui, mon oncle. »

Il avait hoché la tête, attendri par ce cri du cœur.

Un brave homme, ce Charles-Henri, qu'elle appelait « mon oncle ». C'était en fait le cousin germain d'Honoré de Neyrac. Ruiné par des essais de cultures maraîchères d'avant-garde, il avait racheté une manufacture de chaussures en faillite, en plein centre de Limoges. Il y gagnait sa vie, sans plus. C'était lui, pourtant, qui payait la pension de Sylvia, son père ayant déclaré qu'une Neyrac n'avait pas besoin de faire d'études...

Tandis que la petite Emily aligne et empile inlassablement des cubes de couleur, Sylvia se souvient des meilleures années de sa vie, au pensionnat... Elle aimait à être ainsi cloîtrée, protégée. Très douée, très intelligente, elle réussissait sans beaucoup de travail, ce qui lui laissait le temps de rêver sur les livres de la bibliothèque... Les titres qu'on trouvait au couvent la font sourire, aujourd'hui. Mais il y avait le délicieux plaisir de la lecture, tout de même, et les longues rêveries qui s'ensuivaient...

Cela ne la gênait pas de se lever si tôt le matin, dans la nuit encore, et de se laver le visage à l'eau froide, toute frissonnante. Le visage seulement. La douche, c'était pour le samedi. Encore la prenait-on en chemise. Il ne fallait pas montrer la moindre surface de peau...

Sylvia aimait ces contraintes, qui lui apparaissaient comme un privilège. La vie dure, c'était pour elle comme une garantie de sainteté...

Yvonne Roussel glisse un œil par la porte du salon, où Sylvia et Emily se sont réfugiées, tandis que les garçons trépignent dans la salle de jeux.

« Vous pourriez lui faire faire quelque chose de plus intéressant, dit-elle. Emily s'abrutit, avec ces cubes. »

Une fois de plus, Sylvia se tait. Le silence est le seul moyen qu'elle a trouvé pour désarmer sa persécutrice.

« Et puis, ce n'est pas la peine d'allumer toutes ces lampes. »

C'est Bernard Roussel qui a parlé. Le petit homme est venu récupérer un numéro de *Je suis partout* qui traînait sur un guéridon. Le banquier pousse la couardise vis-à-vis de l'occupant au point d'afficher un antisémitisme militant.

« Merde », murmure Sylvia.

Le banquier est à moitié sourd.

Sourd comme le curé Cheylard, qui lui a appris la musique, à Neyrac, quand elle avait cinq ans, entre deux batailles scolaires contre l'instituteur socialisant... Lorsqu'elle regarde Emily, c'est toute cette petite enfance qu'elle revit. Les chauves-souris qui tournaient, le soir, devant la fenêtre de sa chambre. Sa frayeur, quand le vent faisait craquer les poutres et grincer l'antique girouette. Un décor pour romans anglais du XIXe. Pas si différent, au fond, de la maison des Roussel, que la brume du Cher peuple, au crépuscule, de silhouettes inquiétantes, arbres morts qui semblent marcher lentement au long des rives, chats siamois au cri rauque – les favoris d'Yvonne. Et puis Bernard, qui semble toujours guetter quelque chose, comme si des silhouettes allaient surgir de l'ombre, visions de cauchemar, pour le jeter en prison.

Parfois, Sylvia se prend à excuser l'agressivité des Roussel, leur aigreur. Elle a surpris une dispute : Yvonne reprochait à son mari d'avoir refusé de gagner les Etats-Unis, après sa dernière banqueroute, quand il en était temps encore. Lui, était persuadé qu'il pourrait faire des affaires avec les Allemands. Il a compris trop tard. Ses offres de service sont restées lettre morte. Sa mauvaise réputation, probablement. Bernard Roussel n'ose plus se manifester. Il fait le mort.

Le précepteur des enfants a disparu un beau matin. Sans doute est-il allé rejoindre ces voyous de maquisards. Bernard a eu l'idée de demander aux sœurs de

Marie-Mère-de-Dieu de Limoges, qui avaient eu Yvonne pour pensionnaire, de lui trouver une institutrice. Comme l'oncle Charles-Henri avait des retards dans le paiement de la pension, la supérieure a pensé à Sylvia. Honoré-Gonzague était ravi de se débarrasser de sa fille. Marie-Adélaïde n'avait pas d'opinion, comme d'habitude. Le médecin, lui, a déclaré que Sylvia, à dix-sept ans passés, munie de son baccalauréat, pouvait envisager un début dans la vie. Il pensait d'ailleurs sincèrement que tout valait mieux, pour elle, que de revenir à Neyrac.

« Je voulais préparer ma licence, a protesté Sylvia, dans l'indifférence générale.

– Tu verras plus tard... »

Sur cette marque définitive du désintéressement paternel, Sylvia a bouclé une antique valise de cuir frappée des armoiries des Neyrac. Le fermier l'a conduite à la gare. Il est le seul à avoir vu ses larmes tandis que le train s'ébranlait.

« Ici, au moins, dit Mme Roussel, on ne meurt pas de faim... »

Alphonsine vient de poser le plat sur la table. Une omelette aux pommes de terre. A midi, il y a eu un civet de lapin. Yvonne se complaît à répéter que tout le monde souffre des restrictions, sauf les Roussel.

« A Neyrac non plus, on ne doit pas trop souffrir, dit Sylvia, avec les fermes alentour... »

Elle sait que l'évocation du château paternel, tout délabré qu'il soit, déplaît souverainement à Yvonne, et, plus encore, au banquier.

« Ce n'est pas tout d'habiter à la campagne, dit-il. Encore faut-il avoir les moyens d'acheter... au prix fort ! »

Satisfait, il fait claquer sa langue sur une gorgée de château-margaux. Lui, bien sûr, il les a, les moyens...

Mais il s'empresse d'ajouter :

« Si la guerre se prolonge, je ne sais pas comment nous allons faire... »

Car s'il est agréable de parader devant Sylvia, il ne faut pas que la bonne, qui apporte le fromage, se fasse des idées. Alphonsine fait un clin d'œil à Sylvia : elle lui a confié, l'autre jour, qu'elle a entendu Bernard Roussel dire à son épouse que toutes les liquidités et les bijoux étaient mieux cachés que jamais.

« Dommage, a dit Alphonsine avec un gros rire. Je n'ai pas compris où... J'ai beau écouter aux portes...

– Qu'est-ce que vous voulez que ça me fasse ? » a répondu Sylvia, gênée par cette complicité ancillaire.

Pourquoi diable cette Alphonsine la poursuit-elle de ses assiduités ? Il ne lui manquait plus que de devenir l'idole d'une servante.

... Comme elle était l'idole de ses compagnes du pensionnat, à Limoges. Etait-ce son arrogance, ou sa grande beauté confinée derrière les hauts murs ?

« Vous êtes un personnage inattendu, lui disait son professeur de français. C'est cela, inattendu... »

Derrière l'allure qu'elle affichait, cette modestie d'une jeune fille rangée, croissait une prodigieuse fureur de vivre. C'était le sang des Neyrac qui battait dans ses veines, race violente et jouisseuse...

« ... J'ai l'impression que Paul ne fait aucun progrès au piano.

– Pardon ?

– Je disais, mademoiselle, que j'ai entendu Paul répéter un exercice, tout à l'heure, et que ce n'est pas brillant. Il est très doué, pourtant, il tient ça de son père.

– Si vous passiez moins de temps à lire toute la

bibliothèque, dit Bernard Roussel, et davantage à préparer vos leçons...

— Je lis en dehors de mes heures de travail, dit Sylvia. C'est ma seule distraction, ici... »

Victor a un sourire ambigu, de sa bouche molle. Sylvia voudrait gifler cette tête de gosse de riche, cette rondeur de potiche de luxe. Si les deux frères allaient à la communale, ils prendraient de bonnes rossées. Ça leur ferait le plus grand bien...

La leçon d'instruction religieuse, qui n'intéresse personne, a été placée à l'heure de la digestion, ce terne, cet interminable début d'après-midi. Sylvia voit bien que Victor cherche à deviner la forme de ses cuisses à travers l'étoffe de la robe, et elle se sent rougir, non de pudeur, mais de fureur. Cette graine d'homme croit-elle que tous les corps féminins sont dessinés pour son bon plaisir? Elle se souvient des privautés de « l'oncle » Charles-Henri de Viray. Longtemps, elle ne s'était rendu compte de rien. Et puis, un jour, brutalement, elle avait tout compris... Elle avait quatorze ans. Le dimanche, après le déjeuner, quand sa femme allait se reposer, Charles-Henri avait l'habitude de s'affaler dans un vaste canapé Chesterfield, et de prendre Sylvia sur ses genoux. Il lui faisait raconter sa semaine de pensionnaire.

Elle aimait ce moment d'affection, qu'elle n'avait connu ni avec son père, ni avec sa mère. Elle se confiait. Mais ce jour-là, son instinct l'a mise en garde. L'oncle n'était pas dans son état normal... Depuis, elle évitait de rester seule avec lui.

Elle retrouve dans les yeux de Victor ce désir glauque qui la mettait mal à l'aise, l'inquiétait et l'attirait à la fois. Elle ne connaît l'amour que par instinct, et par la bibliothèque de Bernard Roussel. Elle a brûlé de passion aves les héroïnes de Balzac, elle s'est réveillée la nuit en sentant le beau Lucien de Rubempré tout proche d'elle. Mais enfin elle est vierge. A dix-neuf ans. Elle s'empare des grands mots, des grandes idées, qui lui servent à se masquer à elle-même une sensualité de plus en plus exigeante.

Balzac... Avec un intérêt passionné, elle vibre à tous les épisodes de *La Comédie humaine,* elle parcourt ce monde où les forces s'affrontent : l'amour, l'argent, la police, et Vautrin, l'ancien forçat, qui deviendra chef de la Sûreté pour défendre cette société qu'il mettra au pillage. Dans le gros cahier relié de toile bleue où elle avait commencé d'écrire son journal, vite abandonné parce qu'il ne se passe jamais rien dans la maison des Roussel, elle a recopié de son écriture de bonne élève des phrases qui lui servent de brûlante morale. Une morale qu'elle est bien décidée à appliquer dès qu'elle pourra quitter *Les Cygnes*, affronter la vie et les hommes. « Quiconque souffre de corps ou d'âme, manque d'argent ou de pouvoir, est un paria... Vieillards, soyez seuls à vos froids foyers... Pauvres filles sans dot, gelez et brûlez dans vos greniers solitaires. »

Sylvia remâche ce « pauvres filles sans dot ». Il s'agit bien d'elle, en effet, qui gèle et qui brûle.

« Venez, Sylvia, il faut que je vous parle. »

Yvonne Roussel, avec sa brusquerie coutumière, l'entraîne dans le boudoir tendu de soie jaune où elle tricote, tout le jour, pour les prisonniers. Elle ne sait pas très bien où vont les tricots, mais ça lui permet d'être au mieux avec les dames vichystes de Bourges, et avec l'évêché.

« Sylvia, vous vous négligez. Comment voulez-vous

que mes fils vous respectent en vous voyant habillée comme ça ? Cette robe grise, ces gros bas... Avec l'argent que je vous donne, vous pourriez faire mieux...

– Non. »

Un « non » ferme, décidé.

« Comment, non ?

– Ma tenue est très bien pour ce que je fais. »

Un silence. Yvonne ne sait plus comment engager le fer. Sylvia sourit.

« Mais, madame, puisque vous me considérez comme une domestique, ne dites pas non, je le sais, achetez-moi des robes, je les mettrai.

– Eh bien, c'est cela, dit Yvonne, soulagée. Je vais faire venir ma couturière. Vous choisirez vous-même le tissu... »

Sylvia s'est enveloppée dans son vieux manteau à capuchon. Elle se promène dans le parc, sous la pluie. Elle fait un gros effort pour ne pas trembler. Non pas de froid, mais d'indignation, de honte. Tout son être se révolte. Pourtant, elle se félicite d'avoir été la plus forte. Elle l'a bien eue, la riche Yvonne. Pour ne pas être humiliée, feignons de ne pas savoir ce qu'est l'humiliation.

Naguère, pour moins que ça, elle aurait fait sa valise. Et voilà qu'elle a froidement demandé des vêtements de service, comme un uniforme...

Une scène de rien, mais riche de sens. Faites semblant de plier, et vous aurez la paix...

« ...Et des robes en plus », dit Sylvia, riant pour elle seule, son visage renversé offert à la pluie.

Elle se sent tous les courages, ce soir.

« Encore un peu de patience, dit-elle à la chouette qui se réveille, nichée dans un creux de mur. La vie n'a même pas commencé. »

IV

« L'ANGLETERRE, comme Carthage, sera détruite... »

Dominique Léonelli éteint son poste d'un geste rageur, sur cette affirmation aboyée par la voix gutturale de Jean-Hérold Paquis, l'enragé polémiste de Radio-Paris. Dans le même mouvement, avec le même dégoût, il repousse le plat de rutabagas. Il préfère se passer de dîner. De toute façon, il n'a pas le moral, ce soir, le beau Dominique, le Corse blond qui fait rêver les belles Marseillaises.

Il éteint la lumière. Il vient coller son nez à la fenêtre de la chambre qu'il occupe au dernier étage d'une étroite maison du quai de Rive-Neuve, au-dessus du restaurant la Bouillabaisse. Il soulève un coin de rideau. Le mistral n'est pas encore tombé, malgré l'heure. Il nettoie le port, s'engouffre dans les rues, fait vaciller les silhouettes qui se pressent vers leur maigre dîner. Un soir de janvier 1943, lugubre et froid, comme un autre...

« Les ordures, murmure Dominique. Si le mistral pouvait les emporter, ceux-là... »

Ceux-là, ce sont trois officiers allemands qui, sans se soucier du froid, ont l'air de plaisanter avec deux filles peu farouches, devant l'hôtel Beauvau. Le plus grand, sanglé dans son uniforme noir des tankistes, parodie les concours d'élégance automobile d'avant-guerre, le pied sur le marchepied d'une Mercedes dont le fanion à croix gammée claque dans le vent, la main négligemment appuyée sur la poignée de la portière.

Aguicheuse, l'une des filles, une boulotte trop fardée, se hausse sur ses semelles compensées pour lui dire quelque chose à l'oreille. Alors, contrastant avec la raideur de l'officier, éclate son rire, un rire énorme, trivial, qui balaie l'image du concours d'élégance.

Dominique croit l'entendre, ce rire, alors qu'il voit seulement le visage de l'Allemand, et ses gestes...

« C'est ça, murmure-t-il les dents serrées. Rigolez, bande de salauds, amusez-vous, profitez-en, baisez nos femmes... Vous avez intérêt à en mettre un coup, ça ne durera pas ! »

La haine vieillit son visage aux traits fins, aux yeux clairs. Il accompagne du regard la Mercedes qui démarre, emportant l'officier noir et les deux filles. Une seconde, Dominique rêve qu'une grenade la fait exploser, devant lui...

« Fumiers », gronde-t-il, tandis que la Mercedes remonte à vive allure la Canebière.

Il y a quinze jours, le Haut-Commandement de la Wehrmacht a fait dynamiter le vieux quartier, derrière le port, jetant quarante mille Marseillais à la rue. Avec, bien sûr, la collaboration des autorités françaises, de la police française. Sous prétexte d'assainir les ruelles populeuses, mal famées. Un journaliste de *Signal,* l'organe de propagande nazi, devait même retrouver des plans de démolition du quartier établis par l'administration pendant la guerre.

« Tu parles, avait dit Antoine Guérini, le seigneur du Milieu. Ils démolissent ce qu'ils ne peuvent pas contrôler, voilà tout. »

Dominique a réussi à fuir. Sa tête était mise à prix, il le savait. Il a risqué le tout pour le tout. Il a pu quitter la rue Casserie envahie par les uniformes vert-de-gris. Il s'est frayé un passage au milieu des éboulis. Il est sorti de là un peu hagard, poudreux, plus révolté que jamais contre les assainisseurs.

Le grand Guérini l'a dirigé sur Lucien Espardon, le patron de la Bouillabaisse, un résistant, lui aussi.

Dominique laisse retomber le rideau. Ces filles, qui se sont embarquées avec l'Allemand, le dégoûtent. Pour lui, l'idéaliste, le résistant, tous les Français devraient au moins ignorer l'ennemi, s'ils ne veulent pas le combattre. Il remet la lumière. Il revient à pas lents vers la petite table, la débarrasse du plat, qu'il pose par terre. Du buffet, il sort une carte Michelin. Il l'étudie avec l'attention grave d'un chef d'état-major. Son index suit la route de Tarascon, pour s'arrêter sur le château féodal qui domine le Rhône.

Pour la police de Vichy, pour la Gestapo marseillaise de la rue Paradis que Lafont vient de mettre en place, Dominique Léonelli est un terroriste. Pour ses camarades de combat, c'est un chic type doublé d'un expert ès sabotages. Pour Londres, ce n'est qu'un numéro matricule. Le spécialiste des missions solitaires. Cinq, à ce jour. Toutes réussies.

Quand, courbé sur son vieux vélo, les pains de plastic dans sa musette, il pédale vers la destination qu'il s'est fixée, après en avoir étudié les chemins d'accès et de repli, ce n'est qu'un ouvrier parmi tant d'autres. Mais la nuit, c'est un autre homme. Avec un sang-froid étonnant, il prend son temps pour choisir le point précis de l'aiguillage ou du pont à détruire, où l'explosif sera le plus efficace. Son expression favorite : « Pas de gaspillage. Il faut qu'ils en aient pour notre argent... » Le front serein, le sourire aux lèvres, il choisit son poste d'observation pour assister au feu d'artifice.

Il compte les points. Deux convois de matériel lourd se sont télescopés en cours de route, à pleine vitesse... Trois transformateurs se sont désintégrés dans la nuit... Chaque fois, satisfait, Dominique a réussi à regagner sa chambre de la Bouillabaisse, où Lucien Espardon assure la liaison avec les cheminots résistants.

On l'aime bien, Dominique. On admire son audace, mais on a peur pour lui. La veille de Noël 1942, on l'avait cru perdu. Il ne revenait pas. Il se terrait dans les Thermes de Glanum, aux Antiques de Saint-Rémy-de-Provence. Il attendait calmement la fin des battues, après l'explosion de son troisième pylône.

« Me voilà, couvert de terre gallo-romaine... Vive la France ! »

Ainsi a-t-il surgi, maigre et sale, au milieu du réveillon des amis. Antoine Guérini l'a serré sur son cœur, lui a fait cadeau d'une montre en or, d'une liasse de billets de mille francs, et de quelques conseils, aussi :

« C'est bien, petit, c'est très bien... Seulement, fais gaffe ! Tu prends trop de risques, en ce moment. »

Dominique a posé sur lui son regard clair, passé trois doigts dans ses cheveux blonds en désordre, et soupiré :

« Vous savez, monsieur Antoine, ils ont déjà bousillé mon père... Alors... »

La voix de ce grand garçon de vingt-deux ans se brise. Antoine Guérini s'éloigne discrètement. Il sait qu'il faut le laisser à son chagrin. Dominique adorait son père, Jean, un modèle d'honnêteté et de bonté. Gazé de la Grande Guerre, il était peintre en bâtiment à Cargèse, l'ancienne colonie grecque de la Corse, où les églises latine et grecque s'opposent de part et d'autre du vallon. La clientèle était rare. Sa pension d'invalidité était maigre. On ne mangeait pas tous les jours à sa faim, chez les Léonelli...

« Il faut que votre fils poursuive ses études, disait l'instituteur. C'est le plus doué de sa classe. »

Le vieux faisait oui de la tête, lissait d'un revers de main sa grosse moustache pour cacher son émotion, et quittait l'école, la mine défaite.

« Il pourra obtenir une bourse », dit un jour l'instituteur.

Une bourse... Jean Léonelli savait que ça ne suffirait pas à payer les études de son fils sur le Continent. Il aurait bien voulu, pourtant, que Dominique dame le pion aux gosses de riches du lycée d'Ajaccio... Mais comment faire ? D'autant que Rafaëlla, sa femme, était malade, elle aussi.

Le 10 juin 1936, les médaillés militaires de Cargèse, drapeau en tête, accompagnaient Jean Léonelli au cimetière. Dominique pleurait sans honte, tandis que les femmes en fichu noir se signaient sur le passage du cercueil drapé de tricolore. Il était bien seul, désormais. Rafaëlla était morte, au mois de mai, d'une angine de poitrine. Il entendait derrière lui, comme une marche funèbre, le pas lourd des hommes du village, vêtus de velours sombre.

Il n'avait plus rien à faire à Cargèse. Les formalités achevées, les derniers sous qui lui restaient servirent à payer la traversée jusqu'à Toulon, où l'attendait l'oncle Jules, le frère du défunt. C'était un brave homme, fraiseur outilleur à l'Arsenal, qui arborait en toute saison une casquette de marin à visière ternie et un treillis bleu couvert de cambouis.

Un soir, Jules est rentré triomphant, son visage buriné illuminé d'un bon sourire :

« J'ai une bonne nouvelle pour toi, Doumé. Tu commences demain à l'Arsenal. »

« Qu'est-ce que tu aimais à l'école, petit ? »

Le chef du personnel considère avec sympathie le jeune homme à la mine ouverte, à l'allure sportive, qui ressemble si peu à l'image qu'il se faisait du neveu de ce brave vieux Jules Léonelli.

« Les sciences, monsieur. Surtout la chimie.

— Eh bien, ici, tu seras servi ! Je te colle aux munitions. Mais attention, la nitro, ça pète ! »

Dominique se passionne pour l'univers bruyant, agité, multiple, de l'immense chantier toulonnais. Sa curiosité le pousse à découvrir, au-delà de sa spécialité, tout ce qui est indispensable à la construction, à la réparation, à l'armement des navires de guerre. Quant aux explosifs, ils n'ont plus de secret pour lui. Cheddite, dynamite, détonateurs, il manie tout cela avec l'aisance d'un ouvrier chevronné.

Lorsque éclate la guerre de 1939, il est l'un des meilleurs artificiers de l'Arsenal.

« Un champion de la pyrotechnie », comme le lui dit un second maître d'équipage pourtant peu prodigue de compliments.

Dominique n'a pas attendu l'Armistice, et l'installation des contrôleurs nazis à l'Arsenal, pour vouer aux Allemands une haine mortelle. Ce sont eux qui ont fait que son père est mort à petit feu, après la Grande Guerre, les poumons rongés par les gaz.

Le soir, après le travail, les gendarmes maritimes fouillent un ouvrier sur cinq, sous l'œil des contrôleurs allemands. Ils choisissent de préférence ceux qui sont catalogués « à gauche ».

« Les mains au mur, vite... »

Dominique, comme les autres, se plie à la discipline. Il a remarqué que les mains pudiques des gendarmes ne palpent jamais le slip. Le jour où on le fouille, il porte contre son ventre deux détonateurs destinés à Piétri, le résistant qu'il a connu au Bar du XVe Corps. Les mains du gendarme tâtent les poches, les dessous de bras, les jambes de pantalon... mais négligent le ventre !

Dominique, le front moite, la bouche cotonneuse, entend comme dans un rêve :

« Au suivant... Les mains au mur, vite... »

Plus tard, Piétri, à qui il conte son exploit d'une voix mal assurée, empoche les détonateurs avec le flegme d'un homme habitué au danger :

« T'en fais pas, dit-il, si tu as des emmerdes, file voir Antoine Guérini à Marseille. Ou fais-le prévenir. C'est un caïd comme Carbone et Spirito. Mais lui, il est avec nous... »

Les ennuis, en effet, n'allaient pas tarder à survenir. Par la faute de Piétri, qui devient de jour en jour plus exigeant. Son réseau a besoin d'un lot de bâtons de dynamite. Pour la première livraison, tout va bien. Puis Dominique a moins d'assurance. Il est trop chargé, il a peur. Peut-être aussi est-il dénoncé... Un camarade d'atelier l'a regardé d'un drôle d'air tout à l'heure... A la sortie, il est le premier désigné pour la fouille.

Pas moyen de reculer. Le contrôleur allemand s'approche, s'adresse à lui dans un français impeccable :

« Il semble, jeune homme, que votre pantalon soit un peu étroit, aujourd'hui... »

Une chance à saisir, très vite... Déjà, Dominique bondit : la sentinelle est en train d'ouvrir le portail pour laisser passer un motard de la Wehrmacht, porteur d'un pli pour le contrôleur. Dominique fonce, coudes au corps, bouscule le soldat allemand qui refermait la grille, saute sur la moto, embraie. Il disparaît dans une pétarade tandis que les balles miaulent à ses oreilles.

Le temps de prévenir l'oncle Jules, et il saute dans le train de Marseille.

Le soir même, Antoine Guérini lui trouve sa première cachette, rue Casserie.

Dans sa chambre de proscrit, au fond d'une venelle sombre, Dominique s'interrogeait sur son avenir. Il se souvenait de ses ambitions de naguère, à Cargèse, avant la mort du père... Il se voyait ingénieur, dessinant le plan de machines compliquées... Après des nuits de labeur, il connaissait la gloire de l'inventeur. Il était riche. Il se mariait avec une belle jeune fille de bonne famille. Un bonheur tranquille, familial, dans la sécurité matérielle, la joie du travail accompli... Mais la vie s'était révélée ingrate, mauvaise. La mort autour de lui. Le travail à l'Arsenal. Ensuite la guerre.

Dominique resterait un ouvrier. Fini, le rêve bourgeois, la maison pleine de tapis, la voiture étincelante, justes récompenses du labeur et du talent... telles qu'on les voit de Cargèse quand on se sent moins bête que les autres.

Et voilà que sa fuite de l'Arsenal, sa rencontre avec Guérini, son engagement dans la Résistance, tout cela l'exalte, lui rendant l'espoir. Il n'était pas condamné à la médiocrité. Il allait se battre...

... Dominique se dresse sur son lit du quai de Rive-Neuve deux fois plus grand et dix fois plus confortable que celui de la rue Casserie. Il regarde sa montre. En une seconde, il est sur ses pieds. Il a dormi deux heures. Ça lui suffit pour être en forme.

Il s'étire, s'habille, se prépare un faux café, tout cela

en même temps, avec la précision d'un automate et l'agilité d'un maître de ballet. On croirait qu'il a plusieurs mains, tant les gestes se succèdent et se superposent sur un rythme effréné, jusqu'à ce qu'il se retrouve, lavé, rasé, habillé, achevant un croûton de pain trempé dans l'ersatz de café. Le tout n'a pas pris dix minutes.

Il dégringole l'escalier, émerge par la porte latérale devant le restaurant la Bouillabaisse. Le mistral ne désarme pas. « Trois jours, six jours, ou neuf jours », disent les Marseillais. Il semble bien qu'on soit parti pour les neuf jours. Les barques gémissent, lasses de danser à la crête des vagues. Sur le promontoire qui domine l'entrée du Vieux-Port, le phare brille par intermittence.

Dominique s'élance. Le vent le force à se plier en deux, souffle coupé. Il rase les murs. Rue Corneille, il plonge sous le porche d'un vieil édifice dont l'entrée s'orne d'une statue de vierge mutilée. Il bouscule une poubelle qui pue le poisson, s'attire les injures d'un chat qu'il a dérangé. Il sourit. Il aime les chats, leur précision, leur souplesse, leurs yeux pleins de rêve.

Il grimpe l'escalier à tâtons. Le mur est rugueux, la rampe, poisseuse. Là-haut, un poste braille la chanson de Léo Marjane, *Je suis seule ce soir.* Des rires d'enfants déferlent du quatrième, en une cascade cristalline, vite brisée par des cris, puis des pleurs.

Sur le palier du second, Dominique colle son oreille à la porte, fait le signal. Une clef grince. En manches de chemise, le bleu de travail tenu par des bretelles, un homme apparaît, s'efface sans rien dire.

« Tu es prêt, Louis ? »

L'homme fait oui de la tête, serre en silence la main de l'arrivant. Il doit avoir trente ans. Un Méridional simple et droit : le visage rond, les cheveux crépus, les yeux noirs. Il enfile une veste, suspend à son épaule un sac de plombier, coiffe sa casquette.

Toujours silencieux, il fait signe à Dominique de le précéder, tire doucement la porte sur lui. Dans l'escalier, il s'approche de l'oreille de Dominique. Il murmure, sans dissimuler l'angoisse de sa voix :

« Mireille ne va pas bien... Une fausse couche... On sera de retour quand ?

– On tâchera de faire vite, dit Dominique. Le plus important, c'est l'ouverture. Sans ça, on se serait passé de toi... »

Les deux ombres contournent l'Opéra. Des prostituées transies dans le vent attendent les clients en s'abritant tant bien que mal dans les renfoncements des murs. L'une d'elles s'accroche :

« Tu viens, beau blond ? »

Dominique se dégage d'un coup d'épaule. Il n'aime pas les putes. Et puis, ce n'est vraiment pas le moment. La fille, vexée, regagne son encoignure. Elle lance :

« Va donc, eh, nazi ! »

Nazi... Malgré lui, Dominique a un rire bref. Il double le pas. Louis a du mal à le suivre.

Louis Tavernier, serrurier de son état, est un personnage curieux, un pur produit de l'Occupation. Honnête homme jusque-là, il a contracté la maladie à la mode : s'enrichir au marché noir, au détriment de l'Etat français.

Il a commencé par troquer ses paquets de tabac contre des tickets de pain et de viande. C'est de bonne guerre, tout le monde le fait. Cela, c'était le premier pas. Ensuite, avec un imprimeur du quartier, un camarade du bar du coin, il se lance dans le trafic des faux titres de rationnement. Ce n'est pas du travail d'art, l'imitation est loin d'être parfaite, mais les commerçants ferment les yeux, le plus souvent. Ils se contentent de coller tout ça sur les feuilles destinées à la préfecture... Les employées, soucieuses, elles aussi, de manger à leur faim, ne pêchent pas par excès de zèle. La survie par la combine...

C'est Lucien Espardon qui a présenté Louis à Dominique :

« Un serrurier de première », a-t-il dit le pouce levé vers le ciel.

Ouvrir les portes des mairies de banlieue, c'était un jeu pour ce professionnel du passe-partout. Et dans les mairies, il y avait des tickets, des vrais, plus faciles à revendre...

« Et puis, disait Louis, avec son accent sorti tout droit d'un film de Pagnol, ça revient moins cher... »

De fait, c'était tout bénéfice. Les coups de mains avaient permis à Dominique de s'habiller convenablement, de rembourser quelques dettes contractées auprès des amis corses, et même de mettre un peu d'argent de côté.

Ce soir, il s'agit d'une opération importante contre l'annexe de la sous-préfecture de Tarascon. Deux cent mille cartes semestrielles viennent d'y être entreposées pour quelques jours, sous la seule garde d'un vieux ménage de concierges. Tel est le précieux renseignement qu'un employé du ravitaillement, en mal d'amour, a lâché à Sonia, la pulpeuse protégée d'Antoine Guérini... Les filles, le grand Guérini les utilise à toutes fins utiles. Il ne laisse jamais rien au hasard. En échange des faveurs de ces demoiselles, les officiers de la Kommandantur, qui sablent le champagne avec lui dans ses cabarets, s'emploient à lui faciliter la vie, lui procurent essence et *Ausweis.*

Les filles sont les meilleurs agents de renseignements d'Antoine. Elles lui répercutent les confidences d'alcôve de ces messieurs. Il les transmet à Londres par l'intermédiaire de Robert Blémant, un commissaire de police de la D.S.T. révoqué par Vichy, devenu agent secret. Quand les mauvais garçons n'ont pas choisi la Gestapo, ils travaillent pour la Résistance. Des deux côtés, ils se retrouvent au coude à coude avec des policiers. La guerre aplanit les barrières...

« Deux cent mille cartes, tu te rends compte! a dit Antoine à Dominique. Avec ces deux vieux pour les garder! C'est de l'imprudence, petit, d'autant plus que la loge est située à l'opposé des bâtiments, qu'on peut atteindre par une porte secondaire. Une occasion à ne pas rater, Doumé! »

Outre Dominique et Louis Tavernier, le serrurier aux mains d'or, le commando comprend deux truands de poids, des as du revolver : Toussaint Michelesi, au volant de la traction, et Vincent Marrazoni, qui pilotera la camionnette vide à l'aller, chargée au retour. Les sacs seront déchargés dans la remise du Pavillon-Bleu, le bar-dancing de la plage des Catalans.

Guérini a fourni les fausses autorisations de circuler. Il n'y a plus qu'à prendre la route...

Tarascon dort, plongée dans la nuit. Par la vitre arrière, Dominique aperçoit les lanternes de la camionnette qui s'est arrêtée dans la rue des Halles, au long des maisons à arcades.

« Tu nous attends là, dit-il à Michelesi. Le temps que Louis taquine la serrure... »

Louis Tavernier pose son sac à terre, devant l'entrée secondaire des locaux. De sa main gantée, il évalue la résistance de la porte.

« Du chêne, murmure-t-il. Du solide. »

Son passe triture, quelques instants, la serrure supérieure. Dominique entend le bruit du pêne qui retrouve son logement. Louis s'attaque à la serrure centrale. Elle résiste. Il grommelle. Il n'aime pas ça. Après quelques essais inutiles, il se tourne vers Dominique :

« Il faut y aller à la plume, pas moyen de faire autrement. L'ennui, c'est que ça va craquer. »

Dominique a un geste vague. Il lui fait confiance. On verra bien...

La plume, c'est la pince-monseigneur, un levier en acier spécial long d'une soixantaine de centimètres, terminé à la base par un talon à angle ouvert d'une dizaine de centimètres. Tavernier introduit le talon dans l'embrasure de la porte, à la hauteur de la serrure supérieure, et pousse sur le bras de levier. Le bois craque, puis s'éloigne du chambranle.

Tavernier enfonce alors un coin de bois dans l'ouverture, afin d'ébranler les vis qui retiennent la serrure. Il glisse sa pince sous le coin, recommence à pousser des deux bras sur le levier. Ça craque de nouveau. Il fait alors signe à Dominique, qui le regarde en amateur de travail bien fait, de placer un autre coin, le plus près possible de la serrure centrale. Puis, une fois encore, il actionne le levier.

Le claquement sec du bois cassé résonne jusque dans la rue, les vis de la gâche s'arrachent. Les deux hommes s'engouffrent dans le noir, referment la porte derrière eux, retiennent leur souffle, écoutent.

« Allons-y, dit Dominique. C'est calme. »

Un corridor les conduit à une seconde porte, à double battant.

« La poisse, murmure Louis. Elle est fermée de l'intérieur, par un verrou. »

Dominique a un geste fataliste, qui signifie « on prendra le temps qu'il faut ». Louis retrouve son courage en regardant ce grand garçon blond, si paisible.

« Eclaire bien, dit-il, c'est de la chirurgie... »

Il exerce une pesée sur le haut du battant droit, puis, dans l'entrebâillement obtenu, glisse un filin d'acier terminé par un crochet.

Le crochet agrippe la saillie de la crémonce supérieure fixée sur le battant gauche. Un coup sec vers le bas et la crémone glisse verticalement. Louis renouvelle l'opération. C'est au tour de la crémone inférieure de se déloger du parquet. Une poussée centrale et, malgré la résistance du verrou, les deux battants s'ouvrent.

Dominique et Louis entrent dans une salle encombrée de meubles hétéroclites, qui ont dû servir à des générations. Sur un des côtés du bric-à-brac, dégagé pour la circonstance, des paquets de cartes rangées par communes. Les précieux titres de ravitaillement...

« Va chercher les gars, dit Dominique. Il faut se grouiller. »

Louis disparaît avec la lampe. Resté seul dans le noir, Dominique s'assied sur une chaise. Pour un peu, il dormirait quelques minutes, à volonté, selon son habitude, pour récupérer. Il attend. La cloche de l'église Sainte-Marthe tinte deux fois. Le mistral hurle sous les fenêtres mal jointes.

Dominique calcule sa part de bénéfice. Cette opération est pour lui une grande première. Les précédentes ne lui ont rapporté que de la gloire. Ce coup-ci, grâce à Antoine Guérini, il va être riche. Pour commencer, il réalisera un vieux rêve de l'écolier de Cargèse : voir Paris ! Cela semblait irréel, du fond de la Corse, et voilà que tout paraît facile, maintenant. Guérini y va souvent, pour retrouver des amis. L'autre jour encore, il parlait des endroits où on s'amuse : le Chapiteau à Pigalle, la Mère Arthur, rue des Martyrs, Tabarin, Chez Odett'... Dominique sourit, gagné par une joie enfantine. Il s'habillera chez Taddéï, le faiseur corse de la rue de Douai. Il fera alterner costumes bleu marine et prince-de-galles gris, chaussures noires et jaunes, en crocodile...

Le halo de la lampe électrique troue l'obscurité. Louis guide Michelesi et Marrazoni. Tous trois posent sur le sol des sacs de toile, où les paquets de titres ont tôt fait de disparaître. Ils les nouent avec de la ficelle, avant de les aligner à l'entrée de la salle.

A deux heures trente, Marrazoni amène la camionnette à pied d'œuvre. Ils y entassent huit sacs, les deux derniers vont à l'arrière de la traction, où Louis s'installe. Dominique est assis à l'avant, à côté de Toussaint Michelesi qui met le contact.

Marrazoni, de son côté, s'apprête à démarrer. Le moteur à gazogène a des hoquets. Marrazoni enclenche la première.

Une torche aveuglante surgit devant le capot. Une voix hurle :

« Police ! Haut les mains ! »

Des ombres courent, des coups de feu crèvent les pneus de la camionnette. La traction de Michelesi s'arrache du bitume. Les vitesses grincent. Marrazoni a jailli de sa voiture immobilisée, zigzague sous les arcades. Il sort son revolver, tire au jugé.

Une rafale le couche devant le porche de l'église.

Tandis que Toussaint roule pied au plancher, vers Marseille, Dominique répète :

« On ne pouvait rien faire pour lui... Si au moins il avait couru vers la traction.

– Dans un cas pareil, dit Michelesi, c'est chacun pour soi. On se serait fait descendre, si on l'avait attendu.

– Ce que la souris d'Antoine ne savait pas, dit Louis, c'est qu'il devait y avoir un signal d'alarme entre le dépôt et le commissariat.

– Pauvre Vincent ! » conclut Michelesi.

Dominique appuie son front contre la vitre glacée. Jusque-là, ses opérations n'avaient pas fait de victimes... Il sait que ce n'est pas sa faute, mais il ne peut s'empêcher de se sentir responsable.

« En fait, dit-il, on doit tout prévoir.

– Les casses les plus faciles, dit sentencieusement Toussaint Michelesi, c'est souvent les plus dangereux. Tu es jeune, tu verras... »

V

« Avec un peu de chance..., » disait Triffault des magasins du Printemps.

Elle se présente, la chance. Tout à fait par hasard, alors que je m'apprête à quitter les sous-sols pour aller dormir. J'ai passé une nouvelle nuit sans histoire. A neuf heures, j'ai fait le compte rendu journalier. Et comme je traverse le magasin, je tombe en arrêt. Au rayon ménager. La *Gretchen* en uniforme, qui hésite entre une série de couverts et un saladier en faïence, a eu un geste insolite... Mon œil droit s'accroche désespérément à sa main gauche, tandis que l'autre, redoutant l'apparition de Kim, ma concurrente, fouille de tous côtés.

L'euphorie me gagne. J'ai envie d'esquisser un pas de danse, au milieu des clients affairés. Ma « souris grise » a mis la main dans la poche de sa veste.

Je flaire, je tourne, je m'approche, je m'éloigne. Tant et si bien que mon manège attire son attention. Nos regards se croisent. Dans le mien, une lueur de triomphe. Dans le sien, la peur de la bête aux abois.

Je l'interpelle au moment où elle va franchir la porte. Elle n'a pas l'air de comprendre. Je mime la scène du vol — on n'a pas joué pour rien les fantaisistes de cabaret. Et hop, je plonge la main dans sa poche. Stupeur, j'en sors un tire-bouchon! L'Allemande vocifère, tente d'ameuter les clients. Naïf et inconscient, je la traîne au bureau du 98, rue de Provence. Bleuze ne pavoise pas.

« L'affaire est trop minime, me dit-il. Reconduisez cette idiote à son service et avertissez ses supérieurs. Ça lui suffira, comme leçon. »

Me voici dans la situation, unique dans Paris, d'un monsieur qui chemine rue La Fayette, tenant solide la manche d'une gabardine d'uniforme allemand... La *Feldgendarmerie* siège dans un hôtel, square Montholon. Je tombe sur un colosse casqué, le cou entouré d'une énorme chaîne à laquelle pend la plaque métallique que les titis parisiens appellent « le collier à vaches ». Le géant me barre le passage.

« *Printemps Polizei* », dis-je.

Il ne comprend pas. Il interroge la *Gretchen,* qui vocifère en me foudroyant du regard. Elle disparaît dans un couloir tandis que le colosse me fait signe d'attendre. Je reste debout dans le hall, essayant d'interpréter ses hurlements dans l'appareil téléphonique.

Un quart d'heure se passe. La *Gretchen* n'a pas reparu. Je commence à me sentir mal à l'aise. Je m'approche du *Feldgendarme* rigide devant son bureau. Je lui demande ce qui se passe. Il lève sur moi un regard qui me glace. Je commence à regretter d'être là, à maudire mon excès de zèle. Tout ça pour un tire-bouchon!

« Papiers ? »

Un escogriffe roux, tête nue, dolman entrouvert, a surgi d'une porte entrebâillée. Il tend la main, au bout d'une manche ornée des galons d'argent de sous-officier. Il disparaît avec ma carte d'identité. Cinq minutes plus tard, il réapparaît, parlant français avec une rudesse toute germanique :

« Je pense qu'il n'y a pas lieu de poursuivre cette histoire stupide, dit-il. A moins que vous n'y teniez personnellement... »

Je fais non de la tête, avec vigueur.

« Dans ce cas, nous classons. Dans l'autre, nous allons à la *Polizei* pour enregistrer votre déposition. A vous de choisir. »

J'ai choisi.

Je réitère mon mouvement de tête négatif. Je murmure, la gorge nouée :

« C'est, en effet, sans importance... Mon chef m'a dit de vous prévenir, c'est tout... »

D'un geste sec, il me rend ma carte d'identité, me reconduit, ajoute, glacial :

« A l'avenir, soyez un peu plus respectueux de l'armée allemande, *Herr* Borniche ! »

Je rentre chez moi, humilié, épuisé. J'ai du mal à m'endormir.

Les jours se succèdent. C'est toujours la grisaille.

Ma vie de surveillant nocturne me semble de plus en plus monotone. Je m'ennuie ferme. Je crois que je vais suivre le conseil de Triffault. Je vais me renseigner sur les épreuves du concours de la police. Je verrai bien. Après tout, j'ai toutes mes nuits pour travailler. On peut en ingurgiter, des programmes de concours, quand la faim ne vous permet pas de fermer l'œil jusqu'à neuf heures du matin. Si je suis recalé, ça m'aura toujours fait passer le temps.

Dominique Léonelli vient de faire le meilleur repas de sa vie. Et sans doute l'un des meilleurs que quelques privilégiés aient pu savourer, en ce jour du printemps, dans un restaurant de marché noir.

Ange Malaggione a bien fait les choses.

« Tu verras, Doumé, avait dit Michelesi, l'Archange, il a de la classe ! Si tu viens de ma part, il te traitera en frère. Un conseil : sois discret avec lui, très discret. Ne lui pose jamais de questions. Il n'aime pas ça... »

D'un pas alerte, qui active la digestion, Dominique longe l'avenue du Bois à la recherche du vélo-taxi qui le conduira à l'hippodrome de Longchamp. C'est sa dernière journée parisienne. Demain, il retrouvera sa chambre, à Marseille, au-dessus du restaurant de la Bouillabaisse. Il n'est resté que quelques jours, mais il n'a pas perdu son temps. Il voulait découvrir la capitale, il est servi. Il a l'impression de ne plus être le même. C'est un petit provincial qui regardait défiler la Bourgogne derrière les vitres du train. Il n'appréciait que sa Corse natale, et les quelques villes du Midi où l'avaient conduit ses coups de main, telle l'affaire des titres de ravitaillement de Tarascon. Depuis, il a vécu. Il connaît le gratin parisien. A la fois truand et résistant, comme Toussaint Michelesi, il pense vaguement que Malaggione est de leur bord. Il doit, en tout cas, jouir de hautes protections. Car c'est lui qui a facilité le séjour de Dominique. Entre compatriotes...

Oui, Dominique se sent une âme de caïd. Il est jeune, mais il tutoie Antoine (Guérini) et Ange (Malaggione). Deux belles cartes de visite. A Paris, il mesure le pouvoir de l'argent. Quand la guerre sera finie, il reviendra, pour en gagner à la pelle. Il est plutôt moins bête que les autres... alors...

Il a pris goût à la vie. Son hôtel, le Carlton des Champs-Elysées, est aussi somptueux que son homonyme de Cannes. Pour Daniel Lubin, c'est un palais. Daniel Lubin, initiales : D.L. Le faux nom de la carte d'identité fournie par Guérini à Dominique, commence comme le vrai. L'un des meilleurs moments de la journée, c'est la fin de la matinée, quand il se met à la fenêtre pour contempler l'avenue depuis l'Arc de Triomphe jusqu'aux Tuileries, là-bas, derrière l'obélisque de la Concorde. Cette vue panoramique lui donne l'impression d'être riche, puissant, célèbre. Le soir, quand il s'endort en respirant le parfum printanier des marronniers, il rêve déjà qu'il égale Malaggione et Guérini réunis...

Pas un vélo-taxi à l'horizon. Ça ne fait rien. Dominique n'est pas fatigué. Il aime autant marcher. Et puis, il voit dans les yeux des Parisiennes qu'il peut être fier de son visage et de sa taille svelte, bien prise... La marche, ça conserve la ligne. Il en est fou, des jolies Parisiennes. Bien sûr, il ne s'est pas ennuyé, avec les femmes depuis son arrivée. Mais ce qu'il faudrait, c'est une fille qui ait de la classe. Une dame, quoi. Ne le mérite-t-il pas, lui qui a fait un ruineux effort d'élégance? Aujourd'hui, pour son déjeuner avec l'Archange, suivi de cette promenade à Longchamp, il a choisi un prince-de-galles clair, avec pochette et cravate bleu ciel, signées Lanvin. Il avance, aérien, sûr de lui, dans ses belles chaussures de crocodile.

Jamais Dominique n'aurait pensé qu'il aimerait autant le luxe. C'est la revanche du petit orphelin corse, de l'ouvrier de l'Arsenal vêtu d'un bleu de chauffe. Sa penderie, à l'hôtel, regorge de costumes de demi-saison, et la commode, de chemises finement brodées aux initiales D.L... Ah! s'il pouvait se promener bras dessus, bras dessous avec une de ces élégantes dont il respire, au passage, le parfum de qualité, son bonheur serait complet.

Des sentinelles allemandes, des panneaux indicateurs surchargés de lettres gothiques sont là pour lui rappeler que la guerre continue, et que l'ennemi est toujours présent... La fibre patriotique de Dominique, quelque peu anesthésiée par le prince-de-galles et le repas fin, se remet à vibrer.

Il ne se gêne pas pour regarder avec une haine non dissimulée, au passage, les factionnaires en uniforme de parade, plantés au garde-à-vous, jambes écartées, devant le bel hôtel particulier du 72, avenue du Bois. C'est la résidence des chefs de la police de Sûreté allemande en France. A quelques pas, d'autres S.S. protègent les entrées des 82 et 84 de l'avenue, siège des services de recherche et de répression de la Résistance.

« Ils ne s'y trompent pas, ces fumiers, enrage Dominique. Ils choisissent les beaux quartiers ! Si les Ricains pouvaient nous bombarder tout ça ! »

Lorsqu'il atteint la porte Dauphine, les vapeurs d'alcool qui embrumaient son cerveau commencent à peine à se dissiper. Il faut dire que l'Archange a tenu à arroser tout le repas au champagne :

« Rien n'est trop bon pour mon compatriote, l'ami de mon ami Toussaint Michelesi ! »

Levant sa coupe, debout devant la table, l'Archange lançait à la cantonade devant les clients éberlués, habitués à plus de discrétion dans ce sanctuaire du marché noir :

« Je bois au plus Corse des Corses, Sampiero, le héros des héros, que l'amour de sa patrie, mère suprême des mâles vertus, a nourri dans les montagnes, au bord des torrents ! »

D'un trait, il vidait la coupe, tandis que Dominique, croyant bien à tort que Malaggione faisait allusion à la Résistance, clamait à son tour, dans le silence général :

« A Sampiero ! »

Quel jeune homme fraîchement débarqué sur le pavé de la capitale n'aurait été aussi naïf que Dominique ? Il ne lui serait jamais venu à l'idée qu'un ami de Michelesi travaillait pour la Gestapo. Comment ne pas être fasciné par la distribution des pourboires de l'Archange, à la sortie ! Tout le personnel du restaurant de luxe, du maître d'hôtel au chasseur, se pliait avec servilité pour prendre le gros billet. Ange Malaggione sortait majestueusement, escorté de Dominique comme un seigneur de son vassal.

Celui-ci, subjugué par tant de magnificence, a dû puiser tout son courage dans le champagne pour proposer :

« Si tu es libre ce soir, je t'invite. A la Lorraine, d'accord ? Ça me ferait plaisir.

– D'accord, a répondu Ange, magnanime. A neuf heures, là-bas. Je serai précis. »

En traversant le Bois, Dominique songe au bar Fanfan, rue de Douai, où il a rencontré Malaggione pour la première fois, la veille. Un estaminet de Pigalle, tout en longueur. Le portrait de l'Empereur trône au milieu des étagères couvertes de bouteilles et de verres. Là, Napoléon est chez lui. Il arrive que la patronne, une quinquagénaire oxygénée aux lèvres d'un vermillon agressif, le couve d'un œil énamouré... Le soir, quand la fumée noie les visages, quand on a baissé le rideau de fer, on réunit les tables du fond, on les recouvre d'un tapis vert. Le jeu va commencer.

Dominique Léonelli n'était guère à l'aise, au début, devant ces visages sinistres dans la lumière blafarde. Heureusement, Antoine l'avait prévenu :

« Petit, tu verras. Chez Fanfan, c'est tous des amis. Des flics, des truands, des gestapistes, des militaires, des résistants... Mais Corses avant tout ! »

Comme personne ne dit mot de ses affaires, Dominique ne s'y retrouve pas très bien. Mais ce qu'il retrouve, c'est la Corse, ça oui !

Le bar est une colonie corse, au sein de laquelle l'Archange brille par son intelligence et sa verve. Ils échangent des souvenirs du pays, ils parlent de leurs villages, Cargèse, Bastelica... Un attendrissement dans la voix, tout de suite, Dominique se sent chez lui. Il écoute avec émotion l'Archange conter, de sa voix douce, l'histoire mystérieuse de l'île. Ce petit homme est un poète. Dans ce bar enfumé, il fait revivre les invasions, les lieux sacrés et les miracles chrétiens, les énigmes de la préhistoire, les mythes et les monuments païens... Il parcourt des paysages grandioses, et, bien sûr, la grande ombre de l'Empereur descend sur eux.

« Tu me rappelles notre curé, à Cargèse, dit Dominique, la gorge serrée.

— Ah ! les curés... »

D'un geste l'Archange a chassé un vieux souvenir.

« Et qu'est-ce que tu fais, à Paris ? » dit Dominique.

... Il se mord les lèvres, se souvenant trop tard du conseil de Michelesi : « Pas de questions ! l'Archange n'aime pas ça. »

De fait, Malaggione s'est fermé, hostile... Il se tourne vers le bar en grognant quelque chose comme :

« Des affaires... »

Dominique en a déduit que l'Archange travaillait moitié pour lui, moitié pour la Résistance, comme Michelesi. Après tout, Dominique aussi est à moitié truand, à moitié résistant, depuis l'affaire de Tarascon... Il sourit à une jeune promeneuse qu'accompagne un vieux beau décoré.

« Des affaires, murmure-t-il, moi aussi, j'en ferai, à Paris, après la guerre. »

Il entend, à travers les arbres, le tintement d'une cloche. Puis la grande clameur qui annonce l'arrivée d'une course. Il découvre Longchamp, noir de monde, les flâneurs qui musardent au travers des allées, les inspirés de la dernière minute qui courent vers les guichets.

« Je ne suis jamais allé aux courses, a-t-il confié à Malaggione, entre le dessert le café.

– Il ne faut pas rater ça, ami. Et si tu veux gagner un peu d'argent, joue Flamingo ou Lazare, dans le prix des Sablons. Ne te laisse pas avoir pour Vigilance, Tornado ou Tifiner, c'est des tocards ! Dommage que je ne puisse pas t'accompagner... »

En fait, l'Archange allait bien aux courses, mais de son côté... Il retrouverait au pesage son ami Henri Lafont, dont la Bentley blanche trônait dans le parking réservé aux personnalités. Depuis un an, Lafont est passionné de chevaux. Il prend des leçons dans un manège avec succès. Il a offert à sa maîtresse, la belle marquise d'Alès, deux pur-sang, Zéphyr et Belle-Aurore. L'aristocratie du cheval lui ouvre ses portes. Sa place est réservée au pesage...

Sylvia s'en souviendrait, de ce voyage en chemin de fer de Bourges à Paris. Elle avait renoncé à compter les changements, les contretemps sur les voies de garage, la peur des bombardements.

« Puisque vous voulez absolument aller assister votre marraine dans ses derniers moments, avait dit Mme Roussel, faites mais faites vite !

– Laisse, avait dit le banquier, c'est son devoir après tout. Du moment que ses parents ne veulent pas se déranger... »

Encore un de ces dîners où Alphonsine se retenait de rire, où Sylvia serrait les dents de fureur. Elle connaissait fort peu sa marraine, Eugénie Désormeaux. Elle ne l'avait vue qu'une fois, à Neyrac, et une autre fois au parloir du pensionnat des sœurs de Marie-Mère-de-Dieu. Mais Marie-Adélaïde, sa mère, avait longtemps logé chez elle, à Paris, avant son mariage. Eugénie, apparentée au grand-père adoptif de Sylvia, passait pour riche. Le baron de Neyrac l'avait acceptée d'enthousiasme pour marraine de sa fille, quand Marie-Adélaïde avait timidement suggéré son nom :

« Ces vieilles biques, ça fait des économies. Tout ça reviendra, un de ces jours, aux Neyrac... »

Hélas ! la guerre avait eu raison du capital d'Eugénie, déjà presque anéanti par la fuite d'un notaire, la chute d'actions fantômes, et les libéralités dont la vieille dame, passablement gâteuse, se défendait mal.

Sylvia avait reçu une lettre de sa mère, fort embrouillée. Il en ressortait qu'Eugénie était au plus mal, qu'un prêtre la visitait deux fois par jour dans son appartement de la rue Raynouard, qu'Honoré-Gonzague avait disparu depuis plusieurs jours pour une de ces bordées dont il revenait plus malade et ruiné que jamais. Que Marie-Adélaïde, enfin, clouée au lit par une angine de printemps, ne pouvait s'éloigner de ce cher médecin de famille.

Bref, Sylvia devait avoir à cœur de se rendre au chevet de sa marraine. Les Roussel lui donneraient bien un jour ou deux de congé ? A Paris, elle logerait chez Eugénie. Un modeste mandat était joint à la lettre pour les frais de voyage, ainsi qu'une carte pour les Roussel.

« Ainsi, dit-elle, j'ai congé pour trois jours ?

– C'est largement suffisant, dit Yvonne Roussel. Car vous comprenez bien que si cette dame tarde à mourir, je ne veux pas que l'éducation de mes enfants en pâtisse.

– Allons, allons », dit le petit banquier, toujours très agité par la mort des autres, à force de redouter la sienne.

Sylvia est partie à l'aube, quand les Roussel dormaient encore. Elle ne voulait pas qu'ils voient qu'elle emportait sa grosse valise armoriée, avec toutes ses affaires. Elle les quittait pour toujours.

Par le truchement de la bonne marraine, promue pour une fois au rang de fée, le Ciel lui donnait l'occasion qu'elle attendait.

Pour dépenser le moins possible, elle n'a pas hésité à voyager en troisième classe, dans un compartiment qui empestait le saucisson à l'ail. Parcours interminable. Quelques jeunes gens, que les restrictions n'empêchaient pas de boire, la serraient de près. Un brave homme de contrôleur lui avait trouvé une place à l'autre bout du wagon.

« Trains de la guerre, trains de misère », murmurait-elle, sur un rythme de comptine enfantine.

Pourquoi fallait-il que ce train sente si mauvais? C'était un vieux prêtre, maintenant en face d'elle, qui puait tranquillement des pieds dans des godillots de la dernière guerre. Des soldats allemands, le calot sur les genoux somnolaient dans un compartiment réservé. Les paysages traversés disaient la douceur du printemps. Mais Sylvia, indifférente aux beautés agrestes dont elle était saturée, avait tiré, du sac de toile qui contenait ses maigres provisions de route – du pain, du fromage, des noix, de l'eau –, un volume de son cher Balzac. Elle en avait « emprunté » trois à la bibliothèque des Roussel. N'était le poids, elle aurait pu en prendre davantage, en desserrant leurs voisins : le banquier n'y regardait jamais. Salauds de bourgeois, qui alignent les livres comme des pots de fleurs...

Elle lisait *Splendeurs et Misères des courtisanes.* Elle oubliait le train poussif, les gens confinés sur la dure banquette. Que n'aurait-elle donné pour que ce prêtre vieux et sale, en face d'elle, soit le fameux abbé Carlos Herreira, alias Vautrin, et qu'elle, Sylvia, soit son Lucien de Rubempré! Comme elle lui aurait obéi, sans s'embarrasser d'amours catastrophiques et désespérées, afin de devenir riche, puissante, respectée... Elle avait déjà un beau nom... Que lui manquait-il? L'argent. A défaut de la fortune de ses ancêtres, elle se contenterait de ce qu'elle trouverait. Epouser un millionnaire? Mais y en avait-il encore? Bernard Roussel répétait que tout allait mal. Et puis, l'idée d'un bonhomme semblable au banquier, couché dans son lit, lui donnait la nausée. Un jeune homme riche? Est-ce que ça se trouvait ailleurs que dans les romans arriérés, qui la faisaient rire?

Le jeune Allemand, dans le couloir, la regardait sans se gêner. Il était beau. Mais il n'était pas riche : pour Sylvia, un soldat riche était officier. Elle s'en voulait d'avoir envie de le regarder, elle aussi. « Si en plus de l'argent, j'ai besoin d'un homme, se disait-elle, avec la rude lucidité héritée de son père, alors, je suis fichue. » Non, pour rien au monde, elle ne voulait souffrir de l'amour, comme une héroïne de Balzac. On n'était plus en 1844, que diable!

Elle se désintéressa du soldat quand elle vit la vilaine cicatrice qui lui barrait la joue gauche.

On arrivait.

D'une fenêtre, elle contemplait, rêveuse, le jardin de la maison voisine, la maison de Balzac, tandis que la marraine, inconsciente, agonisait doucement. Le médecin avait dit qu'elle en avait peut-être pour deux jours encore. Un homme de loi guettait : l'appartement serait vendu pour payer les dettes. Il était manifestement de mèche avec un antiquaire, qui avait passé l'après-midi à ausculter le mobilier, sans se gêner. Sylvia, instruite par Balzac, ne s'étonnait de rien.

« Vous allez faire une belle affaire, lui disait-elle. D'aussi beaux meubles sur la rive gauche...

– Vous êtes parisienne?

— Bien sûr.
— Vous n'en avez pas l'air.
— Qu'est-ce qu'il faut faire, pour en avoir l'air ?
— Venir dîner avec moi. »

Elle avait failli accepter. Ce quadragénaire chauve et bedonnant, parfumé comme une cocotte, n'avait pas l'air dangereux. Mais si Eugénie mourait pendant ce temps-là ?

« Je me dois à ma marraine, dit-elle d'un air dévot. Un autre jour, peut-être... »

Il n'avait pas insisté, charmé à l'idée de posséder un jour la filleule de la mourante, après en avoir confisqué l'appartement pour une bouchée de pain.

Eugénie était morte le lendemain, sans avoir semblé reconnaître Sylvia. La mort des sans-famille, des ruinés, ceux qui n'ont rien à attendre de personne. Sylvia pleurait. Cette vieille dame qu'elle avait si peu connue, c'était son enfance, son baptême. C'était un petit morceau de la famille dispersée, presque anéantie. C'était comme une odeur de pensionnat, de croyance désuète, de puretés éphémères...

Sylvia pleurait son enfance triste, son adolescence délaissée. Tandis que l'homme de loi, un peu surpris par le chagrin de cette fille qui n'héritait de rien, l'aidait à régler les formalités des obsèques, Sylvia jurait à la vieille dame qu'elle ne se laisserait pas ruiner par la société, elle. Ruiner, et délaisser, quand on avait profité de sa bonté proverbiale. « Eugénie est si bonne... »

Sylvia ne serait pas bonne. Elle serait dure. Elle n'attendrait pas, vierge, le grand amour qui ne vient jamais. « Il faut entrer dans cette masse d'hommes comme un boulet de canon ou s'y glisser comme une peste », écrit Balzac. Eh bien, on allait voir...

« Vous pouvez loger là jusqu'à la fin de la semaine, dit l'homme de loi. Après...

– Ne vous inquiétez pas, lui répondit Sylvia. Je sais où aller... »

Elle n'en savait rien. Ses économies lui permettraient de tenir quelques jours. Le temps de chercher une place dans une école privée, si on voulait d'elle.

Sylvia a atteint le Bois. Sortie de l'appartement confiné de la rue Raynouard, elle avait besoin de respirer, de marcher. Les arbres en bourgeons, le ciel d'un bleu très pâle, les oiseaux, elle connaissait tout cela, mais ce qui l'émerveillait, c'était de le retrouver, malgré la grande misère de l'Occupation, à Paris même, avec les promeneurs élégants, les coquettes à l'œillade facile.

« Vous allez aux courses? » lui demande un monsieur bien mis.

Elle se dérobe, s'éloigne à pas pressés, assez fière tout de même. Cela la console d'une réflexion qu'elle a cru surprendre, tout à l'heure. Deux jeunes femmes ont chuchoté, avec un petit rire, le mot de « provinciale ». Elle a pourtant mis sa plus belle robe, la bleue, taillée par la couturière de Mme Roussel. D'instinct, Sylvia se sent mal fagotée, un peu ridicule, mais, courageusement, elle choisit d'en sourire. Ce temps ne durera pas, elle le sait. Elle sait qu'elle est belle, malgré tout. Plus belle que bien des élégantes qui la toisent avec dédain. Une clameur s'élève. La foule se fait dense autour d'elle.

« Qu'est-ce que c'est? demande-t-elle à une femme d'allure modeste qui promène un petit garçon.

– L'arrivée d'une course.

– Ah! dit Sylvia. Il faut beaucoup d'argent, pour jouer?

– Mais non, dit la femme en riant. Tenez, vous voyez, là-bas, au guichet, le grand brun, c'est Paul, mon mari... avec une casquette. Pourtant, de l'argent, nous n'en avons guère...

— Vous allez en gagner », dit Sylvia, aimablement.

Et voilà que, soudain, la femme cesse de sourire. Elle serre le petit garçon contre elle, regarde autour d'elle, éperdue, crie : « Paul, Paul ! »...

Un vrombissement dans le ciel. Un sifflement de fin du monde.

« Oh ! couchez-vous », crie la femme, qui se jette contre terre, couvrant son enfant de son corps.

Des cris s'élèvent. D'affreux cris d'angoisse. L'avion rugissant a terminé son piqué et remonte droit dans le ciel. A une cinquantaine de mètres, la terre se soulève, dans une assourdissante explosion. Des branches dégringolent, coupées net. Les hurlements redoublent. Sylvia a un haut-le-cœur : elle aperçoit, à travers un nuage de poussière, le corps mutilé d'une femme accroché à la grille de l'hippodrome. Et, tout près, sur un taillis, un bras ensanglanté, la main encore crispée sur un sac.

La foule passe de la stupeur à la panique. Elle se disperse dans tous les sens, tandis qu'une seconde vague d'avions déferle. Les bombes pleuvent sur Longchamp, éclatent comme le tonnerre, semant la mort. Les éclats criblent le tronc d'un arbre maigre, derrière lequel Sylvia tâche de s'abriter. « Je vais mourir, se dit-elle. Je n'ai pas encore vécu, et je vais mourir... » Elle serre les dents. Elle voudrait résister à la panique. Elle ne peut pas. Elle se met à courir. Elle entend le vrombissement d'une troisième vague...

« Venez ici, bon Dieu ! »

Un homme a bondi. Il prend la main de Sylvia, l'attire vers lui, la plaque au sol, au pied du chêne centenaire qui l'abritait. Elle est à demi couchée sous lui. Son souffle se précipite. Elle a moins peur.

« Ne criez pas, dit l'homme. Ne bougez pas. Vous ne risquez rien. »

Une seconde, elle songe, troublée, que ces paroles peuvent avoir plusieurs sens... Elle a le temps de se trouver très courageuse pour avoir de pareilles pensées en un pareil moment. Une bombe explose à l'endroit précis où elle se tenait il y a quelques secondes à peine. Une gerbe de feu et de mottes de gazon s'élève, retombe sur elle et sur son sauveur.

Des cris de douleur, à nouveau. Puis le silence des grandes catastrophes.

« Merci », murmure Sylvia.

L'homme sourit. Il est beau, élégant. Blond aux yeux bleus. « Un vrai roman, pense Sylvia. Grâce à lui, je l'ai échappé belle ! »

« Je m'appelle Dominique Léonelli, dit-il.

– Sylvia de Neyrac... Vous êtes du Midi ?

– Corse. Vous êtes noble ?

– C'est pareil.

– Ah !... Vous aimez les Corses ?

– J'aime beaucoup *Colomba,* de Mérimée.

– Je l'ai dévoré à l'école, autrefois. Vous lisez beaucoup ?

– Oui.

– Moi, non. Je n'ai pas le temps.

– Qu'est-ce que vous faites ?

– Des affaires... »

Ils se regardent, et ils éclatent de rire. Après une si forte tension, ils bavardent tranquillement tandis que les aviateurs anglais tournent, très haut, narguant la Flak du Mont-Valérien. Sylvia et Dominique se taisent. Leur rire nerveux a pris fin. Ils suivent des yeux les bombardiers, qui disparaissent vers le nord après avoir vérifié l'étendue du désastre.

Dominique se relève. De sa main gauche, écorchée

par un morceau de bois, coule un peu de sang qui a taché son beau prince-de-galles. Il tend la main droite à Sylvia, pour l'aider à se relever à son tour. Sylvia se rend compte que sa robe découvrait ses jambes jusqu'à mi-cuisses. D'un geste rapide, elle fait retomber le tissu.

« Dommage, dit Dominique.

– Vous êtes blessé ? dit Sylvia, mi-confuse, mi-troublée.

– Ce n'est rien... Une égratignure.

– Vous m'avez sauvé la vie, dit-elle. Je ne vous ai même pas dit merci...

– Vous avez bien un moment », dit-il.

Il la prend par le bras, l'entraîne vers la porte Dauphine, dans le hurlement des sirènes.

Dans les toilettes du salon de thé, Sylvia a eu honte de sa robe froissée, et se demande comment le visage qu'elle voit dans la glace peut ne pas déplaire à ce beau garçon élégant. Elle est aussi chiffonnée que sa robe.

« Mais je suis encore grise de peur ! » s'exclame-t-elle tout haut.

Elle sort de son sac le poudrier et le bâton de rouge, dont l'usage était interdit chez les Roussel. Il lui semble que son visage, peu à peu, reprend vie.

« Pourquoi ai-je autant besoin de plaire ? » demande-t-elle à son image.

La salle est vide, mal éclairée.

« Sinistre, dit Dominique. Je vous ferai connaître des endroits plus gais. Des endroits où on s'amuse vraiment.

– Ça existe encore, avec la guerre ?

– Mais oui. Vous verrez. »

Avec lui, tout semble facile. Il se penche vers elle,

son visage est tout près, comme, tout à l'heure, dans le Bois, derrière l'arbre...

« Vous êtes très jolie, Sylvia. »

Il a une voix douce comme ses yeux clairs. Une voix qui chante le Sud, le soleil, la mer. Sylvia a l'impression qu'elle connaît depuis longtemps ces yeux, cette voix. Elle ne trouve pas que le salon de thé soit si triste. « Je suis folle, se dit-elle. Je suis bien, à côté de lui. Je ne sais pas quoi dire. Je n'ai pas envie de bouger... »

Dominique prend sa main, qu'elle lui abandonne, moite comme une promesse.

« Il fait très chaud, dit-elle. Vous ne trouvez pas ?

— Auprès de vous, dit-il, on ne pense pas à la chaleur, ni au froid... »

Dominique appuie ces paroles par un long baiser sur la main de Sylvia.

« Vous savez, lui dit-elle très vite, je n'habite pas à Paris. Je veux dire, pas depuis longtemps. Je suis venu voir ma marraine, qui vient de mourir. Je ne connais personne. Je vous fais confiance.

— C'est gentil, dit Dominique, touché. Vous n'avez pas l'air d'une fille comme une autre. »

« C'est vrai, songe-t-il. Elle n'est pas comme les autres. D'abord, elle est sacrément bien foutue. Et puis, elle a de la classe. Si l'Archange voyait ça... »

« J'ai invité un ami à dîner, dit-il. Si vous voulez vous joindre à nous...

— Ce soir ?

— C'est mon dernier jour de vacances. En amie... Vous voulez ?

— Je viendrai, dit Sylvia.

— Je passe vous chercher à huit heures en vélo-taxi. Et je vous accompagne, comme ça je connaîtrai l'adresse.

— C'est rue Raynouard, dit-elle. Tout près d'ici... »

« Les seuls gens riches que j'ai connus, mais riches, vraiment riches, dit Sylvia, c'étaient des salauds. »

Ange Malaggione tire sur son cigare, hoche la tête d'un air entendu. Il trouve que ce petit Dominique a une sacrée chance. Cette gamine est vraiment a-do-rable. Il le lui a dit sur tous les tons. Il voit bien que ça lui fait plaisir. Vierge, sûrement. Mais elle ira loin. Il soupire. Il est sûr que Dominique est pincé. Mauvais, ça. Elle est trop bien pour un type du Milieu. A moins que... On ne sait jamais. Au fond, une fille comme ça, ça s'éduque...

« Quels gens riches ? demande-t-il, distrait.

– Les Roussel. Un gros banquier de Bourges. Je travaillais chez eux. J'étais institutrice. »

Au mot de banquier, l'Archange a dressé l'oreille. Il écrase son cigare dans la soucoupe, signe chez lui d'une intense concentration. Il verse du champagne à Sylvia, qui n'a jamais été à pareille fête. Le décor de la brasserie la Lorraine scintille autour d'elle. Ce petit homme à lunettes, très pâle, l'a un peu inquiétée, au début. Maintenant, elle lui trouve une sorte de distinction. S'il n'était pas dans les affaires, comme Dominique, il pourrait être professeur. Ou prêtre, pourquoi pas ? Il lui rappelle le confesseur du pensionnat de Marie-Mère-de-Dieu. C'est le regard qui l'inquiète, derrière les épaisses lunettes. Mais de quoi aurait-elle peur, aux côtés de Dominique, qui emprisonne son genou entre les siens, sous la table.

Le champagne la rend bavarde. Elle raconte sa triste vie chez les Roussel, les persécutions d'Yvonne, les ruses du banquier, qui cache son argent pour ne pas rembourser les clients qu'il a ruinés. Juste avant de quitter Bourges, Alphonsine lui a révélé la cachette du coffre, enfin découverte grâce à sa technique du trou de serrure : le soubassement des boiseries de la salle à manger...

« Il attend sûrement la fin de la guerre, soupire Sylvia. Pour quitter la France avec le magot...

— Il y a des salauds partout », dit l'Archange évasif. Il se désintéresse manifestement de la conversation.

« C'est pas tout ça, dit-il, en se levant. Si on allait faire un tour au Chapiteau. Papa Ange vous invite, mes petits... »

Une heure plus tard, les Roussel sont loin de l'esprit de Sylvia. Cet univers-là, elle ne le reverrait jamais. Toute gaie, elle se serre contre Dominique. « Mais je suis amoureuse », s'étonne-t-elle.

Tout a été si vite : la promenade au Bois, le bombardement de Longchamp, le salon de thé désert, le dîner à la Lorraine, et puis, maintenant, ce cabaret... Dominant la place Pigalle, à l'angle du boulevard Rochechouart, le Chapiteau est une élégante boîte de nuit réservée, comme les restaurants du marché noir, à la clientèle que les restrictions n'atteignent pas. Le champagne coule à flots, Sylvia achève de s'étourdir, elle regarde, sans s'étonner, les girls qui se déshabillent en musique. Confusément, c'est comme ça qu'elle imaginait la vie parisienne, vaccinée par les descriptions balzaciennes des parties de garçons, avec ces courtisanes aux noms de guerre flamboyants...

Deux anciens lutteurs veillent à la porte, anciens partenaires des champions Rigoulot et Deglane. Juste après l'arrivée de l'Archange et de ses amis, des jeunes gens, excités par le nombre et l'opulence des voitures qui encombrent la place Pigalle, ont cherché à créer l'incident. Ils ont été rejetés, geignants et saignants, dans les ruelles alentour. L'établissement protège sa clientèle, qui est partout protégée, en fait, et évolue sans souffrances ou encombres dans Paris occupé :

vedettes du spectacle, profiteurs du marché noir, membres des bureaux d'achats allemands ou de la Gestapo française, officiers de renseignements alliés à la recherche d'informations. Le chansonnier Martini distille ses couplets féroces contre les juifs, au milieu de l'hilarité générale. La plus belle des girls, Diana, lance ses œillades incendiaires à l'assistance en folie. Son imprésario proclame qu'elle est romaine mais elle est née, en réalité, à Belleville. Elle a des cheveux anthracite, des yeux verts, une beauté sensuelle et un bloc de granit à la place du cœur. Elle fait du charme au beau Dominique, qu'elle aimerait bien soulever à la brune qui l'accompagne, et qui n'est pas faite pour lui : jolie, mais trop jeune, trop distinguée, et trop mal habillée... D'où peut-elle bien sortir ? C'est vrai qu'on en voit, au Chapiteau ! Mais celle-là débarque vraiment de sa province. Si les copains de l'Archange se mettent à cueillir les pucelles à la descente des trains à présent !...

VI

ORLÉANS. Le siège du Service régional de police de Sûreté. J'ai l'impression de pénétrer dans un monde inconnu où le ringard que j'étais va devenir Zorro. Depuis que j'ai réussi à mon concours d'entrée dans la police, je me sens l'âme d'un justicier. J'ai une soif avide de mystère. Je me plais à croire que la nature m'a doté d'un flair de chien de chasse, d'une curiosité maladive, d'une endurance physique à toute épreuve, d'une ténacité entêtée. Je rêve de devenir l'émule des as de la Spéciale, la brigade d'élite de la préfecture de Police, dont les enquêtes s'étalent à la une de *Paris-Soir* ou du *Petit Parisien.* Comme dans la récente affaire du docteur Petiot, par exemple, ce charnier découvert rue Le Sueur.

Bien sûr, certains de ces héros flics s'habillent encore suivant les canons de cette mode contestable qui les fait ressembler davantage à mes chefs de rayon du Printemps qu'à des Sherlock Holmes. Mais leurs méthodes, leurs exploits m'enthousiasment. Je me suis pris à regretter de ne pas avoir opté pour les épreuves du concours de la Préfecture. C'est qu'il me fallait parer au plus pressé : le Service du Travail Obligatoire me guettait. Dommage. Avec un peu de chance, j'aurais pu être affecté à la Spéciale au lieu de venir échouer à Orléans. A trois semaines près...

Tout s'était décidé le 16 décembre 1943, tandis que je pressurais mon crâne pour en extirper ce que je savais sur LE sujet : la cour d'assises. Ma plume dérapait sur la page blanche dont j'avais, selon la règle, plié et collé l'angle gauche. Je transcrivais, d'une écriture appliquée, les paragraphes du cours que j'avais, par chance, ingurgités la veille de l'examen. Ils défilaient, le président et ses assesseurs, l'avocat général et celui de la défense, la partie civile, l'accusé et les témoins, les experts et les pièces à conviction... Le directeur du cours par correspondance pouvait être satisfait de son élève. Moi, je l'étais de ma copie...

Au bout de quelques semaines, à l'oral, la chance parle une nouvelle fois. Question : la police judiciaire. Sur ce point-là aussi, je sais tout.

J'ai pourtant hésité quelques secondes devant le tas de feuillets pliés en quatre, qu'on me présente sur une assiette comme une nourriture peu tentante... Le candidat qui est passé avant moi a tiré l'interrogation bénéfique. Mais, malheureusement, son mauvais génie lui a glissé une intuition perfide. Il a rejeté le papier sur les autres. Pour sécher, je le vois à la crispation de ses doigts derrière le dos, sur une autre question de mauvais hasard : le contrat synallagmatique.

« Zéro », a énoncé l'examinateur sec et déplumé.

Je transpire pour le malheureux. Moi, le droit privé, je n'y connais rien. Maintenant, je dévide mes phrases, satisfait comme le monsieur qui sait tout. Il me semble saugrenu qu'en pleine guerre, avec les Allemands omniprésents, contrôlant tous les rouages, censurant tout, l'examinateur se pourlèche les babines en commentant mon exposé sur les deux grands services de police judiciaire, celle du ministère de l'Intérieur, 11, rue des Saussaies, avec ses ramifications dans une vingtaine de brigades régionales, et celle de la préfecture de Police dont les bureaux du 36, quai des Orfèvres jouxtent le Palais de Justice. Tout en me disant que ces subtilités n'ont pas cours après la rafle du Vel' d'Hiv' opérée avec le massif concours de la police française, et quand la Gestapo règne en maître, j'explique, moi, pauvre Borniche, dans l'espoir de gagner mon pain et d'échapper au S.T.O., que la police de Sûreté a compétence sur l'intégralité du territoire. Qu'elle est, en conséquence, une police nationale alors que sa concurrente, simple police municipale, ne peut et ne doit opérer que dans le ressort de la région parisienne...

L'interrogateur, dont un des plus pâles voyous de la rue Lauriston ne ferait qu'une bouchée, se rengorge en m'écoutant, tout à ses illusions vichystes : illusion de police française, illusion d'Etat français...

Je détaille sa tête de petit coq, avec trois poils incongrus sur une pomme d'Adam agressive d'inquisiteur aigri : il m'approuve et il me confie des grands secrets éculés avec un air de mystère :

« Je vois, monsieur, que vous avez compris. C'est ça l'origine de la guerre des polices. Le public l'ignore, mais elle est effective... »

Il retrousse les babines, passe une langue chargée sur des dents jaunâtres, avant de poursuivre :

« ... Parce que Paris est une ville importante, la Préfecture se croit tout permis. Contrairement à ceux de notre administration, toujours sur la brèche, ses commissaires ne font aucune enquête et leurs traitements sont supérieurs aux nôtres. Parce que vous savez, candidat Borniche, les véritables patrons des enquêtes, ce sont les inspecteurs principaux, policiers d'expérience, formés sur le tas, avec, bien souvent, leur seul certificat d'études comme diplôme. C'est inadmissible. »

Il renifle bruyamment, semble chercher quelque chose dans sa poche. Un mouchoir, peut-être ? Il ne trouve pas. Je ne peux quand même pas lui proposer le mien... Non, c'est un cure-dent qu'il cherchait. Il crachote quelques molécules blanchâtres avant de poursuivre :

« J'ai vu vos notes d'écrit, elles sont bonnes. C'est pourquoi il faut que vous sachiez cela... Tant que la Préfecture sera un Etat dans l'Etat, il n'y aura aucune entente possible avec nous... Souvenez-vous-en, monsieur, quand vous serez reçu et sans doute affecté à la P.J... Ne leur faites aucun cadeau. La Préfecture, c'est notre ennemi héréditaire... »

Je réprime à la fois un fou rire et des bâillements accumulés. Ce chauvinisme délirant ressemble à un numéro de clowns. Si j'avais pu prévoir le commissaire Vieuchêne, mon futur patron, je n'aurais même pas noté le ridicule de mon Grand Inquisiteur anonyme. Parce que avec Vieuchêne, toutes les barrières de l'absurde seraient culbutées, comme des bouts de bois sous les sabots d'un taureau en folie[1]...

Enfin, bref, je suis reçu, dans un rang plutôt honorable, et ma concierge me remet une lettre. J'apprends que l'inspecteur stagiaire Roger Borniche doit se présenter le 2 mai 1944, à neuf heures précises, au siège de la brigade, 2, rue de la Bretonnerie à Orléans. Et le soir du 1er mai, fête du travail baptisée fête de Jeanne d'Arc, je boucle ma valise. Trois heures plus tard, dans une chambre d'hôtel au lavabo pleureur, près de la place du Martroi, je m'endors au volant d'une Ford d'agent fédéral, pourfendeur de trafiquants de tout poil...

J'ai vraiment l'application touchante du petit flic français dont on a pitié. La porte cochère claque der-

1. Voir *Flic Story, René la Canne* et *Le Play-Boy.*

rière moi. Je suis exact. Rasé de frais. Le pli de mon pantalon est à peu près droit. J'ai eu soin, discipline du régiment, d'étendre cette maudite fibrane entre le matelas et le sommier. J'ai craché sur mes souliers de pauvre, et les rideaux de la chambre les ont fait briller. Mon nœud de cravate ne penche pas trop. Tout serait pour le mieux, n'étaient les nausées que provoque le mélange d'orge et de chicorée du petit déjeuner.

Quand je martèle d'un pas indécis le sol cimenté du hall, je maudis la guerre, la police en général, et Borniche en particulier. Une flèche, barbouillée sur un panneau branlant, essaie de me montrer le chemin du Service régional de police de Sûreté. J'emprunte l'escalier de bois blanc, avec sa corde rongée qui sert de rampe. Les marches craquent. Ça pue le rance, la sueur des pieds ou d'ailleurs. Ça pue le flic.

Le planton que j'aborde ressemble à un balayeur déguisé en facteur belge. Il sursaute :

« Qu'est-ce que c'est ? »

Même lui, il sent le pauvre. Il saute sur ma convocation, prend tout son temps pour la lire. Puis il me regarde fixement, en faisant de prodigieux efforts pour réfléchir, coiffe son képi et s'en va frapper à une porte aux vitres ripolinées : *Secrétariat.* Il réapparaît, suivi d'un boitillant quinquagénaire en blouse grise, sans doute un inspecteur blessé en service commandé, reclassé dans la bureaucratie.

« C'est vous le nouveau ?... Bidart ! »

Je soulève l'épaule en signe d'assentiment, et je pénètre, à la suite de Bidart, dans une pièce blanchie à la chaux où hurle, en couleurs, la photographie du Maréchal. Les feuilles de chêne du képi éclatent dans la tristesse de la pièce. Les pieds des trois tables encombrées de paperasses sont meurtris par les coups de chaussures. Trois ampoules pendent au bout de fils torsadés, noires de chiures de mouches. Entre deux imposants classeurs à tablier de bois, le tableau des effectifs de la brigade.

Le secrétaire bancal interrompt ma contemplation :

« Je vais vous présenter au sous-chef. Après, vous irez en face, à l'anthropométrie, vous faire photographier. »

Il brandit mon papier d'affectation comme un drapeau. Il entre triomphalement dans l'antre du sous-chef, un bureau clair qui donne sur la rue de la Bretonnerie.

« Le nouveau, monsieur le principal. »

Je m'avance, tandis que le commissaire principal Chantrelle me tend la main. Il me regarde avec sympathie. Par la fenêtre, je vois défiler une escouade de miliciens en marche vers la cathédrale. Bidart se retire.

« M. Robineau, de la direction du personnel, a remarqué vos épreuves. Il vous a recommandé. Malheureusement... »

Oh! je n'aime pas ce mot-là. C'est le prélude aux déconvenues.

« Malheureusement, je n'ai pas de place pour vous à la section criminelle. M. Joseph Darnand, le secrétaire général au maintien de l'ordre, a donné des instructions formelles pour renforcer les sections politiques. La lutte contre les maquisards et les terroristes s'impose. Dès qu'il y aura une vacance, je penserai à vous... »

J'ai compris. En somme, je me suis engagé dans la police pour échapper au S.T.O. et on va m'envoyer traquer des réfractaires... C'est le bouquet! Je tente :

« A la section économique peut-être, monsieur le principal? »

Il hausse ses épaules légèrement voûtées :

« Complet ! La répression du marché noir est moins dangereuse que celle des terroristes, alors j'y place les fonctionnaires les plus âgés ! C'est normal... Mais soyez tranquille, à la première occasion, je pense à vous. Pour le moment, je vous mets dans le groupe du commissaire Machon. C'est un brave homme. Jeune, consciencieux. Vous n'aurez pas à vous plaindre... »

Chantrelle se lève, me reconduit au secrétariat. L'archiviste Bidart me tend un carton, m'entraîne vers la fenêtre, me tutoie...

La glace est rompue.

Je suis devenu flic.

« Tu vois la rue en face, là-bas... Tu la prends. La deuxième maison à droite, c'est le laboratoire. Quand on aura fait tes photos, tu rappliques ici. »

J'ai le cafard. Je n'ai pas touché à mon repas de midi. Bardou, un nouveau lui aussi, me fixe de ses yeux noirs. Il s'inquiète, de son savoureux accent de Toulouse :

« Qu'est-ce que tu comptes faire, Borniche ? Ça n'a pas l'air de te plaire, cette affectation... »

Non, ça ne me plaît pas. Pas du tout. D'autant plus qu'en fin de matinée, après l'épreuve de la photo face et profil, on m'a collé dans les mains une mitraillette dont je ne sais pas me servir. En face de moi, une loque sur une chaise, le poignet gauche attaché par une menotte à un radiateur. Un terroriste. Le malheureux, dénoncé comme sympathisant communiste, est interrogé la nuit par la police allemande, gardé le jour par la police française. Il refuse toute nourriture. Même le bol de bouillon que je lui tends maladroitement. Les lèvres boursouflées, le visage marqué de coups, le regard vide...

« Ce que je compte faire, je n'en sais rien. Mais j'ai l'impression de faire un métier dégueulasse.

– Moi aussi », dit Bardou.

Il roule des brindilles de tabac dans une feuille de papier pelure, passe sa langue pour la coller, entortille les extrémités et allume la cigarette ainsi obtenue. Il ajoute, entre deux bouffées :

« Sois quand même prudent. Avec les mouchards qu'il y a ici, tu serais vite balancé aux Chleuhs ! »

Le parc du château des *Cygnes* – car pour les riverains du Cher, la maison du banquier Roussel est un château – est particulièrement lugubre, cette nuit-là. On a empoisonné les chats siamois d'Yvonne. Qui accuser ? Les Roussel ont tant d'ennemis !

Yvonne a sangloté tout le jour. Bernard a dû lui donner un sédatif. La petite Emily pleurait, elle aussi. *Les Cygnes* baignent dans la désolation. Paul et Victor, avec cette curiosité que les enfants ont pour la mort, ont enterré les chats dans le parc. Cinq petites tombes sur lesquelles ils ont planté des croix, comme dans le vrai cimetière, celui des hommes.

Depuis le départ de Sylvia, les enfants s'ennuient ferme. Ils ne font plus rien. Ils traînent toute la journée. L'institutrice n'a pas été remplacée. Les Roussel sont si mal considérés dans le pays qu'aucune jeune fille n'a voulu de la place vacante. Bernard Roussel, désœuvré lui aussi, a essayé de jouer au précepteur. En vain. Les deux garçons l'assaillaient de questions insidieuses, qui le déconcertaient, puis l'exaspéraient. L'homme d'affaires sans scrupules révélait chaque jour un peu plus son manque de connaissances. Les années de lycée étaient loin. Et à vrai dire, il n'y avait jamais brillé...

Yvonne Roussel, de son côté, s'était improvisée professeur de piano. Les deux bonnes se tenaient les côtes de rire, se bouchaient les oreilles pour ne plus entendre les fausses notes de Madame. Point n'était besoin d'être grand musicien pour se rendre compte que le vénérable Pleyel n'avait jamais été malmené à ce point.

« Mlle Sylvia, au moins, elle savait jouer », soupirait Alphonsine.

Les fausses notes d'Yvonne achevaient de rendre l'air de la maison irrespirable. Elles y entretenaient l'énervement. Paul et Victor s'embrouillaient les doigts en singeant les virtuoses, et Bernard Roussel ne savait où fuir cette cacophonie. Où pouvait-il aller ? On ne lui adressait pas la parole, dans les cafés de Bourges. Il avait ruiné trop de monde.

Il s'ennuyait tant qu'il se demandait, parfois, s'il n'allait pas se résoudre à ouvrir un des volumes de sa bibliothèque, achetés en bloc afin de faire distingué. Balzac, peut-être... Qu'est-ce que cette gourgandine de Sylvia pouvait bien lui trouver, à Balzac ?

Lorsqu'il a découvert les chats déjà froids, ce matin, dans les abris où ils se sont traînés pour mourir, il a eu très peur. Qui peut lui en vouloir à ce point ? Ne serait-ce pas son tour, un de ces quatre ? Dès la tombée du jour, il a poussé le portail dont la serrure, depuis le massacre d'hier, manque de clef, verrouillé la porte du salon. Le dîner s'est déroulé, lugubre, dans une atmosphère d'état de siège. Il était copieux, pourtant. Le livreur du marché noir était passé à midi.

Les enfants sont couchés. Yvonne s'active à son éternel tricot. Bernard bâille sur de vieux numéros de *L'Illustration* qui décrivent, images à l'appui, la grande boucherie de 14-18.

« Ça au moins, soupire-t-il, c'était une guerre, une vraie ! »

Le banquier, auquel son asthme chronique a évité les joies du service armé, ne se lasse pas d'admirer l'héroïsme des autres, de rêver uniformes et décorations... L'autre jour, il s'est pris à pleurer d'émotion à la lecture de *Signal,* le journal de propagande de la Wehrmacht. S'il n'avait autant peur des représailles des résistants, il aimerait à fréquenter les officiers de la Kommandantur. Eux ne refuseraient pas de boire ni de jouer aux cartes avec lui... Seulement, il ne veut pas recevoir un petit cercueil par la poste, comme le docteur Jolivet, son ami...

Tandis qu'Yvonne tricote et que Bernard rêve du Chemin des Dames, Ange Malaggione se coule sous le portique de la propriété, Abel Danos sur ses talons. L'Archange et le Mammouth sur le sentier de la guerre hument l'air humide, le climat sinistre qui les met en appétit. Ils traversent la pelouse dans la pâle lueur de la lune. Ils entendent tinter le bourdon de la cathédrale.

Le « château » des *Cygnes* leur en impose par la majesté bourgeoise de ses deux étages flanqués de tourelles envahies par le lierre. Une allée de graviers en demi-cercle conduit aux marches du perron qui dessert le hall d'entrée de la grande bâtisse 1900.

« Une oasis », murmure l'Archange, soudain poète.

Les deux hommes arrivent en haut du perron. Ange fait signe à Abel de se plaquer contre le mur, tandis qu'il jette un coup d'œil dans le vestibule au dallage de marbre noir et blanc. Un rai de lumière filtre sous une cloison. Ange colle son oreille à la vitre de la porte, si près que la monture de ses lunettes la heurte avec un bruit sec. Il fait un écart en arrière, se blottit dans l'ombre pour s'assurer que personne ne réagit. Il attend.

Rassuré, il appuie doucement sur le bec-de-cane, pénètre dans le hall. A nouveau, il écoute, les doigts au fond de la poche, crispés sur la crosse de son Parabellum. Des bruits de voix lui parviennent. Il se baisse pour regarder par le trou de la serrure. Ses lunettes restreignent le champ de vision. Il jure tout bas.

Il ne découvre qu'une partie du salon. Dans la cheminée, un grand feu évoque un confortable bonheur bourgeois. Un homme, dont il n'aperçoit que les bras tenant une vieille revue, lit, assis dans une bergère. Il est en pyjama, les pieds chaussés de pantoufles. A sa droite, courbée sur une table basse, une femme en robe de chambre foncée sert une infusion. Ange comprend le mouvement des lèvres lorsqu'elle présente le sucrier d'argent qui brille sous le lustre de cristal.

« Ils sont là ? » demande Danos, en retrait.

L'Archange se relève.

« Tous les deux, souffle-t-il. Les enfants et les bonniches doivent être couchés. On peut y aller. »

L'Archange a bien pesé les chances de l'expédition. Risquée comme chaque fois qu'on s'attaque à des rentiers qui ne sont ni juifs ni résistants.

Depuis que Sylvia, lors du mémorable dîner à la Lorraine, a parlé de la fortune des Roussel et de la cachette du coffre dans le faux soubassement de la salle à manger, il ne dormait plus.

« C'est quand même trop con de laisser passer ça ! »

Il a d'abord pensé à agir seul. Puis, réfléchissant à une mise en scène possible, il s'est dit qu'il était préférable d'avoir un complice. Alors, il a tout raconté au Mammouth, qui n'a pas manqué de sauter sur l'occasion, secoué d'un rire gras :

« J'ai justement besoin de me remplumer. J'ai

flambé pas mal. Et puis, les gonzesses, ça coûte cher ! »

Pierre Lamote, de la Gestapo de Bourges, est au mieux avec Lafont, le patron d'Ange et d'Abel. Quoi de plus naturel que de lui téléphoner, pour une importante raison de service :

« Dis donc, ami, ça te dit quelque chose les Roussel ? Oui, banque, banqueroute, et tout ça ? Ils se tiennent peinards, dis-tu ? Tu retardes, vieux. On vient de nous les balancer comme anglophiles. T'en occupe pas, on se les réserve.

– D'accord, a dit Lamote. De toute façon, nous, on est débordés, en ce moment ! »

Ange avait raccroché avec le sourire.

« Parés de ce côté, dit-il au Mammouth. Lamote ne bougera pas. »

Pierre Lamote, quoiqu'il n'ait que vingt-trois ans, est l'adjoint de Weissen, le chef de la Gestapo de la rue Michel-de-Bourges. Son nom est redouté dans toute la région. Il signifie tortures et déportation... Originaire d'Aubigny-sur-Nère, un canton de l'arrondissement de Bourges, Lamote connaît la contrée à fond. Weissen l'a nommé à la section IV, chargée de la répression anticommuniste. Mais son activité a bientôt couvert, avec succès, d'autres domaines : la chasse aux maquisards, aux francs-maçons, aux juifs. On tremble à la vue de son uniforme noir de S.S.

Le Mammouth, comme d'habitude, n'y comprend rien. Le vide de ses yeux ronds est plus insondable que jamais. Il se balance d'un pied sur l'autre, tout en grommelant, perplexe :

« Toi alors, t'es gonflé. On va là-bas pour piquer le magot du banquier, et tu dis qu'on nous l'a balancé comme anglophile... »

L'Archange, de fort bonne humeur, donne de grandes tapes sur les épaules de granit.

« Fais marcher tes méninges, Mammouth. Suppose qu'on trouve dans leur coffre un paquet de tracts gaullistes. S'ils portent le pet, ils sont bons comme la romaine... T'as compris ?

— Mais comment sais-tu qu'il y aura des tracts ?

— Parce qu'on les aura mis. »

Abel émet un sifflement, rit longuement, puis s'interrompt, soucieux :

« Dis donc... Ils les enlèveront quand on sera partis.

— Pas si on garde la clef. »

Abel siffle de nouveau.

« Eh ben, l'Archange, on a bien raison de dire que tu es le diable... »

L'Archange frappe du poing le panneau de la porte.

« Police allemande. Ouvrez ! »

Il se baisse. Il éprouve une joie sadique à assister à la scène de surprise du couple, par le trou de la serrure. Il sait quelle panique ces mots de « police allemande » peuvent déclencher. Il voit l'homme se lever, rabattre sur ses jambes nues les pans de sa robe de chambre, venir dans sa direction, tandis que la femme écoute, inquiète.

« Qu'est-ce que c'est ? demande le banquier.

— Police allemande », répète Malaggione, un ton au-dessus.

Le banquier ouvre, s'étonne. Ange remarque qu'il n'a pas l'air si bouleversé que ça. Il lui en veut, confusément. Va-t-il lui faire rater son entrée ?

« A cette heure-ci ?

— Y a pas d'heure pour les braves, dit Abel dont la silhouette se découpe, monstrueuse, dans le hall. Nous aussi, on préférerait être chez nous. Pas vrai, chef ? »

Ange répond par un geste d'impatience. Les gros

sabots d'Abel commencent à l'agacer. Le Mammouth a plus l'air d'un truand que d'un policier, même dans les circonstances actuelles. Si le banquier se méfie, s'il exige de téléphoner au bureau de Lamote, l'affaire peut se compliquer...

« Le dossier est grave, dit-il sèchement. Vous avez des contacts avec Londres. Vous avez été dénoncés. Nous venons perquisitionner. Maintenant, si l'heure ne vous convient pas, nous vous emmenons chez Lamote, vous, votre femme, vos gosses. Nous reviendrons demain matin.

— Mais, messieurs, dit Bernard Roussel, vous pouvez entrer. Je n'ai rien à cacher. Je dirais même que toute ma sympathie va à l'armée allemande... On vous aura trompés. J'ai des ennemis, comme tous les gens qui ont une certaine position... »

Sans répondre, Ange précède Abel dans le vaste salon aux boiseries finement rechampies. Il tâche d'évaluer les meubles précieux, les tableaux de maîtres... Un jour, il habitera une maison comme celle-ci, lui aussi. Cette société qu'il méprise, qu'il foule aux pieds, il en convoite les signes et les privilèges. Une seconde, il évoque le dur métier de son père, le garde-chiourme pauvre et détesté. Fallait-il qu'il descende de ses montagnes corses pour servir de chien de garde à cette société, à laquelle ni lui ni les siens ne devaient avoir accès ? Mais il arrive que les enfants des chiens retournent à l'état sauvage. Rien ne les distingue alors des loups, leurs lointains ancêtres, si ce n'est leur férocité plus impitoyable, héritage d'une ancienne rancune...

Yvonne Roussel croise son regard froid, se détourne. Elle examinait ces deux hommes si dissemblables dans leur manteau de cuir noir, l'énorme brute et le petit à lunettes. C'est de ce dernier qu'elle a peur. Il la paralyse, comme un serpent. Ses mains tremblent, ses doigts s'ouvrent et se ferment convulsivement. « Auraient-ils vraiment quelque chose à se reprocher ? se demande Ange Malaggione. C'est vrai qu'on fait peur à tout le monde. »

Et c'est à elle qu'il s'adresse, avec une courtoisie narquoise, en détaillant, souriant, la robe de chambre mauve disgracieuse, en laine des Pyrénées :

« Je vois que vous vous apprêtiez à vous coucher... Sans doute vos enfants dorment-ils déjà ?

– Oui, dit le petit banquier, qui se place devant son épouse comme pour la protéger. Pourquoi ?

– Pour rien. Nous serions au regret de les réveiller... Le personnel ?

– Nos bonnes... Enfin, notre bonne et notre cuisinière... sont montées, elles aussi.

– Parfait. Ainsi nous sommes entre nous. Cela vaut mieux, car notre mission est délicate. Confidentielle, même, étant donné les circonstances, et votre situation... »

Yvonne Roussel a repris son sang-froid. D'une main, elle repousse son mari. De l'autre, elle menace le Mammouth, qui tripote un vase de Gallé.

« Laissez ça, c'est fragile... Peut-on savoir ce que vous désirez ? »

L'Archange la toise une seconde, puis l'ignore.

« Vous allez ouvrir votre coffre, dit-il au banquier. Nous commencerons par là. On pense souvent que c'est une cachette trop évidente, mais je ne suis pas de cet avis. Beaucoup de gens ont la naïveté de confier à leur coffre les choses les plus compromettantes, vous ne croyez pas ?

– Ma banque est fermée depuis des mois, dit Roussel. Et ici, je n'ai pas de coffre. Mes liquidités, mes titres sont chez un confrère... »

Le regard d'Ange Malaggione s'est durci, derrière les épaisses lunettes. Sa voix se fait coupante :

« Nous savons que votre banque est fermée, monsieur Roussel. Sale affaire, en vérité. Je m'étonne que vous ayez l'audace de l'évoquer... Il y aurait sans doute beaucoup à dire sur ce que vous avez volé aux clients que vous avez ruinés. Abel ! »

Sur un geste d'Ange, le Mammouth a pris position devant Bernard Roussel.

« Ce que nous cherchons, dit Malaggione, ce sont des tracts, des tracts antinationaux que vous distribuez. Vous voyez ce que je veux dire... ? Ils sont bien ici, non ?

– Je vous donne ma parole... »

A la vitesse d'un météore, le bras du Mammouth s'est détendu. Frappé en pleine face, Roussel chancelle, se raccroche au dossier d'un fauteuil. Une traînée de sang apparaît à la commissure des lèvres. Le banquier titube jusqu'au guéridon voisin, sur une chaise. La main d'Abel se lève à nouveau. L'Archange s'interpose :

« Excusez mon collègue, dit-il, il déteste les menteurs... Madame, vous qui avez l'air d'une femme de tête, vous feriez bien de conseiller à votre époux de nous conduire au coffre, vous savez... dans la salle à manger. »

La panique a gagné Yvonne Roussel dont les yeux s'agrandissent. Les visiteurs semblent parfaitement renseignés. Mais que cherchent-ils ?

« Messieurs, implore-t-elle, mon mari va vous y mener. Ne lui faites pas de mal. Nous n'avons rien à cacher. Il s'agit d'une erreur.

– C'est ce qu'on va voir », dit Abel, en lui ordonnant, de l'index, de montrer le chemin.

Dans la salle à manger, Ange a sorti son Parabellum. Il en braque le canon sur la tempe du banquier, qui se penche, raide comme un automate.

« Et vite, ma patience a des limites. »

Un déclic, et le soubassement du mur, à l'angle du buffet Directoire, pivote sur lui-même, laissant apparaître le mufle noir d'un coffre.

« Le chiffre, exige Abel.

– 1944...

– Bon cru », plaisante l'Archange.

Yvonne Roussel sort une clef d'une potiche, la tend à son mari. Le Mammouth se pourlèche en entendant le cliquetis régulier de la combinaison.

Deux tours de clef, et les truands éblouis contemplent les liasses de billets de banque, les bijoux, les lingots...

« Vous voyez bien qu'il n'y a rien de spécial, balbutie le banquier.

– Et au fond ? » demande Abel, plongeant sa grosse patte derrière les écrins.

Il fait mine de chercher, son front buté barré de rides soucieuses... Un froissement de papier. Il retire sa main...

« Et ça, qu'est-ce que c'est ? dit-il, le sourcil froncé. La chanson du Maréchal, peut-être ? »

Du bout des doigts, d'un air dégoûté, Malaggione a pris un des tracts, rajuste ses lunettes. Il tend l'autre aux Roussel stupéfaits et lit à voix haute – une voix d'inquisiteur :

« *L'Europe est une forteresse sans toit. Habitants des côtes, préparez-vous à recevoir vos libérateurs...* Pas besoin d'en savoir davantage, on a compris. Ces inepties répugnantes, c'est bien un tract gaulliste, non ?

– Mais nous ne savions pas, gémit Yvonne, en plein cauchemar, je vous assure... »

Le Mammouth pose sa lourde main sur l'épaule du banquier, qui semble sur le point de s'évanouir.

« Vous ne savez jamais rien, dit Ange posément, avec un souverain mépris. Tout à l'heure, vous n'aviez pas de coffre. Maintenant, vous n'avez pas de tracts... Il est difficile de vous faire confiance. Habillez-vous et réveillez les enfants. Nous sommes obligés de vous conduire chez Lamote. Nous continuerons la perquisition demain.

– Allez, on embarque tout le monde », grogne le Mammouth de sa voix caverneuse.

L'Archange a sorti de sa poche une paire de menottes qu'il fait tournoyer au bout de son index sous les yeux exorbités du couple anéanti :

« Je vous en supplie, balbutie le banquier. Nous n'avons rien fait... Nous ne comprenons pas... »

Abel, avec volupté, a recommencé de fouiller le coffre. Il pousse une exclamation en brandissant une poignée des mêmes tracts.

« Alors, là, il y a le poids, dit-il. Vous ne pourrez pas dire qu'ils sont venus par hasard, ceux-là ! »

Ebahie, prise d'un doute, Yvonne Roussel regarde fixement son mari. Est-ce qu'il aurait caché tout ça à son insu ? Mais alors, sa sympathie pour l'Allemagne, une comédie ? Non, ce n'est pas possible, il est bien trop prudent. Et puis, il a l'air aussi étonné qu'elle...

« Habillez-vous, ordonne Ange. Il se fait tard. Demain, nous verrons... »

Le banquier a un sursaut d'énergie. Il prend Malaggione par le bras.

« Laissez ma femme, dit-il d'une voix empressée. Et les enfants... Ils sont innocents.

– Vous avouez donc que vous, vous êtes coupable ! tonne le Mammouth, la main déjà levée. Les tracts ne sont pas venus ici par l'opération du Saint-Esprit, hein ? Faites ce qu'on vient de vous dire. Habillez-vous. Et en vitesse encore !

— A moins... »

L'Archange a parlé doucement, d'une voix lente, perfide. Roussel se redresse, une lueur d'espoir dans les yeux.

« A moins que M. le banquier, homme riche et qui comprend la vie, veuille arranger les choses...

— Dites », souffle Roussel, éperdu.

L'Archange, sans le regarder, se tourne vers Abel :

« On le laisse tranquille pour cette fois, et il nous fait cadeau du contenu du coffre. Correct, non ? Qu'en penses-tu ?

— Correct, approuve Abel qui, une fois encore, se délecte de l'intelligence de son ami. Seulement, on n'a pas de valise... »

Décidément, Danos manque de finesse. Il abat ses cartes trop vite.

« J'en ai une », murmure Yvonne.

Ange respire plus fort. Une bouffée de triomphe... Mais il n'en laisse rien paraître. Il semble hésiter, tout à coup, pris de scrupules :

« Ce n'est pas régulier ce que nous faisons là... Si Lamote savait ça... Enfin, pour une fois... A moins, bien sûr, qu'il ne l'apprenne par une indiscrétion de votre part. Dans ce cas... »

Il a un geste évasif puis se tourne vers le Mammouth qui soulève ses lourdes épaules en signe d'assentiment.

« Tu mets le tout dans la valise de Madame, poursuit Ange, et tu remets en place les tracts de ces salauds. La clef, on se la garde. Comme ça, si Monsieur se ravise, on aura la preuve de ses sentiments antifrançais. D'accord ? »

Il y a bien longtemps que les Roussel ne s'étaient jetés dans les bras l'un de l'autre. C'est pourtant ce qu'ils font quand ils entendent s'éloigner la traction.

Sur la route de Paris, l'Archange et le Mammouth ruminent leur succès. Ils ont ramassé sans se fatiguer une véritable fortune.

Pourtant, au moment où la voiture arrive à la porte d'Orléans, faiblement éclairée, Ange Malaggione marmonne, sans cesser de fixer la route :

« On a fait les cons ! Une chance qu'on n'ait pas mis Léonelli dans le coup !

– Pourquoi les cons ? s'étonne Abel Danos, toujours hilare.

– On est partis trop vite. On n'a pas pensé à changer la combinaison. »

Abel soulève ses larges épaules.

« On s'en fout, on a pris la clef !...

– On a pris *une* clef, dit Ange. Mais il y en a sans doute une seconde ! Si le mec enlève les tracts et dépose plainte, les poulets peuvent remonter jusqu'à la môme de Doumé, puisqu'elle a travaillé chez eux.

– Ils n'oseront pas, dit Abel. Après la trouille qu'ils ont eue !

– Oui, dit Ange en hochant la tête. On a quand même intérêt à la boucler. Pas un mot à Doumé, vu ?

– Tu sais, moi, je cause jamais de rien, conclut le Mammouth. Qu'est-ce que je vais me payer comme java, avec tout ça. »

VII

« Alors, Borniche, on commence à s'y faire ? »

Le commissaire principal Chantrelle me veut du bien. Au détour d'un couloir qui mène à la salle des Archives, il s'intéresse à ma progression dans la police.

Eh non, je ne m'y fais pas. Pas du tout.

Et au train où ça va, je crois bien que je ne m'y ferai jamais. Quatorze jours de stage déjà, une éternité ! La médiocrité, la servilité, et le sadisme de certains de mes collègues me font vomir.

Jusque-là, je n'ai appris de mon métier que le banal classement, dans des dossiers nominatifs, de lettres qui encombrent régulièrement le service, postées dans les coins les plus reculés des départements que contrôle la brigade : le Loiret, l'Indre-et-Loire, l'Eure-et-Loir et le Cher. Manuscrites ou dactylographiées, le plus souvent anonymes, elles dénoncent à tour de bras, et tout le monde y passe : juifs, francs-maçons, communistes, profiteurs... Leurs auteurs, ces belles âmes, se réfèrent au travail, à la famille, à la patrie, et vive le Maréchal ! On en réclame, des châtiments exemplaires !

A tel point que chaque mouchardage ne fait pas l'objet d'une enquête. Le personnel de la brigade n'y suffirait pas. Certaines provoquent une descente policière qui réjouit le dénonciateur, mais huit fois sur dix, les allégations se révèlent mensongères. Parfois, elles peuvent avoir des effets désastreux.

Ainsi, le 14 mai. Une grave accusation atterrit sur le bureau du divisionnaire. Le secret a été bien gardé. Dans la nuit on tambourine à la porte de ma chambre. Habitué aux alertes de bombardement, je saute du lit, pour entendre la voix de l'hôtelier, mourante de sommeil :

« Il faut que vous soyez à quatre heures à votre service. »

Je n'ai plus le temps de m'assoupir. La demie de trois heures a sonné au clocher voisin. Et à quatre heures, je me retrouve devant la brigade, rue de la Bretonnerie.

Branle-bas de combat : une dizaine de tractions stationnent tous feux éteints. Quelques chauffeurs râlent, les yeux bouffis de sommeil. Les autres toussent, tirant sur leur mégot rougeoyant. Au premier étage, le personnel au complet, commissaires en tête, écoute les instructions du divisionnaire :

« Bidard, distribuez les mitraillettes. Après, vous suivrez tous ma voiture ! »

Pas de fuite possible. Le secret est toujours bien gardé !

Un collègue adipeux m'écrase dans un coin de la traction. J'assiste d'un œil morne au lever du soleil sur la campagne orléanaise. Devant nous les feux de la traction directoriale ouvrent la marche.

« On va vers Pithiviers, annonce notre chauffeur. D'habitude, c'est vers le Cher, contre le maquis. »

Une escouade de gendarmes, casqués, bottés, armés, nous attend devant la mairie. Nos voitures ralentissent, s'arrêtent. Après un bref conciliabule entre leur capitaine et notre divisionnaire, on repart. C'est de nouveau la campagne, puis une ferme que nous atteignons par les chemins détrempés. Enfin, l'assaut.

On encercle les bâtiments. On profite de l'effet de surprise. On fouille les pièces, on vide les placards, on éventre les matelas. Nous savons maintenant. Il faut trouver le dépôt d'armes et les explosifs. Avec une fébrilité toute militaire, les gendarmes perquisitionnent les granges.

« Il faudrait foutre le feu à la paille, dit l'un, c'est peut-être dessous...

– C'est ça, dit l'autre, et si ça saute... »

Deux heures de recherches. Le moral est au plus bas. Comme lot de consolation, on trouve quand même un vieux revolver espagnol rouillé dans la chambre du valet de ferme. Plus quelques tracts encore ficelés. C'est suffisant. A défaut de dépôt d'armes, on tient un coupable...

... La chambre est au niveau de la cour. La fenêtre, facile à enjamber. L'arme et les tracts sont là, en évidence, sur le grabat du pauvre garçon menotté tandis que les opérations se poursuivent...

Personne ne m'a vu ressortir.

J'ai du mal à enfoncer les pièces à conviction dans la fosse des latrines, à l'aide du manche d'un balai de bouleau.

Je ne suis pas fier quand retentissent les cris du capitaine de gendarmerie :

« Ça a disparu ! »

Bardou a compris. Il me regarde en se tapotant le front :

« Toi, tu vas finir par te faire épingler avec tes conneries », dit-il.

Je ne réponds pas. De toute façon, ma résolution est prise. Chantrelle est bien gentil mais je ne resterai plus longtemps dans le groupe dit « des menées antinationales ».

Faute de preuves, le suspect est relâché. Mon refus du S.T.O. aura au moins servi à quelque chose.

Ce soir, je suis de permanence. Une corvée réservée aux débutants. La faction de jour, ça va encore. On se cramponne au standard entre midi et quatorze heures. Mais la nuit... Impossible de dormir sur le lit de camp tant les messages sont nombreux. C'est toujours la nuit que les dénonciateurs agissent. Ils doivent penser que l'ombre les protège. De toute façon, je ne pourrais pas m'étendre, tant le sac de couchage est crasseux, le matelas dur, et les couvertures de troupe rugueuses et nauséabondes.

Alors, entre deux coups de téléphone, j'inspecte les bureaux déserts, les archives poussiéreuses. Je fouille les dossiers d'avant-guerre. Je savoure les procédures cocasses des collègues d'antan. Je les imagine en chapeau melon et grosses chaussures, promenant leur moustache inquisitrice dans les fermes beauceronnes. Je devine leurs états d'âme à travers la calligraphie d'une autre époque... Eux, au moins, ne galvaudaient pas leur conscience. Ils ignoraient l'Occupation, son cortège de délateurs et de victimes...

Le calendrier du style « Chantiers de Jeunesse » accroché au mur du secrétariat indique 26 mai 1944. La pendule, relique d'une gare désaffectée, suggère qu'il est vingt-trois heures. J'ai pris place devant le bureau de Bidart, sur lequel traînent des feuilles de frais. Les économies de charbon sont sensibles, même en cette nuit de printemps. Sale climat ! Heureusement mon hôtelier m'a prêté une bouteille thermos, remplie d'un liquide chaud, noir et sacchariné, au vague goût de café.

J'ai bouclé la grille de l'immeuble. Les portes de l'étage, sauf celle du patron, sont grandes ouvertes. Au fond du couloir, un lancinant bruit d'eau : la chasse des toilettes implore le plombier.

Je ne suis pas seul. Un gaillard blond et musclé, un gardien de la paix du commissariat central, a été détaché pour la nuit. Mesure de précaution. Je peux avoir besoin de lui pour porter des plis en ville, car il est interdit d'abandonner son poste sous peine de sanction. La circulaire intérieure le précise. L'agent a pendu son ceinturon à l'espagnolette, posé son képi sur le haut d'un classeur. Depuis son arrivée, il sifflote *Lily Marlène...*

« Ça ne vous ferait rien d'arrêter un peu la musique ? »

Il est peiné, cet homme. Il me regarde de ses yeux ronds :

« Pourquoi ? Vous ne l'aimez pas, ma chanson ?

— Ça va un moment... »

Il se tasse sur sa chaise, bâille puissamment, puis me demande :

« Qu'est-ce que vous voulez que je siffle d'autre ? »

Comme je vais lui suggérer quelques refrains bien français de mon répertoire d'avant-guerre, le téléphone se met à carillonner. Une voix parle à toute vitesse. C'est le commissariat de Bourges, pour une diffusion générale d'extrême urgence.

« N'allez pas si vite, dis-je. Je prends un crayon et je note... C'est long ? »

Bien sûr, je n'ai pas de papier sous la main. J'appelle à mon secours le dos d'une chemise cartonnée.

« Allez-y ! »

J'écris. Hier, vers vingt-deux heures, deux individus se réclamant de la police allemande se sont introduits au domicile de l'ex-banquier Bernard Roussel, villa *Les*

Cygnes, à Bourges. Sous la menace, ils se sont fait ouvrir le coffre qui contenait pour vingt à vingt-cinq millions de francs, en argent et en bijoux. Ils ont emporté une clef, mais ont négligé la seconde. Suivent les signalements : un petit aux lunettes de myope. Un grand et fort, cheveux blonds raides, l'air stupide et bestial. Les deux en manteau de cuir noir. Aucun témoin.

« C'est tout ? »

Les époux Roussel pensent à une complicité : les voleurs étaient parfaitement renseignés. Ils connaissaient l'emplacement du coffre, pourtant bien caché. La bonne et la cuisinière sont au-dessus de tout soupçon. Par contre, une nommée Sylvia de Neyrac, ancienne préceptrice des enfants, pourrait être utilement recherchée à Paris. Elle y était allée pour un court congé, raison de famille, et n'a jamais reparu à Bourges.

« C'est tout ?

– Terminé. »

J'ai écrit vite, c'est presque illisible. Il me faut transcrire la diffusion sur le registre des messages, puis le répercuter sur tous les commissariats de police de la région, et aviser la direction de la Sûreté. Je m'applique, tandis que l'air de *Lily Marlène* flotte de nouveau dans la pièce. J'ai à peine terminé ma rédaction que le téléphone grésille. C'est encore Bourges.

« Nous avons l'état civil de Sylvia : née le 25 juin 1925 à Neyrac (Creuse) de Honoré-Gonzague et Marie-Adélaïde de la Ferrière. Pas fichée. Salut.

– Salut ! »

Et voilà. Un vol aux faux policiers. Un de plus. Banal, en ces années noires. On craint la police pour tout, partout. Tout est rationné, réglementé, interdit, du ravitaillement à la détention d'or. Alors, les truands s'en donnent à cœur joie. Munis de fausses cartes, de faux insignes, ils jouent aux flics. La plupart des victimes, traumatisées, ne portent pas plainte. Si c'étaient des vrais... Moi, l'enquête Roussel ne me concerne pas. Il n'y a évidemment rien de politique, là-dedans. Demain, à la conférence, le patron distribuera l'affaire à la Section Criminelle. Un inspecteur principal prendra sa serviette, sautera dans le train bondé pour Bourges. La routine. Il déjeunera avec les Roussel, autant d'économisé. Il appellera peut-être un collègue de l'identité judiciaire qui débarquera avec sa mallette, ses pinceaux et sa poudre. Il ne fera rien pour identifier et arrêter les auteurs du coup. La police allemande, ça fait peur !

Moi, je serai loin. Demain, je fous le camp, c'est décidé. La police, j'en ai ma claque. Du moins dans ces conditions.

« Borniche ?

– Monsieur le principal ?

– Depuis combien de temps n'êtes-vous pas allé à Paris ?

– Vingt-six jours très exactement, monsieur le principal.

– Bien. J'ai une mission pour vous. Simple, vous verrez. Il s'agit de retrouver une nommée de Neyrac signalée par le commissariat de Bourges.

– Je sais, monsieur le principal. J'étais de permanence de nuit.

– Alors, montrez-moi ce que vous savez faire. Si vous réussissez, j'aurai peut-être bientôt une place pour vous en Criminelle. Vous avez trois jours pour vous distinguer.

– Merci, monsieur le principal. »

Commissaire Divisionnaire chef du Service régional de police de Sûreté à Orléans à Intendant au Maintien de l'Ordre. Au sujet de l'inspecteur stagiaire Borniche.

« J'ai l'honneur de vous signaler l'attitude inadmissible de ce fonctionnaire et de vous demander qu'il soit mis fin à son stage purement et simplement... Dès son arrivée au service, le 1er mai 1944, cet inspecteur s'est déclaré mécontent de sa nomination en brigade de police de Sûreté à Orléans et depuis lors, n'a pas cessé de montrer un mauvais esprit marqué, n'exécutant ses missions qu'avec un mauvais vouloir évident... Le 27 mai, il fut envoyé en mission à Paris et devait rentrer le mardi 30 mai à neuf heures. Or, il se fit porter malade et adressa un certificat médical qu'il vient de faire renouveler, constatant son indisponibilité jusqu'au 24 juin (15 jours + 10 jours). J'ai tout lieu de penser qu'il s'agit uniquement d'une manœuvre de sa part et que son soi-disant état maladif est purement simulé, aussi ai-je signalé son cas au Secrétariat Général au Maintien de l'Ordre à Vichy. »

DEUXIÈME PARTIE

VIII

Lucien Montana a fait ses comptes. Il a le sourire. Son uniforme de capitaine F.F.I. lui a permis de s'emplir les poches, pendant les dernières semaines de la Libération. Il en a profité pour expédier dans un monde meilleur quelques concurrents récalcitrants. Maintenant, en ce soir d'octobre 1944, il se sent une âme de rentier précoce. Il aspire au repos.

Lucien Montana a la bouche gourmande et les joues molles des habiles repus. Il ne s'intéresse même plus aux imprimeries de faux qui font des affaires d'or : faux tickets, faux billets de mille... A force, ça finirait par devenir dangereux. Et Montana n'a jamais pris de risques. Dénonçant l'un à l'autre, ménageant ses entrées chez les flics comme chez les truands de tous les bords, il joue à la perfection le personnage inoffensif, insignifiant, qui sait se rendre utile et se contente de peu. Lorsqu'on l'a vu en uniforme des Forces françaises de l'Intérieur, on a dit « il cachait bien son jeu », et son prestige de héros de l'ombre l'a mis à l'abri des représailles éventuelles de ses victimes de tout poil.

Ce soir d'octobre, donc, Lucien Montana se livre aux délices peu fatigantes des retraités des « affaires ». Dans le quartier réservé de Toulon, au bar de l'Escale, face à la rade, il savoure une coinchée tranquille, sans risques, une belote de père de famille, un peu chère mais amusante, avec des caves qui se prennent pour des durs.

La lenteur de la partie lui permet de couver d'un œil satisfait un de ses récents investissements, Muriel, qui racole la clientèle à deux pas de là. Son éternel sourire fleurit, plus large que jamais : il a dans son jeu quatre valets, trois neuf et un as. Une artère bat plus fort, palpite, se devine dans le cou trop gras où elle se cachait. Il relève la tête, fixe son partenaire, une lueur complice dans l'œil, annonce :

« Pique. »

Oui, c'est un joueur chanceux, Lucien Montana. Chanceux comme dans la vie, qu'il boit goulûment, de sa bouche de jouisseur. Dans quelques années, quand la quarantaine aura dégarni son crâne d'hydrocéphale, il quittera l'axe Marseille-Toulon pour s'installer au paradis. Il se retirera près de Nice, dans un coin discret de la Moyenne Corniche, dans une villa toute blanche noyée dans les orangers et les eucalyptus. Il ne sera pas très loin du bar *Pénalty* à Villefranche-sur-Mer, qu'il guigne depuis longtemps et qu'il aura bien réussi à acheter, d'ici là. Une affaire en or, où les marins américains viennent recruter des filles. Et l'escadre américaine n'est pas près de quitter la Méditerranée.

« Pique », répète-t-il.

Il soulève ses larges épaules, d'un vague geste d'agacement, tandis que sa main part à la recherche de son étui à cigarettes en or massif, cadeau de Muriel pour son récent anniversaire. Montana est au paroxysme de sa jubilation silencieuse. C'est sa dernière partie de la journée. Ce coup-là va lui rapporter une bonne dizaine de milliers de francs. « Quel est le con qui a inventé le proverbe : Heureux au jeu, malheureux en amour ? » se demande-t-il. Il se délecte déjà du galbe du mollet de Muriel, souligné par la couture des bas de soie qu'il lui offrira ce soir, en échange de la recette de sa journée... Et après... Il sent déjà sous sa main ces mollets, puis les cuisses un peu grasses, comme il les aime, le ventre, les seins lourds...

Tout à sa partie de cartes mêlée de visions érotiques, il n'a pas senti, lui, le méfiant, le prudent, la présence dangereuse derrière lui... Un petit homme maigre, aux yeux dissimulés par d'énormes lunettes. Une face de serpent. Il n'a pas vu, dans la glace au tain effrité et jauni, le chapeau à larges bords, l'imperméable mastic, les mains dans les poches, les lèvres pincées au point de n'être plus qu'une ligne, comme le fil d'un rasoir.

Ce n'est que lorsqu'il entend la voix qu'il se pétrifie sur son siège. Le valet de pique qu'il allait abattre reste en l'air, au bout des doigts, dérisoire drapeau de carton.

« *Pace et salute,* Lucien... »

Oh ! cette voix qu'il pensait bien ne plus jamais entendre. Voix douce et pourtant sépulcrale, surgie de quel tombeau !

« *Pace et salute,* Lucien !... »

Très loin derrière l'épaisseur des verres, deux points très brillants, durs comme le diamant, glacés, insupportables...

« *Pace et salute* »... La dernière fois qu'il a entendu cette formule étrange, c'était...

Montana balbutie :

« Ange... »

Il ne reconnaît pas sa propre voix, chevrotante, aiguë, ridicule. Il demeure là, bouche bée, paralysé, la peur au ventre, submergé par une lâche envie de pleurer. Ce qui va se passer, il le devine. Ange Malaggione va lui faire payer son arrestation, ses années de prison, le meurtre de son cousin Raffali... Il le croyait à l'ombre, Malaggione, le gestapiste. Dans le vertige des années d'Occupation, puis de la Libération, il l'avait oublié. Et voilà qu'il surgissait, là... En un éclair, il revoit le bordel d'Ollioules, six ans auparavant, le caïd Graziani abattu par Ange, à ses pieds, tandis que la belle Taki souriait...

... Et sa gabardine bien chargée qui le nargue, là-bas, au portemanteau du fond de la salle, où il a eu la bêtise de l'accrocher, tant il se sentait tranquille, garé des voitures !

« Tu peux venir une minute, Lucien ? J'ai à te parler. »

Montana sait ce que ça veut dire. C'est toujours la même formule : « J'ai à te parler. » L'ennui, c'est que ce sont les revolvers qui parlent.

Montana se lève, tel un automate, marche vers le fond de la salle. La voix de Malaggione le stoppe. Les joueurs ont abattu leurs cartes, dans le grand silence. Le patron a opéré son repli habituel vers la cuisine. Personne ne connaît l'Archange, mais on ne peut pas s'y tromper. C'est un méchant. Rien à voir avec les voyous du port.

Ange désigne la porte d'un mouvement nonchalant de la tête :

« On n'en a pas pour longtemps », dit-il d'une voix plus douce que jamais.

Il s'efface pour laisser passer Montana. Sa main droite s'agite dans la poche de l'imperméable. La forme du pistolet se dessine. Montana se garde bien d'indisposer l'Archange, pour l'instant. Mais dès qu'il franchira la porte, l'air vaincu, il fera un demi-tour, et ses gros bras ceintureront le nabot. C'est sa seule chance. Montana ne sait pas se battre, mais il a le poids pour lui... Faible avantage, en vérité. Il tremble sur ses jambes, en gagnant la sortie.

C'est là que sa vie va se jouer.

Il se sent exsangue. Il a de plus en plus mal au ventre. Au moment où il veut se retourner, le canon du pistolet s'enfonce dans ses côtes :

« Fais pas le con. Si tu bouges... »

Le moteur d'une traction noire ronronne devant le bar. Un homme en imperméable blanc, les mains gantées, tourne la tête en voyant sortir l'Archange et Montana.

« Cette fois, plus de doute, pense Lucien. Ils m'emmènent en belle. »

« Monte ! »

En se baissant, Lucien reconnaît le conducteur, Toussaint Michelesi, un copain de Calenzana. La tête de ce brave garçon le rassure : cheveux bruns bien sages, plaqués, séparés par une raie sur le côté droit. Des yeux bleus intelligents...

Un souffle d'espoir. Malaggione ne peut pas le descendre devant Toussaint.

Il s'assied sur la banquette arrière, reprend une voix presque normale pour demander à l'Archange, qui ne desserre pas les dents :

« Qu'est-ce que tu veux ? »

Pas de réponse. D'un mouvement sec de la main gauche, Ange a fermé la portière. Tout de suite, la traction s'arrache du boulevard, vire, fonce vers la banlieue. Sur la glace, à gauche du conducteur, Montana peut lire à l'envers le laissez-passer des F.F.I. « Quel culot, se dit-il, la dernière fois que j'ai entendu parler de lui, il paraît qu'il était dans la Gestapo ! »

Il ne pose plus de questions, Montana. Il a fermé les yeux. Au bord de la nausée, il renifle dans la voiture une vague odeur de sueur et de vomi. N'est-ce pas lui qui l'exhale, cette odeur, dans la déroute de son corps ?

Quand il ouvre les yeux, il rencontre le rétroviseur où s'encadre le visage impénétrable de Michelesi, qui conduit. Un tic retrousse par instants ses lèvres minces. Finalement, il n'est pas si rassurant non plus, Toussaint... Bon Dieu, il ne peut pas se laisser emmener comme ça, il doit tenter quelque chose, le tout pour le tout, à tout prix !

« Dès qu'il ralentit, avant un virage par exemple, je fonce sur la portière, je tourne la poignée, je pousse avec l'épaule, je me jette au-dehors, je fais un roulé-boulé, je me remets sur mes pieds... C'est ça qu'il faut que je fasse ! »

Il le faut, il le faut, mais cette maudite traction ne ralentit pas ! Elle roule un train de plus en plus infernal, au contraire, sur ces routes désertes, sans obstacles...

La route tourne, maintenant, entre les pins et les rochers qui défilent à une vitesse vertigineuse. Avec une tout autre voiture, il faudrait ralentir. Pas avec une traction. Montana maudit André Citroën. A l'entrée de Cuges-les-Pins, Toussaint donne un coup de volant qui les entraîne sur un chemin de terre, au milieu des oliviers. Au loin, la masse sombre d'une forêt. Dès que la voiture ralentit, cahotant sur les fondrières, le canon du Colt de Malaggione meurtrit les côtes de Montana, tandis que la voix douce, insistante, susurre :

« Ne fais pas le con, Lucien... »

La traction accélère de nouveau, tangue sur l'aire sablonneuse qui précède un petit bois de chênes, s'enfonce sous les arbres, s'arrête pile au milieu d'une clairière. Michelesi, en chauffeur satisfait de son travail, s'étire, allume une cigarette.

« Eh bien, dit l'Archange, qu'est-ce que tu attends ? Descends ! »

Montana ne peut plus se faire la moindre illusion. C'est l'endroit rêvé pour un règlement de compte. Un vrai décor de cinéma. Ils sont venus si vite, avec une précision de conducteurs de rallye, que les lieux avaient dû être soigneusement repérés.

« Ange...

— Descends ! »

Montana se dit, une seconde, que s'il refuse de sortir, il gagnera du temps. Mais à quoi bon ? Malaggione n'hésiterait pas à l'abattre dans la voiture. Alors, il s'exécute, lourdement, les jambes molles. Des oiseaux sifflent, ironiques, dans les chênes. Ils sont chez eux : un endroit désert, où personne ne vient les déranger... où personne ne viendra déranger l'exécuteur des hautes œuvres.

Il a sans doute plu, ce matin. Les feuilles d'automne sont glissantes et Montana manque de tomber.

« Tu es encore plus pâle que le soleil, Lucien, dit l'Archange. Regarde là-haut. »

Montana lève les yeux vers les branches dégarnies. Le soleil qui s'y infiltre est bien pâle, en effet...

« Ici ! »

Le Colt désigne un tronc, qui évoque à Montana les poteaux d'exécution auxquels il ne répugnait pas, dans le feu de ses hauts faits patriotiques, de ficeler ses victimes en leur souhaitant bon voyage pour le paradis du Maréchal.

Ainsi, c'est fini... Le dos voûté, il avance vers l'arbre. A chaque pas, il s'attend à recevoir entre les omoplates la balle qui le délivrera de ce cauchemar. Puisqu'il faut en finir, puisque tout est perdu, à moins... A moins qu'il ne fasse semblant de glisser, de se fouler une cheville de façon que Malaggione s'approche, tout près, et alors...

« Tourne-toi ! »

L'ordre a claqué, sec, définitif, cinglant comme un coup de lanière. Cette fois, ça y est. L'Archange va l'exécuter, là, contre l'arbre. Soudain, il pense à Muriel. Qui va s'occuper d'elle, caresser ses seins, mordre ses cuisses, la posséder, la faire crier ? Qui ?...

Il se plaque contre l'arbre, livide. La vision fugitive de Muriel lui a donné un dernier sursaut de courage :

« Vas-y. Dépêche-toi. »

Le Colt se pointe sur son front, entre les yeux.

Montana a baissé les paupières. Il attend... Puis il les soulève, étonné. Les lunettes de l'Archange scintillent. Il découvre ses dents de loup.

Qu'est-ce que ça veut dire ?

Et si... Mais bien sûr ! L'Archange a voulu simplement lui faire peur ! Montana jette un coup d'œil à Michelesi, toujours assis dans la traction, ses gants beurre frais sur le volant, regardant droit devant lui, indifférent à la scène... Ils lui jouent la comédie, c'est ça. Il referme les yeux, de soulagement cette fois. Il tremble de tous ses membres : la réaction. L'alerte aura été chaude. Pour un peu, il sourirait.

« Pas tout de suite, dit l'Archange, ce serait trop beau... »

Montana n'a pas entendu Michelesi quitter la voiture. Il sent ses bras brusquement attirés derrière l'arbre, verrouillés par une paire de menottes. Le voici plaqué à l'écorce rugueuse qui lui blesse les coudes. Il ne peut plus bouger. Les muscles de ses épaules, retournés, lui font mal...

L'Archange rengaine calmement son pistolet. Montana ne perd pas un seul de ses gestes... Malaggione va à la voiture, ouvre le coffre, y prend une lampe à souder. Avec des gestes précis, presque maniérés, il verse un peu d'essence autour du brûleur, sort son briquet, allume... Une petite flamme s'élève, très gaie, vacille, disparaît au moment où l'Archange, d'une pression du doigt, fait jaillir une langue de feu qui bleuit peu à peu sous le débit. Montana, horrifié, perçoit le souffle rauque. Il a compris, il hurle, l'Archange marche vers lui, se cale, bien d'aplomb sur ses frêles jambes, élève la lampe à souder jusqu'au visage hideux de terreur.

« Ange, pas ça ! »

Malaggione sourit, muet, l'air ailleurs. Le brûleur de la lampe effleure soudain la joue de Montana, se colle aux cheveux qui s'embrasent, ravage la face.

Les oiseaux se sont tus. Michelesi s'est éloigné de quelques pas, tourne le dos.

L'Archange contemple la flamme. De l'œil attentif du professionnel consciencieux, il surveille la combustion des cheveux, observe les épouvantables convulsions du visage de Montana, évalue sa douleur.

Cloué à l'arbre, Lucien Montana n'est plus qu'un pantin désarticulé.

Alors, toujours muet, attentif, précis, l'Archange promène la langue incandescente sur le cou, sur la poitrine où les vêtements brûlent, sur les chevilles, mêlant l'odeur de la laine cramée à celle, insupportable, de la chair carbonisée. Michelesi vomit, appuyé à un arbre...

... Toujours maître de lui, l'Archange coupe la flamme. De sa main gauche, il sort son pistolet, l'approche de la tête qui n'est qu'une boue noirâtre, tire deux balles au jugé, coup sur coup... Il range dans le coffre la lampe encore chaude, allume une cigarette.

Il appelle Michelesi.

« Enlève les menottes, Toussaint. Elles peuvent encore servir. »

Je patauge dans mes chaussettes. Ce mois d'octobre se prend pour novembre. Il en a le ciel lugubre, le sol détrempé, le désespoir latent, le froid morne. La bruine transperce mon costume de fibrane, cadeau des restrictions. Je donnerais beaucoup pour être le flic à l'imperméable, si à la mode de nos jours. Malgré tous mes efforts, mes chaussures éponges ne manquent pas une flaque, pas un dérapage, quand je surgis du métro Champs-Elysées pour m'élancer sur l'avenue Marigny gluante de feuilles mortes. J'ai le cheveu humide, plaqué, sur le visage rose de froid, et le moral plutôt gris. Les grilles du ministère sont fermées. Dans la brume opaque, elles évoquent vaguement l'entrée interdite d'un château maudit. Les pèlerines de deux agents transis évoluent, spectrales.

En fait de château, le ministère, vers lequel je dérape, est une ruche à flics. Je vais à la Direction de la Sûreté nationale, la Boîte. C'est un bâtiment tout en béton, haut de six étages. On y a regroupé, depuis la Libération, l'ensemble des services de police jusqu'alors éparpillés par le gouvernement de Vichy.

Depuis quelques semaines, le fichier central est en train de réintégrer, à la vitesse administrative, les locaux de la rue des Saussaies qu'il avait désertés en 1940.

Villacampa, mon chef de section, couve ce transfert d'un air de maîtresse jalouse. C'est un transfuge de la gendarmerie, dont il a gardé le poil en brosse et les leggins.

« Le fichier, me répète-t-il chaque jour, c'est l'abc du jeune flic. Vous êtes jeune, Borniche, si jeune... »

Je suis flic, aussi. Et cette fois, c'est pour de bon.

Après mon essai malheureux à Orléans, sauvé du S.T.O. par la Libération, je guettais la réouverture des cabarets pour y caser mes chansons, quand m'était parvenu un arrêté de réintégration. J'avais connu Marlyse, entre-temps, ma jolie Marlyse toute simple. C'était elle qui avait vaincu mes dernières réticences :

« Prends la place en attendant. On en a tellement bavé! »

C'est vrai que ça n'avait été drôle pour personne, les derniers mois de Paris occupé. Mais moi, oui, vraiment, j'en avais bavé, tout seul, d'abord. Après ma désertion de la brigade politique, je m'étais caché quelques semaines dans une chambre du quartier Montparnasse, bourrée jusqu'au plafond d'objets curieux qu'un brocanteur aurait flanqués à la poubelle. Ma tante avait la manie de tout conserver. Pour fuir ce bric-à-brac, je pouvais toujours me mettre à la fenêtre : j'étais juste au-dessus du cimetière. J'avais le logis, mais pas le couvert. Après avoir pas mal cherché, j'avais quand même déniché un emploi de débardeur. La nuit, dans les Halles, je transportais sur mes épaules, peu faites pour ça, des quartiers de viande qui me tassaient sous leur poids. Je vivais au milieu des Forts, ces hercules de la manipulation. Je me glissais entre les montagnes de légumes. Je m'habituais à la puanteur des viandes avariées, aux cadavres des rats décomposés, empoisonnés.

Chaque matin, sale et fourbu, je regagnais ma cachette avec un petit sac de viande, de salade, ou de beurre. Je dormais tout le jour. C'est dans cette existence végétative que j'ai appris le débarquement américain en Normandie. Finie la claustration, fini le travail! Je n'étais plus le flic déserteur recherché, je n'étais plus le faible des Halles, la cible des invectives et des injures. J'étais libre...

Libre de retrouver Marlyse, et de songer de nouveau

à une carrière dans le spectacle : on aurait besoin d'amuseurs, après les années noires... J'étais prêt à me forger un nouveau répertoire...

Hélas! voici que j'étais sans force devant Marlyse, depuis que la concierge m'avait remis mon arrêté de réintégration...

Sacrée Marlyse! Elle avait passé ses bras autour de mon cou :

« Tu seras payé tous les mois, tu te rends compte? Pense à la retraite, aussi... »

Elle avait lâché le grand mot, celui dont je me moquais éperdument... La retraite! Parler de retraite, alors que j'avais tout juste vingt-cinq ans! C'était pour garantir cette fameuse retraite, cette sécurité de la vieillesse, cet Eldorado des flics sur le retour, que tant de policiers avaient allégrement léché les bottes de l'occupant.

« Et puis, avait ajouté Marlyse, en reprenant le tricot qu'elle destinait au boulanger du coin en échange de huit baguettes de pain sans tickets, tu patientes quelques mois... Et si ça ne te plaît pas, tu t'en vas! »

J'avais donc rempilé. Le 4 septembre 1944, je m'étais présenté de bon matin au siège de ma nouvelle affectation, la première brigade de police judiciaire, 42, rue de Bassano. Le processus, je le connaissais. J'en énumérais d'avance les détails. Je tendais ma feuille au gardien huissier qui la soupesait d'un air soupçonneux... Il me conduisait au secrétariat du premier étage... Et comme à Orléans, l'employé me demandait :

« C'est vous, le nouveau? »

Et je comparaissais, en finale, devant le maître des lieux. Il m'accueillait la main tendue, et m'affectait aussitôt, en raison de mon passé, à une section apolitique... C'était comme ça, à n'en pas douter, que les choses se passeraient.

La première partie du film s'était déroulée sans bavures. Mon scénario fonctionnait. Puis la bobine s'enrayait : le commissaire principal, qui venait de se glisser dans le fauteuil encore chaud de son malheureux prédécesseur, m'avait reçu plutôt froidement. Le bureau était trop grand pour lui. Je le voyais à peine. Ce n'était pas un nain, tout de même? Il éructait :

« Vous étiez à Orléans, vous avez abandonné votre poste, j'en prends note... Je vous aurai à l'œil, mon ami ! »

Heureusement, surgi comme par miracle pour chasser ces idées déjà noires, l'inspecteur principal Joseph Siméon Villacampa m'avait cueilli au vol dans le secrétariat. De nouveau, mon film se déroulait correctement. Il l'avait, lui, la main tendue, ce fanatique du fichier.

« Venez, Borniche. »

Du coup, mon désir d'escapade commence à faiblir. Le dos large et puissant de Villacampa me précède dans les hauteurs de l'hôtel particulier désaffecté. Il a une démarche décidée qui inspire confiance. On traverse une ancienne cuisine de service. On se faufile dans un escalier étroit, tordu, qui conduit aux chambres de bonnes. La 17, c'est la sienne... enfin, c'est son bureau. Une mansarde peu encombrée : un téléphone sans cadran, posé sur une table de bois blanc, deux chaises, et de la poussière, beaucoup de poussière.

« Pas de machine ?

— Pas besoin. On écrit tout à la main... Vous verrez, on est peinard, ici. L'escalier est tellement casse-gueule que personne ne vient nous emmerder. Et puis, avec les *saucissons,* rien à craindre. Du moment qu'on a le fichier... Tout est noté, aux archives. Tout est fiché, répertorié, conservé... Le fichier, Borniche, c'est le trésor du poulet... »

En quelques semaines, sous la férule de Villacampa, je suis devenu le roi des fichiers, l'empereur des *saucissons,* ces enquêtes insignifiantes que l'on aiguille sur notre bureau afin de satisfaire les exigences des tribunaux ou des brigades de province. Nous en liquidons deux ou trois par jour. La rédaction en est simple. Il s'agit le plus souvent de demandes de renseignements sur la personnalité d'un témoin ou d'un suspect, rarement de la recherche d'un coupable.

Ce n'est pas très passionnant, bien sûr, mais j'apprends mon métier.

Au début, j'étais mal à l'aise. Ce déballage de la vie de chacun, destiné aux policiers, aux gens de robe, et pourquoi pas aux journalistes, me choquait. Et puis, l'habitude a pris le dessus. La routine m'a anesthésié. Au moins, mon groupe ne s'occupe pas d'arrestations politiques, d'enquêtes dites spéciales... Moi, la politique, je m'en moque.

Peu à peu, je me suis intéressé à mes dossiers. J'ai même réussi à dénicher une vieille machine à écrire Underwood. Je l'ai fait réparer à mes frais. Mes deux index rivalisent de bonne volonté pour marteler le clavier avec application. Du coup, Villacampa me donne ses rapports à taper. Je m'instruis sur le tas, à la mode gendarme, et ça, c'est loin de me déplaire. En plus, je me familiarise avec la procédure criminelle.

Maintenant, ce qu'il me faudrait, c'est l'action...

Ça viendra sûrement un jour. Il suffit de patienter. En attendant, par ce sinistre matin d'octobre, je vais consulter une fois de plus le sacro-saint fichier de la rue des Saussaies. Je m'engouffre sous la voûte courant d'air qui conduit à l'ascenseur du fond de la cour. Je commence à avoir l'habitude de ces lieux. Mais c'est la première fois que j'y viens pour une affaire importante.

Je n'ai jamais entendu parler de cet Ange Malaggione auquel s'intéresse la brigade de Marseille. Elle nous demande ce que cet individu, surnommé l'Archange, a fait pendant la guerre. Elle veut savoir où il se cache aujourd'hui. Diable, voilà qui sent le gibier de choix. Si je ne trouve rien rue des Saussaies, j'irai cet après-midi consulter les archives de la préfecture de Police, quai des Orfèvres. Elles sont, il faut l'avouer, mieux tenues que les nôtres, et plus complètes.

En attendant, je remplis consciencieusement la fiche de recherche, je la signe, et je la tends à l'archiviste rondouillard qui la cueille à travers le guichet. Il s'enfonce, taupe diligente, dans son univers, où le public n'a pas le droit de pénétrer. C'est son terrier, son bouge, son ghetto personnel, son camp de concentration de poche, son kafka de chaque seconde. Des cabriolets de bois brut véhiculent des fiches nominatives. Les classeurs, empilés à ras de plafond, dégorgent de dossiers administratifs individuels ou criminels.

Jusqu'à mon inquisition dans ces lieux de mystère, j'ignorais que chaque citoyen était mis en fiche. Que les superpositions, les confrontations, les contradictions des différents éléments de ces dossiers pouvaient le rendre douteux, suspect, voire coupable.

J'ignorais que la simple demande de carte d'identité ou de rationnement, de passeport, de permis de conduire, de chasse ou de pêche, l'élémentaire désir de créer un commerce, ou de voter, transformait le quidam en un carton rectangulaire, répertoire des dossiers que des escouades de fonctionnaires peuvent consulter en toute quiétude... et interpréter à leur manière.

J'ignorais que des mouchards se glissaient dans les restaurants, les cafés, dans tous les lieux de réunion possible, et notaient des attitudes, des propos qu'ils se hâtaient de reproduire avec plus ou moins d'exactitude dans des rapports non signés.

J'ignorais tout cela. Maintenant, je savais.

Je savais pire encore.

J'avais conscience de commettre une belle gaffe en ne saluant pas chaque matin ma concierge, ou en ne lui accordant que de modestes étrennes à la fin de l'année. Cette inqualifiable attitude pouvait avoir de funestes conséquences, et faire pencher du mauvais côté le fléau de la justice.

J'en avais des sueurs froides.

Mais je n'avais encore rien vu. Les plus belles découvertes viendraient plus tard.

L'aire de consultation est étroite, sans doute pour qu'on puisse mieux la surveiller. On peut étaler les dossiers sur quatre tables hautes sur pieds, collées contre la cloison vitrée. C'est suffisant pour lire, pas pour prendre des notes.

Miracle de la continuité policière, le dossier Malaggione est à sa place. L'archiviste inscrit la date de sortie au composteur, ajoute mon nom et celui de mon service. Il m'offre en prime, en guise de sourire, un chicot noirci par la nicotine.

Je constate, à l'intérieur de la chemise cartonnée, que le dossier a déjà été consulté. Deux fois en 1943, par mes concurrents de la brigade spéciale de la P.P. Une autre fois, en juillet 1944, par la gendarmerie de Paris-Exelmans.

Décidément, ce Malaggione semble avoir intéressé beaucoup de monde, sous l'Occupation... Le savent-ils, à Marseille ? Il me faudra, c'est maintenant certain, aller farfouiller dans les dossiers des services susvisés pour avoir une vue plus complète du personnage. *Sus-visés...* voici que j'emploie déjà les termes chers à mon gendarme Villacampa !

La première pièce qui se présente, froissée, écornée, est une notice individuelle à laquelle est épinglée une photographie de Malaggione, face et profil. Elle date de 1942. L'Archange, en vêtement de bure, col ras, ressemble à un séminariste. Le cliché a été pris à la Centrale de Nîmes, d'où il s'est évadé après sa condamnation à huit années de travaux forcés, pour assassinat.

Je note que ce drôle d'Archange était le souteneur d'une fille Takiris, d'origine grecque, prostituée notoire dont le cadavre a été repêché le 3 novembre 1938 au large du château d'If.

Pas d'antécédents. Père fonctionnaire. Pas de signes particuliers, à part la myopie exagérée qui l'a fait réformer du service militaire. Petit, chétif, mais à part ça...

Et, bien sûr, pas d'adresse. Au verso de la notice, je trouve le résumé des motifs de son arrestation. En 1943, on y a ajouté une annotation à l'encre violette : *Surseoir à toutes recherches. En cas d'interpellation, prévenir immédiatement l'état-major allemand, 72, avenue Foch, et la Direction de la Gestapo française, 93, rue Lauriston, qui enverront instructions.*

Sous l'Occupation, il était donc intouchable, mon Malaggione ! Comme tous les sbires de Lafont, qui constituaient l'élite de la Gestapo française, la Carlingue, disait-on alors et qui s'étaient dispersés dans l'affolement de la Libération. Malheureusement pour eux, l'un des leurs, le chiffonnier milliardaire Joanovici, avait mangé le morceau. Et la P.P. – au fait, ce n'était pas son secteur, comme aurait vitupéré mon pédant examinateur – était allée cueillir Lafont, Bony, Clavié et autre gibier du même cru, dans la ferme des Baslins, près de Bazoches, en Seine-et-Marne, où ils se croyaient bien cachés, dans l'agréable compagnie de cinq millions d'or et de bijoux. Ils attendaient d'être jugés.

Et Malaggione ? Eh bien, l'Archange semblait avoir passé à travers le filet, puisque son dossier reste muet. A moins qu'il n'ait été expurgé par des collègues peu scrupuleux, trop paresseux pour recopier les documents.

« Tu trouves ton bonheur ? »

L'archiviste passe dans le guichet une tête de guillotiné, qui m'interroge avec son sourire nicotinique. Il compatit, cet homme, il a surpris mon air embarrassé.

« Pas grand-chose, dis-je.

– Fais voir ! »

Je referme la chemise, la lui glisse par l'ouverture. Sa tête recule pour lui faire place. Il relève dans un coin un numéro que je n'avais pas remarqué.

« Il y en a un autre. Je vais le chercher. »

De nouveau il disparaît, s'enfouit dans ses galeries de paperasses, pour émerger quelques minutes plus tard, porteur d'une épaisse chemise. Je lis « Abel Danos ». D'un doigt expert, l'employé ouvre, feuillette...

« C'est Malaggione qui t'intéresse, ou toute la bande ? »

Je sors de ma serviette de carton bouilli le message de Marseille. Je le lis à voix haute. Puisque ce brave homme veut m'aider, autant le mettre dans le coup.

« Eh ben, siffle-t-il, t'es sur un sacré gang ! Je te souhaite du plaisir ! T'es tout seul pour t'occuper de ça ?

– Ma foi...

– Danos, Buisson, Chave, Rocca Serra ! Toute l'équipe que le vieux Belin avait piquée pour les braquages de Troyes et de la rue de la Victoire[1]. C'est pas

1. Voir *Flic Story*.

des rigolos... Tiens, je le retrouve ton Malaggione... C'est un rapport récent de la P.P... »

Il ne dit pas grand-chose, le papier de l'inspecteur Courthiol :

« *D'après les renseignements d'une personne digne de foi, mais désirant garder l'anonymat, le nommé Ange Malaggione, recherché pour collaboration avec l'ennemi et participation à de nombreuses opérations contre la Résistance, entretiendrait des relations avec ses compatriotes, Dominique Léonelli, domicilié 89, rue Blanche à Paris (IXe), sans profession définie, et Toussaint Michelesi, membre du Milieu marseillais, actuellement en fuite.*

« Entendu au service, Léonelli a nié tout contact avec Malaggione et Michelesi qu'il prétend ne connaître que de vue. Les surveillances effectuées à son domicile n'ont donné aucun résultat. Léonelli fréquente le bar L'Attelage, *rue Duperré à Paris (IXe), rendez-vous des gangsters marseillais et corses.*

« Sa maîtresse, une nommée Sylvia de Neyrac, institutrice privée, également interrogée, n'a pu fournir aucun renseignement intéressant. Les recherches continuent et si un fait nouveau... »

L'archiviste compatit. Il ne sourit même pas devant ma mine déconfite.

« Tu as compris, dit-il, c'est des coups à prendre une balle dans la tête, avec ces lascars... C'est à ça que tu joues, non ?

– Non, dis-je pensif, en lui rendant la feuille. Sors-moi le dossier Neyrac. Ça me rappelle quelque chose. On doit trouver sur cette fille un rapport de la brigade d'Orléans... »

IX

Sylvia de Neyrac n'avait jamais vu la mer. Elle colle son visage à la fenêtre du wagon de première. Dominique, assis en face d'elle, s'amuse de son émerveillement, lui caresse les genoux, sans se soucier le moins du monde des autres voyageurs, quatre messieurs très dignes qui s'efforcent de regarder ailleurs.

Le Paris-Marseille dépasse l'Estaque sous le ciel pur de l'hiver.

« Je ne savais pas que la mer était si bleue », dit Sylvia.

Et elle ajoute, comme pour s'excuser de cette réflexion banale :

« J'ai toujours cru que les couleurs des cartes postales étaient fausses... »

Pour Léonelli, c'est là un paysage bien banal, au regard des splendeurs de sa Corse natale. Mais il est fier d'offrir ce dépaysement à sa belle Sylvia, que lui envient les regards de tous les hommes. Il a réussi deux ou trois fructueuses opérations ces temps-ci. Il a pu offrir à Sylvia un manteau d'astrakan « pour la protéger du mistral », comme il l'a dit plaisamment. C'était autant pour lui que pour elle : il raffole des femmes en manteau de fourrure... Et puis, le noir va si bien au teint de Sylvia...

Un peu plus tard, du haut des escaliers géants de la gare Saint-Charles, Sylvia a l'impression de dominer le monde. Elle se souvient de ses lectures : Marseille, porte de l'Orient. Le Vieux-Port. Elle ne serait pas étonnée de découvrir, dans une petite salle de bistrot, les joueurs de cartes de Pagnol. Justement, ils ont vu *Marius* au *Gaumont,* l'autre jour, avec Raimu et Pierre Fresnay.

Le mistral a soufflé la veille, déblayant le ciel. Le soleil règne sur le port, sur les rues où Sylvia respire les odeurs fortes du marché. Elle découvre avec une joie d'enfant les barils d'olives et d'anchois, les poissons multicolores. Dominique l'entraîne quand les marchandes l'agrippent, fortes en gueule, avec leur redoutable accent :

« Hé! petite, vous avez vu mes rougets, s'ils sont beaux ! »

Peu à peu, elle se familiarise avec la ville. Dans deux jours, Dominique ira rejoindre l'Archange à Ajaccio, pour une affaire dont elle n'a pas demandé le détail. Sylvia, elle, regagnera Paris, après ce court voyage de noces, comme dit Dominique.

En attendant, il l'initie au Milieu marseillais sur lequel, depuis la Libération, les Guérini règnent plus que jamais après l'élimination de Carbone et Spirito, compromis avec les Allemands,

« Elle est mignonne, cette petite, dit Antoine. Mais peut-être qu'elle ne se tient pas à sa place. Tu la mets au courant de tout ? »

Sylvia, modestement, attend au bout du bar, comme un candidat attend le verdict de l'examinateur.

« Ce n'est pas seulement ma femme, prétend Léonelli, tout fier. C'est mon associée... »

Il n'en dit pas davantage. Antoine n'aime pas les bavards. Et puis, ce serait superflu. Il fait confiance à son protégé, qui l'a si bien servi pendant la guerre.

Ne vient-il pas de lui dire – et Sylvia a dressé l'oreille :

« Si tu as des ennuis avec l'Archange, viens me voir...

– Des ennuis ?

– Fais attention où tu mets les pieds, Doumé, je te préviens. »

Ces paroles ont été emportées par un flot de blanc de Cassis, dans le meilleur restaurant des Catalans. Sylvia, un peu ivre, entend la mer battre les rochers de la Corniche. La Méditerranée se faisait violente, à l'approche de la nuit. Ils dînaient tôt, parce que Dominique allait embarquer à bord du *Ville d'Ajaccio,* tout à l'heure.

« Je ne t'accompagnerai pas au bateau, a dit Antoine. J'ai à faire. Mais je vous offre le dîner. »

Sylvia le trouve de plus en plus sympathique. Grisée par les épices de la bouillabaisse et par le vin blanc, elle s'attendrit sur sa vie avec Dominique. Elle aurait bien voulu qu'il l'emmène en Corse. Un jour, peut-être... Elle ira sagement l'attendre à Paris, dans leur nouvel appartement de la rue Blanche...

Bien sûr, le deux-pièces que Dominique a loué au nom de Sylvia n'est guère luxueux. On se douche dans la cuisine. Mais quel progrès, par rapport à la petite chambre de la rue Fontaine où ils s'étaient installés en mai 1944, quand l'huissier avait chassé Sylvia de l'appartement de sa marraine, rue Raynouard !

Elle ne l'évoque pourtant jamais sans émotion, cette chambre. Le papier peint se décollait par endroits. Les fissures du plafond gagnaient du terrain et l'eau était sur le palier...

« Quand on pourra passer rue Blanche, disait pompeusement Dominique, ce sera la promotion sociale... »

C'était vrai. Rue Blanche, ils seraient dans le bon quartier, tandis que rue Fontaine... Quelques centaines de mètres faisaient toute la différence : d'un côté le gratin de la truanderie, de l'autre les bourgeois. En attendant, Sylvia s'initiait aux multiples trafics de Dominique. Elle s'en amusait. Elle aurait voulu lui être utile, à l'occasion. Elle l'avait été une ou deux fois, pour écouler les faux en tout genre qui fleurissaient en cette époque troublée. Les faux billets, surtout, la fascinaient, si neufs, si craquants...

Elle était triste quand Dominique, parfois, partait pour une semaine. Elle avait peur, lorsqu'il portait un lot de cartes d'identité aux maquisards de Haute-Savoie. Lorsqu'elle décousait la doublure de son manteau pour la bourrer de faux tickets de ravitaillement.

« Dominique, demandait-elle, tu travailles pour la Résistance ou pour toi ?

– Pour les deux, ma chérie. Il faut bien vivre. »

Il fallait bien vivre, en effet. Dominique n'avait pas voulu que Sylvia prenne un poste d'institutrice dans un collège privé.

« Un salaire de misère, et l'esclavage, en plus. Se lever à sept heures le matin... »

C'était l'argument massue, décisif.

Le beau Doumé n'aimait rien tant que de trouver, à son réveil tardif, son café chaud et Sylvia transfigurée par l'amour. Sylvia avait dû sacrifier son désir d'autonomie financière. Travailler, c'était le perdre. C'était laisser la place à une autre femme, dans le grand lit grinçant où elle aimait se blottir dans ses bras.

« Alors, disait-elle, si je ne travaille pas, je peux t'aider...

– Plus tard, on verra... »

A la Libération, Dominique Léonelli portait sur son front la marque des héros. Sylvia était fière de lui, heureuse de cette grande fête qui semblait ne jamais devoir finir.

Sans doute aurait-elle été moins fière si elle avait su ce que Dominique, un peu honteux tout de même, lui cachait : il se servait de son action de résistant pour blanchir les amis... et quelques autres. Où était-elle, l'intransigeance de sa jeunesse, au temps des risques pris pour rien, pour la gloire, à l'Arsenal de Toulon ?

Il faisait feu de tout bois, ses scrupules s'évanouissaient de jour en jour. Plus l'argent devenait facile à gagner, et moins il regardait aux moyens... Il faut dire que son premier faux certificat de Résistance, il l'avait donné, pas vendu. A Ange Malaggione, recherché comme évadé et gestapiste. Il savait gré à l'Archange de l'avoir accueilli à Paris, lui, le petit Doumé. Et puis, il sentait confusément qu'avec Malaggione, il accéderait un jour ou l'autre aux gros coups, ceux qui leur donneraient la grande vie, à Sylvia et à lui.

Jusque-là, il se débrouillait, sans plus. Il indiquait quelques petites affaires, négociait le butin des autres. Homme de paille tous azimuts, il naviguait entre Malaggione et Guérini, en passant par Michelesi, dans les invraisemblables trafics de l'année 1944.

La vente des faux certificats de résistance payait le nouveau logement de la rue Blanche, une confortable garde-robe pour Sylvia et pour lui.

« Quand on ira à Marseille, disait-il, tu passeras ton permis. Antoine les fait donner à qui il veut, les permis... »

En attendant, il apprenait à conduire à Sylvia, sur la petite Simca 5, achetée à un lieutenant F.F.I. de la porte Champerret. Il aimait à la serrer contre lui, quand ils roulaient lentement dans les allées du Bois, qui leur rappelaient le bombardement de Longchamp, leur rencontre...

Ils menaient une vie rangée, bourgeoise. Finis les mystérieux déplacements de Dominique dans le maquis. A onze heures trente, il partait pour l'Attelage. C'était l'heure de l'apéritif, l'instant où se concluaient les affaires, entre deux pastis. Fanfan était fermé pour cause de collaboration. L'Attelage avait pris le relais. Ils étaient là, les Corses et les autres. Surtout les Corses. Léonelli écoutait, promettait, prenait ses commandes. On le savait discret, efficace. Il n'avait pas son pareil pour écouler le butin en tous genres.

A treize heures, Dominique rentrait rue Blanche. Il trouvait la maison en ordre, Sylvia fraîche et élégante. Il l'embrassait, dérangeait un peu sa coiffure, respirait son parfum. Ils prenaient la Simca pour aller déjeuner dans les bons petits restaurants qu'il connaissait, souvent à la limite de la banlieue : des rues obscures, un univers sans restrictions, où Sylvia s'était étonnée, au début, de trouver tant d'affamés célèbres...

S'ils n'avaient pas envie de prendre la voiture, ils s'installaient dans l'arrière-salle d'un copain de Pigalle ou de Montmartre. Sylvia ne posait pas de questions. Mais Dominique, tout en mangeant, prenait l'habitude de lui expliquer, avec une fierté d'homme d'affaires, tel ou tel coup fumant qui, grâce à son astuce à lui, Doumé, allait apporter de l'argent au ménage.

L'après-midi était consacré à la sieste. Ça, c'était sacré. Ils rentraient un peu gais, se déshabillaient avec mille agaceries, se cajolaient, s'endormaient quelquefois. Dominique ne se lassait pas d'explorer le corps de

Sylvia. Et comme il était son premier homme, elle ne s'étonnait d'aucune caresse... Pour elle, tout passait dans le tumulte de l'amour.

A six heures, douché et rhabillé, il partait de nouveau pour l'Attelage, ou pour le Laetitia, autre bar corse tenu par un Corse, fréquenté par des Corses. C'était le second apéritif au cours duquel se traitaient des affaires tout aussi importantes qu'au premier. Et là, souvent, Sylvia l'accompagnait.

Les habitués ne s'étonnaient plus de voir cette grande belle fille accoudée au bar. Elle était si différente des gagneuses... Elle inspirait le respect. Et si le malin Doumé, l'indispensable fourgueur, lui faisait confiance, c'est que c'était quelqu'un. Même le méfiant Adrien, le patron de l'Attelage, qui gardait toujours à portée de la main son fusil à canon scié, l'honorait de ses sourires de bellâtre retraité.

Dominique et Sylvia formaient un si beau couple, élégant, amoureux, qu'ils devenaient populaires, comme les héros d'un roman-photo. D'ailleurs, Sylvia savait s'en aller dès qu'elle sentait que sa présence déplaisait à un « client » de Dominique. Elle rentrait rue Blanche, en flânant. Elle se sentait chez elle. C'était si loin, Neyrac...

L'autre jour, elle a cru apercevoir son père, au Lido. Elle a détourné la tête. Adieu, l'épave... Elle ne répondait même plus à sa mère, à qui elle avait donné comme adresse la poste restante de la rue Ballu...

Le programme du soir était tout aussi précis que celui de la journée : Tabarin, Lido ou la Cloche-d'Or, rue Mansart.

Sylvia se grisait d'oisiveté et de fêtes quotidiennes.

« Fais attention où tu mets les pieds, répète Antoine Guérini. Ajaccio, en ce moment... »

Dominique hausse les épaules. Il n'a rien à craindre de personne. Sans doute Antoine voudrait-il le garder pour lui seul. Il doit être un peu jaloux de l'Archange, dont il a été jusqu'à dire, l'autre jour : « Il est quand même un peu fada. »

La tête lourde, Sylvia sent monter en elle une tristesse inaccoutumée. Elle a beau regarder, dans son sac, le permis de conduire tout neuf dont Antoine lui a fait cadeau, elle ne parvient pas à se consoler du départ de Dominique, tout à l'heure...

Elle se voit dans le train de Paris, le lendemain, esseulée, cafardeuse. Et rue Blanche, dans le lit froid... Elle restera cloîtrée, en attendant le retour de son seigneur et maître. Où irait-elle, sans Dominique ?

« Je ne resterai pas longtemps parti, dit celui-ci, comme s'il devinait ses pensées. Deux jours, trois au plus... De toute façon, tu es assez grande pour prendre l'apéritif avec les copains...

– Tu n'es pas jaloux ?

– Malheur, si ! répond Dominique, sous l'œil inquisiteur d'Antoine. Seulement, tu les impressionnes tellement, à Pigalle...

– Tu n'as pas confiance en moi ? »

Dominique, pour toute réponse, se penche par-dessus la table. Ils s'embrassent longuement, tandis qu'Antoine secoue la tête, pensif.

« Allons, dit-il, le bateau ne t'attendra pas. »

X

L'HÔTESSE regarde l'abbé essuyer ses épaisses lunettes. Elle ne voit pas ses yeux : il s'est tourné vers le hublot, comme beaucoup de myopes qui se sentent tout nus quand ils ôtent leurs verres en public pour les nettoyer. « L'abbé est sans doute corse, se dit-elle. Il ne veut rien manquer du spectacle. Il faut dire que ça vaut le coup. » Elle a beau être blasée, elle ne se lasse pas de voir défiler, sous l'aile du DC-3, la Corse déchiquetée dans les derniers rayons du couchant, rouge comme les îles Sanguinaires bien nommées. Si elle était née dans ce pays, elle pleurerait d'émotion à chaque retour, dès qu'elle apercevrait la pointe de la Parata coiffée de sa tour génoise, paradis des mouettes et des goélands, dès qu'elle verrait se dessiner le château de la Punta... L'abbé colle ses lunettes au hublot, pour mieux voir. Oui, un Corse, assurément...

L'avion Marseille-Ajaccio amorce sa descente vers le terrain de Campo dell'Oro. La mer reflète le soleil qui bientôt va disparaître, tandis que la voix de l'hôtesse nasille dans la cabine :

« Votre attention, s'il vous plaît. Dans quelques instants, nous allons atterrir sur l'aéroport d'Ajaccio. Nous vous prions d'attacher vos ceintures et d'éteindre vos cigarettes... »

Le DC-3 décrit un large virage. L'hôtesse vérifie les ceintures des passagers, avant de boucler la sienne sur le dernier fauteuil de queue, près du prêtre qui ébauche un discret signe de croix quand le train d'atterrissage se déverrouille. Ses mains blanches et fines reposent sur le bréviaire qu'il n'a pas cessé de lire jusqu'au large de la Corse. Pourquoi l'hôtesse se sent-elle mal à l'aise ?

Le prêtre a tout au plus trente ans. C'est l'ecclésiastique type, un de ces petits hommes pâles faits pour porter la soutane. Il n'a rien du missionnaire, ni du curé de choc. L'hôtesse, qui connaît Rome, le verrait bien se glisser dans l'ombre d'un couloir du Vatican, avec ses épaules étroites, son opulente chevelure noire, ses lèvres minces. « Tiens, se dit-elle, je n'ai même pas entendu le son de sa voix. » Lorsqu'elle lui a présenté le plateau de consommations, tout à l'heure, l'abbé s'est contenté de refuser de la main, et s'est replongé dans sa lecture.

Il a, pour tout bagage, une minuscule mallette de cuir noir sur laquelle a été collée une croix blanche, faite de papier glacé... Il s'agite. « Il doit sentir que je le regarde, pense l'hôtesse en se détournant. Je suis bien impolie. Il n'a rien que d'un curé ordinaire... Je me demande ce qui m'attire, chez lui. Il n'est pourtant pas beau... »

L'avion cahote sur la piste irrégulière. Les troupeaux de moutons habitués des bords de l'aire d'atterrissage, n'ont pas peur du tout. Ils lèvent à peine la tête, puis se remettent à paître paisiblement. Le DC-3 pivote, tangue, vient s'arrêter, moteurs au ralenti, devant le baraquement d'accueil, qui sent l'après-guerre et le provisoire, et ne paierait pas de mine, n'étaient les derniers reflets du soleil rouge dans les vitres..

La combinaison d'un blanc douteux, trop grande pour l'employé qui l'habite, s'évertue à placer l'escalier roulant sous la porte de la cabine. Le malheureux, gêné par les manches et les jambes trop longues, joue involontairement les comiques troupiers. La porte se déploie sous la poussée de l'hôtesse. Le prêtre, sa mallette à la main, apparaît sur la première marche.

D'un pas vif, il franchit le guichet de police, tend sa carte de débarquement, passe à la douane :

« Rien à déclarer, mon père ?

– Rien.

– Allez !

– Merci... *Pace et salute,* mon fils. »

L'abbé reprend sa marche rapide à travers le hall à peine éclairé, sans regarder à droite ni à gauche. Il débouche devant une rangée de vieux taxis, 302 déglinguées et tractions asthmatiques. Il ouvre une portière, l'air toujours pressé. Laconique, il énonce.

« Cauro. »

Il s'engouffre dans la guimbarde, se penche pour ajouter :

« Vous m'arrêterez devant le presbytère. »

Le chauffeur renonce à regret à son discours réservé aux touristes qu'attire l'église Sainte-Barbe. Ce prêtre à l'accent corse est sans doute un ami du curé. Inutile d'essayer de faire monter le pourboire en lui racontant comment Sampiero Corso, décapité par les Génois, eut l'honneur d'avoir sa tête exposée sur les remparts d'Ajaccio, jusqu'au jour où un habitant la subtilisa à la barbe des occupants, pour la murer ensuite dans l'église paroissiale...

« Merci, dit l'abbé, en réglant généreusement la course. *Pace et salute,* mon fils. »

Le taxi fait demi-tour. Ses phares illuminent les arbustes du maquis, aux ombres sévères qui émergent de la pierraille, pour composer un tableau inoubliable, plus bouleversant pour un Corse que pour tout autre.

Le prêtre se souvient de très anciennes phrases : celle de son père, évoquant le pays, du fond de la colonie lointaine...

« Allons, dit-il tout haut, ce n'est pas parce que je suis en robe que je vais pleurer comme une vieille femme... »

Et il éclate de rire, un rire inquiétant, dans ce paysage paisible. Au loin, autour du golfe, scintillent les lumières d'Ajaccio, milliers d'étoiles... Un animal, effrayé par le rire du prêtre, se jette dans un buisson. L'homme en noir sursaute, se fige, écoute, puis hausse les épaules. Décidément, les émotions crépusculaires ne lui valent rien. Quelles ombres évoquent les arbres secs ?

Le sentier devient de plus en plus périlleux. A plusieurs reprises, l'abbé manque de perdre l'équilibre. Il parvient enfin à une maison basse, aux pierres irrégulièrement jointes, qui semblent tenues assemblées par la vigne qui les enserre. L'abbé saisit le marteau de bronze, le laisse retomber sur la porte cloutée. Un raclement de semelles, une clef qui fourrage la serrure. Dans l'encadrement apparaît une minuscule créature au visage ridé comme une vieille pomme, encadré de cheveux neigeux tenus dans un fichu sombre.

« *Bona sera,* dit l'abbé. *Cumu state,* Graziella ?

— Je vais bien, dit la vieille en s'effaçant. Toussaint vous attend. Venez. »

L'abbé traverse une cuisine carrelée de grès. Deux couverts sont disposés sur la table. Il hume l'odeur de la charcuterie corse, à nulle autre pareille : jambon et saucissons pendent aux poutres noircies. Le feu crépite. Une fugitive émotion envahit de nouveau le prêtre.

Au moment où il pousse la porte de la chambre, Toussaint Michelesi est en train d'enfiler sa chemise. Sur le biceps droit, un tatouage représente une hirondelle qui attrape un papillon. Sur l'omoplate gauche, les cheveux d'une girl frissonnent au gré des mouvements...

« Ange !

– Toussaint ! »

Les deux hommes tombent dans les bras l'un de l'autre, pour une fraternelle accolade. La vieille tire discrètement la porte. Ange Malaggione remarque les cheveux de Toussaint, qui tombent sur les pommettes saillantes, les yeux fiévreux :

« Tu n'es pas malade ?

– Non, je commençais à m'endormir... La campagne, tu sais... Le voyage s'est bien passé ?

– Oh ! moi, l'avion... C'est bien parce que j'étais pressé. Mais avec ma soutane, je me sentais tranquille. Doumé est là ?

– Il est chez son oncle, à Cargèse. On le retrouve à Ajaccio. T'en fais pas, tout est en place. »

Toussaint passe le peigne dans ses cheveux, ajuste la raie devant le miroir en fléchissant légèrement les jambes.

« La pierre n'a pas résisté beaucoup, poursuit-il. Le ciment était archisec. »

Et sur ces paroles sibyllines, il vérifie de nouveau l'ordonnance de sa coiffure avant de demander :

« C'est bien toujours pour demain ?

– Oui, souffle Ange, qui dégrafe un à un les boutons de sa soutane. Si je pouvais être à Paris, le soir même, ça m'arrangerait ! »

L'Archange émerge de sa dépouille ecclésiastique, très strict dans son costume sombre, chemise glacée et cravate noire. La crosse du Colt apparaît indiscrète, de la poche du veston. L'Archange l'y cueille, glisse l'arme dans la mallette entre deux liasses de billets de banque. Il plie la soutane avec soin, la dépose sur la valise.

« Où t'as eu cette défroque? demande Toussaint en riant.

– A Montmartre. Le fripier m'avait proposé un uniforme de général, mais c'était un peu voyant... Et le petit Pascal?

– Il est là aussi. Arrivé dimanche par le bateau de Marseille.

– A la bonne heure! »

Les yeux de Malaggione ont semblé s'éloigner derrière ses verres. Toussaint sait ce que ça veut dire. Quand l'Archange a ces yeux-là, l'homme auquel il pense peut se considérer comme déjà mort.

« Cette bordille! jure Malaggione entre ses dents. Fallait-il qu'il l'aime, son copain Montana, pour me balancer aux poulets.

– Tu as le temps de penser à ça, dit Toussaint. Viens donc dans la cuisine, on va manger un morceau. »

Tandis que Toussaint coupe de larges tranches de charcuterie, emplit les verres d'un capiteux rosé corse, l'Archange offre au feu de bois ses longues mains. Les veines saillent sous la peau très blanche. Il grignote un peu de jambon et de pain bis, boit deux gorgées de vin. Toussaint, lui, a un solide appétit :

« Je n'ai presque pas dîné, tout à l'heure. Je n'aime pas manger seul.

– Et ta mère?

– Oh! elle... Un verre de lait, quelques châtaignes. Elle n'a plus de dents... »

L'Archange se laisse peu à peu envoûter par le silence de la maison basse. L'odeur de la charcuterie, le claquement des mâchoires de Toussaint, le crépitement du feu, autant de signes rassurants qui disent une vie humble, paisible...

« Oui, mais une vie dure, aurait dit le père Malaggione. Ton grand-père, le berger... »

« Ange, encore un peu de rosé ?

– Oui. Il est fameux... »

L'Archange soulève le verre à la hauteur de ses yeux, regarde les flammes au travers. Comme la mer et le ciel dans le soleil couchant, tout à l'heure, le verre lui montre sa destinée en reflets rouges.

J'ai frappé à la porte du bureau d'un sous-chef, gare d'Austerlitz. J'ai montré ma carte de police encore toute neuve, et j'ai réussi à obtenir une place dans le Paris-Clermont-Ferrand sans aborder la longue queue qui s'étirait devant les guichets.

Quelques heures auparavant, j'avais eu du mal à convaincre l'excellent Villacampa de la nécessité d'aller à Bourges interroger les Roussel :

« Vous comprenez, chef, il y a trop d'inconnues dans cette affaire, trop d'anomalies... Le dossier de Sylvia de Neyrac révèle l'absence de tout interrogatoire dans le vol qu'a traité la brigade d'Orléans. Mes collègues n'ont-ils pas retrouvé cette Sylvia ? L'ont-ils entendue sans procès-verbal ? L'enquête s'est-elle arrêtée brusquement du fait de la Libération ?... »

Tous ces points que je soulevais, je m'étais bien gardé de les éclaircir en téléphonant à Orléans. J'avais trop peur de me faire souffler l'affaire. Le rapport de l'inspecteur Courthiol, découvert aux archives, m'avait révélé un lien entre Sylvia de Neyrac, Dominique Léonelli et le fameux Ange Malaggione recherché par Marseille pour l'assassinat de son dénonciateur, Lucien

Montana. J'avais eu les inspecteurs marseillais au téléphone. J'en avais déduit que Sylvia, dont le nom était brusquement réapparu dans ma vie, n'était peut-être pas étrangère à l'affaire.

« Bon, avait dit Villacampa, comme je lui montrais la photographie de Malaggione, que j'avais fait reproduire par l'identité. Allez à Bourges, Borniche, puisque vous y tenez. Mais c'est en dehors de notre circonscription, alors je vous préviens : si le divisionnaire l'apprend, tant pis pour vous. Je ne vous couvrirai pas... Dites, il a vraiment une tête sinistre, votre Malaggione ! Bonne chance, quand même... »

Et me voici cherchant au bord du Cher la propriété des *Cygnes*. C'est loin de la ville. Déjà abruti par le train bondé, j'ai dû parcourir le chemin à pied. Mes jambes sont lourdes. Un léger brouillard monte de la rivière. Les arbres déplumés m'offrent le triste spectacle de leurs silhouettes d'hiver, alignées comme un peloton d'exécution.

J'aperçois des tourelles. Ce doit être là. Je découvre à travers la grille une bâtisse prétentieuse qui ne m'impressionne pas. Du couloir du train, où je me tenais debout faute de mieux, j'en ai vu toute une série, de ces demeures riches implantées dans les bois et les champs. Moi, par goût, je préfère les fermes.

Frileuse, une bonne en tablier blanc se hâte à ma rencontre. Je n'ai pas besoin de sonner. On m'a repéré tout de suite. C'est vrai qu'il ne doit pas venir grand monde. Je suis en train de me dire qu'elle est plutôt bien faite, quand deux dogues de Bordeaux surgissent près d'elle. Je ne les avais pas vus, ces bons gros. Ce sont les plus braves bêtes du monde, mais leur aspect est effrayant, c'est ce qui compte, quand on habite dans ce désert. Les Roussel ont dû faire cette acquisition après leurs derniers déboires...

« Police, dis-je. Les Roussel, c'est bien ici ? »

Je montre à travers les barreaux la carte magique. La grille s'entrouvre, les molosses me reniflent, m'escortent jusqu'au perron, tout au long de l'allée où je suis, à quelques pas, les formes aguichantes que le tablier laisse gentiment deviner.

Je m'assois dans le salon cossu, tandis que la jeune beauté va prévenir Madame. Ce salon, qui a vu débarquer, il y a quelques mois, les voyous, faux policiers, puis les vrais, mes ex-collègues d'Orléans, que je me représente très bien, dans ce décor qui les impressionnait faisant des ronds de jambes devant deux doigts de porto.

« C'est ça, dis-je, prévenez Madame... et aussi Monsieur, s'il vous plaît. »

Le temps passe, et je commence à en avoir marre des meubles Louis XVI et des tentures, du piano et de la vue imprenable sur la rivière. Je me rappelle le détail de la razzia du coffre, et je me dis que ce qu'il y a de bien, avec les meubles et les vues imprenables, c'est que ce n'est pas facile à emporter...

La porte était si bien noyée dans les moulures que je ne l'avais pas remarquée. Mme Roussel s'y encadre, longue, sèche, couronnée de bigoudis.

« Monsieur? interroge-t-elle, sur un ton de reine mère outragée.

– Police, dis-je, en exhibant de nouveau ma carte, et me gargarisant de ce mot qui pourfend les dernières réticences. Je suis désolé, madame, mais je suis chargé d'une enquête... »

Je lui ai sorti malicieusement un Mâdâme avec intonation XVIe qui fait papillonner ses yeux couleur de pierre. En fait, je ne suis chargé de rien. On m'avait simplement demandé de découvrir les antécédents de Malaggione... Et moi je suis venu faire le malin, au mépris de tous les principes, fourrer mon grand nez dans un secteur qui n'est pas le mien... Comme dirait Villacampa, ça pourrait bien tourner mal. Mais puisque je suis venu jouer les justiciers des bords du Cher, allons-y, continuons...

« Une enquête, mâdâme, sur un gangster qui a commis un hold-up dans votre propriété, en mai dernier. Cette photographie vous dit-elle quelque chose ? »

Avec l'immodeste maestria d'un prestidigitateur, héritée elle aussi de mon tour de chant, j'exhibe le cliché anthropométrique de Malaggione, je le glisse sous le nez de mon témoin, bien à plat sur une main, comme une tarte à la crème prête à s'envoler.

La dame aux bigoudis fronce ses sourcils raides comme les poils d'une brosse, tend la main pour prendre la photo, l'éloigne, la scrute. Son menton osseux avance, tremblote. J'ai touché juste. J'attends. Elle relève la tête, me dévisage :

« C'est lui, inspecteur. Je le reconnais. Je le reconnaîtrais entre mille. C'était le petit, le chef. Il avait l'accent du Midi. Il portait de grosses lunettes, des verres puissants. L'autre... »

Il a raison, Villacampa, le maniaque du fichier. Les archives, il n'y a que ça. Je sors de mon portefeuille la photo anthropométrique d'Abel Danos et les photos d'identité de Léonelli, et d'une bonne dizaine de crapules, la fine fleur de la bande Bony-Lafont. Je mesure mes effets comme un avocat chevronné devant un parterre de dames. J'étale tous mes malfrats sur le bureau-cylindre. Mme Roussel les examine lentement, l'une après l'autre. Elle s'empare de la cinquième photo. C'est celle d'Abel Danos, dit le Mammouth.

« Mon Dieu, dit-elle, frémissante, le monstre, c'est lui... Une horrible brute, inspecteur. C'est lui qui a frappé mon mari. Il aurait pu le tuer, aussi bien... »

J'ai le triomphe modeste. Je me contente de demander si je peux également voir le banquier, pour recueillir son témoignage.

« Hélas ! inspecteur. »

Elle essuie une larme symbolique. J'ai compris.

« Je suis navré, dis-je. (Et c'est dommage pour l'enquête. Un témoin de plus ne serait pas à dédaigner.) Votre bonne, peut-être ?

– Elle dormait. Ainsi que la cuisinière que nous avions à l'époque... Mais où sont-ils, ces bandits ? En prison ? »

Elle va vite en besogne, la veuve Roussel. Ça ne se fait pas comme ça, une enquête. Surtout quand on est un bleu, un débutant qui se ferait sacrément engueuler si le nabot chef de service apprenait ça. On critique la préfecture de Police lorsqu'elle déborde de sa circonscription, et moi, première brigade de la Sûreté, je viens piétiner les plates-bandes de la cinquième !

Je me suis bien débrouillé, pourtant, et ça pourrait plaider en ma faveur. Le hasard m'a aidé, mais enfin, je viens d'identifier les deux auteurs du vol des Roussel. Il ne me reste plus qu'à les cueillir. Et ça, c'est une autre histoire.

Quant à la mystérieuse Sylvia... Elle n'a rien de mystérieux finalement, c'est tout simple : elle travaillait chez les Roussel, elle est la maîtresse de ce Léonelli que mon interlocutrice n'a pas reconnu, Léonelli est l'ami de Malaggione... La boucle est bouclée... Du moins en théorie. J'ai l'adresse de Sylvia grâce à l'informateur anonyme de la P.P. Que me faut-il de plus ?

A toi de jouer, Borniche !

« Non, madame, ils ne sont pas encore arrêtés, mais ça ne saurait tarder. »

Je me donne l'air suffisant du flic qui ne s'en laisse pas conter. Je pousse mon avantage, je me donne le luxe d'impressionner un peu Mâdâme.

« Ce sont des tueurs qui bénéficiaient de hautes protections pendant la guerre. Maintenant tout ça, c'est fini. Les gestapistes, les collabos, en taule! »

Je ne sais pas ce qui me prend, d'être énervé comme ça. La fatigue, peut-être, et puis cette bonne femme revêche...

« Oui, madame, en taule! Au poteau, même! Malaggione vient d'assassiner un résistant de Toulon. Devant témoins, sans se gêner. Son compte est bon. Ce n'est plus qu'une question d'heures... »

J'en rajoute. Il faut bien que je fasse un numéro, pour compenser un tout petit peu les cinq kilomètres que je vais refaire à pied, et le tortillard bourré, sale, qui mettra plus de quatre heures pour me ramener à Paris...

La bonne aux belles fesses me raccompagne jusqu'à la grille. Elle s'est mis du rouge, la coquine.

Elle m'aguiche.

Elle s'approche de mon oreille, pour une confidence.

« J'ai entendu, tout à l'heure... vous parliez des collabos... Eh ben, il n'est pas mort, le patron. Ce vieux grigou est en taule... pour collaboration! Après le vol des bijoux, il a décidé de se mettre sous la protection de la Kommandantur, comme il disait... Vous voyez le travail!

– Ça alors, dis-je, en lorgnant son corsage. Bon, eh bien, il faut que je m'en aille. Je dois être ce soir à Paris.

– Si vous avez besoin d'un renseignement, dit-elle, faites-moi signe. Je m'appelle Alphonsine, et je suis la championne du trou de serrure.

– Merci, dis-je. On ne sait jamais... Ça peut servir. »

Les dogues me bavent un peu sur les doigts, en signe d'amitié. C'est fou ce que ces chiens sont baveurs. Et plus ils bavent, plus ils sont affectueux. J'ai beau me reculer pour protéger l'imperméable des surplus américains que je me suis offert pour ce voyage, je ne suis pas rassuré.

« Au revoir, mignonne. »

Je marche près de la rivière. Le brouillard s'épaissit à l'approche du soir. Je commence à me demander ce que je fais là, au fond de la cambrousse, en train de progresser au long d'une enquête qui ne me regarde pas. Je ne veux pas m'avouer que je joue au chasseur, et pourtant c'est bien ça. On ne peut rien contre sa vocation, je ne serai pas toujours le roi du saucisson...

Les caveaux corses sont de minuscules palais. On les découvre, avec une surprise admirative, au hasard d'une route, au fond d'un parc, tout blancs, perpétuant, à force de colonnes et de sculptures, le nom d'une famille fièrement inscrit au fronton du temps... Les cimetières marins sont peut-être les plus beaux, dressés face à l'infini, léchés et reléchés par le soleil, du levant au couchant, et bercés par la mer.

Quand la Pontiac noire de Pascal Zatella s'arrête sur la route de la Côte, à huit heures, le soleil se lève timidement derrière les chapelles, se joue dans les chromes étincelants de la grosse américaine. Pascal coupe le contact. Avec mille précautions, il sort du coffre deux pots de chrysanthèmes à double tête, referme le couvercle d'une poussée du genou. Il franchit la porte du cimetière, un pot sous chaque bras. C'est l'anniversaire de la mort de sa femme Thérésa.

Thérésa... Elle était tout pour lui. Pascal avait souvent le cœur serré lorsqu'il contemplait leurs deux enfants : Xavier, l'interne des hôpitaux de Marseille, et Livia, la lycéenne. Il avait tout fait, depuis cinq ans, pour leur rendre moins douloureuse l'absence de Thérésa. Il les gâtait trop, disait-on, mais ils le méritaient. Eux aussi tâchaient de lui faire oublier son deuil.

Pascal Zatella soupire. La beauté du cimetière marin lui serre le cœur. Il évoque le visage de madone de Thérésa. Il marche dans l'allée principale jusqu'au mausolée élevé à la mémoire de la famille impériale. Lugubre, sans un regard de côté, il passe devant les impressionnantes chapelles qui dressent leurs flèches le long des travées. Le gravier crisse sous ses chaussures de crocodile noires.

C'est comme s'il se dirigeait les yeux fermés. Dans la voie de gauche, il s'arrête devant le marbre d'une tombe qui disparaît presque entièrement sous les fleurs.

Sur une couronne de lis scintillent des lettres d'or : « *A notre mère chérie.* »

Il essuie une larme. Ses mâchoires se contractent. Il ressent une douleur dans la poitrine. Les enfants l'ont devancé. Les chers petits... Leur poignante attention l'émeut autant que le souvenir de la morte. Demain, avant de repartir sur le Continent, il les emmènera déjeuner à Corte, au pied de la citadelle. Ensemble, ils iront rêver dans les gorges de la Restonica, ce torrent qui rebondit sur les rocs jusqu'au Tavignano. Souvenir d'une promenade d'amoureux... C'était là, à Corte, que Pascal avait connu Thérésa, la cousine de Lucien Montana. Pauvre Montana, mort lui aussi, et de quelle mort atroce...

Pascal, avec une délicatesse infinie, dépose les pots de fleurs devant le monument. Il se redresse, époussette les revers de son veston bleu marine. Les pieds joints, le buste légèrement fléchi, il se recueille quelques instants. Il a toujours été très religieux, mais jamais autant que depuis la mort de Thérésa...

Un frottement de pierre le fait sursauter. Il lève les

yeux. Le bruit vient de l'allée. Pourtant, il n'y a personne. « Je rêve », se dit-il. Mal à l'aise, il passe la main sur son front. Un geste théâtral, pour chasser la détestable impression d'être épié, menacé peut-être, mais par qui, et pourquoi, en ce lieu de repos éternel ?

Et puis, c'est la vision de cauchemar. La terreur l'empêche de hurler. Sa bouche s'ouvre toute grande, mais aucun son n'en peut sortir. La pierre tombale, là, en face de lui, bascule de la gauche vers la droite. Le trou d'ombre s'éclaire peu à peu, comme l'antichambre de l'enfer.

Le canon d'un Colt, qui semble démesuré, se braque dans sa direction. Un bloc de glace lui écrase la poitrine. Il étouffe. Il tend les mains en avant, comme pour repousser ce tube noir, maléfique, terrifiant.

Derrière l'arme, des lunettes très épaisses, à nulles autres pareilles...

« *Pace et salute,* Pascal. »

Pascal Zatella comprend en une seconde que quarante-huit années de sa vie de truand ont déjà pris fin dans cette allée déserte. L'Archange est là, émergeant des ténèbres.

Les lèvres pincées, son regard de crocodile plus lointain que jamais derrière les verres fumés, l'Archange vient réclamer son dû. Il faut retarder l'échéance, discuter... Montana a-t-il essayé de discuter avec lui ?

Que reste-t-il à dire, lorsqu'on a entendu le fameux « *Pace et salute* », l'adieu sans appel ?

« A genoux, ordonne l'Archange. Prions ensemble pour le repos de ton âme, Pascal. Ensemble, je te dis ! *Notre Père qui êtes aux cieux...*

– *Que votre nom soit sanctifié,* hoquette Pascal, malgré lui. *Que votre règne arrive...* »

Et puis, bizarrement, il se calme. Sa foi est plus forte que sa peur. C'est sans angoisse, qu'il regarde le trou noir qui va cracher la mort.

Il joint les mains, religieusement.

Son calme retrouvé, il se demande s'il serait assez vif pour faire un bond de côté, échapper à l'angle de tir...

– ... *Que votre volonté soit faite...*

Voilà maintenant que Pascal discerne une seconde tête, dans la pénombre du caveau. Elle n'a fait qu'une fugitive apparition, mais Pascal est certain de l'avoir vue. Un autre tueur est là, prêt à suppléer Ange.

Pascal prononce les dernières phrases du Pater, les phrases décisives...

... *Sur la terre comme au ciel.*

Il a fait un bond hors de la trajectoire. Sa main s'est portée sous son aisselle, a tenté de saisir le P 38 qui ne le quitte jamais. Pas assez rapide, Pascal... Il exhale un profond soupir lorsque la balle de gros calibre lui troue le front entre les sourcils. Sa cervelle éclabousse les chrysanthèmes.

Tandis qu'Ange Malaggione et Toussaint Michelesi jouent les cimentiers en rescellant la pierre tombale qui masque à jamais le corps de Pascal Zatella, Dominique Léonelli, au volant de la Pontiac noire, fonce vers le golfe de Sagone.

Il aime les grosses américaines, le beau Doumé, il se régale. C'est une comme ça qu'il lui faudrait, pour promener sa Sylvia. Un jour, peut-être, si les affaires continuent de prospérer... Car enfin, l'américaine, c'est cher, mais il n'y a que ça. Ce confort, ce silence... « Un vrai lit à roulettes », se dit-il avec un petit rire. Et puis, ça fonce. Un peu lourde dans les virages, mais quand on connaît la musique... Ça lui crève le cœur, ce qu'il va faire, mais quand l'Archange lui demande un service, comment pourrait-il refuser? Il peut conduire, lui, prendre le risque d'un contrôle. Ses papiers sont en règle. Il n'a fait le voyage de Marseille que pour ces quelques minutes où va s'évanouir la voiture de Pascal, la belle Pontiac de ses rêves...

Il franchit le col de Listiuconne. La lourde carrosserie se couche dans les virages, tout au long de la route déserte qui dévale vers Tincca. A sa gauche, la mer miroite entre les criques sauvages. Dominique ralentit, s'arrête. C'est l'endroit propice. Une seconde, il respire l'odeur du maquis, l'odeur de son enfance... La mer est si bleue, si pure. Elle le regarde, comme pour lui suggérer un remords. Il en devine les palpitations secrètes...

Il enclenche le levier automatique de vitesse, coince l'accélérateur sous une brique, saute en marche, claque la portière au passage. La voiture folle prend de la vitesse, roule droit devant elle, vers la mer qui semble l'attirer comme un aimant.

Léonelli voit la splendide masse de ferraille plonger de trente mètres, la coque rebondir sur un rocher, au moment où elle touche l'eau.

« C'est dommage, murmure-t-il. C'est vraiment dommage. Une Pontiac de l'année... »

Et puis, il hausse les épaules, philosophe. Après tout, l'Archange a raison. La sécurité avant tout. Sur l'île, une voiture comme ça se retrouverait toujours, même maquillée. Quant à la passer sur le bateau...

Dominique s'assied sur un tronc d'arbre, tire une cigarette de sa poche. Dans vingt minutes au plus, Toussaint Michelesi sera là pour le ramener à Cauro.

La mer s'est refermée sur la masse noire, tout en bas.

XI

A MESURE que l'automne avance, Pigalle rougeoie plus tôt. Le ciel de Pigalle attend toujours que le soleil disparaisse sous la voûte de l'arc de Triomphe. C'est son heure. C'est un rite. Car Pigalle, c'est quelqu'un !

Comme tous les vrais villages, Pigalle est une personne, autant qu'un lieu. Oui, c'est une place, un carrefour, un rond-point, mais c'est d'abord un village, au pied de la butte Montmartre que domine la pièce montée du Sacré-Cœur. Un village très spécial, avec ses étalages de bistrots, d'hôtels borgnes, de boîtes de nuit aux enseignes multicolores. Un ramassis de prostituées, d'éphèbes, de lesbiennes, de clochards, de truands. Un agglomérat de bars discrets, noyés de fumée. Un marécage de vices où les rabatteurs de cinéma porno concurrencent les fournisseurs de drogue ou de cigarettes de contrebande débarquées tout droit de Tanger. C'est un dédale de voies sombres où, à coups de pistolet ou de lame de rasoir, se règlent certains comptes...

Ce soir, je traverse un Pigalle envahi par une clientèle cosmopolite. Des G.I. tanguent, au bras de filles au visage peinturluré, la bouteille de whisky dépassant du blouson kaki. Le folklore, quoi. Surtout avec les Ecossais qui esquissent un pas de danse en faisant voler leur kilt. Et pour que Paris soit toujours Paris, des bidasses français débraillés écorchent sans retenue *Le Chant des Partisans.*

Pigalle, la perpétuelle kermesse...

Je ne viens pas participer à la liesse de l'après-guerre, à l'ivresse des vainqueurs... Je viens tout bonnement voir à quoi ressemble l'Attelage, le bar d'Adrien Camotti. D'après le dossier des débits de boisson, ce Camotti est le concubin de Flora Grandosi, la cousine de Malaggione.

Pas discret, l'Attelage. Un puissant projecteur éclaire le stuc bariolé de la façade. Du plus pur style pompier figuratif. On y voit un couple d'alezans qui entraînent au galop un chariot bâché sorti tout droit de la grande légende de l'Ouest américain. Le fouet du cocher s'attarde sur les croupes nerveuses.

Le regard soupçonneux du patron ne me fait pas de cadeau, dès que je franchis le seuil. Un regard pas commode, d'un homme pas commode. Massif, la quarantaine, des cheveux bruns qui frisottent sur un front grêlé. Comme le cheval d'Attila, un coup de rasoir a dessiné sur sa joue gauche, une estafilade où la barbe n'a jamais repoussé. Une énorme chevalière en or massif, chef-d'œuvre du riche mauvais goût, étale ses initiales sur l'annulaire qu'elle dévore à moitié. Une cravate bordeaux parsemée de points blancs égaie l'austère costume bleu nuit.

Je m'installe au bar. Le regard de l'empereur des lieux se porte sur un autre arrivant. Je commande un pastis, et je promène mon œil dans la salle. Rien que de très ordinaire : au bout du comptoir, un client quelconque joue au 421 avec une brune au décolleté vertigineux. Un autre consommateur, tout aussi quelconque, suit les dés, la main sur son verre, attentif, silencieux.

Mais ces gens qui n'ont l'air de rien, qui sont-ils ? Peut-être des pages du fichier cher à Villacampa, peut-être pas... Viennent-ils de débarquer d'Afrique du Nord, ou de Corse, mêlés à quel trafic ? Qu'est-ce qu'ils mijotent, entre deux pastis, quand les mains lancent machinalement les dés, quand leurs coups d'œil indifférents récompensent bien mal les gagneuses juchées sur les tabourets ?

La fumée des cigarettes s'enroule autour du plafonnier, bleutée, lente, même pas triste. Au-dessous d'une batterie d'escopettes clouées sur le tissu vert empire du mur, quatre joueurs à l'élégance tapageuse jettent des cartes sur le tapis d'une table qui a dû en voir, des belles lessives. Leurs visages basanés se crispent. La partie grimpe. Là-bas, sur une banquette d'angle, une fille trop blonde, amorphe, écoute mollement les rodomontades d'un marin ivre.

« Un peu de *figatellu ?* »

Le barman me tend quelques rondelles de saucisson de foie de porc, alignées comme à la parade sur une assiette à filets d'or. Ça sent bon l'ail et le poivre. J'aurai besoin d'un autre pastis après ça. C'est quelque chose, la charcuterie corse. Pastorelli, mon collègue des diffusions, m'en parle toute la journée.

« Quelques olives ? »

Décidément, il veut absolument me pousser au deuxième pastis. Allons-y. Il est neuf heures. De nouveaux clients surgissent, l'air grave, le regard dissimulé sous des chapeaux à larges bords. Ça me rappelle une histoire que je lisais quand j'étais gosse, pour me faire peur. C'était en Calabre. Il y avait des grands chapeaux comme ça, des gueules patibulaires.

Pas un de mes bandits folkloriques ne porte les insondables lunettes de l'Archange Malaggione. Le tuyau de l'inspecteur Courthiol ne serait-il pas crevé ?

Ils s'agglutinent par petits groupes près du bar en faux acajou, échangeant à mi-voix des propos dans leur langue, que bien sûr je ne comprends pas.

Dominique Léonelli ne devrait plus tarder.

Ce matin, quand j'ai fait part à Villacampa de mon intention de courir après Malaggione, ses yeux se sont rétrécis. J'ai cru qu'il allait perdre son calme, quoiqu'il m'aime bien, au fond :

« Borniche, vous allez les chercher, les emmerdements ! Et vous les trouverez, croyez-moi. Comment allez-vous faire, tout seul ? En tout cas, ne comptez pas sur moi pour ce genre d'opérations. J'ai passé l'âge des planques et des filatures... Un conseil : filez vos tuyaux à Baniel... Ça vaudra mieux ! »

Baniel... Un de nos premiers flics à l'américaine, à la fois efficace et spectaculaire, nourri de films série B et de bonne volonté agissante. On l'a placé à la tête d'une équipe de supermen de son acabit pour tenter de juguler une criminalité qui grimpe en flèche. On ne voit qu'eux, les hommes de Baniel, traversant fièrement le hall, poussant du canon de leur mitraillette les mauvais garçons enchaînés. Je regarde, j'admire, j'envie. Ce n'est pas à moi qu'on donnerait un si beau rôle. Borniche n'est pas un *gun-man.* Borniche n'est que le dernier couteau d'une bande de saucissonneurs.

Et Villacampa voudrait que je donne mes tuyaux à Baniel ? En tout cas, pas maintenant. Plutôt crever. Moi, tirer les marrons du feu pour les vedettes ? Le message de Marseille demandait des renseignements sur Malaggione, je les ai obtenus. J'ai aussi établi sa participation au vol de Bourges, chez les Roussel. Eh bien, j'ai l'intention de continuer.

Quand j'aurai trouvé Malaggione, je demanderai

peut-être du renfort. Pas avant. Au diable le pessimisme de Villacampa !

A midi, j'étais rue Blanche. Sur la loge, un écriteau discret : « Absent pour cause de maladie. » Ouais... Je sais, moi, que la concierge, accusée de s'être un peu trop éparpillée avec l'armée d'occupation, a été envoyée en stage au camp de Drancy, où elle attend sa comparution en Cour de Justice. Amour, erreur, crime et châtiment... Drancy, honte de la Libération ! J'y suis allé la semaine dernière pour interroger un collaborateur victime de dénonciations fantaisistes... J'ai vu !

Le préparateur en pharmacie de la place Blanche m'a conseillé de me renseigner chez la locataire du troisième étage, une vieille femme en poste dans la maison depuis trente ans. J'ai frappé, en déclarant courtoisement mes nom et qualité. Elle a ouvert de confiance. Elle m'a reçu emmitouflée dans une robe de chambre aux couleurs indéfinissables, les doigts recroquevillés par les rhumatismes. J'ai exhibé la photographie d'identité de Dominique Léonelli. Elle a rajusté ses lunettes de grand-mère. Froncé un sourcil, puis deux.

Pour elle, c'est très simple. M. Léonelli n'est pas seulement un gentleman, c'est un saint. Quant à madame, c'est une princesse, pas moins. Toutes les femelles du quartier ont l'air de femmes de ménage, à côté d'elle. De la classe, de l'allure, du chic, jolie-jolie, et tout et tout. Le couple de l'année, on est fier d'avoir ça dans l'immeuble. S'ils voulaient, ils pourraient faire du cinéma, c'est sûr... Mais pourquoi est-ce que moi, la police, je m'intéresse à ces Adam et Eve version 1944 ? Ils sont bien plus tranquilles que ceux d'avant, les Goldschmitt !

« Ils n'ont rien fait de mal, au moins ?

— Mais non..., dis-je. Lui, vous savez, c'est un héros

de la guerre. Le général de Gaulle le cherche pour lui donner une décoration. Et c'est moi qui suis chargé de le retrouver. Vous comprenez ? »

Elle n'y comprend rien du tout, mais elle me rend la photo en riant aux anges, la brave vieille. Elle a dû rêver toute sa vie d'avoir un fils comme ça. Elle s'exclame :

« M. Léonelli décoré, ça ne m'étonne pas ! Quel dommage qu'il ne soit pas là ! »

Et elle ajoute, dans l'enthousiasme, en tendant bizarrement le bras droit devant elle :

« Vive de Gaulle !

– Ainsi soit-il, dis-je. Mais ne lui parlez de rien, quand il rentrera. Le général veut lui faire la surprise. »

Elle se compose la mine de Mata-Hari avant de poser sur ses lèvres son doigt arthritique :

« Ne vous en faites pas, monsieur l'inspecteur. Ils sont à Marseille depuis quelques jours. Moi, je ne dirai rien. »

Je n'avais plus qu'à attendre le retour du gentleman du quatrième droite. J'ai glissé un « témoin » dans la feuillure de sa porte. Un minuscule bout de papier en forme d'accordéon qui se maintient ouvert par l'élasticité du pliage. Il tombera lorsqu'ils tourneront la poignée. Système breveté Fantomas, des Magasins du Printemps : j'en plaçais, la nuit, sur les portes des réserves, avant le passage des pompiers. Je pouvais ainsi voir si on n'avait pas visité le stock pendant que je furetais ailleurs.

Sur l'annuaire, le numéro de Léonelli est toujours au nom des Goldschmitt : Trinité 08.17. J'ai laissé sonner dans le vide. J'imaginais le nid d'amour du beau Doumé et Sylvia, à l'autre bout du fil.

Je suis allé demander un petit service à Pastorelli :

« Tu veux me dépanner, avec ton accent ?

– Dis toujours. »

Deux minutes après, il décrochait, et j'avais l'impression d'entendre Tino Rossi :

« Allô, l'Attelage ? Il est là, Doumé ? Léonelli, eh oui ! Je passe ce soir ? Bon, je le rappellerai. Dites-lui que c'est Antoine... *Addiu !* »

C'est avec une grande assurance que je commande mon troisième pastis. Certes, je ne suis pas un écluseur de whisky de ces nouvelles « Séries Noires », qui viennent d'apparaître dans les kiosques, mais je ne suis pas non plus en service, alors... Le barman m'octroie une nouvelle ration d'olives. Le système est au point. Ça devient une compétition amicale. Ça fait passer le temps. Mais si Doumé tarde encore, je vais tenir une forme olympique. Et si je m'éternise au bar, les habitués vont finir par trouver ça louche.

Quand un gnome au minois fripé attaque en corse le premier couplet de *La Boudeuse,* je règle mes trois pastis et je commence à battre en retraite. Quand j'ai la main sur le bec-de-cane, je reçois dans les oreilles un petit choc qui me fait frissonner. C'est la voix d'Adrien Camotti qui proclame :

« Oh ! Antoine, on va un peu s'aérer. Tu trouves pas que ça sent le poulet, ici ? »

Il n'est pas fou, Camotti. J'ai eu beau avaler le *figatellu,* les olives et le pastis, j'avais toujours l'air d'un flic, et il ne me l'a pas envoyé dire.

Je suis dans la Boîte depuis si peu de temps, et déjà j'en ai pris les défauts les plus grossiers. J'ai cette assurance de la fonction, du type qui a dans sa poche la fameuse carte barrée de bleu, blanc, rouge. C'est trop bête. Je me jure de faire attention, de ne pas chausser trop vite les stupides godasses à clous. Le Milieu est fait de gens qui reniflent le flic à quinze pas. Pour mes débuts, Camotti m'a donné une leçon.

C'est en me berçant de bonnes décisions que je descends la rue Pigalle au milieu d'exclamations, de rires, de chansons braillées à tue-tête. Pigalle n'en finira jamais de fêter la Libération. Le cosmopolite y trouve son compte. Les limonadiers aussi. Ça boit, ça chante, ça raccole dans tous les coins.

A l'angle de la place, le chasseur du cabaret El Monico étale ses galons et renouvelle sur tous les tons son invitation au spectacle. C'est lui, le spectacle! Il y a une sonnette, près de lui, entre deux rangées de photos prometteuses. Quand les touristes abordent le tapis rouge de l'escalier, il se précipite sur le bouton et note, sur un calepin, le nombre d'entrées. Il travaille au pourcentage, c'est sûr!

Elle sert à tout, sa sonnette : quand deux inspecteurs des mœurs traînaient dans le coin, tout à l'heure, il a appuyé trois coups secs. J'imaginais le branle-bas de combat au premier étage, autour de la piste de danse, les prostituées se réfugiant dans les toilettes, les armes volant sous les banquettes...

A deux pas de là, le cabaret la Roulotte me jette au visage une amazone dévêtue sur un pur-sang. Les projecteurs sont braqués sur sa poitrine de staff qui illumine la Lune-Rousse voisine, avec les noms des vedettes des chansonniers montmartrois : Dorin, Rigaux, Souplex... Quatre cartes à jouer démesurées, représentant les dames, décorent les fenêtres du cabaret le Grand-Jeu, tout près du Tabarin qui joue à bureau fermé, comme sous l'Occupation. Les uniformes changent, les mœurs restent.

Et Pigalle croît et embellit. Pigalle chante, Pigalle grouille, Pigalle rit.

Par la rue de Douai, où le bar Fanfan a été provisoirement fermé, j'arrive rue Fontaine. A l'angle, au sous-sol, je vois entrer les habitués du cabaret l'Indifférent. Ici, la rue est plus calme. Quelques bistrots regorgent de filles, où les clients les retrouvent tranquillement. Les meublés voisins les accueillent. Ça simplifie les allées et venues.

La place Blanche éclate de lumières. Sa pharmacie, illuminée, débite des préservatifs toute la nuit. Les ailes du Moulin-Rouge tournent, hérissées d'ampoules. Des vendeurs de cigarettes à la sauvette rôdent au bas de la rue Lepic...

Je lève la tête. J'ai vu de la lumière derrière les rideaux du quatrième, j'en suis sûr. Silencieux comme un Sioux sur mes semelles de crêpe, je grimpe l'escalier. Je n'ai pas rêvé. Il y a un filet de lumière, sous la porte de Léonelli. Je colle l'oreille au panneau. Je perçois distinctement le claquement de talons de femme, mais pas de conversation. Les pas se rapprochent. Je n'ai que le temps de me glisser dans les w.-c. du palier. Un bruit de serrure. Les talons martèlent l'escalier. J'ouvre la porte. La femme a laissé derrière elle un sillage odorant, qui me change agréablement des effluves d'où j'émerge.

La femme au suave parfum marche maintenant dans le hall. A mon tour, je dévale les marches.

Telle une reine franchissant le seuil de son palais, elle entre dans la pharmacie. Quelle démarche, quel corps, quelle classe... J'en suis tout retourné. Je bois son visage. Ses traits purs, si fins. Sa peau diaphane. Ses yeux bleus, ses cheveux noirs. Qu'elle est belle... Bon Dieu, je me sens niais comme à seize ans. Vingt ans au plus. Je le dévorerais tout cru, le beau Doumé, pour lui apprendre à monopoliser la plus belle fille que j'aie jamais vue.

Sylvia de Neyrac... Il y a des figures de rêve qui s'incarnent comme ça... Pour échouer dans le lit d'un pâle voyou...

Elle sort de la pharmacie, frileuse. L'astrakan n'est pas une fourrure chaude, mais le noir lui va si bien... Il rehausse son teint pâle, se mêle à ses cheveux, allonge encore la divine silhouette que je devinais quand il était entrouvert, tout à l'heure, sous les sunlights de la pharmacie...

Je lui emboîte le pas sur le boulevard de Clichy. La voici qui traverse la rue Fromentin, s'arrête devant le numéro 29, disparaît. Ce n'est pas un immeuble. C'est le passage Colin qui échoue rue Duperré. Je ne la vois plus. En face, l'enseigne de l'Attelage scintille dans la nuit.

La divine Sylvia n'a pas eu le temps d'en franchir le seuil. Je l'aurais aperçue. Me voici tout bête, devant le bar. A ma droite, c'est la rue Fromentin. Sylvia n'est donc pas revenue sur ses pas. A ma gauche, la rue débouche sur la place Pigalle, que Sylvia aurait pu atteindre plus rapidement en restant sur le boulevard de Clichy. Alors ? Ou bien Sylvia est entrée dans un immeuble voisin, ou bien elle a couru, se sentant suivie. Dans ce cas, chapeau. Je n'y ai rien vu !

Je suis découragé. Bien sûr, ce n'est pas dramatique, mais j'en ai assez, des échecs répétés de la soirée. Pourquoi était-elle seule chez elle ? Avec qui allait-elle dîner ? Et pas moyen d'entrer dans ce bar corse, où je me suis fait griller tout à l'heure... Je n'ai plus qu'à aller replacer un témoin à sa porte. Je passerai contrôler demain, de bonne heure.

Les feux d'une traction s'allument à trois mètres à peine devant moi. Le moteur vrombit. Mes yeux se portent machinalement sur la voiture qui décolle du trottoir.

Mon cœur a cessé de battre. Le conducteur, le brun coiffé d'un boléro marron, c'est le petit homme aux lunettes si épaisses, c'est Ange Malaggione. L'Archange.

L'Archange ! Et Sylvia, à côté de lui, referme tranquillement son sac à main de crocodile noir, assorti à son astrakan.

La voiture s'éloigne. Je suis K.O. Villacampa avait raison. Jamais je n'y arriverai tout seul. Je ne pourrai jamais être partout à la fois, planqué rue Blanche et rue Duperré, faire des filatures en voiture... D'ailleurs, je n'ai pas de voiture !

Tout ce que j'ai pu faire, c'est noter le numéro de la Citroën qui contourne là-bas la place Pigalle : 2403 CB 5. Quant à Sylvia, c'est elle qui a indiqué à Malaggione le coup de Bourges, il n'y a pas de doute, et je n'ai pas perdu mon temps. Je file au commissariat de la rue Ballu toute proche, pour vérifier mon numéro au service des cartes grises. Je suis déçu. C'est l'immatriculation d'une Cadillac de grande remise, qui stationne le jour place de l'Opéra !

Ces déceptions successives décuplent mon désir de vengeance : Baniel pourra attendre un bon bout de temps avant que je fasse appel à lui !

XII

Je n'ai pas fermé l'œil de la nuit. J'ai vu et revu, sous tous les angles, la traction de l'Archange me filer sous le nez, emportant, tel le carrosse du conte, la divine Sylvia. Un serpent à lunettes conduisant Eve vers une destination inconnue. Laissant l'Adam-flic dépité sur le trottoir.

Je laisse dormir Marlyse. J'immerge ma tête dans le lavabo plein d'eau froide, à la limite de l'asphyxie. Je me rase à grands coups maladroits de coupe-chou, et, comme d'habitude à l'issue d'une nuit blanche, je me paie une estafilade. Mon sang généreux n'en finit pas de couler, ce qui n'a pas pour effet d'améliorer mon humeur. J'ai l'air d'avoir été balafré par un Arabe, maintenant.

Ça ne m'empêche pas de plonger, à sept heures, dans le métro direction Belleville, de remonter la rue Ramponneau et de frapper à la porte de Villacampa. Il m'ouvre, le visage barbouillé de savon mais sans doute intact sous la mousse. Je lui fais le récit fidèle des événements de la veille. Et j'implore son aide et son assistance pour perquisitionner chez Sylvia. Là, son sabre dérape, et j'ai l'impression qu'il va se retrouver dans le même état que moi. Non. Il a la peau plus dure.

Parce qu'il me brandit son rasoir sous le nez, comme s'il voulait me marquer l'autre joue, j'estime utile de battre en retraite.

« Vous commencez à m'emmerder, Borniche. Vous avez une commission rogatoire? Non? Alors tenez-vous tranquille. Ce que vous me demandez n'est pas possible.

– Pourtant... »

D'un coup de main superbe, il déblaie sa joue gauche qui apparaît, nette, toute bon enfant, rouge comme un derrière de singe.

« Il n'y a pas de pourtant, mon vieux. On ne perquisitionne pas chez les gens comme ça, vous devriez le savoir. Il faut un mandat d'un juge d'instruction. Vous l'avez? Non? Alors, tant pis, je ne viens pas avec vous. Ce n'est pas à quelques années de la retraite que je vais me mettre à faire des conneries... »

Elle m'assomme, elle me tue, l'argumentation administrative, la logique implacable de Villacampa. Oh! j'ai confiance en lui, bien sûr. C'est un brave homme d'inspecteur principal qui ne me veut que du bien, qui cherche à m'éviter des faux pas. Il pense à ma carrière, c'est gentil; sans doute à ma retraite, comme Marlyse. En attendant, il s'offre une deuxième tournée de savon.

« Ça vous mènera à quoi de jouer au plus malin? En allant chez ce Léonelli, vous risquez simplement de tout foutre par terre. Tout le monde sera prévenu, et Baniel ne trouvera plus rien. Je vous ai déjà dit de lui passer le tuyau. Ce genre d'affaires, ça le connaît. Pour réussir, mon vieux, croyez-moi, il faut planquer. Et ne pas se découvrir bêtement. »

Je reprends le métro, écœuré, démoralisé. Ligne Nation-Etoile par Barbès-Rochechouart. Direct jusqu'à la place Blanche. A Anvers, tandis que mon wagon s'enfonce à nouveau sous le tunnel, ma décision est prise.

Je vais chez Sylvia. Je lui raconterai n'importe quoi, mais je jetterai un œil sur son nid d'amour. J'y trouverai sûrement quelque chose. D'ailleurs, Villacampa n'a pas tout à fait raison. Je me souviens du cours de droit relatif aux perquisitions et aux saisies. Je l'avais potassé pour mon concours. Il dit que les perquisitions et les mises sous scellés peuvent être effectuées avec le consentement des intéressés. Elles s'appellent alors visites domiciliaires, mais l'opération reste la même. Question de nuance. Eh bien, je vais visiter au lieu de perquisitionner, un point c'est tout.

A huit heures moins trois, je pousse la porte de l'immeuble. Je me donne encore deux minutes pour réfléchir et hésiter. A huit heures moins une, je suis sur le palier du quatrième étage. Mon témoin est tombé sur le paillasson. J'appuie sur la sonnette. Rien. Elle est coupée, ou détraquée. Encore quelques secondes d'hésitation, et je tambourine sur le panneau, ce qui a pour effet immédiat de faire surgir un mastodonte en bretelles dans l'encadrement de la porte voisine. La vue de mon insigne le calme. Il réintègre son bouge, la bouche ouverte.

Enfin, une voix mélodieuse qui ne peut appartenir qu'à ELLE :

« Qui est là ?

— Un ami de Doumé ! »

Très bien. Ça se déverrouille.

Qui n'a pas vu Sylvia de Neyrac en peignoir n'a rien vu. Un peignoir juste assez suggestif pour ne pas être triste, juste assez discret pour ne pas être vulgaire. Elle regarde ma plaque de police avec à peine plus de dégoût que si je lui présentais un crapaud mort. Puis referme la porte derrière moi. Elle me précède dans la pièce, comme un automate, s'assoit sur le lit en bâillant. J'ai l'impression de m'être lancé dans une aventure galante, à huit heures du matin.

Je me forge une gueule sévère tandis qu'elle arrive à faire passer dans un de ses bâillements quelques mots qui veulent dire : « C'est pour quoi ? »

« C'est assez grave, dis-je. Et ça vous concerne. »

Elle cesse de bâiller. Je comprends le poète qui comparait à un fruit la bouche de sa dulcinée.

« Assez grave ?

– Vol et meurtre. Je me présente : inspecteur Borniche, de la première brigade de police judiciaire. Je dois vous interroger. Il faut vous habiller et me suivre au bureau !

De ses grands yeux, mystérieux comme tous les océans réunis, elle me contemple. Elle n'a pas l'air du tout effrayée. Ni par mon propos, ni par ma balafre. Elle hausse imperceptiblement les épaules pour déclarer, sur un ton de grande dame agacée par un coiffeur maladroit :

« Je ne comprends pas.

– Ça ne fait rien. Détenez-vous, ici, quelque chose de suspect ? Arme, faux papiers... Je ne sais pas, moi... »

On dirait que je lui parle chinois. Si le fond de son cœur est aussi pur que ses yeux, je n'y comprends plus rien.

« Bon, dis-je. Alors, pendant que vous vous habillez, je vais jeter un coup d'œil dans vos affaires. Vous n'y voyez sûrement pas d'inconvénient ? »

Elle ne répond pas. Je l'ai prise de vitesse, comme dans le cours de droit. Tout à l'heure, au service, je taperai le procès-verbal de visite domiciliaire. Je glisserai dans le texte la fameuse autorisation. Elle signera sans lire et le tour sera joué.

L'appartement donne l'impression d'avoir été meublé à la hâte. On dirait une grande chambre d'hôtel qui sert à la fois de salon-salle à manger et de chambre à coucher. Une cuisine-douche ouvre sur une cour intérieure assez sombre. Ce n'est pas le splendide écrin que mérite la splendide Sylvia, et cela me déçoit. Je ne m'attendais pas à trouver un palais des Mille et une Nuits à un quatrième étage, rue Blanche, quand même ?

Par chance, pour égayer un peu le décor, il y a les deux fenêtres qui donnent sur la place Blanche avec, pour toile de fond, le Moulin-Rouge et, plus haut, le Sacré-Cœur.

En galant homme que je suis, je m'efforce de tourner le dos à la cuisine-douche d'où me parviennent des bruits de robinets. J'en suis tout rêveur tandis que je commence à inspecter la pièce, en posant quelques questions, très fort, pour couvrir le clapotis de l'eau. Je prends des années d'avance sur le cinéma nouvelle vague.

Je tombe en arrêt sur une photo de Léonelli grand modèle. Plus flatteuse que celle que j'ai dans mon portefeuille.

« Il est pas mal, Doumé, là-dessus, dis-je. Belle chemise, belle cravate. Beau garçon...

– Vous le connaissez ? »

Sylvia vient de fermer le robinet, et sa voix retentit deux tons trop haut.

« Comme ci, comme ça... Il y a longtemps que vous habitez là ?

– Deux mois.

– Cher ?

– Non. Mais moche, comme vous voyez... C'est du provisoire, heureusement... »

Elle parle du bout des lèvres. Elle doit s'y passer du rouge.

« Vous étiez où, avant ?

– En province.

– Ah ! oui, c'est vrai. A Bourges, chez les Roussel ! »

Bing. Sans doute le tube de rouge à lèvres qui tombe dans l'évier-lavabo.

« Et à Paris ?

– Rue Raynouard, chez ma marraine. Elle est morte. Voilà, vous savez tout.

– Je le savais déjà, dis-je, du ton faux modeste d'un Maigret du dimanche. La police aime tout savoir. Ça vous dérange ?

– Pas du tout. Deux minutes et je suis prête. »

Elle a tant de sang-froid, d'aisance, que je me fais l'effet d'un malotru qui empeste le commissariat. Sur la table de nuit, près de notre Doumé grand format, je remarque un livre de Balzac, ouvert à la page 71. Comme le hasard fait bien les choses, il s'agit justement de l'interrogatoire de Lucien de Rubempré, que le juge d'instruction pousse dans ses derniers retranchements :

« – Vous n'avez pas de patrimoine ?

« – Aucun.

« – Vous avez néanmoins fait, pendant un premier séjour à Paris, des dépenses considérables, relativement à votre peu de fortune ?

« – Oui, monsieur, mais à cette époque, j'ai eu dans Mademoiselle Coralie une amie excessivement dévouée... »

« Curieux, dis-je, en caressant, à défaut des jambes de Sylvia, la reliure rouge et or... Vous aimez Balzac ?

– Assez. Pas vous ? »

J'ai un imperceptible haussement d'épaules :

« Vous savez, les flics sont des brutes incultes qui ne lisent jamais rien, c'est connu ! »

Mon doigt cajole les initiales B. R., gravées dans le cuir. Pourquoi pas Bernard Roussel ?

« Ce qui me surprend, dis-je, pour reprendre mon offensive qui marque le pas devant la tranquillité de Sylvia qui, si j'en crois certains froissements, doit enfiler sa robe, ce qui me surprend, c'est que vous ne possédiez que trois tomes de cette édition publiée chez Houssiaux en 1853. Où sont les autres ? »

Un silence. J'enchaîne, sur un ton de bon papa faux jeton :

« Chez Bernard Roussel, bien sûr. B. R. Prendre quelques livres chez un bourgeois amateur de reliures, ce n'est pas du vol, n'est-ce pas ? Ce n'est pas grave... »

Sylvia émerge de la cuisine-douche, la mine modeste, le chic sobre et discret, petite robe grise à col blanc. Un chignon sage, et tout juste une pointe de rouge à lèvres. La joue fraîche et l'œil sans fard. Je me dis qu'elle a l'air d'un ange, et je me traite illico d'imbécile.

« Ces livres ? dit-elle distraitement. Ah ! oui, je les avais emportés pour les lire dans le train. Tous les jours, je me dis que je vais faire un colis, les renvoyer... Et puis, le temps passe... »

Elle est coriace, ma Sylvia. Et fuyante, avec ça... Elle ne donne pas de prise...

Je me fais l'effet d'un huissier odieux, en ouvrant les tiroirs de la table, du buffet, de la commode, de l'armoire. Tout y passe. Ma main palpeuse se glisse sous une pile de draps, viole des dessous féminins... Rien ! Rien non plus sous le traversin, sous le matelas, sous le sommier. Je me mets à quatre pattes, comme un bon chien-flic que je suis en train de devenir.

Rien dans la cuisine non plus. Aucun objet, aucun document qui puisse, de près ou de loin, me donner la moindre indication sur l'Archange Malaggione et son repaire. Dommage : j'aurais aimé mettre Sylvia dans l'embarras, avec l'arrogance faisandée d'un Sherlock Holmes.

« Vous savez, dis-je, me retournant, théâtral, le regard dur, enfin, vous savez sans doute que vos amis ont vidé le coffre des Roussel ?

– Mes amis ? Le coffre ?

– Allons... »

Je lui raconte l'opération des policiers bidons, et elle a vraiment des grands yeux sincères quand elle me jure qu'elle n'est au courant de rien.

La police de Vichy ne l'a donc pas interrogée ? Peut-être ne l'a-t-elle jamais dénichée avant la Libération ? Ça confirmerait le vide des archives : Sylvia de Neyrac y est inconnue.

« Vous saviez bien, voyons, où le coffre était caché ? »

Elle soulève les épaules, d'un air d'indifférence souveraine :

« Naturellement. La bonne me l'avait montré. Et alors ?

– Alors ? Eh bien, vos amis y sont allés tout droit. Curieux, non ?

– Si vous me disiez qui sont ces amis ?

– Ange, Abel... sûrement. Dominique, sans doute... »

Le masque remue... J'ai touché juste. Sylvia est à la croisée des chemins. Je l'examine avec l'attention passionnée de l'entomologiste.

« Ange ? murmure-t-elle, avec une moue qui me donne envie de mordre sa bouche.

– Oui. Malaggione, dit l'Archange. L'ami de Dominique, justement. Mais peut-être ne le connaissez-vous pas, après tout. Il faut que je demande à Dominique. Où est-il, Doumé, au fait ?

– En Corse.

– En Corse ? Où ça ?

– A Cargèse, chez son oncle Gino.

– On peut le joindre rapidement ?

– Il n'a pas le téléphone. Lui peut m'appeler, moi pas.

– Il doit vous appeler, aujourd'hui ?

– Je ne crois pas. Il n'y a pas de raison...

– Non, bien sûr... Tiens, je n'ai pas ouvert cette Vuitton. Qu'est-ce qu'il y a là-dedans ? »

Je me moque de la réponse. Je grimpe sur une chaise. J'attire la valise vers moi. Je la pose à terre. Rien d'autre que des vêtements, robes et costumes mélangés. C'est vrai que ça manque de place ici. Ce n'est pas l'appartement à dressing-room... Décidément, ce n'est pas non plus mon jour de chance. Par acquit de conscience, je farfouille sous les vêtements. Ma main rencontre un objet dur, retire un paquet ficelé.

« Qu'est-ce que c'est ?

– Mais je n'en sais rien ! »

Son évidente sincérité, au bord de l'exaspération, m'impressionne. Ma main tremble un peu, quand je coupe la ficelle. Des faux billets de mille francs, grossièrement imités, glissent entre mes doigts. Ils relèvent davantage du dessin naïf que de la fausse monnaie de professionnels... Des billets tricolores qui sentent encore l'encre fraîche... Un mauvais papier...

Je suis aussi étonné que Sylvia. Nous nous regardons en silence, perplexes. Ses yeux ont un reflet doré.

« Dites-moi d'où ils viennent, tous ceux-là ?

– Ma foi, je me le demande, dit-elle.

– Moi aussi, dis-je, en fourrant le paquet dans ma serviette. C'est quand même embêtant. Ça coûte cher, la fausse monnaie, très cher même. Heureusement, Léonelli nous expliquera que vous n'y êtes pour rien...

Généreux Dominique... Je vais le faire cueillir en Corse par la gendarmerie. »

Elle est abasourdie, la divine. Sa superbe bouche bée... C'est le moment de faire bonne mesure :

« On a beau avoir fait de la Résistance... Il aura du mal à s'en sortir. Un garçon si jeune, c'est dommage. Et pour vous aussi, c'est dommage. Ça s'appelle du recel, puisque le loyer est à votre nom. Ah ! je vous jure, ça va faire bien, dans votre famille ! Bon Dieu, comment avez-vous pu vous fourrer dans une affaire pareille ? »

Tandis que son adorable nez se pince, je me prends à la plaindre. Et si elle n'était au courant de rien, comme j'en ai de plus en plus l'impression ? Si Léonelli faisait ses affaires à son insu, réservant sa façade de Don Juan amoureux pour la petite provinciale éblouie ?

N'exagérons pas. Je l'ai vue hier soir avec l'Archange, la petite provinciale. A moins que pour elle, ce ne soit simplement qu'un homme d'affaires ami de Dominique, un associé, que sais-je ?

Une idée m'obsède, depuis quelques minutes : quelle antenne j'aurais dans le Milieu si Sylvia... Je coincerais Malaggione, je piquerais Danos et bien d'autres... Enfoncé, Baniel du coup ! Oui, mais...

Oui, mais pourquoi Sylvia trahirait-elle son amant ? Pour mes beaux yeux de flic miteux ? Allons !

Seulement voilà. De quoi vit-il, cet amant ? Et de quoi vit Sylvia ?

J'ai beau n'être qu'un néophyte, plus je la regarde et plus je suis certain qu'elle tombera dans le piège que je vais lui tendre. Mon idée est bien précise, maintenant. Il faut qu'elle devienne mon indic.

Mon irrésistible et insoupçonnable indic femelle.

Avec une femme dans le Milieu, fini le temps des saucissons, je deviens le roi des flics.

Il faut jouer serré, Borniche. Ça en vaut la peine.

« Je vous donne ma parole, dis-je avec d'autant plus de conviction que c'est la vérité, je vous donne ma parole, Sylvia, que je ne vous veux aucun mal. Au contraire. Je ne veux pas non plus de mal à Léonelli. Quand vous me connaîtrez mieux, vous verrez que je suis très gentil, au fond. Bien sûr, je pourrais vous causer des ennuis que vous ne soupçonnez pas, vous envoyer tous les deux en prison pour recel et complicité de vol qualifié. Les juges de province ne sont pas tendres, surtout en ce moment, croyez-moi. Alors, réfléchissez : je vous offre une chance. A tous les deux. Vous me fournissez quelques indications, je les exploite, et je passe l'éponge. Personne n'en saura rien.

– Si je refuse ?

– Si vous aimez Dominique, vous ne refuserez pas. Et je sais que vous l'aimez. Vous êtes intelligente, alors... »

Sylvia ne répond pas.

Nous avons changé de décor. Nous sommes dans mon pigeonnier de la rue de Bassano. Un pâle soleil tâche de percer la crasse de la lucarne pour éclairer faiblement la mansarde. Une couche de poussière rend moins laid le marbre de la cheminée. La femme de ménage, la mère Duparc, n'a pas le courage d'emprunter l'escalier de service pour grimper jusque-là. Une même poussière, au-dessus du lavabo, s'est transformée en une boue noirâtre.

En entrant dans ce home de mes rêves de flic, Sylvia a eu une moue de dégoût. Elle a hésité à s'asseoir sur la chaise de bois verni, puis a croisé ses longues jambes, irrésistible objet de mon regard...

Je n'ai été rassuré que lorsque j'ai franchi le portail vitré de la brigade. Dans le métro, je la surveillais de près. Un geste de folie est si vite arrivé. Bien sûr, j'aurais pu demander une voiture de service, mais le secrétariat, et par répercussion le divisionnaire, aurait été au courant. Et comment faire admettre à ce fonctionnaire obtus que j'allais faire des concessions en échange d'un service qui lui ferait peut-être obtenir une décoration ? Déjà, j'entendais sa réponse :

« Peu m'importe le résultat, Borniche ! Ce qui compte, c'est ma tranquillité. »

Evidemment ! Sa tranquillité... La mienne, il s'en fout, le divisionnaire. De celle de mes collègues, aussi. Il ne veut pas savoir. Si l'enquête réussit, il est aux premières loges pour les félicitations ministérielles...

« Dites, mon cher, n'oubliez pas de mettre mon nom, en tête du rapport, n'est-ce pas ? Celui du sous-chef aussi, c'est l'usage... »

Mais si l'affaire échoue, plus personne. La faute en incombe au fonctionnaire qui a enfreint ses ordres, évidemment.

« ... Alors ?

– Je ne sais pas quoi vous dire, dit Sylvia, serrant ses longs doigts. Je ne sais pas grand-chose... Vous l'avez bien vu...

– Si vous ne voulez pas comprendre, dis-je, tant pis ! »

J'ajoute, l'œil distrait :

« Je vais vous dire ce qui va se passer. Dominique va être arrêté à Cargèse ou à Ajaccio. On le transférera à Paris d'ici trois semaines à un mois. En ce moment, à cause de l'épuration en cours, ça ne va pas très vite, forcément. De votre côté, vous allez connaître la prison. Votre rôle est minime, je vous le concède, dans cette affaire de faux billets. Mais pendant que vous goûterez aux promiscuités de la Roquette, vous ne le verrez plus... Ce n'est pas tout. Quand vous direz que vous n'avez pas indiqué le vol des Roussel, on ne vous croira pas. Pourquoi ? Parce que, comme par hasard, c'est Malaggione qui a fait le coup. Cet Archange que vous prétendez ne pas connaître, et avec lequel je vous ai vue pas plus tard qu'hier soir... »

Je reprends mon souffle. Je crois bien qu'elle commence à avoir peur. Je dois lui apparaître comme l'ogre des contes, lorsque je rugis :

« Et vous savez qui c'est, Malaggione ? Pas seulement un voleur. Un assassin. Un fauve. »

Je ne sais pourquoi je me fais une gueule de fauve, moi aussi. Et Sylvia frémit, sa chaise grince et sa jupe remonte.

« Pas un lion repu. Malaggione n'est jamais repu. Il frappe pour frapper.

— Vous voulez dire qu'il est fou ? »

Elle a dit ça d'une toute petite voix et, encore une fois, j'ai pitié d'elle.

« Je ne suis pas psychiatre, mademoiselle de Neyrac. Votre ami Dominique, non plus. Nous allons nous en tenir aux petits faits qui vous concernent. Ange Malaggione, dit l'Archange, le conducteur de la traction volée dans laquelle je vous ai vue hier soir, a été reconnu par Yvonne Roussel.

— ... Une vieille garce.

— Tout à fait mon avis, mais ça n'a rien à voir. »

De nouveau, elle me désarme, me sourit, comme pour me remercier de ma phrase. Je lui rends son sourire et là, il y a un silence, qui me semble très long. Puis elle murmure, comme une confidence :

« Ce n'est pas toujours facile de gagner sa vie. »

Et voilà que je parle, moi. Eh oui, je me raconte. Je vois ses yeux se plisser puis s'agrandir, un vaste ovale, retrouver et perdre leur lueur dorée. J'égrène... Roger Bor le chansonnier, et puis le petit surveillant des grands magasins, et puis le flic qui déserte, écœuré, et puis le flic récupéré, et puis, et puis... Ces moments de la vie où on a besoin des autres. Pour l'instant, j'ai besoin de Sylvia. Je ne suis pas encore assez roué, assez méfiant, pour douter d'elle autant qu'elle le mérite.

« Et le nom de Danos, dit le Mammouth, dit le Sanguinaire, ça vous dit quelque chose ?

– Rien du tout.

– La sinistre bande Bony-Lafont, vous savez ce que c'était ? Vous avez bien déjà entendu parler de la Gestapo, non ?

– Non. Je n'y connais rien. Je ne fais pas de politique.

– Ce n'est pas de la politique... Enfin... Vous voulez m'aider, oui ou non ? Je vous aurai tendu la perche...

Quand ses yeux se dilatent en signe de franchise ou d'impuissance, je ne me rends pas compte qu'elle joue la comédie. Je suis si convaincu par son personnage de petite provinciale qui ignore tout, que je poursuis ma leçon de morale :

« Les journaux arrivent dans tous les trous perdus, même à Neyrac, vous verrez ! Il y aura votre photo... Et vous, vous serez avec votre Doumé à la prison de Bourges. Quand vous comprendrez, il sera trop tard. Que vous me croyiez ou non, je m'en fous, maintenant. Mon chef sera là dans quelques minutes... Je ne pourrai plus rien pour vous. »

Lorsqu'elle répond une fois de plus qu'elle n'est au courant de rien, j'ai la faiblesse de la croire parce que sa beauté me désarme. Elle en use et abuse, et notre combat ne fait que commencer.

« Vous êtes amoureuse, dis-je, donc naïve... (C'était moi, le naïf, comme je l'apprendrai plus tard...) Naïve, oui, et moi, je veux vous mettre en garde contre les effets de cette naïveté. Vous ne vous rendez pas compte que c'est dangereux de cacher, de protéger des tueurs comme Malaggione ? Qu'est-ce que vous lui avez remis dans sa voiture, hier soir, rue Duperré ? Une arme ?

– Pas du tout, voyons ! Des cachets de quinine.

– Nous étions là, à surveiller... Vous voyez bien qu'on sait tout ! »

Elle a une curieuse, mais fugitive lueur dans le regard, quand elle dit, sur le ton de la provocation discrète :

« Pourquoi vous ne l'avez pas arrêté, alors ? »

Coincé. Non, je riposte :

« Je voulais vous éviter de porter le chapeau, dis-je avec un air presque amoureux. L'Archange aurait cru que vous l'aviez dénoncé. Il se serait vengé sur vous, sur Dominique.

Ça tient, tout ça. Je ne me débrouille pas trop mal pour un débutant. Je me suis montré assez cohérent jusqu'au bout. La technique du mensonge, c'est une question de moment... Pour le flic, c'est une qualité professionnelle que les profanes ne peuvent acquérir. Rentrés chez eux, les policiers deviennent d'autres hommes, francs, loyaux... Au commencement, tout au moins !

Sylvia gigote sur sa chaise, face à ses responsabilités. Elle pèse le pour et le contre. Sa liberté, celle de Dominique, leur bonheur... Je tiens tout ça dans mes mains.

C'est là, je l'ai su depuis, qu'elle a décidé de faire semblant de jouer le jeu. De me mener en bateau.

Il faut qu'elle s'en sorte : grâce à Ange, je l'ai mise en difficulté. Elle se dit qu'avec ce flic au grand nez qui les a vus ensemble, il faut qu'elle jette un peu de lest, qu'elle accepte les rendez-vous qu'il vient de lui proposer :

« Et si j'apprends quelque chose ? »

Je jubile. Elle y vient...

« Je brûle les billets devant vous. Dominique est innocenté. (Puis emporté par mon élan.) Et je classe l'affaire de Bourges...

– Il me demandera où ils sont...

– Vous les aurez découverts en rangeant la valise et vous les aurez jetés, voilà tout... Pour ne pas avoir d'ennuis. Pour le dossier Roussel... »

Son indignation est belle à voir. C'est cela qui me fait croire, trop vite, qu'elle est tout à fait franche du collier.

« Je vous assure que je n'y suis pour rien, dit-elle, ses yeux d'azur au fond des miens. Et Doumé non plus ! C'est une coïncidence, voilà tout !

– Pour vous, peut-être. Pour Léonelli, ça m'étonnerait ! N'est-ce pas lui qui a répété à son ami Malaggione ce que vous lui avez raconté sur l'emplacement du coffre ? De toute façon, Malaggione est reconnu. Mais ne craignez rien : ce n'est pas le type à se mettre à table. Je vous parle à cœur ouvert : vous me donnez l'adresse de Malaggione, et tout est arrangé. »

Je suis las. La patience va-t-elle m'abandonner ? La vivacité de Sylvia me décourage. Elle s'est levée, elle fait front :

« Je vous assure que je ne connais pas son adresse ! Il m'a téléphoné hier soir pour me donner rendez-vous pour dîner, un point c'est tout. Il avait aussi besoin de cachets. Vous pouvez le vérifier à la pharmacie où je suis allée. Mais je ne sais pas où il habite.

– Alors, il vous rappellera, j'en suis sûr. Il a confiance en vous, la preuve ! Vous nous avertissez, nous le localisons et nous le cueillons quelques heures plus tard, après un simulacre de filature. Il ne saura jamais que c'est vous qui l'aurez donné... »

J'ai bêtement lâché le mot malheureux.

« Donné ! Je deviens une indic, alors, dites-le !

– N'employez pas les grands mots, Sylvia. Des deux, comme dit le proverbe, il faut choisir le moindre.

– J'ai horreur des à-peu-près, des calembours, des jeux de mots...

– Moi, j'aime votre arrogance, Sylvia. Elle vous va bien. »

J'ai raccompagné Sylvia de Neyrac jusqu'au métro George-V. J'avais brûlé le tas de billets devant elle. Mais j'ai quand même rédigé un procès-verbal qu'elle a signé : il y est dit qu'elle a, à son insu, provoqué, lors d'un dîner à la brasserie la Lorraine le coup de main de Malaggione chez le banquier Roussel.

Qu'on ne s'y méprenne pas : je n'ai jamais eu l'âme noire d'un maître chanteur, et ça ne m'amuse pas du tout de manœuvrer Sylvia de la sorte. Mais je n'ai pas le droit d'hésiter. N'est-ce pas Georges Darien qui écrivait, dans *Le Voleur* : « Je fais un sale métier, mais j'ai une excuse, je le fais salement » ? Chien de garde de la société, je suis condamné à utiliser tous les moyens possibles. Et pas de scrupules, Borniche, s'il te plaît ! En manœuvrant Sylvia, je deviens fort. Il faut donc que je la rencontre. Si elle est raisonnable, elle n'aura qu'à s'en féliciter.

... « Tiens, vous avez fait une petite flambée, dit Villacampa en ôtant sa gabardine. Vous avez bien fait, tout est humide...

– Oui. Et savez-vous ce que j'ai brûlé, monsieur le principal ? »

Interloqué, il me regarde sourire :

« ... Mon code de procédure criminelle. Il mélangeait trop les perquisitions et les visites domiciliaires. »

XIII

Il n'aura fallu que quelques mois à Ange Malaggione pour se réorganiser, reprendre ses bonnes vieilles habitudes de l'Occupation. Il a beau être recherché pour intelligence avec l'ennemi, assassinat et évasion, il a le champ libre : il profite du démantèlement de la police qui a suivi la Libération. La recrudescence des attaques à main armée monopolise les policiers qui ne savent plus où donner de la menotte. Aussi l'Archange circule-t-il sans se gêner, une fausse carte d'identité dans la poche, la main sur son Parabellum, prêt à discuter avec le flic trop zélé...

En septembre, l'Archange s'est mis en scène avec soin, s'est donné en spectacle en faisant le coup de feu libérateur avec les milices patriotiques du XIIe arrondissement. Il s'est même nommé lieutenant, a coiffé sa tête vipérine d'un béret orné de deux galons, a collectionné les honneurs, avantages et passe-droits qu'entraînait cette promotion miraculeuse. Il entrait et sortait partout à sa guise, parcourait les mairies et les commissariats de quartier avec une arrogance de propriétaire. Il s'est pourvu largement en cachets de toutes sortes, cartes d'identité et autorisations de circuler, en blanc. Mais il a eu la modestie d'éviter la proposition du capitaine Valéry[1] pour une nomination dans l'ordre de la Légion d'honneur.

« Merci, mon capitaine, avait-il dit en serrant la main tendue. C'est trop. Beaucoup trop. Ce que je fais, c'est pour la France, pas pour moi. »

L'Archange en rit encore, en tricotant de toute l'ardeur de ses petites jambes au long du boulevard de Sébastopol. C'est vrai que la police est sens dessus dessous. Pas une pèlerine à l'horizon en ce début de décembre 1944. L'Archange a froid, et Paris est morose. L'hiver s'annonce rigoureux, sans charbon, sans ravitaillement, malgré la victoire... La guerre fait toujours rage dans les Ardennes belges, et on a l'impression qu'on n'est pas sorti du tunnel.

Hier soir, l'Archange s'est offet le cinéma. Il a englouti un paquet de bonbons à la saccharine en regardant *Le Carrefour des enfants perdus.* En sortant, il a eu un haut-le-corps. Il a failli se heurter à la silhouette de Danos, King Kong déambulant sur les Champs-Elysées. Un Mammouth rayonnant, vêtu comme un mannequin de la maison Esders, malgré sa corpulence.

« Abel !

– L'Archange ! »

Danos a ouvert ses bras puissants, et tout finit devant une fine à l'eau. Le Mammouth a le vent en poupe, en ce moment. Il en profite.

« Devine qui j'ai retrouvé ? Pierrot ! Pierrot le Fou ! Oui, mon vieux. En cavale, lui aussi, avec le gros Boucheseiche. On a monté une équipe du tonnerre, ça braque à tout va[2]. Si tu veux... »

Ange a levé la main, comme pour un signe de croix.

« C'est quoi, ces braquages ?

1. Le capitaine Valéry n'était autre que le docteur Petiot, qui sera arrêté en octobre 1944.

2. Voir *Le Gang.*

– Tout, mon vieux. On fait péter le plus possible d'encaisseurs, de fourgons... On se bourre à mort. On arrive avec la traction, Pierrot reste au volant, le Gros Jo et moi on braque et on repart, avec les millions. T'as pas vu les canards ? Le gang des tractions avant, c'est nous... Sacré Pierrot. Un jour ici, un jour là... Tantôt, on braque à Paris. Le lendemain on est sur la Côte... Si ça t'intéresse... »

Abel s'est éloigné, lourdement. L'Archange a regardé son crâne plat osciller, dans la foule, au rythme de son dandinement. Un goût de sang dans la bouche de Malaggione... Le souvenir de l'officier au cou coupé, à Abbeville...

L'Archange pousse la porte du Petit-Trou, un bar de la rue de Tracy tenu par un compatriote et fréquenté par les souteneurs et les filles de joie du quartier. Antoine trône au comptoir, surveillant la recette.

« Mathieu a téléphoné ? demande l'Archange.

– Oui, dit Antoine, la main tendue. Il te propose un cinq pièces près de chez lui, rue de la Faisanderie. Un quartier tranquille... Tu peux le toucher ce soir... Il paraît que c'est bien meublé, mais un peu cher... Tu serais quand même mieux que chez Doumé ! »

Voilà plus d'un mois que l'Archange vit rue Fontaine, dans l'ancien logement de Doumé et Sylvia. C'est étroit, ce n'est pas le grand luxe, mais c'est pratique. A Pigalle, Ange est chez lui, à pied d'œuvre. C'est le rendez-vous des amis... « Ouais, se dit-il, seulement c'est trop beau pour durer... La police ne va pas tarder à reprendre les rênes que les événements lui ont fait lâcher, et finie la grande pagaille ! J'ai intérêt à changer de quartier. »

Le XVIe, c'est le rêve. Rien que des bourgeois et des

croulants. Jamais on n'ira le chercher là. C'est bien ce qu'a compris Mathieu Costa, son ami, le nouvel empereur des boîtes de nuit et des bistrots qu'il a su racheter à bas prix à des collaborateurs pressés de déguerpir.

L'Archange laissera Pigalle aux paumés, aux demi-sel qui viennent rouler les épaules devant un pastis pour épater la galerie, et qui ne vont pas tarder à devenir une pépinière d'indics.

C'est pour ça qu'il a éludé la proposition du Mammouth. Pierrot le Fou boit comme un trou. Et quand il a bu, il ne se contrôle plus. Il clame ses exploits à qui veut l'entendre, surtout aux putains qu'il va chercher au Chabanais, ou au One Two Two de la rue de Provence. C'est vraiment le Louf, Pierrot... Le louftingue, quoi... Lafont l'avait rappelé à l'ordre, chez Doriane quand il voulait faire du tir à la pipe sur les lampadaires... Ces zèbres-là, ils n'échapperont pas longtemps à la police.

« Trop bavards, marmonne l'Archange.

— Quoi ? » demande Antoine.

L'Archange avale d'un trait son pastis, ça change les pensées...

« Tu sais qu'il exagère un peu, le petit César. Tu ne pourrais pas lui dire d'être plus discret ? »

Antoine grimace. César, c'est Carrieri, le cousin de Sylvestre Nicolaï, un cousin éloigné. Un brave gosse, un peu fou peut-être, mais avec un cœur gros comme la Bonne Mère, cette Notre-Dame-de-la-Garde qui surplombe son appartement à Marseille. Il est à Paris depuis ce matin.

Il est venu reconnaître, à la morgue, le corps de Nicolaï qui n'avait jamais pardonné à l'Archange le meurtre de son oncle, Lucien Montana. Les bars du Vieux-Port ont retenti de ses insultes haineuses. A Paris même, à l'Attelage, où il était venu embrasser Camotti, Nicolaï avait encore dégorgé sa haine. Et de bonnes âmes ont rapporté à l'Archange ses paroles imprudentes.

Malaggione, le fauve, ne supporte rien. Il écoute distraitement Antoine, le brave type, le conciliant...

« C'est un bon môme, César, tu sais. Il ne ferait pas de mal à une mouche... D'ailleurs, il repart ce soir pour Marseille... »

L'Archange hausse imperceptiblement les épaules. Il ne va pas raconter ses projets à Antoine : à quoi bon ?

« Tu diras à Mathieu que c'est d'accord, dit-il. Je passerai le voir demain. »

Ange, au sortir du Petit-Trou, a du mal à se dégager des prostituées à demi nues qui grouillent rue Blondel. Il file vers le boulevard de Strasbourg, récupérer sa traction. Dès qu'il est au volant, loin des provocations des filles, il réfléchit quelques instants : c'est peut-être un bon petit, César, mais il est bien imprudent, quand même. Il est drôle, Antoine... Ce n'est pas lui que César ne cesse d'insulter, en son absence. Au fond, il s'en fout, Antoine, c'est si facile de donner des conseils...

Une demi-heure plus tard, à la sortie de la morgue de l'hôpital Lariboisière, une jeune infirmière s'évanouit devant un spectacle de Grand-Guignol : sur le trottoir, un petit homme olivâtre supplie, les bras tendus :

« Non, Ange, je t'en supplie... Pas ça, non... »

Devant lui, un autre petit homme noir affublé de lunettes monstrueuses, tient un pistolet de gros calibre. Un coup suffira, un seul, bien ajusté entre les yeux, pour que le cadavre de César soit bientôt allongé à la morgue de l'hôpital près de celui de Sylvestre Nicolaï, après avoir eu droit à la fameuse phrase :

« *Pace et salute !* »

L'inspecteur Courthiol est né flic, et mourra flic. Il

officie à l'autre police, la P.P., mais nous, à la Sûreté, nous l'estimons. Il faut le voir se frotter les mains, incapable de dissimuler le plaisir que lui procurent un beau crime, ou une évasion spectaculaire.

Courthiol aime autant la chasse à l'homme, les filatures, les planques, les nuits blanches, que les sandwiches sur le pouce dans le recoin d'une porte cochère, les descentes-éclair dans les bouges, les perquisitions à l'improviste quand le sommeil alourdit encore les paupières... Il raffole des interrogatoires-pièges et des arrestations à l'esbroufe.

Oui, à quarante-six ans, l'inspecteur principal adjoint Courthiol est une figure de la Criminelle. Il en est la vedette et, sans doute, le meilleur élément. A voir, c'est un acteur de composition; petit, massif, sanguin, des cheveux flous tout noirs rejetés en arrière, un nez en pied de marmite... Un mégot aplati, décoloré, cent fois mâchonné, ne cesse de naviguer entre ses lèvres jaunies. Ses collègues le surnomment « Toucourt » : on a le sens des images, chez les flics. L'habileté de sa bouche aux prises avec le mégot, c'est un spectacle époustouflant. D'un savant coup de langue, il arrive à le projeter d'un coin à l'autre de ses lèvres ou à l'arrêter net, bien en équilibre, à la verticale du nez, juste entre les narines. Et, sans le laisser s'échapper, il ponctue chacune de ses phrases d'un « hein » familier et tonitruant. Ce « hein » parcourt les portées musicales réservées à Courthiol, écrivant des partitions qui, au gré de l'intonation, dépeignent ses sentiments, soulignent une inquiétude, révèlent une surprise ou des menaces...

Comme Courchamp, comme Nouzeilles, comme Poirier[1], Courthiol est un bûcheur. A peine sorti du rang, il

1. Voir *Flic Story, René la Canne, Le Gang.*

a fait ses classes dans la vieille école du commissaire Massu, l'as des as de la brigade spéciale. Le petit Massu, à l'œil vif et à la pipe légendaire, ne ménageait pas ses rivaux de la Sûreté nationale.

« Ils viennent nous voler nos clients pour se faire mousser », répétait-il.

Il ne pardonnait pas à son collègue Belin de la rue des Saussaies, son intrusion dans les enquêtes Landru et Buisson, qui intéressaient en premier lieu la police parisienne. Patient, il attendait sa revanche, des années parfois.

Un jour, il l'avait eue, sa belle vengeance.

« Dites, Courthiol, demande-t-il à son adjoint, qu'est-ce que c'est, ce Vieuchêne dont on nous rebat les oreilles ?

— Un fanatique de la publicité, bougonne Courthiol. Le poulain de Belin, c'est tout dire. Il s'approprie les affaires pour admirer sa gueule dans un canard, avec les commentaires flatteurs qui s'imposent.

— Oui, eh bien, il l'aura, sa photo. Je vous le promets, Courthiol ! L'inspecteur Peyres a un tuyau sur le meurtre Garola. Sortez-le-moi vite, tous les deux. »

—

L'assassinat de la belle voyageuse du Strasbourg-Vintimille n'avait pas fini de défrayer les salles de rédaction, ni l'opinion publique en alerte.

Le corps, poignets et chevilles entravés par de fines chaînettes d'acier nickelé, avait été retrouvé dans le wagon 5001 du rapide 759. Un tampon d'ouate imbibé de chlorure d'éthyle était maintenu par un mouchoir sur le nez et la bouche...

Toutes les constatations avaient bien été faites, mais l'enquête des policiers marseillais piétinait. Alors, la France, émue, avait su qu'elle était sauvée puisqu'un jeune commissaire parisien prenait l'affaire en main...

En un rien de temps, il bousculait les théories policières démodées. Il accumulait des preuves à l'encontre du seul coupable. Car pour lui, le seul coupable possible, c'était le contrôleur du train, Marius Veyrac, qu'on écrouait dare-dare malgré ses protestations d'innocence.

La France respirait. Grâce au commissaire Vieuchêne, on allait enfin pouvoir reprendre le train !

Malgré tout, le cheminot, du fond de sa prison, n'en continuait pas moins de clamer son innocence. Enivré par sa popularité, Vieuchêne haussait les épaules. Il avait suffisamment d'éléments dans son chapeau pour envoyer l'assassin à la guillotine. Le juge Giacomoni, ébranlé par une aussi éclatante autorité, refusait les demandes de liberté provisoire. Maître Torrès, le célèbre avocat, multipliait les démarches en faveur de son client, alertait la Chancellerie.

Le Syndicat des cheminots s'émouvait. Les journalistes aussi, ceux de *Détective* notamment qui avaient repris l'enquête point par point.

Vieuchêne, lui, demeurait inébranlable, souriant, sûr de lui. Il continuait à poser pour les photographes, distribuant interview sur interview :

« J'ai ma conscience pour moi, proclamait-il. Quand j'envoie des gens en prison, c'est que je n'ai pas seulement des certitudes mais des preuves. C'est sur ces preuves que les tribunaux se prononcent. »

Discrets et efficaces, Courthiol et Peyres n'ont pas tardé à le déboulonner de son piédestal en arrêtant les vrais coupables, qui passaient aux aveux. L'innocence du contrôleur Veyrac éclatait enfin au grand jour, tandis que le déjà trop claironnant Vieuchêne rentrait au bercail, penaud pour quelque temps...

« Bravo, mes petits, dit Massu. Il n'ira pas s'en vanter, de celle-là ! Il ne la racontera pas dans ses Mémoires ! Mais vous voyez, il vaut mieux laisser courir un suspect que d'incarcérer un innocent. J'espère que cela leur servira de leçon, aux guignols d'en face. »

A la Libération, alors que j'étais réintégré chez « les guignols d'en face », la Spéciale de Massu changeait de nom. Elle devenait la Criminelle. Le brave commissaire Pinault, fils de gendarme, succédait à Massu. Grand alpiniste, affable, conscient de ses responsabilités, Lucien Pinault a un faible pour ce râleur de Courthiol dont le rire sonore, que les bonnes histoires déclenchent à l'infini, fait passer sur la brigade un souffle bienfaisant.

Un jour, peu après son entrée en fonction, Pinault émergeait de son antre, un bureau qui surplombe la place Dauphine, devant le Palais de Justice :

« Qu'est-ce que c'est que ce vacarme ? demandait-il à un jeune stagiaire qui ne le connaissait pas encore, et qui participait à la bruyante et générale hilarité.

– C'est Toucourt qui a fait tomber son flingue dans les chiottes, mon vieux ! Ça vaut le coup, viens voir ! »

Pinault s'approchait. Et il voyait.

Courthiol, qui portait son pistolet à la ceinture, l'avait, en s'accroupissant, laissé choir dans la vétuste cuvette à la turque... Et maintenant, devant la brigade au grand complet, rangée en demi-cercle, secouée de rires, Courthiol, les manches de chemise retroussées sur ses bras poilus, s'efforçait de récupérer son arme en fouillant la lunette...

En cette fin de matinée de décembre, l'inspecteur principal adjoint Courthiol quitte le poste de police du Xe arrondissement. Pendant quarante minutes, renfrogné mais attentif, il a enregistré le compte rendu des deux assassinats commis dans le secteur à quarante-huit heures d'intervalle.

Il emporte, enveloppées avec soin dans une feuille de papier hygiénique, deux douilles : l'une a été récupérée dans le caniveau de la rue La Fayette, l'autre, sur le trottoir, devant l'hôpital Lariboisière. Et une balle, légèrement aplatie, retrouvée par le médecin légiste dans le crâne de Nicolaï.

Tandis que le commissaire du quartier faisait mousser ses investigations, Courthiol n'avait pas l'air gai. Ce double meurtre allait grossir encore le tas de dossiers en instance, et Pinault lui avait fait une belle vacherie en lui fourrant ça dans les pattes...

Le cinquième dossier en quatre jours !

Et comment pousser l'enquête à fond, quand on est privé d'une collaboration efficace ? Quand l'épuration bat son plein, à coups de suspensions, révocations, emprisonnements même, qui démantèlent la police à tous les échelons.

Le vent s'engouffre sur le boulevard Magenta. Courthiol resserre le col de son pardessus. L'infirmière de l'hôpital Lariboisière, qui a vu la scène, n'a pas été très loquace. Elle n'a fourni du tueur qu'un signalement imprécis : petit, maigre, un grand chapeau, des lunettes... Naturellement, elle n'a pas pensé à relever le numéro de la voiture d'où il a surgi...

« Vous savez, monsieur le commissaire, dans ces moments-là... »

En martyrisant son mégot, Courthiol a ronchonné :

« Toutes les mêmes, ces bonnes femmes... Ce serait du joli si on leur donnait le droit de voter, hein ? »

Il bat la semelle en attendant l'autobus à la station gare du Nord. Il se met au bout de la file, qui représente à peu près deux fois le contenu du véhicule. Aussi, dès que le bus s'arrête, il se précipite, sa carte de police à la main, tandis que vocifèrent les lésés. Le receveur jette un bref coup d'œil au document. Il hausse les épaules, impuissant, en tirant sur le cordon, en ajustant l'œilleton de la chaîne de sécurité.

Au Châtelet, Courthiol saute de sa plate-forme perchoir, traverse le pont à pas pressés, s'engouffre dans le Palais de Justice. Cinq minutes plus tard, il tâche de reprendre son souffle, tandis qu'il sonne au guichet des locaux de l'identité judiciaire, cantonnée sous les combles du majestueux palais...

« Henriot, jette-moi un coup d'œil là-dessus, hein ! »

L'inspecteur Henriot, du groupe de la balistique, est un camarade d'enfance de Courthiol. Ensemble, ils ont gravé des insanités sur les bancs de la communale. Ensemble, ils ont volé le vin et les hosties du curé de la paroisse. Et ils ont postulé ensemble pour l'emploi de gardien de la paix à la préfecture de Police. Leurs promotions successives les avaient séparés : le calme, le débonnaire Henriot était versé à l'identité judiciaire tandis que Courthiol, bouillant et débrouillard, rejoignait les rangs de la P.J.

Depuis près de quinze ans, cassant sa haute silhouette sur le même tabouret, Henriot officie en blouse blanche, l'œil rivé à l'oculaire du microscope de comparaison, qui supervise deux microscopes jumelés par un jeu de miroirs et de prismes. Il peut ainsi constater, sur une seule image, si les détails des objets à comparer se superposent ou se différencient...

« Tu as eu ça où ? »

Courthiol grommelle une réponse incompréhensible. Henriot connaît les moments d'humeur de son ami, et n'insiste pas. Il place les douilles sur les supports du microscope, et il actionne la roue molletée pour parfaire la mise au point. Quelques secondes d'observation silencieuse, et il relève la tête :

« Les raies et les stries sont identiques, mon vieux. Tu les as ramassées en même temps, ces douilles ?

– Pourquoi, hein ? dit simplement Courthiol le Laconique.

– Elles ont été percutées par la même arme... Un Colt 11,43. Fabrication américaine...

– Je sais, hein, coupe Courthiol, toujours aimable. Ça se voit. C'est pas la peine de sortir de Polytechnique pour dire ça. Et ce truc-là,... hein ? »

Il tend la balle à Henriot, qui la cueille avec une pince de chirurgien.

« Tu as peur de te salir les pognes, hein ? »

Henriot hausse les épaules.

« Non, mais il faut que je la lave. Il y a du raisiné séché, là-dessus. »

Il trempe l'objet dans un bocal qui pue l'ammoniaque, puis le fixe sur un carré métallique qu'il emboîte sous la lentille du microscope. Ses doigts actionnent de nouveau la bague molletée.

Au bout d'un moment, sa bonne tête se plisse de contentement :

« Pas d'erreur, mon vieux. Ta balle sort d'une des douilles que tu m'as apportées, et qui ont été éjectées par le même flingue. Le point de percussion, les stries sont identiques. Et le plus curieux, c'est que ça me rappelle quelque chose... Attends ! »

Il quitte son escabeau et farfouille dans un classeur de bois clair à tiroirs superposés, sort une fiche rectangulaire couverte d'annotations, revient s'asseoir sur le tabouret, une jambe en suspens dans le vide.

« Hier, le commissariat d'Ajaccio m'a demandé l'identification d'une douille trouvée par un gardien dans le cimetière. Un Colt aussi... Ça serait drôle, si ça faisait ton bonheur.

– Dis pas de conneries, hein, Paulo, tranche Courthiol, agacé. Il n'y a pas que les Colts qui larguent des pruneaux pareils... Hein, hein ? »

Le patient Henriot, une fois de plus, ne répond pas. Il sort la douille d'une enveloppe qui porte le cachet du commissariat d'Ajaccio. Il pointe sa lentille dessus, ainsi que sur la douille de comparaison de Courthiol.

Il rayonne, modeste, mais heureux :

« Qu'est-ce que je te disais ? J'ai le pif, tu vois ! Même calibre, même nombre de rayures, mêmes traces de l'extracteur et de l'éjecteur... Ta pétoire a tiré trois fois, mon vieux : deux à Paris, une en Corse, en attendant la suite... Dis donc, c'est pas Zorro, ton mec ? »

Courthiol n'a pas envie de plaisanter. Son mégot s'est promené à une allure record pendant les opérations de balistique. Maintenant, il se dresse, pointe vers le nez, minuscule obélisque.

« Nom de Dieu, dit Courthiol, il commence à m'emmerder ce flingueur, hein ?

– C'est le cas de dire que ça se corse, avance Henriot avec un gros rire. Tu ne crois pas ? »

Devant l'air perplexe de son vieil ami, il rengaine son rire et retourne à son microscope. Courthiol, pensif, a déjà griffonné quelques notes sur une page de son calepin.

XIV

DEBOUT sur le marchepied du wagon de 1re classe, Dominique Léonelli, sa valise en cuir fauve d'une main, une très grande boîte enrubannée de l'autre, attend l'arrêt du train. Il y a tant de monde, sur le quai de la gare de Lyon, qu'il n'arrive pas à repérer Sylvia. Paris lui apparaît bien gris, bien froid. D'ailleurs, le froid ne l'a pas quitté depuis Marseille. Il se prend à regretter le climat de la Corse. Oui, mais on ne gagne pas d'argent, dans l'île. La preuve, c'est que les compatriotes un peu malins se retrouvent tous sur le continent.

En relevant le col de son manteau en poil de chameau, Dominique se dit que l'argent, c'est bien agréable, et qu'un jour, peut-être, il achètera une maison à Cargèse, pour les vacances... Pourquoi pas ? Il serait le caïd, au village, en compagnie de la belle Sylvia...

Mais où est-elle ?

Le train est arrêté, maintenant, et Dominique, indécis, descend dans les remous de la foule qui l'entoure, se dirige, déçu, vers la sortie. Il se laisse porter, plutôt, par le flot humain, protégeant tant bien que mal sa boîte cadeau modèle géant. Il aurait tant aimé que sa première vision, en mettant le pied sur le sol parisien, soit la silhouette de Sylvia, qu'il imagine déjà somptueuse, dans le manteau de panthère, que contient le paquet cadeau. Une affaire sensationnelle : il a payé la fourrure au quart de son prix, à peine; un ami de l'Archange l'avait récupérée chez une de ses gagneuses, mystérieusement disparue, et souhaitait s'en débarrasser au plus vite. La fille n'avait pas eu le temps de la porter plus de deux ou trois fois, et avec l'emballage de luxe fourni par la grosse Annie, vendeuse aux Dames-de-France et maîtresse occasionnelle de Michelesi, Sylvia n'y verrait que du neuf...

« Dominique! »

Une tornade le bouscule, le serre, le presse... Le temps de respirer quelques effluves de Shalimar, et il mordille tendrement les lèvres de Sylvia.

« Il y a tellement de monde... J'étais sûre que j'allais te rater. »

Il a une envie furieuse de la dépouiller sur-le-champ de son astrakan pour l'envelopper panthère, mais il sait que tout à l'heure, il étendra la peau de fauve sur le lit, rue Blanche, pour posséder, encore et encore, la fougueuse Sylvia.

La minuscule Simca 5 noire est garée impunément en plein milieu de la station de taxi. Dominique a du mal à y caser le carton géant et la valise, tandis que Sylvia décolle comme une fusée entre deux G7.

« Tu as fait des progrès, depuis le mois dernier, à Marseille... »

C'est là que Sylvia a passé son permis, grâce à la complaisance d'un inspecteur très lié avec Antoine Guérini. Elle conduit bien, c'est vrai, un peu vite, un peu nerveusement, mais il y a si peu de circulation dans Paris...

Elle se doute que la boîte géante est pour elle, mais elle met son point d'honneur à ne pas poser de questions. Quant à Dominique, il admire la conduite de Sylvia, et la vaillance de la petite Simca d'occasion qu'il lui a offerte.

« Le loyer est à son nom, disait l'Archange, en riant. La voiture aussi... Tu es un sage, mon fils ! »

Dominique songe que bientôt, quand il aura fait quelques beaux coups avec Malaggione, il s'offrira la grosse américaine dont il rêve, avec des vitres et une capote électrique. Et pour Sylvia, une Salmson, pourquoi pas ? Une fille chic dans une voiture chic, c'est l'idéal, non ? Une aristo dans une voiture d'aristo...

Ses rêves de grandeur l'accompagnent jusqu'à Pigalle, petit royaume dans lequel Sylvia entre en trombe, donnant deux ou trois petits coups de klaxon pour prévenir un clochard égaré...

« Qu'est-ce que tu as fait en Corse, si longtemps ? dit Sylvia, qui s'étire voluptueusement, après l'amour, sur le manteau de panthère jeté sur le lit comme une couverture. Je t'attendais... Je suis sûre que tu as rencontré une Ajaccienne... Tu aurais pu rentrer avec Ange...

– Il avait son billet d'avion, lui...

– Et puis, tu vois, ce manteau...

– Il ne te plaît pas ?

– Il a un parfum de fille... On ne trompe pas une femme, tu sais... »

Dominique, un peu humilié, se dit qu'il est bien patient, et que la plupart de ses copains balanceraient bien deux baffes à une donzelle qui a tendance à être un peu emmerdante... Mais il se souvient de leurs caresses de tout à l'heure, et il sourit : il n'est pas brutal, lui. Il a horreur des coups. Il les trouve toujours regrettables, inutiles. C'est le seul point sur lequel l'Archange et lui sont loin, bien loin de s'entendre... Seulement, il en a besoin, de l'Archange, et il vaut mieux ne pas penser à ce qui divise...

« Je vais te dire la vérité, Sylvia, je l'ai acheté d'occasion à une môme tombée d'un coup dans la débine...

— Ce n'est que ça ! »

Elle l'embrasse tendrement au creux de l'épaule, soupire entre deux baisers :

« J'avais peur que tu l'aies acheté pour moi, et que tu l'aies prêté ensuite à une autre maîtresse. »

Dominique s'attendrit. Il est heureux de l'amour de Sylvia, de sa fidélité, de son exigence... Elle n'est vraiment pas comme les autres... Tout en faisant des ronds avec la fumée bleutée de sa cigarette américaine, en savourant le champagne que Sylvia avait mis au frais pour son arrivée, il rêve tout haut... Les petits trafics, c'est fini. L'Archange a confiance en lui, maintenant; il vient de le lui prouver, à Ajaccio... L'époque est propice aux gens entreprenants, qui n'ont pas froid aux yeux...

Sylvia, nerveusement, allume à son tour une cigarette.

« Tu fumes, maintenant ? s'étonne Dominique.

— Seulement dans les grandes occasions...

— Qu'est-ce qui ne va pas ? »

Elle se drape dans son peignoir bleu, celui qu'il préfère.

« Tu as quelque chose... Dis-le ! »

D'une voix inquiète, pressée, essoufflée presque, elle explique : elle se doutait bien que Dominique ne s'en tiendrait pas aux louches combines mises au point à l'Attelage, devant un pastis... L'Archange, revenu hier, l'avait invitée à dîner dans un endroit discret : il voulait la sonder. Il pensait qu'une fille comme elle, beaucoup de classe, insoupçonnable, pouvait rendre des services. Oh ! il était resté très vague, bien sûr, mais il savait bien qu'elle comprenait entre les mots...

« Ça alors, dit Dominique, ce n'est pourtant pas le genre de l'Archange... Lui, les bonnes femmes... C'est vrai que toi, tu n'es pas comme les autres.

– Il m'a dit que comme tu allais devenir un des meilleurs éléments de son équipe, et que nous étions toujours collés ensemble, autant valait que je sois dans le coup.

– Vraiment, ça m'étonne.

– C'est comme ça. Il te le dira lui-même. »

Dominique, dans l'euphorie du troisième verre de champagne, voit son avenir plus brillant que jamais. C'est, dans dix ans au plus tard, la grande vie, les voyages, les palaces au bras d'une Sylvia plus grande dame que jamais. Il a raison, l'Archange. Une femme de tête peut rendre bien des services. Pas comme ces gagneuses à cervelle d'oiseau qu'on tient soigneusement à l'écart de tous les coups, et qui se retrouvent à Caracas quand leur curiosité les a entraînées un peu trop loin...

« Seulement, dit Sylvia, il y a un ennui. Tu m'as demandé ce qui n'allait pas, je vais te le dire. J'ai reçu la visite d'un flic.

– Ici ?

– Ici même.

– Mais comment ? Je n'ai jamais été inquiété... Je n'ai rien à craindre de la police, moi... Souviens-toi... Quand nous avons été convoqués par ce flic nommé Courthiol, il nous a simplement demandé si nous connaissions l'Archange... On lui a dit non et il a laissé tomber...

– Mon flic à moi s'appelle Borniche... Lui, il m'a dit des choses curieuses. »

Elle boit une gorgée de champagne avant de raconter au beau Doumé stupéfait ce qu'elle a appris de l'affaire Roussel.

Dominique écoute sans mot dire. Puis, embarrassé, contrarié :

« Je m'expliquerai de tout ça avec l'Archange, dit-il. De toute façon, tu t'es laissé impressionner. Toutes ces histoires de l'Occupation, c'est la mode, mais ça se tassera vite, va... J'en sais quelque chose, fais-moi confiance...

– Il y a autre chose, Doumé... »

Elle est sur le point de lui raconter comment ce flic pas trop méchant a brûlé les faux billets, pour lui prouver sa bonne volonté, donnant-donnant... Et puis, une intuition, un pressentiment, fige les mots sur ses lèvres. Une peur irraisonnée l'envahit soudain. Peur de l'Archange. Peur de ces grands projets auxquels il va associer Dominique, qu'elle voit devant elle, souriant, désinvolte, demandant :

« Quoi, encore? Je te répète que je n'ai rien à craindre des flics. Pas plus que toi. Quant à l'Archange, il connaît la musique. »

Dès lors, le parti de Sylvia est pris. Cet homme qu'elle aime plus que tout au monde, il faudra qu'elle le protège malgré lui.

Bien sûr, la vie de hors-la-loi la fascine, réveille l'esprit de l'adolescente aventureuse qui rêvait en lisant Balzac... Mais l'Archange est dangereux, elle le sait. S'il entraînait Dominique trop loin, un jour... Il faut garder ce Borniche comme une carte à jouer en cas de...

« Dès que ce flic a été parti, dit-elle, j'ai brûlé les faux billets, ceux de la valise. Je me suis dit qu'il pourrait revenir, fouiller partout...

– Tu as bien fait, dit Dominique. De toute façon, ces billets de la Sainte-Farce, ça devenait dangereux... Viens que je t'embrasse, et ne pense plus à tout ça... »

« Je suis content de te revoir, tu sais, Doumé... »

Ange Malaggione tend à Dominique Léonelli le traditionnel pastis. Et l'assortit d'une grande claque sur l'épaule. Entre hommes. Puis s'étonne :

« T'en fais une tête d'enterrement. Tu es allé sur la tombe des tiens, à Cargèse... C'est pour ça que tu reviens si tard ?

— Ecoute, l'Archange, j'ai appris des choses... »

Assombri, Malaggione attire Dominique au bout du bar; malgré l'habituel vacarme de l'Attelage à l'heure de l'apéritif, il n'est jamais bon d'y parler d'affaires autrement qu'à mots couverts, selon les codes et les sous-entendus traditionnels.

« Tu m'as l'air bien énervé, petit, qu'est-ce qui ne va pas ? »

A mesure que Dominique répète les paroles de Sylvia, les questions insidieuses du flicard qui a débarqué chez elle, enfin, toute l'affaire Roussel, l'Archange se déride, pour finir par rire franchement, de son rire dur et sec. Ses lunettes scintillent et semblent rire, elles aussi. Dominique, surpris, perd pied et finit par protester :

« Il n'y a pas de quoi s'amuser, si ?

— Allons, allons, dit Malaggione, reposant son verre sur le bar, d'un geste brusque. Tu te frappes pour rien, petit, je vais t'expliquer, ça ne sera pas long... La guerre est finie, Doumé. Il s'est passé tellement de choses, depuis six mois... Ton inspecteur, c'est un jeunot qui veut faire du zèle, pas plus.

— Quand même, Sylvia a parlé des Roussel devant vous. Vous vous rappelez, à la Lorraine...

— De l'histoire ancienne. »

L'Archange, le doigt levé, commande deux autres pastis avant de conclure, d'une voix plus basse :

« Tu comprends, à l'époque, je ne te connaissais pas

beaucoup... Tu avais l'air bien jeune... Alors, te mettre dans un coup pareil...

— Oui, bien sûr. »

Dominique n'a pas l'air convaincu. Sa gueule de beau gosse est mécontente, boudeuse. « Mauvais ça, se dit l'Archange. Un bon élément, Doumé. Ce serait dommage de le perdre. Et puis, les gens mécontents, c'est toujours dangereux. »

« Bon. Ecoute bien... »

Un quart d'heure plus tard, Dominique, radieux, partage le figatellu avec l'Archange. Celui-ci lui a promis de faire de lui son second lieutenant, avec Toussaint Michelesi :

« Tu verras, Doumé, vous en aurez du pognon, Sylvia et toi. J'en connais ici qui voudraient être à votre place. Parce qu'elle aussi, c'est une fille bien. Les affaires se développent, Doumé. Et les gens bien, ça se fait rare. »

L'Archange n'a jamais tant parlé, et Doumé se dit que son heure de gloire est arrivée. Si le caïd se confie comme ça, c'est qu'il a confiance. Et si l'Archange a confiance, ça veut dire que les gros coups s'annoncent...

« Je vais te dire encore quelque chose, petit : le premier coup facile, il sera pour toi, et pour ta Sylvia. Comme ça, vous ne m'en voudrez plus, pour cette minable affaire de Bourges. Ça va comme ça ? »

Dominique est tellement surpris qu'il ne répond pas tout de suite. Il a bien rendu service à l'Archange, après le coup du cimetière d'Ajaccio. Mais quand même...

« Oui... merci..., s'entend-il dire, comme dans un rêve.

— Maintenant, toi et moi... »

Dominique n'écoute plus. Entre les trois pastis, la fumée des cigarettes, les paroles inattendues de l'Archange... Il pense à la tête de Sylvia, tout à l'heure. Ils avaient bien raison de croire à la chance. Ce luxe auquel ils aspirent tous les deux, maisons, voitures, vêtements, voyages... C'est à leur portée, désormais. Finis les trafics à la petite semaine, les faux billets, les faux tickets, les combines de toutes sortes. Maintenant, ce sera du sérieux...

Sylvia n'a rien dit à Dominique. Il dormait encore, hier matin, quand elle était sortie acheter des croissants, pour lui faire une surprise à son réveil. De petits gestes amoureux auxquels il était si sensible :

« Ma gosse... », disait-il tendrement en mordant dans le croissant.

Comme dans un bon vieux film de Carné, du genre mauvais garçons au bon cœur. Elle le trouve un peu naïf, un peu enfantin, mais elle l'adore. Il est beau, il a bon cœur. Il lui a sauvé la vie, lors du bombardement de Longchamp. Il est le premier homme auquel elle se soit donnée. Elle sait bien qu'il lui manque quelque chose pour être un grand aventurier : la volonté de puissance, sans doute. Il n'a pas lu Nietzsche, ni Balzac... Elle sera sa volonté, sa conscience. Ils deviendront riches, tous les deux dans le sillage de Malaggione. Mais Dominique ne tuera pas, lui. S'il lui arrive malheur, il ne risquera pas le pire... Grâce à elle, il deviendra quelqu'un, et elle le protégera...

Comme elle revenait avec le journal et les croissants, la veille, la concierge lui a remis la convocation. Elle l'a gardée dans son sac. Et Dominique ne sait pas qu'elle vient de s'asseoir devant l'inspecteur Courthiol, dans un bureau isolé du quatrième étage du quai des Orfèvres. Elle regarde vaguement à travers la vitre poussiéreuse, un panorama bien hivernal : la Seine grise qui paresse vers le Pont-Neuf, les sombres maisons du quai des Grands-Augustins, la masse des Tuileries, plus sombre encore...

Elle n'apprécie ni la vétusté des locaux, ni la trogne sanguine du policier trapu qui l'a convoquée. Son mégot baladeur ne l'amuse pas, il la dégoûte. « Comment une femme peut-elle être aussi élégante par les temps qui courent ? » se demande Courthiol, bien qu'il connaisse la réponse : l'argent existe, il suffit de savoir le trouver... L'inspecteur est aussi fasciné par le tailleur bleu nuit de Sylvia que par les longues mains fines, les jambes qui lui font détourner pudiquement les yeux, le regard, la bouche...

« Mademoiselle de Neyrac, grogne-t-il, j'ai quelques questions à vous poser, hein ? Vous allez tâcher d'y répondre franchement. Bien sûr, si vous ne voulez pas coopérer, c'est votre droit. En ce cas, vous pourrez vous expliquer chez le juge d'instruction, en présence de votre avocat, hein ? »

Sylvia a peur, mais se garde bien de le montrer. Si elle veut protéger Dominique, il faut qu'elle soit forte. Elle déglutit péniblement, ne peut réprimer un mouvement des paupières.

Courthiol se lève de sa chaise, vient tourner autour de Sylvia en se grattant la tête.

« Mademoiselle de Neyrac, vous êtes toujours la maîtresse de Léonelli, hein ? »

Les ongles de Sylvia s'enfoncent dans ses paumes. L'autre inspecteur, Borniche, lui avait dit qu'elle ne serait pas inquiétée, si elle promettait de lui rendre quelques services. Alors, pourquoi celui-là l'a-t-il convoquée de nouveau ? Comment saurait-elle qu'il s'agit de l'autre police, la P.P., et qu'une guerre sans merci déchire les deux sœurs ennemies ?

Courthiol prend un dossier sur son bureau, l'ouvre,

lit un document dactylographié, le repose. Sylvia a du mal à dissimuler son agacement, tandis que le gros homme rougeaud va et vient dans la pièce, les mains derrière le dos, son vilain mégot poisseux entre les lèvres. Va-t-il enfin s'arrêter? Il s'arrête.

« Vous l'aimez vraiment, hein ? »

Elle ne s'attendait pas à cette question. Elle murmure :

« Pourquoi?

— L'aimez-vous assez pour vous sacrifier pour lui? Vous trouvez normal qu'il vous fasse courir des risques, hein?

— Dominique est un héros de la Résistance, monsieur! »

Elle a dit « monsieur » très sèchement, avec un air de duchesse outragée. Courthiol, qui en a entendu d'autres, rigole doucement :

« Un héros comme beaucoup, hein?... Enfin, il était du bon côté, c'est vrai. J'ai lu son dossier. Vous savez, je le connais sans doute mieux que vous, son dossier, hein? Il a pas mal travaillé pour son compte aussi, hein? C'était l'époque où on disait que voler sous l'occupant, ce n'était pas voler... Comme pour les assurances, hein? »

Ces « hein » répétés l'agacent. Sylvia voudrait bien savoir où le rougeaud veut en venir. Que sait-il, au juste? C'est sûrement à l'affaire Roussel qu'il fait allusion. Or l'Archange a affirmé à Dominique que tout ça était fini, enterré. Elle commence à en avoir assez, de cette histoire dans laquelle elle n'est pour rien.

« Elle a bon dos, la Résistance, soliloque Courthiol. On est patriote au départ, on se retrouve truand à l'arrivée, hein? Enfin, pas tous, heureusement. Il vous a parlé de la fusillade de Tarascon, votre Léonelli, hein? »

Non, il ne lui en a pas parlé. Cela fait partie des

choses qu'elle devine, sans demander de détails... Elle lui laisse sa discrétion, à Dominique. C'est l'une de ses grandes qualités. Elle, c'est l'avenir qui l'intéresse. Pas le passé...

« Je ne sais pas du tout ce dont vous parlez », dit-elle, ses yeux rivés à ceux de Courthiol.

« On lui donnerait le Bon Dieu sans confession, à cette salope, pense-t-il, mais allez savoir ! » Il reprend sa place derrière le bureau. Il balaie l'air de la main.

« Après tout, peu importe, hein ? dit-il. Léonelli a empoché beaucoup d'argent, tant mieux pour lui. Seulement, j'ai peur que ça ne dure pas...

— Je ne comprends toujours pas.

— Vous allez comprendre... Vous aimez Léonelli, ça vous regarde, hein ? Les affaires de fesses, moi je m'en balance. »

Sans prendre garde à l'expression méprisante de Sylvia, il poursuit :

« Avec Malaggione, il file un mauvais coton, votre chéri. Ou il continue à travailler avec lui, et il aura vite un accident de parcours. Ou il le laisse tomber, mais alors, c'est peut-être déjà trop tard. Et là, il pourrait bien avoir un accident aussi, plus grave... »

Il se relève, attire sa chaise vers Sylvia, la fait pivoter, s'assied dessus à califourchon :

« Nous savons tout, dans la police. Léonelli et Malaggione sont inséparables. J'ai des informations précises à ce sujet. Avec Toussaint Michelesi, ça fait le trio, hein. Léonelli est le seul qui puisse naviguer au grand jour. Ils ont besoin de lui. Ils le font vivre. Ils vous font vivre aussi, du même coup. Ça s'appelle du recel, hein ? »

Sylvia se demande combien de temps encore elle pourra feindre l'innocence, jouer à la jeune fille de bonne famille égarée dans des histoires dont elle ne connaît rien, sur un théâtre où elle est mauvaise comédienne... Ça l'excite, malgré tout.

N'est-elle pas en train de devenir une héroïne, une vraie? Balzac ne la couve-t-il pas de son regard fiévreux, brûlant de génie, rougi par la caféine? Les flics de *La Comédie humaine,* les Peyrade, les Corentin, ne paient pas plus de mine que ce rougeaud-là, ou l'autre, Borniche... Vautrin, lui, leur chef, doit planer dans des bureaux inaccessibles...

« Recel? murmure-t-elle, avec un air de profonde surprise sorti tout droit d'une des plus mauvaises soirées de la Comédie française.

— Recel! » hurle Courthiol, qui rattrape son mégot de justesse.

Du coup, il le jette à regret dans la corbeille à papiers. Il allume une cigarette toute neuve, tube blanc qui étonne ses lèvres, comme les draps blancs de l'évêque de Digne ont dû étonner Jean Valjean, dans les pages des *Misérables,* que Sylvia ne peut s'empêcher d'évoquer en voyant les lèvres usées, flétries, caresser le papier blanc de la gauloise vierge.

Gauloise déjà humide quand Courthiol se lance dans une de ces homélies dont tant de flics ont le secret :

« Mon petit, il vous faut être prudente, très prudente, hein? Léonelli vous a fourrée dans un sacré guêpier. Il voyage avec Malaggione, il visite la Corse, c'est leur pays, c'est leur droit... Tout le monde aime à se promener. Mais vous? Vous n'étiez pas à Ajaccio, hein? Pauvre petite, comment sauriez-vous ce qui s'est passé là-bas? »

Il se tait. Il contemple la fumée bleue de la gauloise. Elle grésille, vaillante. Elle n'est pas encore réduite à l'état de mégot qu'il peut dompter, chahuter à sa guise. Elle le snobe, cette cigarette trop neuve. Il ne l'aime pas. Tout à l'heure, on verra un peu...

Sylvia se demande pourquoi ce flic-là ne fait aucune allusion à Bourges, aux Roussel. N'aurait-il rien à voir avec Borniche ? Ou alors, il lui tend un piège. Oh ! il a l'air bien brave, cet inspecteur. Sylvia a pu voir qu'il lui restait six cigarettes dans son paquet. En économisant les mégots avec autant d'art, il en a pour jusqu'à demain. Surtout qu'il doit renoncer à sa nicotine resucée, quand il rejoint, le soir, Mme Courthiol et les petits, quand il lape son potage en épluchant les livrets scolaires...

« Avec vos airs de ne pas y toucher, reprend Courthiol, vous arriveriez presque à me faire croire qu'on ne s'est jamais vus. Pourtant, quelques mois, ce n'est pas si vieux, pour une jeune fille (hum ! hum !) comme vous... hein ?

– Je vous en prie, inspecteur, gardez pour vous vos « hum hum » de voyageur de commerce... »

Là, la belle Sylvia est allée trop loin. Courthiol sourit, éteint la gauloise à la longueur exacte où elle fait un bon, un excellent mégot, ni trop court, ni trop long. Il lèche ce moignon avec affection. Il regarde la nommée de Neyrac, Sylvia :

« Il y a quelques mois, je vous avais déjà convoquée, hein... Vous étiez là, avec votre robe mauve. J'ai horreur du mauve. Je vous ai parlé d'un certain Ange Malaggione. Vous m'avez dit que vous ne le connaissiez pas, hein ? Vrai ?

– Vrai.

– Ensuite, vous avez dit que vous l'aviez aperçu une fois ou deux. Vrai ou faux ?

– Vrai.

– Enfin, je vous ai demandé si par hasard vous saviez où il était. Vous m'avez répondu que vous n'en saviez rien. Vrai ou faux, hein ?

– Vrai.

– Eh bien, vous mentiez. Il était tranquillement installé dans votre ancien logement de la rue Fontaine. »

« Bon, se dit Sylvia. Au moins, il sait quelque chose. Mais si peu... Décidément, la grande époque est révolue. Ces flics volent leur argent. S'il m'a dérangée pour ça... »

Courthiol regarde le visage radieux, en face de lui. Gosse de riches... Même pas. Une arrogante. Il est excédé.

« On en a marre de Malaggione et de ses cadavres, ma belle ! A Ajaccio... »

Son mégot le trahit, se défait sur l'extrême bord. Il crache quelques brins de tabac, s'essuie les lèvres.

« Je vous en prie », dit Sylvia, avec un accent de conciliation exaspérant.

Une seconde, Courthiol sent dans sa main le poids d'une gifle, puis se calme. Reprend, sur le ton de la routine :

« Votre ami Léonelli était à Ajaccio le jour où un meurtre a été commis dans le cimetière. La police a retrouvé sa fiche de débarquement du *Ville d'Ajaccio,* parti la veille de Marseille. Elle a retrouvé aussi la douille – la douille de la balle tirée par l'assassin, vous comprenez bien, mademoiselle de Neyrac. Cette douille a été découverte dans le cimetière, mais pas le cadavre.

– Un cimetière sans cadavre, dit Sylvia, c'est original. »

Courthiol prend le parti de sourire. Le mégot est à point, juste mou comme il faut, à la fois sucré et acide. Cette belle gosse le change tellement des jambes poilues de Mme Courthiol qu'il a presque envie de l'inviter à prendre un verre boulevard du Palais, rien que pour faire enrager les avocats stagiaires qui y monopolisent les filles. « Voilà ce que c'est, les affaires qui n'avancent pas, lui dicte heureusement son bon ange. Ça donne des idées... »

« Si vous comptez sur moi pour le retrouver, dit Sylvia, qui a senti la faille, et qui en profite...

– Ouais, ma petite! Faites la maligne, hein? Montana, Carrieri, Nicolaï, c'est l'hécatombe. Sans compter les autres, qu'on ne connaît pas. Un de ces jours, ce sera Léonelli, et vous, vous!

– Vous avez du feu, inspecteur? »

Pris de court, il cherche dans ses poches la boîte d'allumettes qui est là, sous son nez. De sa longue main, elle la prend sur le bureau, l'ouvre :

« Déplorable habitude, inspecteur. Vous rangez les allumettes brûlées avec les neuves. Très bien, pour ne pas laisser d'indices, sans doute. Mais quand on veut allumer une cigarette, on échoue au moins une fois sur deux... Regardez... »

Dans sa main gauche, elle tient une Philip Morris. Dans la droite, elle agite deux ou trois bouts de bois calcinés, inutilisables.

Courthiol s'est levé. Il frotte une des rares allumettes valides pour allumer la cigarette de Sylvia. Elle ne le trouble plus, la belle dénommée de Neyrac. Elle ne l'agace même pas. Il a tout dans la tête. L'inexplicable série de meurtres. Leur auteur présumé. Il n'aura pour lui que son obstination, sa patience. Son humilité, pourquoi pas?

C'est un bon, un très bon flic, Courthiol. Un pion sur le jeu d'échecs qui s'appelle société. Il ne joue pas pour jouer. Il joue parce qu'il y croit. On lui a appris où était le bien, où était le mal. Le blanc, le noir. Il y croit. Un flic, un vrai.

Une femme, Sylvia, une vraie. Elle ne se moque plus du rougeaud qui balade son mégot d'une lèvre à l'autre. L'autre, Borniche, chez elle, l'autre jour, avec son costume minable, et ses gestes de grand inquisiteur maladroit, c'était pareil. Pas des flics romantiques, pas de folklore. Mais pas des minables. Si on joue avec eux, il faut jouer serré. Les haïr, oui. Les mépriser, non. Mais se moquer d'eux, oui. Les utiliser. Puisqu'ils représentent tout ce qu'elle déteste, l'ordre et les faux-semblants, les riches qui défendent le bien mal acquis, la médiocrité de la vie pauvre mais honnête... Est-ce que Raoul de Neyrac, le croisé, le compagnon d'armes de Godefroi de Bouillon, savait ce que c'était qu'un flic ?

« Malheureusement, je ne peux pas vous aider », dit-elle d'une voix métallique.

Elle écrase sa cigarette à peine consumée aux trois quarts dans l'objet creux et répugnant qui sert de cendrier.

« C'est dommage, hein ? » dit Courthiol.

Il tâche de masquer sa lassitude.

Elle ne cille pas.

Il se tait. Longuement, il la contemple, belle énigme.

Elle attend le prochain assaut. Elle ne bouge pas. Des images passent, dans sa tête... Marseille, les amis corses, les dîners au champagne, les sorties joyeuses avec les Guérini, les promenades main dans la main avec Dominique, au château d'If, à Cassis... Dominique, chemise ouverte... La large poitrine balayée par la breloque d'or. Les cheveux dans le vent. Le rire. Le soleil. La voix de Courthiol, qui vient de très loin :

« Léonelli, je m'en fous. C'est Malaggione que je veux. Et Michelesi. Mais lui, Toussaint, si l'Archange n'est plus là, il tombera comme une poire trop mûre. Il n'est pas très malin. Vous, vous m'aiderez. Il est encore temps. Je pourrais vous arrêter pour non-dénonciation de malfaiteur. Ça rimerait à quoi ? Alors, vous allez m'aider, pas vrai, hein ? »

Sylvia a envie de lui dire qu'elle a déjà entendu ça de la bouche d'un certain Borniche, rue de Bassano. Là-bas, c'étaient les faux billets et le vol de Bourges. Ici, ça semble pire. Alors, elle se tait. Qu'ils se débrouillent entre eux, ces flics qui veulent faire du zèle. Elle a réussi à s'en sortir avec l'autre, en faisant l'idiote. Avec celui-ci, ça devrait marcher, aussi...

Elle prend son air d'élève des sœurs qui sort du confessionnal :

« Si au moins vous me disiez ce que je dois faire... »

Courthiol, lui, manque d'avaler son mégot, comme une hostie. Finalement, c'était plus facile qu'il ne le pensait :

« Pas grand-chose, hein, mon petit. Vous essayez d'en savoir davantage sur les habitudes de Malaggione et de Michelesi. Enfin, surtout Malaggione. Où ils vont, où ils logent... Et vous me le dites... A moi, à moi seul, vous comprenez bien, hein? Voici mon numéro de poste. Avec moi, vous n'aurez jamais aucun problème, ça ira comme sur des roulettes.

— Et Dominique?

— Dominique, je m'en fous. Je vous le laisse. Mais qu'il se tienne à carreau. Quand vous dites quelque chose, il vous écoute, hein? Vous me donnez le fauve, et je vous laisse l'amoureux... Pas mal, non? Et ça reste entre nous deux, compris? »

« Vieux con, jubile Sylvia en dévalant les quatre étages. Encore plus con que Borniche, j'avais raison. Mon petit Balzac, je vais te les emballer, les flics de toutes les polices, comme dirait ta concierge. Père, gardez-vous à droite. Père, gardez-vous à gauche. Ils veulent que je leur raconte tout? Ils vont voir. Au premier de ces messieurs... Quand même, Dominique, heureusement que je suis là. Tu n'es pas un fauve, toi, tu ne sais pas... »

TROISIÈME PARTIE

XV

« Eh bien, ça y est, se dit Sylvia. Ou plus exactement, j'y suis. En plein dedans... »

Elle l'a tant attendu, ce moment où elle serait dans l'action ! Ce que Dominique lui racontait, ce qu'elle devinait pour avoir surpris les projets de l'Attelage, ces conciliabules qui se tenaient autour d'elle, avaient fini par la hanter, plus forts, plus obsédants que ses lectures les plus chargées d'aventures et de rêve.

« Tu dis toujours « nous », reprochait-elle à Dominique, et je ne fais jamais rien.

— Attends un peu, disait-il d'un air las, je viens juste d'en toucher un mot à Malaggione. »

Mais rien ne se passait.

« Et si je lui parlais, moi, à l'Archange ? »

Un soir, elle avait pris Malaggione à l'écart. Il raffolait des offres de service. Persuadé que Sylvia n'était pas une femme comme les autres, il avait émis : « Pourquoi pas ? »

Dominique avait eu le triomphe modeste en annonçant à Sylvia, deux jours après :

« Ce soir, on va chez lui, rue de la Faisanderie. Tu vois bien qu'il faut savoir attendre...

— Mais bien sûr, chéri, avait dit Sylvia, en caressant les cheveux de son amant, qu'elle trouvait de plus en plus candide et désarmant. N'empêche que si je n'avais rien dit, je serais toujours là à tricoter pendant que vous feriez le coup sans moi... Tout ça parce que je suis une femme !

– Justement », avait essayé de protester Dominique, pour garder tout de même la maîtrise de la conversation.

Mais il avait battu en retraite. Comme d'habitude dans ces débuts de querelle, le baiser de Sylvia avait eu raison de ses objections. En fait, il aurait préféré, bien sûr, qu'elle l'attende à la maison. Mais si Malaggione n'avait pu résister à la belle Sylvia, qui prétendait se rendre utile « comme un homme », comment Léonelli aurait-il pu la convaincre de jouer un rôle de petite bourgeoise sage, pour lequel elle n'était pas faite ?

Et maintenant, elle y est aux premières loges du braquage, sous le ciel sale de Paris. Elle se pelotonne dans son discret manteau de drap bleu. Les Champs-Elysées disparaissent dans la brouillasse. Quelques passants relèvent leur col sur leurs oreilles, remontent leur écharpe sur leur nez, se hâtent vers la bonne chaleur des bouches de métro. L'asphalte luit, lugubre, dans le halo des lampadaires. L'hiver redouble de fureur, en ce mois de février.

« Si ça continue, on aura de chouettes patinoires ! » crie un gamin en frôlant la voiture de Sylvia.

Elle frissonne, de froid, mais aussi de peur. Elle n'a pas honte de se l'avouer. C'est elle qui a voulu être là. Elle l'a cherché, ce frisson. Elle voulait voir ce que c'était... Eh bien, il ne lui reste plus qu'à se montrer digne de ses ambitions, et de la confiance que l'Archange met en elle. Pour son coup d'essai, il lui a confié un poste de deuxième ligne.

« Un vrai travail de femme ! avait-elle dit, dédaigneuse.

– Vous verrez, avait dit Malaggione. De loin, tout paraît facile, mais... »

Inquiet, Léonelli répétait, pour se rassurer lui-même :

« Tu sers de relais, chérie, c'est tout. Aucun risque : on ne se méfie pas d'une femme. Tu prends la valise et tu rentres à la maison. Après, nous sommes riches... jusqu'à la prochaine fois ! »

Sylvia savait qu'il craignait pour elle. Elle trouvait ça très beau, très romantique. Très noble aussi qu'il affecte cette désinvolture.

Maintenant, elle ressent profondément, au fond d'elle-même, cette peur qu'elle essayait en vain d'imaginer.

Recroquevillée dans la voiture, comme un animal aux aguets, elle épie. Elle sursaute au moindre bruit. Et si l'affaire tournait mal ?

Cent fois, la scène à venir s'est rejouée dans sa tête... Il faut d'abord qu'on la lui passe, la valise au magot, sans qu'un passant s'étonne du manège rapide, insolite. Les gens sont si curieux, souvent, se mêlent de ce qui ne les regarde pas...

Il faut ensuite que la Simca 5, cette minuscule et capricieuse coquille noire, ne rechigne pas à démarrer, comme tout à l'heure, à cause du froid.

Il faudrait surtout que ce maudit flic déguerpisse... Que fait-il, à se geler, battant la semelle, justement à l'angle de cette rue Lord-Byron que va emprunter, dans un instant, la traction volée la veille par Dominique. Depuis cinq minutes, depuis un siècle, il bâille et crache des ballonnets de buée, son gros nez au vent, ses mains dissimulées sous sa pèlerine.

Sylvia en a assez, des flics, avec ou sans uniforme. De

ses rendez-vous hebdomadaires avec ce Borniche de malheur qu'elle a de plus en plus de mal à mener en bateau. Elle se demande s'il se doute qu'elle en sait plus qu'elle ne veut bien le dire. La prend-il toujours pour la jeune femme de bonne famille qui n'a que le tort d'être la maîtresse d'un Léonelli ? Il en ferait une tête, s'il la voyait planquée dans la Simca, attendant le butin ! Et l'autre, ce Courthiol rougeaud...

Mais qu'est-ce qu'il fait, celui-là, l'asperge en uniforme au coin de la rue Lord-Byron ? Il y prend racine sans se douter que de l'autre côté des immeubles, à cent mètres à vol d'oiseau à peine, une mallette bourrée de fric va changer de mains. On ne l'aurait quand même pas planté là tout seul pour guetter l'arrivée de la Citroën de Dominique, soulever sa cape, et mitrailler à bout portant ?

« Je ne tourne pas rond, pense Sylvia. Il n'y a que dans des moments pareils qu'on a des idées aussi idiotes. Ce pauvre type ne doit même pas savoir par quel bout on tient une mitraillette... » Tout de même, ses doigts gourds, mal protégés par les gants de peau, se crispent sur le volant.

Elle se raisonne. Se moque de cette angoisse contre laquelle elle ne peut pas grand-chose, mais qui lui passera avec l'habitude, elle en est sûre. Il faut un commencement à tout. Tout ira bien, elle veut s'en persuader.

Avant-hier et hier matin encore, les répétitions se sont déroulées impeccablement. Un succès. Exactement comme l'Archange l'avait prévu. Sans la moindre bavure.

A huit heures trente, la Juvaquatre des Etablissements Filtex, fils et textiles en tous genres, a quitté le 148, Champs-Elysées pour la banque de l'avenue de Friedland. Le chauffeur, la cigarette vissée au bec, ne se doutait pas qu'il était suivi. C'était un blondinet, au visage boutonneux et aux cheveux gominés, qui jouait en même temps les gardes du corps et les Don Juan de banlieue. Vingt-cinq ans, maigre, prétentieux et inoffensif.

Dans la banque, Sylvia, affublée d'affreuses lunettes en verre neutre, un filet mauve sur ses cheveux rassemblés en chignon modeste, assistait à la remise des fonds. A huit heures cinquante précises, la Juva avait retrouvé sa place devant le siège de la société. Duron, le quinquagénaire chef comptable, crâne dégarni et redingote bleu drapeau, souvenir de son passage dans l'armée de l'air, s'en était extirpé, déplaçant avec peine son lourd postérieur.

Sous la protection illusoire du boutonneux, qui roulait des yeux dans toutes les directions comme un nègre d'opérette, Duron avait disparu dans l'immeuble. Selon Pietronaud, du service du personnel – l'informateur de Malaggione –, c'était un rite immuable :

« Duron, c'est l'exactitude faite homme. Avec son gros cul, c'est le métronome de Filtex. Les habitudes du sous-off de carrière, quoi. La boîte fonctionne au rythme de la pendule... »

Pietronaud, un joyeux drille que l'Archange avait connu par l'entremise d'Adrien Camotti, et qui avait besoin d'améliorer ses fins de mois pour garder les faveurs d'une danseuse de Tabarin, avait précisé :

« Le meilleur jour, c'est le 30, because la paie. Il y a au moins trente ou trente-cinq briques, dans leur valoche de clodo... Guidot, le chauffeur-convoyeur est inoffensif. Il joue les flingueurs mais n'a rien dans le pantalon ! »

Un grincement de freins. Sylvia a sursauté, puis

pousse un soupir de soulagement. C'est un car de Police-Secours qui ramasse l'asperge en faction. Sylvia se souvient d'un rêve de son enfance, vision fugitive... Un homme vêtu de noir l'attendait sur le chemin de l'école. Elle n'osait pas avancer, paralysée de terreur. Et elle pleurait : la maîtresse la gronderait pour son retard. Elle pleurait de rage et de peur. Puis un corbillard passait, tiré par deux chevaux. L'homme noir y montait. La voie était libre. Et c'était toujours à ce moment-là que Sylvia se réveillait : l'heure de l'école...

... La voie est libre. Elle resserre son manteau de drap – pourquoi diable n'a-t-elle pas pris la magnifique panthère, sous prétexte que ça se remarque trop? Elle ne doit pas sortir de la voiture, alors... D'un revers de la main, elle essuie la buée qui recouvre le pare-brise, à la hauteur de ses yeux. Elle nettoie aussi la lunette arrière, afin de pouvoir distinguer l'appel de phares annonçant l'arrivée de Dominique.

Trente millions!

Peut-être, même, trente-cinq millions!

Divisés par...

Ça, Sylvia ne le sait pas. Elle ne connaît pas le système des pourcentages en vigueur chez l'Archange et Cie. Elle ne tardera pas à y veiller, de près... En attendant, c'est pour Dominique et pour elle, et quoi qu'il en soit, le début de la fortune...

Elle revoit l'appartement cossu de la rue de la Faisanderie, que Mathieu Costa a déniché pour l'Archange. Un véritable palais. Avec les meubles Henri II du propriétaire (« il faut aimer », s'était dit Sylvia, surprise par la lourdeur de l'ensemble, et peu confiante, à tort d'ailleurs, dans le bon goût de Malaggione). Un loyer cher, très cher. Immeuble sobre, presque austère, mais aménagement intérieur pompeux. L'aristocrate Sylvia y trouvait des relents de salon de château. L'Archange la regardait du fond de ses lunettes. Sylvia lisait ses pensées. « Il ne va quand même pas m'empêcher de préférer du Louis XVI », se disait-elle. Il ne lui reprochait rien, visiblement. Il lui avait même fait un sourire complice – lui qui ne souriait jamais aux femmes.

La carte de Paris, étalée sur la table de la salle à manger aux énormes pieds, évoquait les projets d'un état-major clandestin. Les visages se penchaient sur les mystères du Grand Paris, si riche en ressources de toutes sortes pourvu qu'on s'en donne la peine. De sa voix calme, à la fois douce et autoritaire, l'Archange jouait à la perfection son rôle de généralissime.

« La Juva arrive par l'Etoile. Elle vire sur sa gauche à George-V et elle remonte les Champs pour s'arrêter ici... Vous voyez ? »

Son ongle marquait d'une condamnation définitive la société Filtex.

« Tout devra se jouer en trente secondes. C'est suffisant. Dominique sera au volant de la traction. Il conduit sec, je l'ai vu à l'œuvre. Toi, Toussaint, tu te tiens sur le trottoir, un peu en retrait de la rue Balzac. Vu ? »

Sylvia, silencieuse et attentive comme les deux autres, éprouvait une fierté enfantine à assister, en direct, à la préparation du « gros coup ». Toussaint Michelesi redressait sa petite taille, approuvait de la tête. Un sourire de satisfaction balafrait son visage. C'était sa première opération à Paris. Enfin il allait montrer ce qu'un Corse de Marseille sait faire. Et puis, ça le changeait de son rôle habituel de chauffeur. Il prenait du galon...

« Moi, poursuivait Malaggione, je serai devant le 152. Quand les types ouvriront leur portière, on sera dessus. Le blanc-bec n'aura même pas eu le temps de comprendre. Je le braque. Toussaint pique la valise. Dominique, pendant ce temps, aura avancé la bagnole. Michelesi s'installe à l'arrière, portière ouverte, et il couvre ma retraite comme j'aurai couvert la sienne. Dominique prend au ralenti la rue Arsène-Houssaye. Je saute dans la traction en marche. »

C'était clair, net, précis. Sylvia pensait même que ça semblait enfantin. Michelesi et Léonelli hochaient la tête. Sylvia attendait, ça allait être son tour d'entrer dans le jeu. Après un instant de silence, l'Archange dirigeait sur elle les insondables lunettes qui la fascinaient :

« Vous, au volant de votre pou de la route, vous attendez ici, à l'angle de la rue Chateaubriand. C'est désert, surtout à cette heure-là. Les mecs dorment encore dans les hôtels de passe. Vous nous verrez arriver par la rue Lord-Byron. Dominique fera un appel de phares... Vous mettez votre moteur en route. On bloque la voie derrière vous, et Toussaint vous remet la valise... Bien sûr, il ne faut pas rester deux heures à démarrer. Compris ? Après, vous rentrez chez vous comme une gentille Parisienne contente d'avoir sa petite bagnole pour aller au boulot. Vous attendrez notre coup de fil. »

Dominique, le front soucieux, avait étudié le rôle de Sylvia. Il n'était pas rassuré, malgré tout. C'est qu'il y tenait à cette gosse !

« Et si quelqu'un la voit ? disait-il.

– Personne ne la verra. Ou alors, ce « quelqu'un » viendra faire une balade avec nous, histoire de visiter Paris au petit jour. Sylvia aura des numéros minéralogiques bidon, faciles à décrocher au premier tournant et à balancer dans un égout. C'est Manuel, le garagiste, qui me les a passés... Bon, ça c'est réglé.

– Compris, disait Sylvia. Comptez sur moi.

– J'y compte, reprenait l'Archange, dédiant une

nouvelle fois à Sylvia un de ses rares et brefs sourires.

– Et après ? demandait Michelesi.

– Après, on abandonne la traction passage Doisy. Ça donne dans l'avenue des Ternes et, de l'autre côté, rue d'Armaillé, un endroit idéal pour s'évanouir... Pas d'objection ?

– Non, disait Michelesi.

– Doumé ?

– Non.

– Très bien. »

Un excellent whisky de contrebande avait achevé de leur mettre le cœur en fête.

Sylvia jette un coup d'œil sur sa montre : huit heures cinquante.

C'est le moment où la Juva se gare devant l'immeuble...

Elle suit à distance, isolée dans sa voiture, le déroulement du plan. Ce qui l'angoisse le plus, c'est d'en être réduite à imaginer ce qui se passe. Elle aurait moins peur, elle le sait, si elle était avec le trio, en pleine action. En fait, elle n'aurait pas peur du tout. Mais là, enfermée dans cette coque noire glaciale, sans savoir... Elle aurait dû apporter une petite gourde de rhum pour se réchauffer, comme les trappeurs du Grand-Nord...

Elle essaie de se raisonner, elle parle tout haut pour se sentir moins seule :

« L'affaire est au point... Je me demande bien pourquoi je me fais du souci. De toute façon, il n'y a plus qu'à attendre... »

Ou encore :

« L'Archange est plein d'astuce. L'affaire est bien préparée. Michelesi connaît son travail. Dominique n'en est pas à son premier essai, lui non plus... Et encore, il ne m'a pas tout raconté, d'après ce que dit Borniche. Alors ? »

Quelques secondes plus tard :

« J'ai peut-être eu tort de l'inquiéter, Dominique, avant de partir. Bien sûr, je lui ai dit de ne pas se faire de souci pour moi. Mais, j'ai sans doute eu tort de parler de l'Archange... C'est vrai que l'Archange me fait peur, dans cette histoire. Dominique est sûr qu'il ne tirera pas mais moi, je ne suis pas tranquille... Les flics disent que c'est un fauve, et ils n'ont pas l'air de plaisanter. Dominique, lui, soutient que ce n'est qu'un justicier. »

« Essaie de comprendre, Sylvia chérie, il est corse, comme moi... Il n'a aucune pitié pour les crapules, pour ceux qui le trahissent. C'est ce qu'on appelle, chez nous, la vendetta. Les types qui plaisantent avec l'honneur, on ne leur pardonne pas. C'est si vrai, que les tribunaux nous acquittent ! »

Sylvia soupire. Dominique pouvait avoir raison... L'Archange lui inspire un curieux sentiment d'admiration et de terreur mêlées.

« Ce que c'est, d'avoir la tête romanesque », dit-elle, pensant à Balzac.

Elle regarde fixement le rétroviseur, après avoir une nouvelle fois passé le dos de la main sur la vitre glacée. La rue est désespérément vide. Malaggione avait raison. Comment peut-il connaître si bien Paris et ses habitudes ?

De nouveau, un étau lui serre la poitrine. Elle passe sa main sur ses seins, caresse inconsciente. Sa main glacée, elle la glisse dans son corsage, pour effleurer la peau très douce, au niveau du cœur qui bat trop fort et trop lentement. Elle frissonne. Elle secoue la tête dans tous les sens, pour relâcher la tension des muscles. Elle ressent une légère raideur. Elle ne retrouve pas tout de suite la souplesse de ses mouvements, comme si un méchant torticolis coinçait ses vertèbres.

« J'ai dû prendre un coup de froid. Ce n'est pas grave. Heureusement, je pourrai rester toute la journée dans mon lit, bien au chaud... Flûte ! C'est vrai que c'est mon jour de rendez-vous avec ce Borniche, à la Guitoune, rue Cardinet. Notre rendez-vous de cinq heures, comme il dit... Il ne manquait plus que ça. Ce n'est vraiment pas le moment... »

Elle sursaute. Une détonation a troué le silence, sèche. Puis une autre. En un instant, le désespoir l'envahit. Elle ferme les yeux. Voilà ce qu'elle prévoyait, ce qu'elle redoutait. L'Archange a tiré.

Prise d'un irrésistible vertige, elle reste là, paralysée sur son siège, incapable de faire un geste, de penser à quoi que ce soit. Et pourtant, il faut préparer la fuite, ne pas se laisser coincer dans cette rue morne, qui sue la solitude et l'angoisse.

Instinctivement, sa main se crispe sur le démarreur. Son pied actionne l'accélérateur avec nervosité.

Le moteur ronronne, mais ne part pas. Que se passe-t-il ? Au loin, dans le rétroviseur, un appel de phares. Les voici. Et le moteur ne part toujours pas.

Les idées de l'apprentie aventurière se brouillent dans tous les sens.

« Mon Dieu, murmure-t-elle. Qu'est-ce qu'il va se passer ? »

Une lueur de lucidité pourtant, en un bref sentiment de rage et de honte : elle n'avait pas mis le contact. Le moteur tousse, sursaute, part enfin.

Roues bloquées, la traction s'immobilise derrière la Simca. Déjà, la valise dans une main, l'arme dans l'autre, Toussaint est à la portière droite, tente de l'ouvrir. En vain. Affolée, Sylvia lui fait signe de passer de l'autre côté. Toussaint jette la mallette sur la banquette arrière.

« Pas de panique, dit-il. Tout va bien. »

Au moment où il disparaît, Sylvia se rappelle qu'elle a verrouillé la portière droite lorsqu'elle a aperçu l'agent :

« Mais pourquoi ? Qu'est-ce que je peux être bête ! »

Elle démarre, vire vers la rue Balzac, stoppe tout d'un coup :

« Il vaut mieux que je prenne la rue Washington... C'est peut-être dangereux, par là... »

Elle exécute une rapide marche arrière, tandis que la traction protège sa fuite. Elle enfile la rue Washington. Elle a eu le temps d'apercevoir, dans le virage, l'arrière de la Citroën qui disparaît à toute allure dans le sens opposé.

Elle est de nouveau seule, maintenant. Avec au moins trente millions...

C'est à elle de jouer, de se montrer à la hauteur. Elle est plus calme, mais son cœur cogne toujours aussi fort. Personne ne prête attention à l'inoffensive petite Simca noire qui grignote la chaussée vers les Champs-Elysées. Déjà, Sylvia s'accable de reproches :

« Je n'aurais pas dû prendre par ici. Je vais repasser par l'avenue... Quelle idiote ! Pourtant, à la répétition, j'avais bien suivi l'autre direction... Tu as des progrès à faire, ma fille ! »

Tout à coup, elle a envie de s'arrêter là un instant, devant la laiterie Maggi, pour se détendre un peu, voir venir.

« De plus en plus stupide. Surtout si les coups de feu ont mis le quartier en révolution. Bientôt, tout sera bloqué par les barrages de police... »

C'est bloqué, justement. Il ne manquait plus que ça !

« Le chemin de croix », murmure Sylvia, prise par un souvenir de couvent.

Un camion laitier essaie de se frayer un passage entre deux rangées de voitures, n'y parvient pas. Le chauffeur passe sa tête à l'extérieur de la cabine. Une tête violacée, aux cheveux gras, qui dégoûte Sylvia. Il n'a pas froid, lui, il est tranquille au volant de son mastodonte. Chaque jour, il accomplit son travail de débardeur. Sans beaucoup d'argent, mais sans histoire. Et sa femme, pendant ce temps-là ? Elle fait son ménage, torche les marmots. Tranquille, elle aussi.

Tranquille ? Est-ce qu'on peut être tranquille, quand on n'a pas d'argent pour finir le mois ? On se fait du souci...

« Eh bien, moi, je m'en fais, du souci. Pourtant, j'en ai de l'argent, plein la valise. Plus que cet abruti ne gagnera dans toute sa vie de con... Je deviens grossière, ça veut dire que ça va mal, mais que faire ? Risquer une marche arrière, pour me retrouver coincée ailleurs ? Patience ! »

Chose étrange, c'est maintenant que Sylvia va commencer à être riche, après le partage, que son sommeil sera troublé... Réminiscence de la fable du Savetier et du Financier ? En quelques secondes, le temps de recueillir la mallette-trésor des Etablissements Filtex, les gestes coutumiers d'un camionneur occupé à dégager son lourd véhicule prennent le ton d'une menace. Avant l'agression, Sylvia se moquait bien de tout ça. Ses oreilles ne se seraient pas inquiétées de l'arrêt brutal de son moteur, ou de l'obstruction de la chaussée. A présent, il faut tout redouter : les ratés du moteur, l'arrivée d'un agent chargé de faire circuler...

« Oui, vous pourrez être utile, Sylvia, avait dit l'Archange. On ne se méfie pas d'une femme. »

Peut-être. Mais pour le moment, le laitier est descendu de son perchoir. Il fait signe à Sylvia de reculer un peu, veut la guider avec des gestes d'oiselet, des subtilités des deux mains, qui l'agacent, et auxquelles elle ne comprend rien. Il doit vouloir manœuvrer après une courte marche arrière... Qu'est-ce qu'il veut, encore ? Il vient vers elle, frappe à la vitre. Elle tourne la manivelle.

Il l'admire, d'un sourire béat, il articule sur un ton d'homme du monde :

« Vous allez perdre votre numéro, mademoiselle. La ficelle s'est détachée. »

L'agacement sauve Sylvia de la peur. Et c'est très sèchement qu'elle répond :

« Merci. Je vais le remettre.

– Tous les mêmes, ces garagistes... Ne bougez pas... »

Il se penche, amarre la ficelle, se relève, avec un sourire plus sirupeux encore. Il est sous le charme. Il ne peut plus quitter Sylvia des yeux :

« Vous feriez mieux de penser à votre camion, dit-elle. On ne va pas rester là jusqu'à demain. »

Il se détourne enfin, grommelle on ne sait quoi, apprécie la faible largeur de manœuvre, se gratte la tête, remonte dans la cabine. Ça klaxonne, derrière la Simca.

Enfin, le camion laitier s'ébranle. Très vite, Sylvia est sur les Champs-Elysées... Que fait Dominique, en ce moment ? Est-il arrivé passage Doisy ? Si elle allait à sa rencontre, pour le ramener à la maison ? Elle serait plus tranquille. Mais que dirait l'Archange ? Avant tout, rentrer rue Blanche avec la valise, c'est la consigne...

Une violente semonce d'avertisseur, sur sa gauche.

De nouveau, la panique. La collision a été évitée de justesse. Elle donne un coup de volant à droite, et la voici, malgré elle, remontant l'avenue :

« Conne, triple conne ! Je vais passer devant Filtex. C'est le bouquet ! »

Elle appuie sur l'accélérateur, s'éloigne le plus possible du trottoir pour circuler sur la partie médiane des Champs-Elysées. Comme dans ces cauchemars où on se dirige irrésistiblement vers le péril qui vous aimante, vous aspire, elle aperçoit à l'angle de la rue Balzac, un attroupement autour d'un car de police. Pied au plancher, cravachant ses cinq chevaux, elle contourne la place de l'Etoile, fonce sur l'avenue Hoche en direction du parc Monceau.

Sauvée ! Elle s'arrête une seconde, le temps de jeter les faux numéros dans un égout. Dans quelques minutes, elle attrapera le boulevard de Courcelles. Puis le boulevard des Batignolles, la place Clichy... Elle garera la Simca-puce Cité Véron, derrière le Moulin-Rouge, après avoir monté la valise chez elle. Heureusement, la nouvelle concierge boit toute la journée, et ne fait attention à rien.

Cinquante mètres encore avant la rue de Rome. Déjà, elle distingue la fumée des locomotives sous le pont de chemin de fer. Elle ralentit, car le croisement est dangereux. Une vague de passion amoureuse lui parcourt le corps : Dominique... Tout à l'heure, elle l'aimera de toutes ses forces...

Après l'affaire Filtex, il y en aura beaucoup d'autres. Tout se passera bien. Personne n'a vu opérer Sylvia et Dominique. L'Archange et Michelesi, eux, ils se moquent bien d'être identifiés. Depuis le temps qu'on les recherche ! Et si on les arrêtait, ils ne parleraient pas. Pas eux !

... Et Piétronaud, l'employé de Filtex ? Pourvu qu'il

ne fasse pas l'idiot, celui-là, avec sa danseuse? Oui mais, de toute façon, il ne connaît que Malaggione... Tout va bien. Aucun nuage à l'horizon. Elle entend déjà Dominique :

« Tu n'as pas eu trop peur, chérie ? »

Il se penche sur elle, la couve du regard, l'embrasse à pleine bouche comme lui seul l'a fait, comme lui seul sait le faire, elle en est sûre. Eperdue de désir, elle ne répond pas... Il la déshabille, caresse son corps avec une douce violence, l'entraîne sur le lit... Dominique... Aimer... Dormir...

Le vent annonce la neige, chasse la pluie. Mais Sylvia ne sent plus le froid. Le ciel pèse, très noir, sur le cinéma Gaumont. Jouissant d'une joie sauvage, les narines dilatées, Sylvia mesure le peu de distance qui la sépare de la rue Blanche. La partie est gagnée...

... Et voilà qu'elle freine désespérément, la bouche sèche, les yeux effarés. Devant elle, au milieu de la chaussée, un gardien de la paix a surgi, lui fait signe de stopper. Elle s'exécute, pétrifiée... Les numéros ont bien disparu dans l'égout, mais la valise est là, bien noire, bien ordinaire, mais bien visible, sur le siège.

D'autres flics, à l'angle de la place Clichy, dressent un barrage avec des véhicules en quinconce. L'agent qui l'a arrêtée en plein élan est un avorton, aux yeux de faucon, au nez pointu et allongé. Il porte la main à son képi. Sylvia baisse la glace, s'efforce de sourire...

« D'où venez-vous, mademoiselle ? »

Sylvia s'entend implorer : « Jésus, Marie, protégez-moi. » Elle ne peut rien contre l'horrible peur qui la prend aux tripes. Elle se croyait sauvée, elle ne se méfiait plus, elle est cueillie à froid, et c'est pire que tout... Elle parvient à articuler :

« Pourquoi ? »

Le gardien la trouve jolie à croquer. Son œil se fait galant. Sa réponse, routinière : bien sûr que cette mignonne n'est pas dans le coup...

« Il y a eu une agression sur les Champs-Elysées. Les gangsters se sont enfuis dans une traction noire. Ils roulaient très vite. Ils ne vous ont pas doublée ?

– Je n'ai rien vu, souffle Sylvia. J'arrive de la porte Champerret... Non, rien...

– Merci. »

Le gardien lui décoche un sourire de connaisseur en lui faisant signe de passer. Sylvia referme la vitre, louvoie dans l'épingle à cheveux du barrage, passe... Un garde mobile, mousqueton à l'épaule, lui dédie, lui aussi, son sourire du samedi soir.

Elle accélère. Elle ne se retourne pas. Elle ne jette même pas un coup d'œil dans le rétroviseur. Elle ne veut plus penser à rien, harassée comme elle est.

« Aucun risque », disait l'Archange.

Aucun risque !

Voici la pharmacie de la place. L'entrée de l'immeuble. La frêle Simca s'arrête un peu plus bas. Maintenant, il faut sortir la valise... Sylvia attend que le cordonnier du coin ait rendu la monnaie à sa cliente emmitouflée. C'est fait. Elle se retourne, et ressent à nouveau la douleur musculaire. Personne ne fait attention à elle... Si, l'employée de la pharmacie de la place, qui habite l'immeuble :

« Bonjour... Déjà dehors par ce temps ?... »

Elle s'efforce de sourire, s'engouffre dans l'escalier :

« Eh oui, dit-elle. Corvée de blanchisserie ! Il va sûrement neiger... Bonne journée ! »

Sylvia glisse la valise sous le lit. Ils dormiront, ce soir, sur ce tas d'argent... Elle met le radiateur à gaz au maximum. Elle ouvre en grand l'eau chaude de la douche. Quelques secondes après, elle est nue dans la ridicule cuisine-salle de bain pleine de vapeur. Le shampooing inonde ses cheveux, l'eau savonneuse ruisselle le long de son corps. Elle a renversé la tête en arrière, fermé les yeux... Le froid, la solitude dans la voiture, la peur, tout est oublié. Dominique ne risque rien. Il va rentrer en métro, après avoir abandonné la voiture. Et la mallette miraculeuse est déjà sous le lit...

« Sylvia ! »

Il est là, dans l'encadrement de la porte. Le bruit de la douche a couvert le grincement de la porte d'entrée. Il tient un paquet de croissants, achetés au passage. Il les jette sur la table, écarte le rideau de la douche, ouvre les bras... Sylvia, brûlante, se serre contre lui, contre le manteau glacé.

« Dominique, on a réussi !

— Mais oui, mais oui », répète Dominique.

Et puis, ils ne savent plus où ils sont, ce qu'ils font...

Plus tard, sur le lit, dans la pièce surchauffée, Dominique allume deux Philip Morris, en glisse une dans la bouche de Sylvia.

« Je t'aime, murmure-t-il.

— Je t'aime... »

Elle se lève pour faire du café, range sur une assiette les croissants qu'il a apportés. Il regarde se mouvoir ce corps nu dont il ne se lasse pas.

« Tu as eu peur ?

— Un peu, répond Sylvia, les yeux pleins d'amour.

— J'en étais sûr... Je ne voulais pas que tu sois mêlée à tout ça...

— Tu es fou ! Ce que tu fais, je peux le faire aussi, non ?

— Si... Enfin... C'est vrai que tu n'es pas une fille comme les autres... »

Elle s'allonge près de lui. Il sourit, ferme les yeux, se laisse aller après l'extrême tension du petit matin, s'assoupit un moment. Sylvia songe... Elle voudrait ouvrir la valise qui repose sous eux... Mais cela, elle le sait, c'est pour plus tard, l'Archange et Michelesi viendront. Le partage... Entre-temps, il y aura eu l'entretien hebdomadaire avec Borniche. « Notre rendez-vous de cinq heures »... Un malaise de chaque semaine : elle a l'impression désagréable de trahir Dominique, et pourtant !

Pourtant, c'est pour lui qu'elle s'efforce de rester dans les bonnes grâces de ce flic, plutôt moins antipathique que les autres. Bonnes grâces bien sages, d'ailleurs. Lui devant son thé-citron, elle devant son Martini-gin, de part et d'autre de la table de bois poli... Ça lui fait plaisir, à Borniche, de croire qu'elle pourra lui être utile. Et en cas de coup dur, enfin, si l'Archange va trop loin, il protégera Dominique, il l'a promis... Promesse de flic, sans doute. Mais avec lui, elle a confiance. Enfin, relativement...

Dominique ronfle doucement. Avec tendresse, elle pose sur son front un baiser léger. Il ne va pas bouger de son lit de tout l'après-midi. Que va-t-elle lui raconter, à quatre heures et demie, quand il lui faudra sortir pour prendre son métro ? Qu'elle va faire des courses, comme d'habitude... Mais aujourd'hui, est-ce que ça ne paraîtra pas bizarre ? Il va sans doute prétexter que ce n'est pas le moment de faire des courses (« Tu as quand même de quoi t'habiller, n'est-ce pas... On attend l'Archange et Toussaint et après, on fait un saut à l'Attelage, puis au restaurant... »), vouloir la garder contre lui, bien au chaud... Il faut qu'elle trouve un moyen... Par exemple, un cadeau pour Dominique, qu'elle voulait lui faire aujourd'hui. Elle a versé des arrhes, il faut qu'elle aille chercher le briquet en or qu'elle a commandé chez Cartier. Dominique raffole des cadeaux, même si c'est avec son argent qu'on les lui fait. Les hommes sont souvent comme ça. Maintenant, elle aura de l'argent à elle, Sylvia. Sur chaque coup, elle aura sa part, l'Archange l'a promis. On ne mélangera pas avec celle de Dominique. Ce sera bien à elle...

Elle lui a montré ce qu'elle savait faire, à l'Archange. Elle ne l'a pas volé, cet argent! C'est ça, elle dira à Dominique qu'elle veut tout de suite lui faire un cadeau sur l'argent qu'elle touchera ce soir, pour sa part. Il n'aura fait que le lui avancer pendant quelques heures. Elle avait tellement envie de lui faire plaisir qu'elle ne pouvait plus attendre. Il en pleurera d'émotion...

Attendrie, elle pose ses lèvres sur celles de son grand amour, qui grogne sans se réveiller.

Elle n'a pas sommeil, elle. Il est à peine deux heures. Elle se drape dans son peignoir. Elle a encore faim. Elle déniche dans le placard du pain rassis, un bout de fromage, un fond de vin rouge. Elle s'assoit devant la table Barbès, près du radiateur son cher Balzac ouvert devant elle, au hasard. « Un casse-croûte de camionneur, se dit-elle, et une lecture de bourgeoise... C'est tout à fait moi... Bon appétit, mademoiselle de Neyrac! »

XVI

Dirai-je que ces mercredis après-midi étaient le rayon de soleil de ma semaine ? Mes cinq-à-sept avec Sylvia... Je mettais dans mon espoir d'apprendre quelque chose toute mon ardeur de néophyte. Mais il n'y avait pas que ça. Mon cœur battait trop fort, je le savais. Aujourd'hui, bien des années ont passé, et je puis confesser sans honte que j'étais amoureux comme un collégien. A ce début dans la vie du jeune homme pauvre que j'étais, je n'avais pas une grande expérience des femmes. J'étais trop jeune pour me satisfaire de mon quasi-mariage avec Marlyse; ce n'était, pour le moment, que la conjugaison de deux solitudes. Elle avait sa gentillesse, ses soucis à elle, elle était parfaite, en un sens, mais où était le rêve, où était cette figure idéale de la femme qui hantait mon adolescence, où était l'inaccessible ?

L'inaccessible, c'était Sylvia.

La beauté, l'intelligence, le parfum qui rend fou, c'était Sylvia.

Les trop brèves rencontres du mercredi, c'était Sylvia.

Seulement, j'avais la nette impression que Sylvia se moquait de moi. Et j'étais flic et je n'aimais pas ça du tout. Ce mercredi-là, j'étais décidé à bousculer la divine...

« Sylvia, ça vous amuse ?

– Quoi, monsieur Borniche ? »

J'ai eu beau lui suggérer plusieurs fois de m'appeler Roger, elle tient bon. Elle tient à son « Monsieur Borniche » prononcé sur un ton un peu niais, un peu craintif, un peu sournois, le ton de l'élève face à l'examinateur. Je ne suis pas un vieux grincheux, pourtant...

« Vous me demandez quoi ? Je vais vous le dire. Vous vous moquez de moi, voilà tout. Vous ne jouez pas le jeu. Et si vous ne le jouez pas, je ne le jouerai pas non plus. C'est clair ? »

Les yeux de Sylvia, les grands yeux de Sylvia, les yeux extraordinaires, couleur du temps et de l'amour, se sont voilés. Nous sommes installés côte à côte dans les profonds fauteuils de cuir havane... La Guitoune est un bar discret du XVIIe arrondissement où les couples se délassent après leurs ébats intimes. La réputation du quartier de la plaine Monceau, que la neige pare cet après-midi d'une trompeuse robe virginale, n'est pas surfaite. C'est le royaume des maisons accueillantes où de gros messieurs décorés côtoient des parvenus du marché noir. Où se mêlent les secrétaires de charme, les apprenties starlettes assoiffées de gloire et d'argent, les dames sur le retour et les gigolos attentionnés. Dans la rue Cardinet même, entre le somptueux hôtel particulier d'un maître du barreau et la résidence rococo d'un professeur de médecine, s'épanouit un établissement spécialisé dans le sauvetage des femmes en détresse. Par un œilleton invisible, la cliente choisit son provisoire Apollon, mollement étendu sur le canapé de service, avec pour toute parure une chaîne d'identité portant son pseudonyme. Les lentilles puissantes des projecteurs dessinent la musculature du taureau de combat. Lorsque Madame a choisi, la mise à mort s'accomplit dans une chambre au décor pompéïen, à la grande satisfaction des spectateurs des arènes, les voyeurs confortablement tapis derrière une glace sans tain. Le maître des lieux est un commerçant de premier ordre. Un malin qui a dû apprendre par cœur le dictionnaire de la sexualité en dix volumes. Il a transformé les anciennes cuisines en salle de projection pour films pornographiques, et les recettes dépassent ses espérances. Et cet argent si habilement gagné, il ne le gaspille pas, certes non! C'est un trésor de guerre sans cesse accru, qui lui permet d'investir, de boursicoter, de nouer de solides amitiés avec les nouveaux pontes du gouvernement. Le cas échéant, il saurait qui faire intervenir auprès du préfet de Police...

Je ne sais comment Sylvia a découvert ce coquet refuge où je suis venu la retrouver, une nouvelle fois. Je n'ai jamais osé le lui demander. Ce qui m'inquiète, au premier chef, c'est que le prix des consommations de cette délicieuse retraite déséquilibre mon budget déjà précaire – donc celui de Marlyse, un comble! Un comble, oui, car bien qu'il ne se passe rien, comme on dit, entre Sylvia et moi, l'adultère est dans mon esprit, inutile d'essayer de se le cacher. Pas sa réalisation, certes, mais c'est presque pire. De quoi déchaîner la jalousie de toute femme normalement constituée.

Et si je suis voué aux tarifs prohibitifs de la Guitoune, c'est que j'ai manqué d'autorité. J'aurais dû imposer nos rencontres au Dupont-Barbès, sous le métro aérien. C'est moins luxueux, ce n'est même pas luxueux du tout, mais je ne sursauterais pas, comme ici, à chaque déclic, ô combien sonore à mes oreilles délicates, de la caisse enregistreuse.

Ça se paie, le décor! Les boiseries d'acajou sentent le yacht de luxe, les appliques ciselées s'enorgueillissent de cabochons en vrai baccarat, les doubles rideaux et la moquette bêlent leur pure agneline, et le couvercle d'ébène du piano ne sait plus à quelle lumière tamisée se vouer. Derrière le bar de bois précieux, un garçon gominé agite un shaker avec frénésie. Tout est dans le geste noble, pétri de conscience professionnelle, dans la rigidité du nœud papillon, la blancheur immaculée de la veste... Celle du Dupont-Barbès n'a pas cet éclat. La petite note et le pourboire, non plus...

Oui, je suis de méchante humeur. Voici maintenant huit semaines, jour pour jour, que Sylvia et moi nous donnons rendez-vous dans cet écrin ouatiné. Huit mercredis que nous prenons place, à cinq heures de l'après-midi, dans ces fauteuils enveloppants, sous le regard curieux du barman... Il doit sentir que quelque chose ne tourne pas rond, que nous n'avons pas fait ce qu'il croyait, au début, avant de venir déguster chez lui nos éternelles consommations : Martini-gin et gâteaux salés pour Sylvia, thé-citron pour moi – c'est moins cher...

Ça fait donc exactement cinquante-six jours que Sylvia ne m'a apporté aucune information, pas plus sur Malaggione que sur Michelesi, ou tout autre client du même acabit.

Le premier jour, l'œil exercé du barman avait détaillé ma tenue. C'était propre, certes, mais ça ne venait pas de Londres par la valise diplomatique. Ça l'intriguait. Si j'étais le modeste employé de bureau dont j'avais l'allure, qu'est-ce que je venais faire dans le cadre super-chic de la Guitoune ? Pas de décoration à la boutonnière de ma veste de confection. Un portefeuille bien plat. Pas de chemise de soie aux initiales brodées. Qu'est-ce qu'une fille aussi sensationnelle pouvait bien faire avec un pareil minable ?

« Si je savais quelque chose, bêtifie Sylvia entre deux

gorgées de Martini, vous pensez bien que je vous le dirais ! »

Tu parles ! Elle a beau escamoter l'intelligence de son regard, elle ne me trompe pas. Il est impossible qu'elle n'ait rien à dire, jamais rien ! Aujourd'hui, la coupe est pleine... ou plutôt vide !

Au début, je me moquais bien de son silence. Il fallait lui laisser le temps. Et puis, je me laissais prendre à ses sourires, à ses œillades complices, à nos rencontres qui me flattaient, je l'avoue... J'étais fier de m'afficher, fût-ce dans un bar discret, avec une femme aussi élégante dans sa simplicité, racée jusque dans ses moindres gestes.

Comme je l'attendais, fébrile, l'heure de mon rendez-vous clandestin ! A quatre heures et demie, chaque mercredi, alors que Villacampa, depuis le début des courses, risquait sa thune sur un pur-sang d'Auteuil ou de Vincennes, je désertais mon pigeonnier de brigade pour m'en aller roucouler auprès de ma belle colombe.

Je marchais jusqu'à l'Etoile, histoire de me dégourdir les jambes et de parfaire ma litanie, je m'engouffrais dans le souterrain du métro. Je débarquais à Monceau, devant la rotonde où se sont consommées des amours royales. A cinq heures pile, je poussais la porte du bar, recevant en pleine face un souffle tiède et parfumé. Le garçon commençait à peine à m'observer que déjà Sylvia apparaissait, à croire qu'elle guettait mon arrivée, cachée sous un porche voisin...

Une fois, mais une fois seulement, j'avais appréhendé le pire, j'avais ressenti cruellement le poids de l'attente. Sylvia, à cinq heures vingt, n'était toujours pas là ! Seul devant ma tasse de thé refroidi, je tapotais ma table. Je promenais sur les couples voisins un regard gêné. J'allais aux toilettes, uniquement pour entreprendre avec la préposée une conversation sur la pluie et le beau temps.

Sylvia n'arrivait toujours pas. L'œil du barman rayonnait. Déjà, je me représentais Sylvia et Dominique dans un bureau du quai des Orfèvres, assaillis, exécutés par Courthiol, expédiés dans un cul-de-basse-fosse de Paris ou d'ailleurs pour des méfaits que je ne connaissais pas.

Et puis, aurore d'été après le cauchemar, Sylvia avait surgi, souriante, détendue, désinvolte, au sortir d'un salon de coiffure, délicieusement parfumée. Ce qui avait fait dire à Marlyse, le soir :

« Tu ne fréquentes pas n'importe qui, chéri... Le 5 de Chanel, ça n'est pas donné ! »

Désarçonné quelques secondes, j'avais pris mon air niais des grands jours pour répondre :

« Je ne vois vraiment pas ce que tu veux dire. On a perquisitionné une parfumerie avec Villacampa.

— Ah ?... »

Dupe, Marlyse ? Sûrement pas, je le sentais bien. Mais pouvais-je demander à Sylvia d'abandonner son parfum ? De quel droit ? C'était grotesque. Alors, j'ai eu une idée héroïque, que je trouvais modestement géniale... J'avais demandé une avance sur mes frais pour offrir à Marlyse un flacon de Chanel n° 5, le plus petit de la gamme. Surprise, joie, émotion... Sans perdre son précieux sens de l'économie, elle avait murmuré, les bras autour de mon cou :

« C'est trop, chéri... Merci... Je n'en mettrai que le dimanche, et encore... »

Et comme un pépin n'arrive jamais seul, Sylvia, entre-temps, avait changé de parfum ! Son nouveau favori, c'était Shalimar de Guerlain, ambré et vanillé à souhait. J'avais vainement essayé de l'en dissuader :

« Moi, je trouve que le Chanel n° 5 va mieux à votre teint de brune. »

Elle devait se demander de quoi je me mêlais. Elle

s'en fichait éperdument. Ce salaud de Dominique préférait Shalimar. Marlyse aussi :

« Tu vois, Roger, tout compte fait, si tu pouvais m'échanger mon parfum... Je n'ai pas ouvert le flacon. »

Mes élans d'enthousiasme retombaient peu à peu, à mesure que mes économies se liquéfiaient, à la vitesse d'un bloc de glace sous un jet de vapeur. Les tickets de Martini-gin et de gâteaux salés s'empilaient sous ma soucoupe, et l'œil rigolard du garçon ne me quittait plus. D'autant que Sylvia s'était mise à fumer. Et le prix des cigarettes américaines au marché noir m'asséchait la gorge :

« Cent dix francs sans le service », disait la dame-pipi, tout éventaire dehors.

J'admirais trop Sylvia. Assurément, elle le sentait. Elle se transformait. Elle se faisait plus distante, moins vulnérable. Ils ne s'imposaient plus, ces rendez-vous où jamais rien ne se passait. La semaine précédente, elle m'avait d'ailleurs proposé de les espacer davantage :

« Quinze jours, ça suffirait... Comme ça, j'aurai peut-être enfin quelque chose... »

C'est pourquoi, ce matin, j'ai pris une grande décision : finies les roucoulades. Je ne serai plus le pigeon. Je redeviens le poulet.

Si l'image de la belle Sylvia commence à s'effriter, malgré la coupable indulgence dont je fais preuve à son égard, ce n'est pas l'agression de ce matin qui va réparer les dégâts. J'en ai, des choses à lui demander, à Sylvia ! Un braquage à cent mètres à peine de mon service, Champs-Elysées, tout simplement ! Rien de plus banal, sans doute, en ces temps troublés où les attaques de banque se succèdent comme les coups de carabine à la foire... Seulement, la presse en fait ses choux gras. Le reporter Lucien Pichon, dont les contacts avec les collègues du quai des Orfèvres, ne sont un secret pour personne, révèle que le signalement des gangsters correspond point par point à Malaggione et à Michelesi.

Eh oui, mon Malaggione... L'Archange !

Quant au chauffeur de la traction volée, cible mouvante que le convoyeur de Filtex avait manqué à deux reprises, son signalement était plus vague : un homme jeune, brun, beau garçon. Pichon, qui connaît admirablement le Milieu, pense que c'est un Corse, un ami des deux autres.

J'ai dévoré les quatre quotidiens, *France-Soir, Libé-Soir, Paris-Presse* et *Ce Soir.* Je ne sais plus dans lequel l'inspecteur Courthiol déclare : « L'arrestation de Malaggione n'est plus qu'une question de jours. J'aurai bientôt des informations de première importance. J'ai pu établir avec certitude son rôle dans plusieurs assassinats, dont un à Ajaccio... » Ça sent le roussi, pour ma Sylvia...

« Vous voyez, Sylvia, vous allez avoir besoin de moi. Alors...

– Si seulement je savais quelque chose, monsieur Borniche ! »

Je bous. Cette fois, elle exagère. Même si Léonelli n'était pas le chauffeur de l'opération Filtex, comme je me suis pris à l'en soupçonner, il est impensable qu'il ne soit au courant de rien, qu'il n'ait pas de nouvelles de ses amis.

« Alors, Sylvia ? »

Elle n'est visiblement pas dans son assiette. Je m'efforce de ne pas me laisser reprendre par le charme de ce visage, fatigué aujourd'hui, bouleversé presque, pathétique... Elle n'est manifestement pas aussi forte que d'habitude. A moi d'en profiter, sans scrupules. Je suis là pour ça. Avant tout, je dois savoir si elle se moque de moi, ou si Dominique la tient prudemment à l'écart.

« Vous avez lu les journaux, Sylvia ? »

J'ai interrompu le mouvement tournant de ma cuiller. Les longs doigts de Sylvia, si fins, aux ongles délicatement nacrés, se saisissent d'une olive noirâtre, la portent à ces lèvres pulpeuses que je voudrais mordre, puis froissent la serviette de papier.

« Non. Les journaux ne m'intéressent pas. Quant au reste... Je ne sais rien, je vous l'ai dit. Et si vous ne me croyez pas, il est inutile de prolonger cet entretien... D'ailleurs, ces rendez-vous deviennent ridicules. Si j'apprends quelque chose sur ce Malaggione, je sais où vous joindre. »

La garce.

Elle a dû recevoir le don de l'esquive de ses ancêtres Neyrac, à la naissance. Mes ancêtres Borniche n'ont peut-être pas frappé d'estoc et de taille aux côtés de Godefroi de Bouillon. Mais ce n'est pas parce qu'il n'y a pas eu un baron de Borniche pour tailler les Sarrazins en rondelles que je vais me laisser traiter comme un cocu de comédie.

Je charge :

« L'Archange vient de faire un coup fumant avec Toussaint Michelesi. On a le signalement du chauffeur. »

Un nuage gris voile les yeux de la descendante des Croisés. Elle hausse les épaules, à tout hasard.

« Je ne plaisante pas, ma chère Sylvia. Mes collègues de la P.P. ont de sérieux tuyaux. Courthiol parle d'arrêter Malaggione d'ici quelques jours.

— Ah !... Vous voyez, vous n'aurez plus besoin de moi. »

Elle a l'air plutôt content. Ou c'est une comédienne de grande classe, ou je me suis trompé d'un bout à l'autre. C'est qu'elle a changé, Mlle de Neyrac, depuis ce jour où je l'ai embarquée, fragile et consentante, du moins en apparence, rue de Bassano... Et si elle m'avait joué la comédie, dès ce moment-là ? Si tu étais encore trop petit pour jouer à ce jeu, Borniche ? S'il ne valait rien, le fameux procès-verbal sur l'affaire Roussel qui dort en ce moment dans ton tiroir, entre deux *Gazettes du Palais,* à l'abri du nez inquisiteur de Villacampa ? D'ailleurs, qu'est-ce qu'il prouve, ton procès-verbal, mon pauvre Borniche ? Rien. Sylvia a bavardé sans penser à mal, avec les nommés Dominique Léonelli et Ange Malaggione... Et puis après ? Ça ne prouve rien. En plus, ça remonte à plusieurs mois. Je l'entends déjà fulminer, le divisionnaire-gnome :

« Borniche, vous vous êtes laissé berner, ou corrompre. Je vais vous faire passer devant le conseil de discipline... »

Le conseil de discipline ! Une appellation à faire frémir Marlyse. De quoi me faire traiter d'irresponsable pendant des semaines entières :

« Tu vois où tu en es, avec tes poules de luxe ! Tu seras content quand on t'aura foutu à la porte... La retraite... »

Je n'en suis pas encore là, heureusement. Mais l'attitude passée et présente de Sylvia n'est pas faite pour m'encourager. Elle décuple ma rogne. Seule l'odieuse présence du barman-espion m'empêche de hurler.

« Ecoutez-moi bien, Sylvia ! J'ai tenu mes promesses. Vous, non. Eh bien, je vais me passer de vos services. Je n'aurai peut-être pas l'Archange, mais j'aurai au moins Dominique. »

Elle sait que je ne parle que pour la faire réagir. Aussi reste-t-elle de marbre. Elle croque le dernier gâteau salé, pose délicatement un noyau d'olive dans le cendrier où une américaine achève de se consumer.

« Vous êtes injuste, monsieur Borniche. Qu'est-ce que je peux vous raconter? Vous voulez que j'invente une histoire? Je n'ai aucun tuyau, comme vous dites. En revanche... »

Elle me regarde, narquoise. Je ne peux qu'attendre la suite de la phrase, dresser l'oreille...

« ... En revanche, je croyais vous faire plaisir en vous apprenant quelque chose... Mais s'il n'y a que Malaggione qui vous intéresse... »

Je m'efforce de ne pas trop ressembler à un chien d'arrêt, de prononcer sur un ton indifférent, légèrement excédé :

« Dites toujours...

– Il s'agit d'une agression contre les Magasins Unifiés, boulevard Haussmann... Ça ne devrait pas tarder...

– L'Archange est dans le coup? »

D'un geste, elle commande un autre Martini-gin. Ses yeux brillent d'un éclat inhabituel.

« Vous y tenez, dit-elle. Vous le voyez partout... Non, là, je ne connais qu'un exécutant : André Citroën. »

Je bondis.

« Vous vous foutez de moi? »

Elle sourit au barman, fossoyeur de mes économies, qui pose devant elle un verre tout neuf. Elle attend qu'il ait fait semblant de s'éloigner, avant de poursuivre :

« Mais non. André Citroën, c'est comme ça qu'on le surnomme. Ou encore Dédé la Traction. Il a une passion pour les Citroën. Ce sera lui le chauffeur...

– Quand?

– Je ne sais pas au juste. Un matin, quand les fonds arrivent à la caisse.

– C'est Doumé qui vous a dit ça? »

Elle laisse passer quelques secondes.

« Peu importe, dit-elle enfin. Je vous ai dit ce que je savais. Quand j'aurai plus de détails, je vous téléphonerai.

— Et vous êtes sûre que l'Archange et Michelesi ne sont pas dans le coup ? »

Elle pousse un soupir de découragement :

« J'aimerais bien, pour vous, qu'ils y soient... Mais ça m'étonnerait.

— Evidemment, dis-je. Après le braquage fumant qu'ils ont réussi ce matin... Au moins trente millions... »

Je sens la peur de Sylvia. Ses nerfs sont tendus. L'air vibre d'angoisse. Il faut absolument que je galope chez Filtex, pour montrer la photo de Léonelli... Pourquoi pas ?

Courthiol est sur l'affaire, d'accord, mais pourquoi ne pas travailler avec lui ? Une association préfecture de Police-Sûreté nationale, dans la réussite, ce ne serait pas mal ! Ce serait même très bien pour moi. Une initiative originale du jeune inspecteur Borniche... Et puis, je ne disparaîtrais pas dans le communiqué de victoire, ce qui serait le cas si je passais le tuyau à Baniel. Là, je serais le type même du collaborateur anonyme...

C'est décidé ! Avec Courthiol et Borniche, l'étendard de la Sûreté et celui de la Préfecture flotteraient côte à côte, etc. Bon, assez de discours pour banquets politiques, j'irai voir Courthiol dès demain.

« Encore une question, chère Sylvia. Où peut-on le trouver, ce Citroën ?

— Ça, monsieur Borniche, je n'en sais rien... »

Une lueur ironique dans ses yeux, tandis que les dernières gouttes de Martini-gin humectent ses lèvres :

« ... Mais vous devriez bien arriver à le trouver, non ? Je croyais que la police était faite pour ça... Surtout qu'un surnom pareil, ça ne court pas les rues. Quand vous aurez le nom, vous trouverez l'adresse. Je ne vous dis pas qu'il est dans l'annuaire du téléphone, mais avec tous vos fins limiers... »

Ce qui m'ennuie, ce n'est pas tellement qu'elle a l'air de se foutre de moi. C'est que je me demande à qui je vais bien pouvoir demander des tuyaux sur ce sobriquet. Je ne vois pas. Il n'existe pas de fichier par surnom. A la P.P., peut-être ? Ne vaut-il pas mieux attendre tranquillement le moment de l'agression pour opérer un flagrant délit ? Les noms des auteurs du coup apparaîtront alors, tout bêtement...

« Alors, monsieur Borniche, vous êtes content ? »

La voix de Sylvia me ramène à la Guitoune.

« Ma foi, dis-je sans conviction. Oui et non...

— Comment ça ? »

Le héros super-flic dégringole piteusement de son piédestal :

« C'est que je suis tout seul, Sylvia... Comment voulez-vous que j'arrête toute une bande ? »

Elle éclate de rire, en faisant signe à la dame du vestiaire.

« C'est votre problème, monsieur l'inspecteur, pas le mien ! »

Je ne sais pourquoi je m'attendais à plus de sympathie de sa part. Curieuse ambition... Quel besoin d'être aimé à tout prix ? Comme si c'était elle qui avait demandé à être là ! Du moment qu'elle a fait un geste, qu'elle m'a appris quelque chose, je me sens de nouveau prêt à toutes les indulgences, sinon plus... Borniche, tu t'égares !

Elle m'a serré la main. Elle disparaît.

« A mercredi. »

Par la porte entrouverte, j'aperçois les flocons de neige qui tourbillonnent dans le halo d'un lampadaire.

Il me faut encore prévoir un pourboire pour la dame-vestiaire-téléphone-cigarettes-pipi qui me présente mon pardessus... Enfin ! Je suis moins bredouille, aujourd'hui. Mes frais, je les récupérerai quand les truands des Magasins Unifiés seront épinglés sur le coup.

« Pourquoi lui ai-je dit ça ? » se demande Sylvia, très lasse.

Elle est sortie du métro, marche d'instinct vers la rue Blanche. Elle est lasse, oui, mais surexcitée en même temps... Elle est complice. Mais Borniche la tient bien. D'où ce mélange d'exaltation, de colère et cette envie de dormir qui l'accable tout au long de la rue. Et qui, peut-être, la sauve de la peur.

XVII

Banque du Mékong... Ce nom sonne aujourd'hui à nos oreilles comme un souvenir démodé, un écho de feu notre empire colonial. Pourtant, chaque matin, Lucien Bouline le relisait en lettres d'or, sur ce noble immeuble de la place de la Concorde où il travaillait. Travail mal payé, mais peu fatigant. Et puis, la Banque du Mékong, vous pensez !

Lucien Bouline possédait, à défaut d'intelligence, cette forme d'inconscience qui fait souvent les héros. Il s'était engagé pour la durée des hostilités, ce qui lui avait valu, outre son galon de première classe, une batterie de citations, une belle blessure et un joli certificat de démobilisation.

C'est grâce à ces états de service qu'il avait pu trouver cette douce retraite : un emploi subalterne à la Banque du Mékong, auréolée du prestige de la place de la Concorde et des mystères de la lointaine Indochine... Ce petit morceau de rêve lui permet de s'enliser doucement dans une médiocrité d'où le fracas des combats l'avait fait momentanément sortir. Chaque jour, de huit heures trente à dix-sept heures, il officie au service du classement. Tout ce temps, à part la courte interruption de la cantine, il le consacre à répertorier des titres. C'est son emploi.

Lucien Bouline mesure cent soixante-cinq centimètres. Il pesait soixante-dix kilos lorsqu'il avait endossé la tenue militaire – les registres de la Légion sont bien tenus, et tous ces détails devaient apparaître à profusion dans la suite des événements... S'il n'a pas miraculeusement grandi en entrant à la Banque du Mékong, il a beaucoup grossi. Ses quatre-vingt-trois kilos l'ont fait surnommer Bouboule par ses collègues de bureau et la Barrique par ses compagnons de beuverie de la rue des Abbesses. Car Bouline aime le vin. Le rouge violacé de son nez souligne le bleu délavé de ses yeux. A peine libéré de ses hautes fonctions, il file au Bar-des-Amis. Il étale ses prouesses guerrières entre deux tournées :

« Dis, la Barrique, raconte-nous comment tu as fait sauter les chleus au Mont-Cassin ! »

C'est le grand moment de Bouline. Son heure de gloire. Il se rince la bouche d'un coup de rouge. Ça rafraîchit son accent d'outre-Quiévrain. Car l'ex-képi blanc est natif de Villers-la-Ville (Belgique), où sa mère vend de la dentelle.

Il triomphe dans le genre époustouflants récits pour noces et banquets. Plus il boit, plus il invente, et mieux ça marche. Ce n'est plus de la fiction, du roman, c'est de l'épopée. De quoi mettre en chômage Homère et Victor Hugo réunis. Si les magnétophones à cassettes avaient existé à l'époque, nul doute qu'un témoin de l'éblouissant numéro de Bouline ne l'eût volé pour en faire un best-seller ou une série télé... On se contente de l'écouter, et parfois de l'applaudir. A la fin, le patron, Giuseppe Forlini, le récompense en offrant la dernière tournée. Il faut dire que, jusque-là, Bouline a déjà bu aux frais de l'assistance. Aussi a-t-il du mal à passer la porte du Bar-des-Amis, pour gagner en titubant la résidence *La Providence,* un hôtel vieillot et insalubre du passage des Abbesses, cette ruelle de

Montmartre qui pue la cuisine. L'humidité y suinte, les rats s'y faufilent, l'ombre attend le projecteur d'un cinéaste inspiré par Prévert ou Carco, au son d'une antique chanson des rues. C'est là que, depuis deux mois, vit Lucien Bouline, légionnaire qui n'a jamais connu le Mékong qu'au fronton de sa banque, place de la Concorde.

Ce campement lui est échu en prime lorsqu'il a ramassé sur le boulevard de Clichy l'abominable Zéphyne Liégeois, une portion de demi-mondaine, rousse, décharnée et outrageusement maquillée. Oui, Zéphyne est laide, très laide même. Malgré la hauteur démesurée de ses talons aiguilles, elle n'arrive pas à l'épaule du petit Bouline. Evidemment, elle n'avait pas un grand succès auprès des hommes. Toujours des passes de troisième classe. En revanche, elle était très prisée des agents du quartier, qui la cloîtraient plusieurs fois par semaine dans la cage à poules du commissariat avant de l'expédier à la visite sanitaire de la prison Saint-Lazare. La Barrique avait joué le rôle magnifique de sauveur d'âmes :

« Tu laveras mes chemises, lui avait-il dit. Je suis tout seul, tu comprends. Il n'y a pas beaucoup de ménage... Et tu mangeras à ta faim. »

Touchée par les seules paroles de tendresse qu'elle eût entendues de sa vie, Zéphyne avait pleuré. Elle avait trouvé le taudis de la rue des Abbesses. Elle l'avait nettoyé de fond en comble. Mais elle voulait faire plus pour son Bouline. Lui, ne se rendait pas compte de ce que coûtait son petit confort. La vie était chère, en 1945... Alors, pendant que le héros retraité pointait les bordereaux au crayon bleu, dans un sous-sol de la Banque du Mékong, Zéphyne, entre deux séances de ménage, s'en allait incognito faire quelques extras pour améliorer l'ordinaire...

Elle sait que Bouline ne réintègre jamais leur petit palais avant huit heures du soir. Aussi le devance-t-elle de quelques minutes. Parfois, elle l'attend au Bar-des-Amis, perchée sur un tabouret, la jupe fendue découvrant ses cuisses de passereau... Bouline est trop soûl pour s'affliger de cette image de marque, qui ne fait même plus rigoler les copains. Et puis, Zéphyne est un peu en famille : Gina Belloque, la concubine du gargotier Forlini, est une ancienne prostituée. Elle était une championne poids-moyen des allées du bois de Boulogne, puis des Champs-Elysées, avant de prendre, munie d'un bon pactole, sa retraite anticipée. Pas mal, la Gina : une brune bien en chair, des yeux bleus, un décolleté rondelet, balconnant et pigeonnant à souhait.

Zéphine et Gina s'étaient découvert une amie commune :

« Tu te souviens de la Puce, la petite Oranaise? Figure-toi qu'elle est tombée sur un micheton plein aux as. Elle ne turbine plus. Elle crèche au Trocadéro... Si tu voyais ça ! »

Zéphyne n'a qu'un grave défaut, sa laideur mise à part : elle est jalouse des filles à qui tout réussit... L'histoire de la Puce, ça la brûle, ça la déchire... Pourquoi est-ce que les crèches du Trocadéro, c'est toujours pour les autres ? Oh ! bien sûr, il est gentil, la Barrique, mais l'avenir avec lui, c'est plutôt bouché... Elle était bien contente, au début, Zéphyne, de s'installer avec un homme qui voulait bien d'elle. De lui faire son lit, et sa popote, de brosser chaque matin son chapeau mou bleu marine, et dans le sens du feutre, encore, car Lucien est maniaque, forcément : l'habitude du régiment. Mais où ça la mène, tout ça ?

Gina, elle, est rangée des voitures. Le Bar-des-Amis est à elle pour moitié. Et puis, Giuseppe, son bel Italien, il doit savoir s'y prendre, lui, dans la chambre du premier, quand ils ont fini de compter les sous de la caisse...

Et la Puce! C'est le comble! Casée au Trocadéro, avec la gueule qu'elle a! Zéphyne n'est pas Martine Carol, d'accord, mais elle ne se croit pas tellement plus moche que la Puce. Zéphyne n'a pas les dents en avant, elle. Des dents menaçantes, comme si elles allaient couper tout ce qu'elles touchent... Merci bien! Ce que la Puce a fait, Zéphyne peut le faire. En avant pour les beaux quartiers! La Barrique n'en mourra pas. Il se consolera avec deux ou trois litres de rouge. Deux ou trois de plus.

« Et ça, je le mets où, mademoiselle Brosse? »

La Barrique, un bordereau à la main, se plante devant le sous-chef de service, une vieille fille acariâtre, au pucelage blindé, au nez pincé, aux besicles menaçantes. Il éclate, la Barrique, dans la blouse grise trop longue pour lui. Ce n'est pas grave. Depuis qu'il a abandonné le képi blanc et l'uniforme, il ne se soucie plus d'élégance. Il ne ferme que les boutons du bas, voilà tout.

L'essentiel, c'est que le crayon bleu se tienne en équilibre sur son oreille droite, dressé dans sa virilité, la mine acérée singeant le javelot.

« Faites voir », dit la vieille pucelle.

Elle examine, de toutes ses besicles de sous-chef, la feuille que lui présente la Barrique. Elle la hume, la soupèse, la lui rend.

« Classez ça avec les Suez. Ce sont les plus nombreux. Vous avez terminé la liste des obligations du Crédit Foncier canadien? »

De son index droit, la Barrique vérifie la position du crayon sur l'oreille :

« Oui, mademoiselle... »

Et il ajoute, servile, rassuré par le garde-à-vous du crayon :

« ... J'ai terminé aussi la liste des actions de l'Oubangui oriental, mademoiselle. »

Il assène ce « Mademoiselle » d'un ton d'obéissance éperdue, comme s'il disait « mon adjudant ». Ça ne déplaît pas à la sous-chef, qui se dit que si ce Bouline était moins gros, si on ne l'appelait pas Bouboule, il mériterait de l'avancement.

« Bien, monsieur Bouline. Ce sera tout pour aujourd'hui. C'est l'heure... Vous avez pris votre bois ?

— J'y vais, mademoiselle ! »

Le bois, c'est un privilège des employés de la Banque du Mékong. « On ne peut quand même pas leur donner un sac de riz », disait, en rigolant bien fort, une des futures gloires de la IVe République. Deux fois par semaine, les travailleurs du Mékong bénéficient de la remise gracieuse d'un sac de bois de chauffage, destiné à pallier la pénurie de charbon. Ce soir, Bouboule va emporter de quoi alimenter, par le truchement de la cheminée de son gourbi de la rue des Abbesses, les vingt degrés nécessaires à ses ébats avec Zéphyne.

La sous-chef lui rend raidement son salut, en inclinant la tête, dans un craquement de vertèbres.

Il a déjà devant les yeux le ballon de rouge sur le zinc des Amis... Il s'abandonne à la satisfaction rassurante des gestes rituels. Il range son précieux crayon dans le tiroir, qu'il referme avec la conscience de la responsabilité assumée. Il s'extirpe de sa blouse. Il l'accroche au porte-manteau qui lui est réservé : encore un privilège de fonction...

« Oh ! Bouboule, vieux couillon, tu bois un coup ? »

Bouline s'efforce de sourire à son voisin de tiroir, une grande bringue marseillaise qui ne se lasse pas de coiffer et recoiffer les trois poils qui restent sur ce crâne atteint d'une calvitie précoce, dégénérescence d'une vieille famille provençale. Ce descendant des comtes de S... en est réduit à chercher des compagnons de débauche parmi les Bouboules de la banque, dont il a dégringolé tous les échelons à une vitesse vertigineuse. Mais comme il a eu l'imprudence de dire à Bouline qu'il était lieutenant de réserve, il ne recueille que des sourires respectueux que son parler « peuple » ne parvient pas à effacer.

« Pas ce soir, mon lieutenant. Ma femme m'attend. Demain, si vous voulez.

– Pas la peine de m'appeler « mon lieutenant », gémit le résidu de la cour de Louis XV.

– Bien, mon lieutenant... »

Quand le dégénéré a fini de contempler ses trois poils dans son miroir de poche, quand il a dit « à demain, mon vieux », avec le geste las d'un seigneur congédiant ses manants, la Barrique ajuste son chapeau. Il n'a pas de miroir de poche, lui. Il se contente des chiures de mouches de la glace, au-dessus du lavabo ébréché dont le robinet pleure éternellement la mort de son joint. On ne se doute pas de ces détails, quand on passe place de la Concorde, devant la majestueuse enseigne de la Banque du Mékong...

La Barrique l'aime bien, ce lavabo. Quand le lieutenant des armées de Gamelin s'est replié sur ses positions, du côté de la rue Cambon, toute proche, la Barrique pisse voluptueusement dans ce lavabo, afin d'avoir tous ses moyens en abordant le Bar-des-Amis. C'est encore un privilège. Et un délicieux sacrilège, pour l'employé Bouline, qui se cache pour salir un tout petit peu la Banque du Mékong. Le jet du robinet emporte très vite cette offense. Et qui pourrait se douter que le légionnaire de première classe Bouline, en se reboutonnant, rêve de pisser sur le Foncier canadien et l'Oubangui oriental réunis ?

Il ajuste son chapeau mou devant les chiures de mouches. Il enfile sa vareuse de drap bleu marine, comme le chapeau, ça fait un peu uniforme... Il soulève le sac de jute qu'il a rempli de bûches, le matin même, dans la cave de la banque.

Si Bouline ne pensait pas aux multiples verres qui l'attendent au Bar-des-Amis et qui lui font envisager sans trop d'horreur la présence éventuelle de sa dulcinée, il aurait un coup de cafard en émergeant de la Banque du Mékong sous le ciel crépusculaire, et de surcroît nuageux. Des rafales de vent expédient des salves de pluie fine contre la façade du ministère de la Marine. Bouline presse le pas. Son sac à la main, il dévale l'escalier du métro. Direct jusqu'à Abbesses... Il se case dans un coin du wagon, son fardeau entre les jambes. Ses yeux éteints voient défiler les stations.

« Si je donnais mon bois à Giuseppe, se dit-il, il me filerait peut-être deux ou trois bouteilles de sa cuvée réservée. Au fond, il ne fait pas si froid, dans ma piaule... »

L'obsédante vision de ces hypothétiques bouteilles manque de lui faire rater la station Abbesses. Il descend en catastrophe, égratigne avec le sac de bois les bas déjà mal en point d'une secrétaire pauvre mais honnête qui l'agonit d'injures. Quand il débouche enfin à l'air libre, une volée de grêlons s'abat sur son chapeau. Il s'abrite contre une porte, pour attendre la fin de l'averse. La rue s'est vidée comme par enchantement. La pluie rejaillit sur le trottoir entre les voitures des marchands de quatre-saisons, souvent presque vides en ces temps de misère. Dans le couloir, derrière lui, deux vieillards contemplent la pluie. La femme, un fichu noir sur la tête, tient dans sa main quelques bouts de planche ramassés on ne sait où. L'homme, aux yeux vides, s'appuie sur une canne blanche. Le cœur de Bouline se serre devant cette misère.

« Tenez, madame, dit-il en tendant son sac, si vous voulez du bois, je vous le donne. Ce n'est pas trop lourd, au moins ? »

La vieille balbutie quelques paroles de remerciement que Bouline n'écoute plus. Déjà il s'est élancé, cassé en deux contre le vent. Il gouverne vers le phare du Bar-des-Amis. Encore cinquante mètres. Il longe les murs, de biais, pour offrir moins de surface à la pluie. C'est dans ces moments-là qu'il maudit sa corpulence. Heureusement qu'il était moins épais, pendant la campagne d'Italie. Sinon, il aurait fait une aussi belle cible qu'une vache dans un couloir.

Il pousse le bec-de-cane, s'ébroue.

« Salut, Giuseppe ! Quel temps pourri... »

Il accroche son chapeau, puis sa vareuse au trépied de bois qui sert de portemanteau. Il serre la main de Forlini. Il est satisfait de la bonne action qu'il vient d'accomplir. Gina, corsage de dentelle noire et tablier blanc, lui fait un signe amical du seuil de la cuisine. Une odeur de petit salé flotte dans la salle.

« Un ballon. Et le tien. »

La Barrique commence toujours par payer. Ça lui fait un tremplin pour la suite...

D'ailleurs, Forlini n'avait pas attendu la commande pour placer les deux verres sur le comptoir. Il n'aime pas le vin rouge sauf à table mais le commerce avant tout. Il faut trinquer. Il emplit les verres. La Barrique agrippe le sien d'une main tremblante. La langue claque.

« Ça réchauffe, hein, Giuseppe... T'as pas vu Zéphyne ?

— Non, répond Gina du fond de sa cuisine. Elle m'a dit, à midi, qu'elle rentrerait un peu tard...

— Je vois, dit Bouline. Je vais encore bouffer du corned-beef. Remets-nous ça, Giuseppe... »

Il serait difficile de trouver dans Paris un bar plus triste que celui-là. Le quartier s'y reflète. Vieil immeuble, vieille boutique, vieux comptoir, vieilles tables. Gina a racheté le fonds, pour pas grand-chose, à la veuve d'un déporté F.T.P. qui s'est retirée à Chamalières (Puy-de-Dôme) chez ses enfants. Gina savait bien que les filles de Pigalle lui amèneraient leur clientèle. L'imprimeur du coin lui avait fourni, en se faisant payer en nature, les cartes Chez Gina. Au Bar-des-Amis qu'elle avait distribuées généreusement à ses anciennes relations. Hélas! les espérances de Gina avaient été déçues. La clientèle boudait. Les voies d'accès, rue Lepic ou Germain-Pilon, étaient rudes à escalader. Ç'aurait pourtant pu être une affaire en or, si Gina avait pu avoir une autre clientèle que les clochards du quartier.

Et comme Giuseppe secoue tristement la tête, déplorant le mauvais sort, la Barrique, que le troisième ballon de rouge commence à mettre en grande forme, lance :

« Eh bien, tu vois, Giuseppe, moi je brasse des millions. Si je voulais... »

« La porte, merde! » crie la Barrique, très en verve.

Un flot d'air humide envahit la pièce. Un petit homme tout maigre, les yeux prisonniers de verres épais, s'approche du comptoir. D'une voix douce, autoritaire pourtant, il demande s'il peut téléphoner. Sa voiture est en panne, juste devant le bar. L'allumage, sans doute. Avec cette foutue pluie...

« Il y a un garage dans le coin? »

Giuseppe ouvre un tiroir, en extrait un calepin, donne le numéro. L'inconnu obtient la communication, indique l'adresse du bar, raccroche.

« Vous avez de la chance, dit Giuseppe. D'habitude, à cette heure-là, c'est fermé.

– Un porto », dit le myope, laconique.

Gina, les mains sur les hanches, le dévisage. Ce n'est pas un client ordinaire. Tenue soignée, élégante même, chevalière au doigt, boutons de manchette en diamant. Une sacrée affaire pour Zéphyne. Aussi moche qu'elle, mais du fric. Elle lui décerne son sourire numéro un.

« Tu disais, la Barrique ? reprend Giuseppe.

– Ah ! oui... Eh bien, si je voulais, je pourrais piquer des millions... Pas dur. Pas dur du tout. Ces cons, à la banque, ils ne savent même pas ce qu'ils ont dans leurs coffres ! »

Les petits yeux noirs de Giuseppe s'agitent sous les sourcils charbonneux tandis qu'il demande :

« Tu déconnes, ou quoi ? »

Bouline vide son verre, aussitôt rempli :

« Je déconne pas du tout, patron. Dans mon service, c'est plein de titres, jusqu'en haut des armoires. On en sort un paquet, et on le vend à la Bourse. Après, on peut se la faire belle pendant un bout de temps. Tu crois pas ? »

Le petit myope s'est approché. Il offre une tournée générale. Il a l'accent corse, se dit Giuseppe, quand l'inconnu élève la voix :

« Vous croyez, monsieur ? Ce n'est pas tout de les sortir, les titres. Il faut pouvoir les négocier... »

La Barrique, bouche arrondie, prend Giuseppe à témoin :

« C'est ce que je disais, hein, Giuseppe ? On les vend à la Bourse !

– Pas si simple, dit le Corse aux épaisses lunettes. Il

faut connaître quelqu'un... Je me présente : Ange Maladre. J'ai quelques notions en ce domaine. Les valeurs peuvent être frappées d'opposition, et la police remonte facilement la filière. Ce qu'il faut, c'est les écouler sans risque. Et ça, c'est une autre paire de manches... Un petit coup ? »

L'œil de la Barrique est noyé d'extase. Ses derniers scrupules basculent. Sa langue se fait pâteuse.

« Et vous? Vous croyez que vous pourriez les négocier ? »

Ange Maladre ébauche un sourire. Bouline se rapproche de lui, se penche à son oreille :

« Parce que je peux en rafler une bonne pincée, vous savez. Et des plus gros... Pour deux ou trois cents millions, si je veux... »

Il se délecte du silence que ses propos font régner dans la salle. Giuseppe, intéressé, s'est accoudé sur le zinc. Gina a regagné sa cuisine. Seul Ange Malaggione, alias Maladre, reste sur sa réserve. Alors, la Barrique insiste :

« Ça vous dit ?

— Ça dépend des conditions... S'il faut passer par des intermédiaires... Ce sont eux, les plus difficiles à toucher. »

La Barrique s'efforce de faire un clin d'œil entendu :

« Vous en connaissez ?

— J'ai quelques relations... Mais ils sont gourmands. Il ne vous resterait pas plus du tiers... Et encore... »

Bouline fait un rapide calcul. Il croit rêver. Il calcule de nouveau, vide son verre, déclare :

« Je suis votre homme. On est jeudi. Demain soir, il y aura un paquet à votre disposition, ici. Vous préparez le fric, et je vous remets le paquet. »

Ange découvre ses canines de grand fauve, tout en jetant sur le comptoir le prix de sa tournée :

« Pas si vite, l'ami. Je n'aurai l'argent qu'après la vente. C'est une question de confiance. Il faut d'abord négocier les actions.

– Evidemment, dit Giuseppe.

– Forcément », renchérit Bouline, en levant son verre.

Son œil vitreux repère la camionnette qui se range devant le bar :

« Ben, voilà votre dépanneur... Alors, d'accord ?

– Je passerai samedi matin », dit l'Archange.

Il sort, en agitant une main protectrice : un caïd chez les caves... Gina émerge de sa cuisine :

« A table ! dit-elle. Tu parles d'une chouette bagnole qu'il a, ce mec... J'ai relevé le numéro. On ne sait jamais. »

Je n'arrive plus à comprendre l'individu nommé Borniche. Je me dis que je suis heureux, et je me sens triste. Mortellement triste. Je sors de chez le gnome-divisionnaire. Recroquevillé sur ses serres de rapace, il a éructé, dès que j'ai franchi le seuil de son repaire :

« Vous ne faites plus partie du groupe Villacampa, Borniche. Vous jouez à l'affranchi... Monsieur veut être indépendant, faire la police à lui tout seul. Il disparaît tous les mercredis sans dire où il va. Si vous voulez jouer au dur, vous allez être servi... A partir de cette minute, Borniche, vous êtes affecté chez Baniel. »

Eh bien, moi qui enviais tant la bande à Baniel, je suis triste de quitter mon vieil inspecteur principal. Je m'entendais bien avec lui. Il me laissait une paix royale. Ce n'est pas lui qui m'a trahi, j'en suis sûr. Il n'était jamais là quand je m'esquivais pour aller retrouver Sylvia. Le mouchard, je le connais. Le fumier, c'est

Cingar, l'huissier-mouche cauteleux du poste de police. Depuis mon arrivée au service, je me méfie de cette ordure souriante. Il se tient en permanence dans le hall d'entrée, il fait bavarder les gardiens, il cuisine gentiment les détenus et les convoqués pour informer M. le divisionnaire. L'indic né. On ne sait d'où il vient, ni où il finira. Tout, chez lui, pue la laideur. Ses cheveux frisés qui grisonnent, ses lunettes d'écaille aux verres fumés constellés d'empreintes digitales, son teint d'hépatique, son museau de fouine qui exhale une odeur de mort, ses épaules voûtées et son costume de croque-mort. Il sent la poubelle, le cercueil mal fermé. Et l'ennui, c'est qu'on ne peut quitter la brigade sans passer devant lui. Il contrôle à la fois l'escalier principal et la sortie de service. Il est bien placé pour noter les allées et venues du personnel, et vomir ses comptes rendus en haut lieu. J'ai eu droit au rapport n° 1...

Rentre en toi-même, Borniche, et cesse de te plaindre.

Tu rêvais de Baniel, réjouis-toi, t'y voilà...

Peut-être cette parodie de Corneille, digne de mes anciens cabarets, me rendra-t-elle le moral ? Vraiment, je me demande de quoi je me plaindrais. Si le rapport du putois me vaut de faire partie de l'équipe de Baniel, je devrais le remercier.

D'autant qu'Edmond Baniel me reçoit les bras ouverts :

« Content de vous accueillir, Borniche. »

Visage franc, cheveux blonds, un beau spécimen de la race aryenne, comme aurait dit l'ami Adolf... Le commissaire chef du groupe de répression du banditisme de la première brigade porte allégrement ses trente-six ans. Il mesure, comme moi, un mètre soixante-quinze mais c'est là que s'arrête la ressemblance. Il est vêtu avec recherche, costume bleu marine croisé et chemise blanche. Est-ce lui, est-ce une Mme Baniel, qui noue avec cette souple perfection le nœud en V de sa cravate bordeaux ?

La bande à Baniel...

Durieu, un Méridional malin comme un singe, en est le vétéran. Un Toulousain, comme Villacampa. Quinze ans de gendarmerie avant d'entrer dans la police, sans concours, au titre des emplois réservés. Il manie l'illogisme avec une candeur puissante : « Où êtes-vous né, pourquoi, comment ? », le tout dans un roulement de « r » qui se répercutent dans une longue vibration.

Billois, c'est le flic-gentleman, distant, réservé, discrètement ironique, sorti tout droit d'un roman anglais. Il trimbale dans son gousset une lime qu'il aime à promener sur ses ongles délicats avec une vélocité de manucure.

Le cou de bovin du Breton Le Gueltel, et ses mains d'étrangleur, donnent un avant-goût des aveux les plus doux.

Mais le porte-drapeau de ce groupe, c'est Poiret. La Poire, bien sûr, pour ses équipiers. Il a vingt-six ans, Poiret. C'est un ancien catcheur amateur, un colosse blond aux oreilles déformées par les coups. Il allie une force herculéenne à un crétinisme délirant, affirmé par son front bas et par son œil éternellement terne.

Je m'étais parfois demandé comment la masse Poiret avait échoué chez les chevau-légers de Baniel, l'élite de la Brigade. L'explication, je l'avais eue par Hidoine, un collègue jeune et intelligent qui allait devenir mon grand compagnon dans la chasse aux fauves :

« Tu vois, Borniche, c'est un cas, Poiret. Le plus fidèle des chiens de garde aurait l'air d'un matou fugueur, à côté de lui. Il est capable de rester des heures en faction, là où on le plante, sans rechigner, sans même froncer le sourcil. Je te parie qu'il faudrait au moins un bombardement, ou un tremblement de terre, pour le faire bouger. Et encore... Et puis, tu sais, il a un atout terrible : dès qu'il apparaît, le plus muet des suspects se met à table... Pourtant, il ne ferait pas de mal à une mouche. Tu as vu la flopée de décorations qu'il a ?

– Tu parles, on ne voit que ça !

– C'est un ancien parachutiste. Un des premiers gaullistes, un vrai. Quand il sautait, il arrivait toujours le premier en bas. Forcément, avec son poids... Alors, on l'a décoré. Et comme il ne savait pas quoi foutre, une fois démobilisé, on l'a casé chez nous... »

Me voici donc chez Baniel. La dernière et timide recrue... Installé au second étage de l'immeuble. Le bureau des Incorruptibles donne sur la courette. Il n'est pas très spacieux. Aussi me suis-je caché, provisoirement du moins, derrière la machine à écrire. Ce n'est pas la position idéale pour lire un dossier, mais Baniel a précisé :

« Un vrai flic ne reste pas dans son bureau. C'est dehors que tout se passe. L'enquête, c'est dehors... »

Eh bien, ça y est. Je commence à me sentir bien dans ma tendre peau de jeune flic. Je me familiarise avec le petit royaume de la bande à Baniel. Une salle de bain désaffectée joue le rôle de vestiaire-débarras-cabinet de toilette. On n'a gardé que le lavabo. J'y découvre une friperie de mascarade, qui réjouit le comédien que j'aurais pu être : soutane, robe d'avocat, casquettes d'employé du gaz et de facteur, bleus de chauffe, blancs de peintre ! La panoplie complète du déguisement policier. Avec en plus, bien sûr, un arsenal de mitraillettes avec leurs chargeurs.

Je rêve, planté devant la vitre centrale de la bibliothèque de hêtre verni, qui dévore tout le panneau du fond. Des dossiers cartonnés portent sagement, bien tranquilles, les plus redoutables noms du banditisme : Emile Buisson, René la Canne, Pierrot le Fou, Abel Danos...

« C'est drôle, dis-je à Durieu, je ne vois pas le nom de Malaggione, l'Archange...

– Tu parles, c'est le plus intéressant. Le patron le garde sous le coude. Surtout qu'on s'en occupe, en ce moment. Il a raison de cavaler un peu partout, l'Archange... Il n'en a plus pour longtemps ! »

Merde !

Courthiol est sur Malaggione. Baniel est sur Malaggione. Moi, l'obscur, le sans-grade, à l'échelon du bas, tout en bas, je suis sur Malaggione. Tout le monde s'occupe de Malaggione. C'est la curée ! Et comme je sais que la préfecture de Police compte dans ses vénérables rangs vingt mille fonctionnaires, la Sûreté nationale soixante-cinq mille, et la Gendarmerie cinquante et un mille au moins, et que chacune de ces têtes salariées peut recueillir l'information inespérée sur l'insaisissable Archange, je me dis que j'ai quand même des raisons de me faire du souci.

Surtout, je pense que Villacampa n'avait pas tort quand il me recommandait de passer des tuyaux à Baniel. Je le revois, ce vieux Villacampa, le visage barbouillé de savon :

« Ça vous mènera à quoi, de jouer au plus malin ? Ce genre d'affaires, ça le connaît, Baniel. Vous risquez de tout foutre par terre... »

J'aurais bien dû l'écouter, Villacampa. Ne pas garder pour moi, ambitieux mais sans moyens, les informations que j'avais eu la chance de glaner.

Il n'est pas trop tard...

Mais Sylvia ?

Si je raconte ce que je sais, cette stupide affaire

Roussel rebondit, Sylvia est interrogée, Léonelli aussi. On les arrête comme complices tandis que deux mandats supplémentaires sont décernés contre Malaggione et Danos. La route des truands est coupée.

Et si je ne dis rien ?

La photo de Malaggione, depuis quelque temps, est à la une des journaux. Si elle tombe sous les yeux des Roussel, ils vont demander où en est leur affaire. Ils vont dire qu'un policier est venu les interroger. Qu'il leur a présenté les clichés de leurs agresseurs. Heureusement que je n'ai dévoilé ni mon nom, ni mon service, m'abritant derrière le sésame « police ! ». Je serais frais, aujourd'hui. Le gnome-divisionnaire me récupérerait dans ses serres :

« Ça s'appelle de la non-dénonciation de crime, Borniche... Serez révoqué...

– Mais...

– Il n'y a pas de mais... Malaggione, je m'en moque... C'est l'honneur de l'administration qui est en jeu... »

Rompez !

Alors, je dis, ou je ne dis pas ? Je tourne en rond dans cet imbroglio judiciaire et policier...

Il faut que je sauve Sylvia !

Je suis sûr qu'elle n'est pas mouillée dans l'affaire de Bourges.

Borniche, as-tu du cœur ? Il faut sauver Sylvia !

La sauver, surtout, car c'est le maillon entre Malaggione et moi.

J'ai une petite carte dans ma manche, quand même : le coup d'André Citroën and C° contre les Magasins Unifiés.

Si je passe le tuyau à Baniel, on réussit... Et dans l'euphorie, je lui parle de Sylvia...

« Bon début, Borniche. Vous méritez la médaille.

Votre médaille, c'est Sylvia. Je vous la laisse... On la garde pour vous ! »

C'est ce qu'il dira, bien sûr. J'ai confiance.

Borniche veille sur toi, Sylvia !

XVIII

BIEN sûr, je n'ai pas pu dormir. Je ressassais les futurs événements de la matinée, si décisive pour ma carrière, peut-être, pour mon moral en tout cas. C'est la première fois que j'ai pu avoir l'initiative d'une opération policière, une vraie. Que je vais agir, vraiment, dans ce métier que je commence à aimer.

Nous avons tous rendez-vous à la brigade à six heures. L'heure du lever juridique du soleil, en hiver. L'été, c'est quatre heures. Ça me rappelle fâcheusement le régiment, quand les bidasses sont rassemblés à quatre heures dans la cour de la caserne par tous les temps, armés et bagagés, même si la revue de détail ou le parcours du combattant n'ont lieu qu'en fin de journée... Marlyse, elle, a dormi consciencieusement, son corps à peine voilé frôlant le mien.

J'ai guetté l'ouverture du métro, battant de la semelle dans le froid. Rue de Bassano, je suis tombé en pleine effervescence. Toutes les lumières du service sont allumées. On croirait qu'un éléphant a mis la patte sur une fourmilière. La mère Duparc, appuyée sur son balai, ouvre des yeux étonnés. Poiret évolue au milieu du hall, affublé d'une tenue de peintre. Durieu a enfilé un pantalon de velours côtelé. Billois, impassible, se lime les ongles avec soin, sous le regard énamouré du collègue pédéraste de permanence, qui a abandonné les manettes du standard, installé sous l'escalier monumental.

Le commissaire Baniel n'est pas encore arrivé. Le Gueltel, qui habite Argenteuil, non plus. On a rendez-vous sur place à sept heures, avec les gens de la P.P. Comment seront-ils déguisés ? En clochards, en chauffeurs de maîtres ? On verra bien, puisque Baniel a donné le feu vert à Courthiol.

Hier, nous avons fait une ultime répétition sur place, pour repérer nos positions respectives. Aujourd'hui, il ne nous reste plus qu'à agir : les convoyeurs remplaceront les coupures par des journaux, ils attendront notre intervention.

« Vous êtes sûr que nous ne risquons rien ? a demandé l'un d'eux, un petit gros à la couronne de cheveux poivre et sel.

– Mais non, a dit Baniel pour le rassurer. C'est une simple formalité pour réussir le « flag »...

L'autre ne semblait pas convaincu. Il a dû passer une mauvaise nuit.

La réponse de Baniel m'avait surpris. Ainsi, pour réussir un « flagrant délit », c'est-à-dire arrêter des truands en pleine action, il faut que des employés, des passants, risquent leur vie. Le code est formel. La tentative n'est punissable que s'il existe un commencement d'exécution. Donc, un début de vol.

« C'est con, m'a dit Baniel. Très con... Mais c'est comme ça si on veut que la justice ne lâche pas trop vite les truands.

– Et s'il y a des coups de feu ? »

Il a écarté les bras, en signe d'impuissance.

« Ce sont les risques du métier, mon cher. C'est pour ça que j'ai demandé à Courthiol de venir avec nous. A

Paris, il est sur son terrain. S'il y a des bavures, il sera dans le coup avec nous.

– Bonjour, les enfants ! »

Baniel est là, décontracté, superbe, rayonnant, le teint frais. Il a revêtu un costume gris à chevron, dont la boutonnière s'orne de l'ordre du Ouissam Alaouite.

« En route ! »

Ce jour d'hiver ne se décide pas à se lever.

Une bruine glacée dessine des perles dans les cheveux de Le Gueltel, qui surgit au dernier moment avec son souffle de phoque. Je m'installe à l'arrière de la camionnette de Lochou, le chauffeur binoclard aux histoires salées. Avec un han de bûcheron, Poiret se hisse à son tour sur la banquette. Un craquement, puis :

« Je crois bien que j'ai déchiré mon falzar », dit-il.

Je rigole, nerveusement. A son tour, Le Gueltel s'installe près de moi. Billois, lui, se glisse à la droite du chauffeur, après avoir rabattu la bâche sur nous. J'aperçois, par le pare-brise, les feux de la voiture du patron qui démarre. Quinze minutes plus tard, nous sommes sur les lieux. Le trafic est inexistant à cette heure. Dieu des dieux des flics, protégez-moi !

A huit heures, on y voit déjà plus clair. Le jour s'est décidé à se lever. Le vent a chassé la pluie. La bouche du métro Richelieu-Drouot projette ses flots d'employés vers les compagnies d'assurances et les banques voisines.

La traction noire de Dédé Masséa, dit André Citroën, se gare boulevard Haussmann, à l'angle de la rue Laffitte, à la hauteur des Magasins Unifiés. André coupe le contact. Recroquevillés sur le siège arrière, le chapeau rabattu sur les yeux, le col du pardessus relevé, l'Anguille et le Mammouth guettent le moment de passer à l'action...

« J'espère que tu ne m'as pas dit de conneries, grogne Danos. Je veux bien vous filer un coup de main, mais il faut que ça vaille le déplacement !

– Cinq à six briques, je te dis. C'est la fin du mois. L'ami de ma frangine, celui qui travaille à la caisse, me l'a encore répété hier soir. On est venu sur place pendant trois jours, et on s'est aperçu que le scénario est toujours le même : les petits vieux quittent la banque à huit heures trente-cinq, avec la sacoche; ils ont cinquante mètres à faire pour entrer rue Laffitte par la porte de derrière...

– Bon. Il n'y a plus qu'à attendre ! »

Abel s'assoupit, les mains sur le canon de la mitraillette dressée entre ses jambes, avec la tranquille assurance du bon ouvrier du crime. Il n'a vraiment peur de rien, le Mammouth ! Il en a tellement fait, tellement vu, depuis ses débuts dans le métier.

Il sait que ses jours sont comptés, que tout ce qu'il tente depuis la Libération, c'est du rab, comme il se plaît à le dire. Louis Hervieu, dit l'Anguille en raison de la minceur de sa taille et de son agilité, l'a connu avant la guerre, au cours d'une réunion au Vel' d'Hiv'. Car le Mammouth est un fervent du vélo !

Ce duo aussi disparate qu'il est possible de l'être s'était spécialisé dans le cambriolage des pavillons de banlieue, quand leurs propriétaires font leur promenade dominicale. Puis, pendant la guerre, les deux amis ont suivi des chemins différents : l'Anguille a préféré se livrer au trafic des titres de rationnement plutôt que de s'enroler rue Lauriston... Ils se sont retrouvés à la Libération. Hervieu a hébergé Danos, tandis que Bony et Lafont se faisaient cueillir. Il sait qu'il travaille avec Pierrot le Fou et Boucheseiche, mais il lui fallait un homme de poids pour réaliser le hold-up des Magasins Unifiés. Et pour faire plaisir à son ami, le Mammouth avait accepté...

« Tu as un bon chauffeur au moins? Parce que ça, c'est indispensable. Sinon, j'en ai un sous la main. Un Corse, un rapide. Léonelli, tu connais?

– Merci, Abel, j'ai ce qu'il faut. Un petit gars au poil, un dingue des voitures. Un vrai champion de la voltige...

– Discret?

– Discret. »

Le petit gars, c'est André Citroën. Deux années de prison pour escroquerie et vols ont fini par détruire le peu de moralité qui lui restait. Il a connu l'Anguille à sa sortie de prison, dans un bistrot du boulevard de Belleville où se réunit la pègre du quartier. Hervieu s'occupait alors d'un trafic de fausses cartes grises pour un garagiste véreux. Masséa, lui, s'est spécialisé dans le vol des tractions avant qu'il pilote avec maîtrise. La soudure s'est faite. Depuis, ils ne se quittent plus. Et bien sûr l'Anguille a pensé à son jeune ami pour réaliser le coup avec Abel.

Baniel tend à Courthiol une paire de jumelles.

« Regardez, dit-il. Ils sont là, devant la banque. »

Courthiol observait le boulevard par la lunette arrière. Il se retourne.

« Dans cinq minutes, ils doivent passer à l'action, ajoute Baniel. Vous avez pu les identifier?

– Oui, dit Courthiol. Un jeu d'enfant. La filature d'hier matin a porté ses fruits... Le blondinet qui est au volant, c'est Dédé la Traction, dit aussi André Citroën, une petite gouape de Belleville. Il loge rue des Couronnes. Pas de mère, pas de femme, pas de maîtresse...

Un curieux bonhomme, hein? Son quartier général, c'est chez Lévi, une brasserie près du métro Belleville. L'autre, le plus grand, le maigre, c'est Louis Hervieu, un vieux cheval de retour. Ce que je ne comprends pas, c'est ce qu'il vient foutre dans un braquage. Ce n'est pas sa spécialité, hein?...

– Et le troisième? »

Courthiol règle les jumelles à sa vue. Son mégot est pris de frénésie :

« Il n'était pas avec eux lors du repérage des lieux, dit-il. Je ne suis pas sûr, mais on dirait... hein...? »

Il reporte les jumelles à ses yeux, reste un moment silencieux, puis :

« Danos, hein... Abel Danos, le Mammouth! Je rêve ou quoi, hein? Regardez... »

A son tour, Baniel se saisit des jumelles, dont il manœuvre le bouton molleté. Il les maintient plusieurs secondes à la hauteur de ses yeux.

« On ne distingue pas bien, dit-il. J'aperçois une masse sombre sous un chapeau. Je ne connais pas assez Danos pour me prononcer.

– Oui, mais moi, je le connais, dit Courthiol. Ça change tout, hein? Va falloir faire gaffe. C'est qu'il a la détente facile, le Mammouth! J'aurais dû demander du renfort. Encore trois minutes... »

Dieu, que le temps me semble long! De la porte cochère où je me tiens dissimulé, j'ai un angle de vue remarquable sur l'immeuble des Magasins Unifiés. Les portes du rez-de-chaussée commencent à s'ouvrir à la clientèle et, dans les bureaux éclairés, les employés doivent s'installer à leur table.

Une fois de plus, je regarde ma montre... A huit heures, la traction était venue se ranger le long du trottoir, dans une impeccable arabesque. Les trois ombres, comme moi, attendent l'heure propice...

Comme Durieu, qui malgré la fraîcheur du vent, lit son journal, adossé à la grille du métro. Comme Baniel et Courthiol, là-bas, sur le boulevard, planqués dans la voiture de Morvan. Comme le peintre Poiret qui déambule sur le trottoir opposé, un pot de minium à la main.

Il en fait trop, Poiret. J'ai peur que son manège finisse par nous faire repérer. Déjà, je l'ai entendu éternuer à deux reprises, et je présume que Baniel doit fulminer.

Huit heures trente-quatre. La camionnette bâchée vient de s'arrêter devant la banque. Billois en descend, digne, imperturbable. Il entre dans l'établissement, une serviette à la main. On dirait vraiment un patron d'entreprise qui vient chercher des fonds et que son chauffeur attend, moteur en marche. J'aurais aimé rester avec Le Gueltel à l'arrière de la camionnette, pour en surgir au moment opportun, mais le patron m'a collé d'autorité dans l'embrasure de cette porte.

Mon cœur de néophyte cogne à grands coups. Tout va se jouer dans quelques secondes. Tout, absolument tout. Pour le directeur des Magasins, que Baniel a mis dans la confidence. Pour les encaisseurs, qui ont fini par accepter le rôle de cobayes. Pour les passants qui se pressent vers leur travail, inconscients des bavures qui peuvent les expédier à l'hôpital ou au cimetière. Pour mes collègues, que j'ai entraînés dans cette affaire... Et pour Sylvia, enfin, à qui je me prends à adresser une pensée presque reconnaissante. Son information était exacte : Dédé la Traction et ses acolytes sont là.

J'observe la Citroën. Je vois s'ouvrir la portière arrière gauche. Un mastodonte en descend calmement, côté trottoir. Il semble tenir quelque chose sous son pardessus. L'homme long et maigre, que nous avons repéré la veille, le suit, les mains dans les poches. Il donne un coup de pied dans le pneu arrière gauche, comme pour voir s'il est bien gonflé. Le gros, lui, se plante devant le coffre, l'examine, puis se déplace vers la banque, toujours aussi calme. Là-bas, la traction de Morvan se détache en douceur du trottoir. Je ne tiens plus. Cette fois, pas d'erreur, ce sont bien les encaisseurs qui quittent la banque, jetant autour d'eux des regards inquiets. Billois est sur leurs talons. Et Durieu, qui marche à grands pas dans leur direction...

Je bondis...

« Les mains en l'air, mes mignons, gronde le Mammouth. On ne vous fera pas de mal... »

La mitraillette de Danos a quitté l'ombre du pardessus, pour se pointer sur les victimes pétrifiées. L'Anguille se précipite pour ramasser la sacoche que le petit gros a laissé tomber. Il jubile. Le vol a réussi. La dernière partie du plan va maintenant se jouer. C'est la fuite. Déjà, la brusque accélération du moteur lui rappelle qu'il ne faut pas trop traîner. Il se relève, pivote sur ses talons. La serviette lui semble lourde... Tant mieux ! Il entend la grosse voix d'Abel derrière lui :

« Vous n'avez pas intérêt à bouger, si vous voulez vivre assez vieux pour recevoir la médaille du travail ! »

Quelle classe, ce Mammouth !

Un professionnel, un vrai. On comprend que Pierrot le Fou l'ait pris comme équipier ! Et ces gens verts de trouille qui se mettent à cavaler dans tous les sens, au milieu de la rue, au risque de se faire écraser. De quoi rigoler...

Tout à l'heure, les trois amis vont s'amuser devant

un casse-croûte bien arrosé, en récapitulant le déroulement du braquage éclair, sans un raté...

L'Anguille s'apprête à sauter dans la traction. Dédé s'impatiente. Le moteur vrombit. Hervieu se retourne... Un poing énorme, catapulté par le bras du peintre qui s'agitait sur le trottoir, le cueille à la mâchoire, en même temps qu'une secousse le désarçonne, dans un bruit de tôle... Une camionnette a enfoncé l'arrière de la traction, tandis qu'une autre Citroën, dont deux diables surgissent, revolver au poing, la bloque contre le trottoir...

« Police ! Haut les mains ! »

D'un bond, André Masséa essaie de se dégager, de s'enfuir par la rue Laffitte. Un énergumène vociférant émerge d'une porte cochère, lui barre le passage, le ceinture. Une rafale de mitraillette... L'Anguille, touché à nouveau au menton par le poing du peintre, reste K.-O.

Je ceinture le chauffeur, qui se débat des pieds et des coudes. Heureusement, Billois arrive à la rescousse. Masséa, blême, essoufflé, n'insiste pas. Il se laisse conduire, menotté, dans la traction de Baniel. L'Anguille, cadenassé lui aussi, est étendu dans la camionnette sous la garde de Le Gueltel et de Poiret. Un rassemblement s'est formé, des invectives fusent... Les encaisseurs-héros, remis de leur émotion, tiennent presque une conférence de presse. On voit apparaître aux fenêtres toutes les têtes qu'attirent les coups de feu...

« Où est Baniel ?

– Il a couru après le troisième, dit Lochou. Avec Durieu et deux gars de la P.P... Il a beau être énorme, le mec, il cavalait drôlement... Il a lâché une rafale, le temps de prendre de la distance... »

Des gardiens de la paix du commissariat voisin, alertés par des passants, surgissent et se calment à la vue de nos plaques de police. L'un d'eux jette un coup d'œil sur l'Anguille, dont la mâchoire a doublé de volume.

Et nous voyons revenir Baniel et Durieu, dépités, écarlates.

« Il a obligé un type à le prendre dans sa voiture, dit Baniel. Alors, ça c'est con! Nous avions Danos...! Vous vous rendez compte : Danos...! Ce n'était vraiment pas la peine d'être cinquante sur ce coup-là! »

Danos!

L'associé de Malaggione!

J'en perds le souffle. Danos était là, à portée de la main, et nous l'avons bêtement raté! Si nous étions intervenus plus tôt, sans attendre le fameux commencement d'exécution prévu par le Code, nous le cueillions en beauté... Mais Baniel est-il sûr que c'est lui?

« Hélas! oui, dit-il pincé. Courthiol l'a reconnu. Il l'avait déjà arrêté avant la guerre... On n'a vraiment pas eu de pot! »

Peut-être...

Pour moi, ce n'est que partie remise.

Sylvia est toujours là, et bien là! Baniel, comme moi, ne pourra plus se passer d'elle...

« Je ne m'inquiète pas pour Dominique, dit l'Archange avec son mince sourire des moments de satisfaction. Il a de l'ambition, Doumé, il arrivera... »

Le maître d'hôtel fait sa majestueuse entrée de porteur de thé.

« Un larbin en veste blanche, se dit Sylvia. Il ne se refuse rien l'Archange! »

Elle porte une Philip Morris à ses lèvres, l'allume, regarde une fois de plus ce décor qui l'a frappée, l'autre jour. Pourtant le valet n'y avait pas encore pris place.

C'est froid, tout de même, ici. Il manque les signes d'une présence féminine. Quelque apparent désordre, un peu de laisser-aller... Le lourd mobilier style Henri II ne soutiendrait pas la comparaison avec celui du château de Neyrac... Que c'est loin, tout ça ! Où est-il, le mobilier de ses ancêtres ? Dispersé dans les ventes aux enchères pour payer la débauche d'Honoré-Gonzague... Racheté par les enrichis du marché noir... « Je ne vais pas pleurer sur ces vieilleries, se dit-elle. Neyrac est bien mort. »

Des cris d'ouvriers montent de la rue de la Faisanderie : on construit un immeuble moderne sous les fenêtres de Malaggione. « Si on avait toute cette surface, Doumé et moi... rêve Sylvia. On ferait sauter ces pâtisseries, ces tentures, et on meublerait tout en Louis XVI. C'est moins écrasant, et encore abordable. Les prix ne vont pas tarder à grimper. Encore quelques bonnes affaires, et je vais m'occuper de nous loger un peu mieux... La rue Blanche, ça suffit. »

Ange Malaggione suit d'un œil impatient les gestes du maître d'hôtel, qui perpétue le rite du thé avec une manie de vieille dame. Quand il a enfin quitté le salon et refermé la porte, l'Archange reprend :

« Si, si, vous avez été parfaits tous les deux, l'autre jour. L'affaire était rentable, mais j'ai encore mieux à vous proposer. J'ai dit à Doumé que je paierais ma dette de l'affaire Roussel à la première occasion... »

Sylvia fronce le sourcil, intéressée. D'un coup sec de l'index, elle secoue sa cigarette sur le cendrier, puis se cale un peu plus sur les coussins du divan. L'Archange verse du thé dans les tasses :

« Un sucre ?

– Deux. »

Il repose le sucrier, ôte ses lunettes embuées, en essuie les verres, les remet : « Je le préfère encore avec, pense Sylvia. Il a vraiment un regard effrayant... »

« Oui, reprend l'Archange, à l'époque, vous vous en souvenez, nous venions à peine de faire connaissance... L'idée qui m'est venue quand vous avez parlé des Roussel, à la Lorraine, je l'ai appliquée seul... J'ai réalisé l'opération avec un ami qui, entre parenthèses, a de la chance... Il vient encore d'échapper à un piège de la police... »

Sylvia sent un frisson désagréable lui parcourir l'échine. Elle a lu les journaux de long en large et elle a appris la participation du Mammouth au vol des Magasins Unifiés. Elle fait un effort pour ne rien laisser paraître de son trouble. Elle souffle une longue colonne de fumée qui monte en ronds parfaits jusqu'aux pâtisseries plâtreuses du plafond.

« Où voulez-vous en venir ?

— Voilà : j'ai une affaire toute cuite, une très grosse affaire... Je pourrais la traiter seul, mais je veux vous en faire bénéficier. Comme ça, nous serons quittes... jusqu'à nouvel ordre. »

L'Archange regarde Sylvia, pour juger de l'effet produit.

« Elle est forte, pense-t-il. Pas une réaction... »

« Vous direz à Doumé, poursuit-il, que je lui renvoie l'ascenseur, comme promis. On sera trois sur le coup : moi, lui, et un ami banquier. Cinquante millions pour chacun. Vous êtes contente ? »

Sylvia est prise d'un vertige, puis revient sur terre, instantanément, pour admirer le calme avec lequel l'Archange énumère les chiffres, expose les faits. Elle se voit annoncer la grande nouvelle à Dominique, sur le grand lit, entre deux coupes de champagne...

Cinquante millions ! Grâce à Malaggione, ils vont être riches, d'un seul coup, et sans rien risquer, cette fois, sans un coup de feu... Enfin, elle l'espère.

« On serait content à moins, dit-elle enfin. Ce sera dangereux ? »

Un mince sourire est revenu sur les lèvres de l'Archange :

« Du tout. Un jeu d'enfant. Du travail en souplesse... Il n'y aura qu'à se baisser pour en prendre. »

Ça ne lui ressemble pas, à Malaggione, d'avoir envie de s'extérioriser. Il se demande ce qui lui prend. Serait--il sous le charme de Sylvia, malgré sa misogynie ?

Le voilà qui raconte la panne de voiture, l'entrée au Bar-des-Amis, l'accord conclu avec cet ivrogne de Bouline...

« Vous voyez, Sylvia, je n'ai plus qu'à récupérer le paquet de titres, samedi matin, dans ce café minable de la rue des Abbesses... »

Sylvia écoute, charmée à son tour par l'astuce de cet homme, par sa voix douce, ensoleillée comme celle de Dominique. Elle ne voit plus sa laideur. Elle approuve en secouant son merveilleux visage, rit de bon cœur quand l'Archange imite l'employé de banque de plus en plus ivre...

« Mais, dit-elle, vous croyez qu'il ne se vante pas un peu ? Comment voulez-vous qu'il sorte toutes ces valeurs ?

– C'est le plus drôle de l'affaire : dans un sac de bois ! Figurez-vous que les employés de la Banque du Mékong ont droit à une distribution de bûches, deux fois par semaine, pour chauffer leur logement... D'après le type, c'est facile comme tout... Je n'aurai qu'à prendre les titres, et à les laver...

– Parce que ça se lave, des titres ?

– Non, dit l'Archange, qui condescend, cette fois, à sourire plus largement. Non, pas comme le linge ! C'est une expression de professionnel qui signifie que les valeurs sont remises dans le circuit normal après avoir été volées.

– Mais c'est dangereux...

– Bien sûr, ce serait dangereux si vous vous présentiez dans une banque pour percevoir les dividendes des coupons dont les numéros auraient été communiqués à la police. Mais ça ne l'est pas si vous remettez le paquet à un banquier ami, spécialiste de ce genre de choses, dont la bonne foi ne saurait être mise en doute... Il vous donne environ les deux tiers de la valeur du produit, et il se charge de négocier les actions anonymes par des circuits qu'il connaît bien, notaire, agent de change, etc. Des circuits sûrs, bien entendu...

– Je vois, dit Sylvia, qui suit cela avec autant d'intérêt que les opérations boursières décrites par son cher Balzac.

– D'ailleurs, en cas de plainte, la responsabilité de la Banque du Mékong serait engagée... On ne laisse pas traîner, au vu et au su de tout le monde, des valeurs de mines d'or ou de diamants en Afrique, ou des Suez! Deux cents millions à partager! Comptez! »

Sylvia reste songeuse. S'ils avaient su, Dominique serait venu à la réunion. Il ne serait pas allé au Mans... Elle ne s'impose plus, cette attaque du train postal, qu'il est parti repérer... Tout ça pour se partager cent millions à cinq, et avec quels risques, encore! Il est bien gentil, Camotti, le patron de l'Attelage, avec ses combines. Lui, il reste tranquillement derrière son comptoir, à monter les coups et à recevoir sa part quand ça réussit. Si ça rate, il continue à vendre son pastis, certain que ses amis ne le mettront pas en cause...

« Ainsi, vous serez trois à partager? » demande Sylvia, qui regrette presque aussitôt sa question.

Mais l'Archange en est vraiment aux confidences :

« Quatre, dit-il. Le type qui sort les titres a droit lui aussi à sa fleur! Il faut être régulier, dans la vie, non?

— Bien sûr », dit Sylvia, qui apprécie la correction de l'Archange.

Dominique a raison de lui faire confiance. Pour un peu, elle l'embrasserait...

« Si Doumé ne se lève pas trop tard, dit l'Archange avec un clin d'œil complice, il m'accompagnera, samedi matin. A vous de le sortir du lit. »

« Décidément, pense Sylvia, Dominique et l'Archange sont associés pour la vie, maintenant. Pour le meilleur et pour le pire... »

XIX

Comme l'Empire romain dans sa décadence, les boîtes de nuit parisiennes ont leur Orient et leur Occident. Mathieu Costa règne sur Montmartre et les Champs-Elysées. Pépé Massiac, sur Montparnasse et la rive gauche, du boulevard Edgar-Quinet à la rue Saint-Benoît, en passant par la rue Vavin et le village de Saint-Germain-des-Prés.

Une figure, Pépé Massiac.

Soixante-quatre ans, court sur pattes, des épaules de maître nageur. Un anneau de poils noirs et poisseux encercle sa calvitie que dissimule un éternel béret basque. D'épais sourcils forment une haie broussailleuse qui déborde au-dessus des yeux marron, étirés et fureteurs, d'où ne jaillit jamais la moindre étincelle d'humanité.

Pour Pépé Massiac, un seul homme au monde compte qui soit digne de son attention et de sa confiance : lui.

Une cicatrice étoilée orne sa joue gauche, souvenir d'une difficile bagarre au couteau avec Paul le Bougnat, un compatriote auvergnat qui avait eu la mauvaise idée d'empiéter sur son terrain. Le Bougnat s'était retrouvé au cimetière de Pantin et l'auteur du coup mortel n'avait jamais été identifié. Etienne Massiac avait alors vingt ans. Depuis, il est devenu le big boss d'une dizaine de cabarets de nus, d'un nombre impressionnant de débits de boissons et de salles de jeux et de deux maisons accueillantes, l'une à la gare de Lyon, l'autre devant les abattoirs de Vaugirard.

Dans la rue, on le prend plus pour un marchand de charbon que pour un milliardaire tant il a gardé de son terroir le parler sonore, la sobriété de la tenue et surtout le sens de l'économie chère aux gens du Cantal. Il ne détonnerait pas, calé entre les brancards d'une voiturette chargée de sacs d'anthracite, livrant la clientèle de son quartier. Pourtant, l'appartement qu'il occupe à Passy, au dernier étage d'un immeuble moderne avec vue sur la Seine, est le summum du raffinement et du luxe. De larges baies coulissent sur un jardin suspendu où le décorateur a su créer l'illusion de la campagne. Pépé Massiac aime s'y prélasser quand il n'a pas à surveiller les gérants de ses établissements. A son âge, il a l'opulence et la tranquillité dont il rêvait avant la guerre de 1914-1918, assis dans le pré paternel au milieu du troupeau de vaches. Il joue un peu aux courses, histoire de se distraire, boursicote pas mal pour faire fructifier ses revenus, et place son argent à des taux usuraires. Ses trois femmes ont claqué la porte, la première, écœurée par sa ladrerie, la seconde lasse de son impuissance, la troisième, de trente ans sa cadette, tombée subitement amoureuse d'un danseur gigolo qui avait flairé la bonne affaire. Mais Massiac, prudent, avait su couper à temps les revenus et l'écervelée s'était retrouvée démunie sur le pavé parisien. Il n'avait jamais voulu la revoir.

C'est au cours d'une promenade-retour de Longchamp qu'il avait rencontré l'âme compréhensive. Gina

Belloque exerçait ses talents dans les allées du Bois. Experte en psychologie beaucoup plus qu'en sexualité, elle avait réalisé le parti qu'elle pouvait tirer de la situation. Pépé Massiac, qui consommait peu, avait été alléché par les prix d'ami qu'elle lui consentait au cours de leurs rencontres bimensuelles. Aussi, quand elle s'était retirée des affaires pour prendre commerce à Montmartre, lui avait-il favorisé un prêt par l'intermédiaire de son homme d'affaires, le banquier véreux Lefébure. Il n'avait pas été exigeant sur les agios que le nouvel amant de Gina, le bel Italien Giuseppe, remboursait rubis sur l'ongle.

Pépé Massiac s'est levé tard. Enroulé dans un superbe peignoir lie-de-vin d'où s'échappe la toison de sa poitrine, il s'apprête à s'introduire dans sa baignoire de marbre lorsque le téléphone se met à carillonner. C'est Forlini.

« J'ai une affaire terrible à vous soumettre, Pépé. Je peux vous voir ? Ça urge. »

Massiac fait la grimace. Il n'éprouve aucune sympathie pour le concubin de son ex-maîtresse. Il se méfie des « affaires » qu'on lui propose à longueur de journée et qui se terminent toujours par une sollicitation. Méfiant, il demande :

« Qu'est-ce que c'est comme affaire ?

– C'est pas facile de vous expliquer par téléphone, dit Giuseppe... Il faudrait qu'on se voie... »

Massiac se gratte le sommet du crâne qui luit sous le lustre de faux Louis XV. La précipitation de la voix de son interlocuteur aiguise sa curiosité mais il garde toutefois ses distances.

« Où es-tu ?

– Au bureau de poste.

– Ça ne risque rien. Dépêche-toi, mon bain coule... »

Un silence. L'autre paraît hésiter, puis :

« C'est rapport à des titres qu'un copain a piqués à sa banque. On voudrait les écouler...

– Qu'est-ce que tu racontes ? dit Massiac, rendu encore plus circonspect par la proposition.

– Si, si ! Il y en a pour deux à trois cents briques, reprend l'autre. Seulement, faut faire vite, on a jusqu'à samedi pour les fourguer...

– Pourquoi ?

– Le copain a raconté que sa mère était malade. Il a obtenu une permission de trois jours, jusqu'à lundi... Après, il faut qu'il se mette en cavale...

– Ça ne se vend pas comme ça, des valeurs ! ronchonne Massiac. Anonymes, je suppose ?

– Je ne sais pas, dit Forlini. Elles sont dans ma cave, dans un sac. Si on ne se débrouille pas avant samedi, le copain les filera à un type drôlement intéressé. »

Les sourcils de Massiac s'abaissent un peu plus vers le nez.

« Qui ça ?

– On sait pas, dit Giuseppe. Il était en panne de voiture devant le bar. Il est entré pour téléphoner et il a pris part à la conversation. Il vient samedi prendre le paquet et remettre les fausses cartes d'identité à mon pote et à sa nana pour gagner l'étranger.

– Vous ne le connaissez pas ?

– Non. »

L'étonnement se lit sur le visage de Pépé Massiac.

« Ce n'est pas un flic, au moins ?

– Dites, sursaute Forlini, vous pensez bien que je l'aurais senti ! Ce doit être un Corse. Gina a relevé le numéro de sa voiture. Il a l'air bourré de fric. Qu'est-ce qu'on fait ? Ça me fait mal au ventre de laisser passer une occasion pareille. »

Massiac réfléchit, tandis que le trop-plein de la baignoire attire son attention.

« Une seconde... »

Il ferme les robinets, revient s'asseoir sur le bord du lit, les doigts de pieds jouant dans les mules de daim.

« Ecoute, Giuseppe, il faut être prudent : quand ton ami ne rejoindra pas la banque, la police le recherchera. Il faut de l'argent pour tenir le coup, beaucoup d'argent.

– Je peux toujours le planquer pendant un mois, le temps de négocier. J'ai aussi pensé à un truc...

– A quoi ?

– Je lui dis que les flics sont venus chez moi et que, par peur, j'ai brûlé les coupures... Il tombera dans le panneau. »

Massiac hoche la tête en signe de désapprobation.

« Et après ? Si je comprends, il aura tiré pour rien les marrons du feu ? Et l'autre, le Corse ?

– Je lui dirai pareil. Qu'est-ce que vous voulez qu'il fasse ?...

– C'est évident, dit Massiac. Ce que je crains c'est que ton copain soit arrêté. »

Forlini s'agite au bout du fil.

« Vous me croyez pas tout de même assez cave pour me mettre à table, non ? Je n'ai rien reçu, c'est tout. Gina sera là pour confirmer. J'avais pensé à vous et à Lefébure.

– Cite pas de nom, bon Dieu, dit Massiac en refermant son peignoir... Ce n'est pas déjà si facile que ça, ton histoire. Deux à trois cents unités, ça vaut le coup qu'on s'en occupe, mais sois pas trop pressé. Je peux les voir quand ?

– Tout de suite si vous voulez, le temps de venir.

– Non. Ce soir. Ou demain tiens, le temps que je prenne mes dispositions.

— Chez vous ? »

A nouveau, Pépé Massiac réfléchit. Il entend dans l'écouteur la respiration haletante de Giuseppe.

« A Longchamp, devant le moulin. Neuf heures. C'est calme et on voit venir. Je m'occuperai de l'écoulement. On se reverra chez moi pour le résultat. D'accord ?

— D'accord. »

Pépé Massiac repose le combiné, se lève. Un train de péniches remonte la Seine en direction de Notre-Dame dont les tours apparaissent, noyées dans la brume. Puis, il gagne avec lenteur la salle de bain. Dans le fond, que vaut-il, Giuseppe ? Rien ! C'est une crapule qui vit sur le dos de Gina, qui profite de son fric et qui n'hésite pas à doubler ses copains. Un maquereau, quoi, assorti d'un escroc. Le Rital bellâtre sans scrupules.

Et s'il disparaissait, Giuseppe, après s'être débarrassé du paquet de titres ? La piste s'arrêterait vite ! Hypothèse envisageable, ma foi ! Il a ce qu'il faut sous la main, Pépé Massiac. Mais quand ? Demain, samedi ou dans les jours à venir ? On verra bien.

D'un geste théâtral, il quitte son peignoir de soie et se plonge dans l'eau parfumée, un large sourire éclairant sa face noiraude.

« Tu as dîné ? »

Marlyse a surgi dans l'encadrement de la cuisine, les yeux pleins de sommeil, ses blonds cheveux épars sur les épaules dénudées. La dentelle de sa courte chemise de voile masque à peine sa féminité. Il est une heure du matin. J'ai tout fait, pourtant, pour ne pas la réveiller. Mes chaussures à la main, j'ai grimpé les dernières marches de l'étage. J'ai glissé à tâtons la clef dans la serrure, j'ai refermé la porte avec précaution. Le parquet de l'entrée, pour une fois, ne m'a pas trahi. J'ai accroché mon veston à l'espagnolette, j'ai jeté pêle-mêle sur une chaise mon pantalon, ma chemise, mon slip et mes chaussettes, et j'ai tenté de tirer un verre d'eau au robinet. C'est là que tout s'est déclenché. La tuyauterie a entonné le chant infernal, que les plombiers dénomment coups de bélier, et la lumière du couloir s'est allumée.

« Je n'ai pas faim, chérie... Va te recoucher, tu vas prendre froid !

— Deux œufs, seulement... »

Désarmante Marlyse, qui noue déjà la ceinture de sa robe de chambre dont le rose a depuis longtemps blanchi. A la place de l'inutile parfum Chanel, j'aurais été plus avisé de lui en offrir une autre. Celle-ci a fait son temps. C'était mon premier cadeau. Les employés du Printemps avaient droit à une réduction sensible sur leurs achats personnels. J'en avais profité. La robe bleue, de qualité supérieure, valait plus cher mais le rose va si bien au teint de Marlyse. Elle l'avait étrennée dans notre cloaque de la rue Feutrier où l'odeur des punaises écrasées se mêlait aux moisissures du dessous d'évier. Elle l'avait portée dans notre studio du boulevard de Belleville, si étroit mais si musical ! Il donnait sur la cour intérieure, au dernier étage de l'immeuble, au-dessus de la coupole vitrée du dancing le Boléro. La caisse de résonance rêvée. Chaque nuit, nous nous endormions au rythme de la valse musette et du tango argentin. Maintenant, Marlyse la revêt dans notre nouvelle résidence de la rue Lepic, un deux-pièces-cuisine avec vue imprenable sur les toits de Paris. Ce n'est pas le grand confort, mais lorsque nous l'aurons rafistolé et badigeonné, il deviendra un nid d'amoureux, difficile à découvrir au fond du labyrinthe du cinquième étage.

La poêle chante sur la flamme, plus bleue en raison de l'augmentation nocturne de la pression. Je regarde Marlyse faire fondre le beurre dans la poêle, y jeter les œufs qu'elle a cassés, saupoudrer de sel et d'un peu de poivre, le blanc qui se dore et se gondole sur les bords. Je pense qu'elles sont admirables, les femmes de flics. Elles sont comme les épouses de journalistes ou des représentants de commerce! Accaparés par nos professions, nous les délaissons et c'est pourtant avec le sourire qu'elles nous accueillent, toujours aimables, toujours prévenantes, toujours empressées. Certes, elles seraient mieux loties avec des employés de bureau : neuf heures-midi, quatorze heures-dix-huit heures! La semaine anglaise avec ça. Les dimanches et les jours fériés en famille, avec les gosses et belle-maman! Il faut aimer! Moi, pas! Je suis un flic, un poulet, un fouineur, pas l'employé de banque ou d'assurances. Ce qui me passionne, c'est l'aventure, l'imprévu, les nuits blanches. Tant pis pour Marlyse, tant pis pour les femmes de journalistes. Quoique, au train où ça va, nous les aurons d'ici peu notre semaine anglaise et nos dimanches près de bobonne pendant que les truands œuvreront vingt-quatre heures sur vingt-quatre. Déjà, autour de moi, j'entends des rumeurs. On parle de huit heures de travail par jour, de l'octroi de congés de récupération pour compenser les heures supplémentaires données à l'administration. Les syndicats s'organisent. Dans quelque temps, on va s'amuser : tout le monde fonctionnaire. Et en avant pour la journée continue, une deux. Repos! Congé! Repos! Moi je veux bien. A condition que les truands respectent, eux aussi, la trêve!

« Dites donc, Borniche, vous avez fait combien d'heures, cette semaine?

– Quatre-vingt-douze, monsieur le divisionnaire.

– Nom de Dieu, vous êtes en infraction... Vous n'aviez droit qu'à quarante...

– Je sais, monsieur le divisionnaire, mais l'affaire...

– Je m'en fous, de votre affaire... Vous allez finir par me coller les syndicats sur le dos. Au repos, mon vieux, et en vitesse, que je ne vous voie plus au service avant une semaine... »

J'essuie les restes des œufs sur mon assiette avec le dernier morceau de pain. Je vide mon verre de vin. Marlyse, qui s'est assise près de moi, me scrute. Ce qui est admirable chez Marlyse, c'est qu'elle ne me pose jamais de questions. Jamais ! Elle sait que je n'aime pas ça. Comme elle sait aussi que je meurs d'envie de bavarder. Maligne, elle attend.

« Tu voudrais bien savoir ce que ça a donné, hein ? »

Elle hausse les épaules, l'air sagace, sans me quitter des yeux. Après quelques secondes, elle déclare :

« Tu vas me le dire bientôt, mon poussin. Autant le faire tout de suite, il est déjà tard ! »

Décontenancé, je lâche :

« On n'a qu'à moitié réussi ! »

Je n'avais pas vu que Marlyse s'était fait un café. Elle verse l'eau bouillante sur le curieux mélange d'orge grillée et de chicorée, retire le chiffon qui sert de filtre. J'objecte :

« Tu ne pourras pas dormir...

– Tu plaisantes », dit-elle.

Je plaisante, c'est vrai, sans m'en rendre compte. Ce n'est pas la caféine qui empêchera Marlyse de sommeiller, c'est moi. Je suis énervé. Les événements de la journée jouent à saute-mouton dans ma tête : le dispositif mis en place, l'arrestation des deux voyous, la fuite de Danos. Une question, sans cesse, me préoccupe : Sylvia savait-elle ou non que le Mammouth, l'ancien complice de Malaggione, l'associé de Pierrot le Fou, devait participer au vol des Magasins Unifiés ? Si oui, pourquoi ne m'en a-t-elle pas parlé ? Tout aurait changé. Nous coincions l'équipe avant qu'elle ne descende de voiture, sans nous préoccuper du « flag » de Baniel. L'arrestation de Danos, condamné à mort par contumace, valait largement celle de ses deux pâles comparses. Non, elle ne devait pas le savoir, Sylvia, elle m'en aurait parlé. Léonelli avait dû rester discret avec elle. Car il est dans le coup, Dominique ! Quand Hervieu, devant les moulinets de Poiret s'est mis à table, il a précisé que Danos avait proposé Léonelli comme chauffeur...

Durieu avait sursauté :

« Quel Léonelli ? avait-il demandé en roulant des yeux... Qui c'est, celui-là ? Où est-il né, où, pourquoi, et comment ? »

J'avais sèchement interrompu sa tirade.

« Laisse, je m'en occupe... »

Durieu l'avait bouclée. Malgré moi, j'avais ressenti un picotement au cœur. Et si Sylvia me racontait des histoires ? Si, pour ménager Dominique, elle m'avait donné une affaire à laquelle il ne devait pas participer. C'était possible ! Bien entendu, l'Anguille et Dédé la Traction avaient juré ignorer la planque de Danos avec un ensemble touchant. Ces deux-là connaissent trop le régime des prisons où les mouchards subissent les représailles des caïds, les brimades imprévues, les privations de nourriture, les comparutions devant les tribunaux internes de la pègre. Ils savent quels dangers menacent leurs femmes, mises à l'index par le Milieu, violées parfois...

« Si je comprends, dit Marlyse, tu n'es pas satisfait de votre opération ? »

Je repousse mon assiette et laisse tomber tout de go :

« Nous avons raté Danos...

– Le copain de Pierrot le Fou ?
– Et de Malaggione. »

Marlyse boit son café avec calme, repose la tasse sur la table, la fait lentement tournoyer du bout de son index.

« Comment avez-vous fait ? » demande-t-elle.

Je lui explique alors, sans rien omettre, le déroulement de l'attaque, la capture et les aveux des prisonniers, mon intention de les interroger à nouveau, sur le ton de la confidence, sans Durieu, sans Poiret, sans témoins menaçants. Il me faut, c'est vital, en savoir plus sur Léonelli. Et qui sait, sur Sylvia.

Quand j'ai terminé, Marlyse se lève, songeuse. Elle débarrasse la table en silence. La tasse, les couverts, le verre, l'assiette s'empilent dans la cuvette de l'évier. Puis, se tournant vers moi, elle hoche la tête à plusieurs reprises et déclare :

« Tu veux que je te dise, Roger, ta Sylvia, c'est une salope qui te mène en bateau. C'est bien une belle grande fille qui habite près de la pharmacie, n'est-ce pas ? Demande-lui donc avec quel argent elle s'est payé son manteau de panthère ! »

Le pavillon a des relents de basse-cour. Les lapins et les poules en liberté essaiment leurs crottes sur le ciment de l'allée. Je crois en discerner sur le carrelage ébréché de la cuisine. Sur les vitres poussiéreuses, le soleil décalque les fils soyeux des toiles d'araignées.

« J'ai toujours eu des bêtes, dit Sylvain Guidot, en refermant la porte de son zoo. C'est une compagnie. Entrez.

– C'est bien vrai, dis-je. Moi aussi, j'aime les animaux. Vous en avez beaucoup ? »

Au fond, je m'en fous. Complètement. Je n'ai plus qu'une idée en tête : Léonelli... Il offre à ma Sylvia un manteau de panthère... que je n'ai même pas le droit de voir, moi... Trop beau pour la Guitoune, sans doute !

Eh bien, il va voir, le beau Doumé !

Même si je n'ai qu'une chance sur cent de le faire reconnaître par le chauffeur-convoyeur de la société Filtex, je vais la tenter. Quitte à l'aider un peu, la chance. J'applique la méthode chère à Villacampa : « Mon vieux Borniche, si vous voulez obtenir le maximum d'un témoin, il faut le questionner chez lui, en dehors de son cadre professionnel, loin des locaux de la police. Oui, chez lui, tout bonnement. C'est là qu'il se sent le plus décontracté, honoré qu'il est qu'on lui fasse confiance. Ailleurs, il en fait trop ou pas assez. Il joue les utilités ou les muets. » Charmant Villacampa, depuis deux mois à la retraite. Que fait-il en ce moment ? Il est quatre heures de l'après-midi en ce samedi ensoleillé. Je l'imagine aux courses, à Auteuil ou à Longchamp, risquant sa thune habituelle sur un dada qui fouaille de la queue après sa défaite.

« J'en ai à peu près une quarantaine, dit Sylvain Guidot, les cheveux collés par la gomina. C'est pas mal, hein ? »

Je siffle entre mes dents, histoire de créer l'ambiance.

« Quel travail ! Tout ça en plus de votre activité ? »

Il soupire :

« Faut bien. Ma femme me donne un coup de main. Si on n'avait pas ça, comment on y arriverait, avec ce que je suis payé ? »

Il n'est pas le seul à être mal payé, le brave employé, mais il le dit gentiment, sans la moindre véhémence. En ces temps où le banditisme fait rage, des pauvres types, pour des salaires de misère, risquent chaque jour de se faire trouer la peau ! Ils transportent des fortunes, sans rechigner, sans émettre une seule revendication, sans souci du danger! Comme les flics. Dans le fond, nous sommes un peu logés à la même enseigne. Enfin, presque... Un jour, alors que nous faisions les courses, notre boucher de la rue Lepic, pupilles dilatées par la trouille, m'avait dit :

« Vous savez, mon vieux, je ne vous envie pas. C'est drôlement dangereux, le métier de flic.

– Pensez-vous, avait rétorqué Marlyse. Si c'était si dangereux, il n'y en aurait pas tant ! »

Elle n'avait pas tout à fait tort. Je m'étais déjà aperçu que devant la perspective d'une balle perdue, les chevaliers Bayard de la profession n'étaient guère légion. Je m'en apercevrai, par la suite, au moment des arrestations des ennemis dits publics, les Pierrot le Fou, les René la Canne, les Emile Buisson. Là, plus de patrons, plus de Vieuchêne armés de leur 6,35 d'opérette. La fuite en avant. « On attend votre signal, hein, Borniche? Dès que c'est fini, vous sifflez et on arrive... »

« C'est comme nous dans la police, dis-je hypocrite. On en est encore au temps du tiers état. Je ne veux pas vous déranger trop longtemps, mais je passais... Je voulais vous montrer quelque chose... »

Je mens. Je ne suis venu que pour ça. Uniquement pour présenter au chauffeur Guidot la photographie de Léonelli avec le secret espoir qu'il reconnaisse le beau ténébreux. J'ai pris le métro jusqu'à la mairie d'Ivry et, à pied, j'ai parcouru les quelque huit cents mètres qui séparent le centre de la ville de la rue de l'Avenir. J'ai laissé Marlyse sur le quai, devant le pont de Conflans qui enjambe une Seine aux eaux verdâtres. J'exhibe mon cliché, source d'espérance.

« Ça vous dit quelque chose cette tête-là ? »

Le chauffeur-convoyeur-éleveur se concentre, cligne d'un œil, éloigne la photographie, la rapproche :

« Ma foi... »

Je réprime mon impatience derrière un sourire approbateur. Je ne veux pas brusquer le principal témoin de l'agression, qui a déjà été interrogé par Courthiol mais qui ne pouvait, et pour cause, reconnaître Léonelli.

« Ma foi... »

Que ce mot me semble prometteur... Ainsi Guidot ne dit ni oui ni non... Il hésite... C'est donc que ce visage lui rappelle quelque chose...

« Prenez votre temps, dis-je, je ne suis pas pressé. La photo n'est pas récente mais comme vous êtes physionomiste... Pour exercer votre travail, il faut l'être d'ailleurs, plus que tout autre... »

Le Guidot boutonneux et gominé se rengorge. Les yeux plissés, il fixe le document, se plonge dans une nouvelle méditation tandis que mes doigts se crispent et se détendent... Enfin, hésitant, il répond, quêtant presque une confirmation :

« Ce serait pas des fois celui qui conduisait la voiture ? »

J'exulte. Un marteau pilon se soulève de ma poitrine.

« Exact, dis-je. Au moins, vous, vous avez l'œil ! Félicitations. »

Un peu étonné, Guidot me rend la photo. Je ne le laisse pas se reprendre... Je l'encense.

« Vous feriez un bon flic, vous savez. Pourquoi vous n'entrez pas chez nous... ? »

Il ne répond pas, intimidé, flatté, déconcerté par ces compliments subits. Il hausse les épaules, tandis que j'enchaîne :

« Ils étaient trois pour faire le coup. Malaggione, Michelesi et celui-ci, le chauffeur. C'est établi. Ce que je vous demande, c'est de ne pas parler de ça à personne, ni à votre bureau, ni à l'inspecteur Courthiol qui est chargé de l'affaire. S'il y avait la moindre fuite, je ne pourrais pas les piquer. N'oubliez pas non plus que votre société a promis une prime importante à celui qui permettra l'arrestation... Ça en ferait des lapins, tout ça...! »

Guidot secoue la tête d'un mouvement affirmatif. Il ne me paraît pas très détendu... J'enchaîne, sans lui laisser le temps de souffler :

« Tant que cette équipe-là ne sera pas sous les verrous, personne n'a intérêt à être bavard. »

Un silence.

« Pour sûr, dit Guidot, peu rassuré, en me reconduisant à la barrière. Soyez tranquille, je ne dirai rien. »

A grandes enjambées, je rejoins Marlyse. Nous suivons, bras dessus, bras dessous, les berges de la Seine en direction de la gare d'Austerlitz. Je rayonne. Brave Guidot... Il me rend un sacré service... Mon moral est au beau fixe. Et c'est comme si Sylvia marchait, légère, tout contre moi...

XX

Gina Belloque, c'est avant tout un tiroir-caisse. Qu'il vente, qu'il neige, que la rue des Abbesses se transforme en chutes du Niagara montmartroises, que les girouettes de l'impasse gémissent sous les rafales, que les courants d'air hululent sous les portes mal jointes, Gina ne voit, n'entend, que sa caisse !

Elle pointe et repointe.

Elle marque, additionne, soustrait ou multiplie, le sourcil toujours froncé, l'échine pliée, son nez soupçonneux explorant le comptoir à la recherche d'un pourboire, avec la religieuse attention d'Harpagon explorant sa cassette.

Elle s'est formée sur le tas, Gina, dans la rude bataille de la rue. Pour elle, le mâle est une proie, et un sou est un sou. Avant même de compter ses revenus sur le trottoir, elle chérissait l'idée d'amasser un pécule, comme son père, le vigneron du Lot-et-Garonne, le lui avait enseigné. Il avait trimé dur, le père, pour élever trois garçons et trois filles. Tout ce monde-là avait fait son trou, tant bien que mal, dans l'administration et le commerce. Mais Gina, la cadette, la plus jolie, avait choisi une autre voie. Pour connaître la capitale, elle s'était placée comme bonne à tout faire chez un marchand de tissu de la place Saint-Pierre.

Papa Belloque, fumant tranquillement sa pipe, suivait du fond de ses modestes vignes l'irrésistible ascension sociale de la belle Gina. Chaque lettre annonçait un galon de plus. Gina passait du rang de bonniche à celui d'employée de maison, puis de gouvernante des enfants Kawowitz. Hélas ! le vieux était à l'agonie le jour où son voisin de clôture, ennemi mortel s'il en fut, lui dit que Gina était une pute, un point c'est tout. Ce qui précipita la fin du vieux Belloque.

Elle a le cafard, Gina, ce samedi soir. Elle a beau faire aller et venir pensivement son crayon entre ses lèvres sensuelles, les comptes refusent de monter : la recette est vraiment maigre. C'est la fin du mois qui veut ça. Surtout que Gina ne fait pas crédit comme ce vieux grigou d'en face, dont on se demande où il a trouvé l'argent pour transformer son boui-boui en snack de luxe !

Depuis l'arrivée des Américains, tous les bougnats du coin se sont mis à l'heure yankee ! Ils ont empilé dans les arrière-boutiques les sacs de tête-de-moineau et les fagots de bois qui auraient pu choquer l'œil citadin de la clientèle. Ils ont déjà troqué les beaux vieux comptoirs à bacs d'étain contre des horreurs en formica. Ils ont revendu aux brocanteurs les centenaires lampes à abat-jour, pour faire place au néon triomphant. Et eux-mêmes, les bougnats, ils ont fait peau neuve !

Ils ont rasé la grosse moustache, plié la blouse noire au fond de l'armoire. Maintenant, ils trônent en costume de ville et en cravate à fleurs, distribuant le petit coup de sauvignon entre deux parties de 421, le nouveau jeu de dés à la mode...

Elle n'est pas rassurée, la belle Gina, quand elle voit les deux hommes entrer dans la salle. Déjà, sa main experte a donné, d'instinct, un tour de clef au tiroir-caisse. Par la porte de la cuisine, grande ouverte, on entend le vacarme du vent et de la pluie...

Cette tête de fouine aux lunettes géantes, sous le chapeau trempé... C'est Ange Maladre, le client élégant qu'elle destinait à Zéphyne Liégois ! Il ne doit pas voir grand-chose, derrière ses verres pleins de buée... Son compagnon, encore plus petit que lui, s'ébroue sur le seuil de la porte de service.

« Vous m'avez fait peur, dit Gina, qui se force à sourire. Je ne vous attendais pas à cette heure-là, j'avais baissé le rideau... »

Sage précaution, bien digne de la prudente Gina : par deux fois, en son absence, des voyous du quartier ont brisé la glace de la devanture et les lamentations de Gina n'ont guère attendri les flics du commissariat de la place Dancourt :

« Vous n'avez qu'à voir ça avec votre assurance », ont dit ces énergumènes.

Tout ça parce qu'elle ne leur offre pas le coup de blanc, comme le salopard d'en face !

« Merde, se dit-elle, j'aurais dû verrouiller la porte de l'immeuble !

— Vous voyez, dit l'Archange, avec un sourire sinistre qui découvre ses dents de fauve, j'arrive toujours quand on ne m'attend pas... Il est là, votre homme ? »

Tout en prononçant ces mots, d'une voix douce et froide, il essuie précautionneusement ses lunettes avec un mouchoir.

« Ce n'est pas possible d'être aussi moche », pense Gina qui n'est vraiment pas à l'aise.

« Mon homme ? dit-elle, non, il n'est pas là. Il a été obligé de partir pour quelque jours... Sa mère est dans le coma... Il a reçu le télégramme juste après votre coup de fil.

– Ah ? dit l'Archange, qui a perdu son sourire. Et le sac, il est où ?

– Le sac ?

– Vous n'êtes pas au courant ? Je devais passer le prendre ce matin, si je n'avais pas été retardé, et remettre en échange deux fausses cartes d'identité... Il ne vous a rien dit ?

– Non... »

« A d'autres », pense l'Archange, qui se tourne vers Michelesi :

« Tu entends, Toussaint ? C'est embêtant, ça. Les titres ne sont pas là.

– Pas possible ! grogne Michelesi. Ou alors, c'est un coup fourré. »

Gina aime encore moins la tête de Michelesi que celle de Malaggione. Elle détaille sans aménité le teint olivâtre, le chapeau sur les yeux, les mains dans les poches de l'imperméable détrempé.

« Quel coup fourré ? » s'inquiète-t-elle.

Le regard de l'Archange la cloue à son comptoir.

« C'est ce que je me demande, dit-il. Je devais prendre un colis qui m'était destiné. Je téléphone à votre mari pour m'excuser de mon retard et je lui trouve une drôle de voix... Il m'affirme que les titres sont là, à ma disposition. J'arrive et qu'est-ce que je trouve ? Rien. Pas de bonhomme, pas de valeurs et vous qui ne savez rien.

– Je n'y peux rien, dit Gina. En quoi puis-je vous être utile ?

– Je ne sais pas, répond l'Archange, pensif. Tiens, si, peut-être. Vous pourriez m'indiquer où l'on peut toucher le poivrot. J'ai ses faux papiers à lui remettre. »

Gina hoche la tête.

« Bouline ? Il a quitté son hôtel. C'est normal, non ?

– Pourquoi ?

– Ben, voyons... si les flics rappliquaient.

– C'est vrai, ironise Malaggione. Ça prouve bien qu'il a sorti le paquet et qu'il se planque en attendant son fric. Alors, le sac que ton jules devait me remettre, il me le faut. Tu ne vas quand même pas prétendre qu'il l'a emporté à l'enterrement de sa mère ! »

Ce tutoiement soudain, inattendu, sent la menace. La voix de Malaggione est sèche, cassante, dominatrice. Gina a peur, tout à coup. Elle tâche de reprendre son assurance de fille.

« Je ne sais rien, dit-elle. Et je ne tiens pas à le savoir. Les affaires d'hommes, ce ne sont pas mes oignons. »

L'Archange contourne le comptoir avec sa souplesse de fauve. Au passage, il referme la porte à clef. Il délimite le champ clos, où l'on sent qu'un combat se prépare, redoutable.

« Oui, mais moi, ce sont les miens, signifie-t-il. Justement, j'ai l'impression que tu sais pas mal de choses. C'est toi l'homme, ici, ça se sent. Je t'ai observée, l'autre jour, quand tu jouais à la bobonne sur le seuil de ta cuisine. Tu enregistrais tout. Tu es même allée faire un tour dehors, histoire de relever mon numéro de bagnole ! Si tu crois que je ne t'ai pas vue ! Tu sais, les putes à la retraite, je les renifle, j'en ai connu pas mal. Mais avec moi, tu n'as vraiment pas de chance : la voiture était fauchée, alors, le numéro, excuse-moi ! Tu me l'aurais demandé, je te l'aurais donné au lieu de le repérer en douce... Je t'aurais même filé mon nom, si tu avais insisté. Malaggione, ça te dit quelque chose ? »

« Merde, se dit Gina, Malaggione ! Quelle prime je toucherais si je le faisais coincer, réfléchit-elle à toute vitesse. Et son copain Toussaint, c'est Michelesi, c'est sûr, dont les journaux ont parlé à propos du hold-up des Champs-Elysées ! »

Les yeux de Gina vont d'un chapeau à l'autre. Elle cherche le moyen de s'en sortir et de remplir au passage son tiroir-caisse.

« Alors, dit l'Archange, si ton homme n'a pas emporté les titres, ils sont ici. Tu vas gentiment nous les donner. D'accord ? »

Gina s'agite, mal à l'aise :

« Je vous assure qu'il n'y a rien. Fouillez si vous voulez. Giuseppe les a emportés avec lui.

– Amusant », dit Malaggione dont l'œil se durcit.

Gina sent son gosier se dessécher et son cœur battre à coups furieux. Elle tente :

« C'est la vérité... Il a pris un taxi. Il portait un sac... »

L'Archange, immobile comme un roc, ne la quitte pas du regard.

« Au fait, comment t'appelles-tu, ma belle ?

– Gina.

– Eh bien, Gina, est-ce que tu vas me prendre longtemps pour un con, menace-t-il. Tout à l'heure, tu ne savais pas qu'il y avait un sac. Maintenant, Giuseppe est parti avec. Dans dix secondes, tu vas me dire qu'il me l'a remis, ce fameux sac... Je te préviens, si tu veux jouer avec moi...

– Tu ne gagneras pas », renchérit Michelesi.

Les côtes de Gina frémissent quand l'Archange appuie le canon du revolver à travers la poche de son imperméable.

« Je ne sais rien, rien, dit-elle éperdue.

– On verra, dit l'Archange en s'écartant d'elle. Tu habites où ?

– Rue Rochechouart, au-dessus du Coliséum.

– Eh bien, nous allons te raccompagner chez toi.

Comme il flotte, ça te rendra service. Et on risque peut-être d'y trouver ton jules en train de compter les coupures... Pas vrai, mignonne ? »

A Saint-Germain-en-Laye, c'est la tempête. La forêt hurle tandis que les maisons dorment, malgré tout, sous la patte féroce du vent.

C'est Dominique qui conduit. Qui essaie d'y voir quelque chose, entre les essuie-glaces de la traction qui n'essuient pas grand-chose, et les giclées de boue qui explosent sur la vitre comme des grenades. La pulpeuse Gina est comme vidée de sa chair, prostrée, recroquevillée au bout de la banquette arrière. L'Archange, près d'elle, fume paisiblement. Michelesi, près du conducteur, mâchonne une allumette.

« Ils sont furieux, pense-t-elle. Ils ont fouillé la maison et ils n'ont rien trouvé... Giuseppe m'a fourrée dans un drôle de guêpier. Comment vais-je m'en sortir ? »

Elle s'enhardit jusqu'à demander :

« On va où ?

– A gauche », dit l'Archange, qui ne lui répond pas mais donne un ordre à Léonelli.

La traction vient de dépasser Andrésy, épousant la courbe de la Seine.

Dominique suit maintenant une ruelle aux pavés disjoints. Puis c'est un chemin de terre durcie par le froid.

Les roues patinent sur le verglas, que la pluie glacée ne fait que renforcer. Les ornières se font méchantes, mordent les pneus. Dominique jure, joue de son volant avec la volonté désespérée de ne pas abîmer la traction : il souffre pour elle.

Encore quelques mètres, et c'est la Seine.

La portière arrière s'ouvre.

« Descends », répète l'Archange, doucement.

Les doigts de Gina s'incrustent entre les coussins.

« Je vous en prie, dit-elle, je n'ai rien fait. »

Gêné, le chauffeur regarde fixement les essuie-glaces déjà figés par le gel. C'est le plus sympathique des trois.

« Descends, je te dis, ordonne l'Archange. Je n'aime pas qu'une pute me fasse répéter trois fois la même chose. »

Il y a dans sa voix un tel mépris que Gina se sent condamnée. Dans ce lieu désert, sinistre, elle n'a rien à attendre de personne.

L'Archange agrippe ses cheveux, l'attire dans la lumière des phares. Elle titube sous l'empoignade.

« Viens ici, salope, que je te voie comme il faut. »

Il a parlé sèchement après avoir jeté au loin sa cigarette. Il a sorti son revolver.

« Giuseppe est en Italie, souffle Gina... C'est tout ce que je sais... »

Elle se laisse tomber sur le sol, une balle a sifflé à son oreille. La fumée du pistolet de l'Archange se dissout lentement dans les faisceaux lumineux.

« Ben voyons, grince l'Archange. Il est en Italie, Giuseppe ? Répète-moi ça pour voir ? »

Le P.38 se braque sur le front de Gina, paralysée sur le chemin glacé. Elle essaie de se voiler la face de son coude droit.

« Non, dit-elle, ne me faites pas de mal... Il est à Paris... Il ne vous a rien fait... »

Elle offre à l'Archange des yeux que l'angoisse dilate.

« Tu parles, ironise Malaggione. Pourquoi il se planque, alors ? Il n'aurait pas la conscience tranquille, par hasard ?

– Il a peur, gémit Gina.

– Tiens donc. Et de qui ?

– De tout le monde. Il est pris dans un engrenage...
– Explique-moi tout ça », dit Malaggione en l'aidant à se relever.

La pluie redouble. Les mèches de Gina dégoulinent. Son maquillage se décompose. L'Archange forme une coquille de sa main gauche, pour allumer une cigarette.

« Dis donc, ma belle, dit Michelesi, ça commence à bien faire, tu ne crois pas ? Tout à l'heure, ton Rital était du côté de Milan, maintenant il est à Paris... Quand il sera à Moscou, tu pourrais pas nous faire signe ?

– Il est à Paris, je vous dis. Il m'a promis de me téléphoner. L'autre jour, quand Bouline a apporté le sac... »

L'Archange, impassible sous la pluie, écoute Gina.

« Quand Bouline a apporté le sac, répète Gina, Giuseppe l'a caché dans la cave, sous le charbon. Ce matin, vous avez téléphoné. Il y avait deux types au bar. Des allures de flics. Giuseppe m'a fait un clin d'œil puis, après, dans la cuisine, il m'a demandé si vous n'en étiez pas un, vous aussi. « Tu rigoles, je lui ai dit. Tu as vu sa « chevalière ? » Alors, il m'a répondu qu'il ne fallait pas s'y fier, qu'il y avait des flics qui s'étaient sucrés pas mal pendant la guerre. »

L'Archange l'écoute, songeur. Il revoit son manteau de cuir, il entend la voix de Lafont...

« ... Alors, Giuseppe est parti en taxi avec le paquet. A peu près deux heures avant que vous arriviez au bar. Il devait trouver une piaule tranquille et me téléphoner. Vous avez tout foutu par terre.

– Pardi », fait Michelesi.

L'Archange lui adresse un regard réprobateur. « Je n'ai pas mal joué, pense Gina. J'ai gagné du temps, en tout cas. Giuseppe aura beau jeu de dire qu'il a brûlé les titres... »

« Ton histoire n'est pas mal montée mais je n'en

crois pas un mot, dit l'Archange. Tout à l'heure, tu as laissé échapper que Giuseppe était pris dans l'engrenage. Qu'est-ce que tu voulais dire, au juste ?

— Je ne sais pas... J'ai dit n'importe quoi... dans l'affolement.

— Déshabille-toi. »

Et comme elle le regarde, stupéfaite, l'Archange fait signe à Michelesi qui, d'un geste rageur, déchire les boutonnières du manteau de laine, trempé de pluie; Gina se laisse faire, hébétée.

« Ote ta robe. »

La dentelle de la combinaison noire apparaît, pitoyable. Michelesi, méthodique, arrache les bretelles. Puis la culotte.

Gina vit un cauchemar de sa vie de prostituée. Elle claque des dents, mais ne sent même pas la pluie qui ruisselle sur sa peau blanche. La belle Gina...

L'Archange fait sauter son pistolet dans la main, se tourne vers la traction :

« Doumé ! Regarde un peu, fils, comme la pute va danser. Tu vas rigoler ! Elle va lever une patte à chaque coup de flingue ! »

« Ça ne va pas ? » demande Sylvia.

Il est cinq heures du matin. Dominique se déshabille dans la pénombre de la chambre. Ses chaussures boueuses collent au parquet. Il se laisse tomber sur le lit, prend sa tête dans ses mains.

« Ce n'est rien... Je ne voulais pas te réveiller...

— Qu'est-ce que tu as ? insiste Sylvia. Raconte-moi. »

Il secoue la tête. Comment expliquer les coups de feu, tandis que les jambes tremblantes se soulèvent, tandis que Gina crie, tandis que ses seins ballottent sous la pluie glaciale ?

Michelesi l'avait menottée. Quand la balle a frappé son tibia, elle est tombée, une nouvelle fois, sur le sol dur. Elle se tordait, suppliait, essayant d'arracher les menottes. Et elle a fini par parler

« Viens te coucher », dit Sylvia

Dominique ferme les yeux. Chaque gémissement de Gina lui martèle le crâne. Tout ce qu'elle a avoué, de cette voix perdue, désespérée... Giuseppe a téléphoné à Pépé Massiac pour lui vendre les titres... Ils ont pris rendez-vous au moulin de Longchamp... Pépé Massiac a repassé le paquet au banquier Lefébure... Si Giuseppe a fait ça, c'est pour doubler Bouline, pour avoir assez d'argent pour quitter Paris, ce bar minable, cette rue...

Elle ne cesse plus de parler, tandis que le sang s'écoule :

« Bien, mon petit, dit l'Archange. J'aime les gens francs. *Pace et salute.* »

Le dernier coup de feu a claqué.

Une balle dans la tête. Malaggione s'est tourné vers Michelesi.

« Toussaint, aide-moi à la balancer dans la Seine, cette salope. »

La traction regagnait Paris.

Boulevard Murat, près de chez Lefébure, Malaggione refermait la portière, sans bruit :

« Si je ne suis pas là dans dix minutes, vous venez me rejoindre... »

Il a disparu dans l'immeuble cossu, bel assemblage de pierres de taille, juste en face de l'hippodrome... Il épluche la liste des noms affichée à la loge de la concierge.

L'ascenseur le dépose au cinquième étage.

Un large tapis-brosse porte, en rouge sang, les initiales H.L.

« Elle n'a pas menti, la garce, se dit l'Archange. Hyacinthe Lefébure, c'est bien là... »

Une main sur la crosse du pistolet, l'autre sur le bouton de la sonnette... Personne.

C'est alors qu'il voit la petite carte : « Absent pour le week-end. »

L'Archange sourit, en redescendant :

« Il ne craint pas les cambrioleurs, ce con-là... »

Puis, quand il regagne la traction :

« Manque de chance. Il est parti jusqu'à lundi. Faudra revenir. On planquera quand même devant chez lui, dès demain, on ne sait jamais. Et on s'occupera aussi de Pépé Massiac... »

... Dominique se niche contre l'épaule de Sylvia, épuisé. Il s'endort dans le cauchemar de la forêt sous la pluie...

XXI

« Manquait plus que ça, grogna Courthiol. Avec toutes les conneries que j'ai sur le dos, il a encore fallu qu'on me balance dans ce merdier ! »

Derrière l'impassibilité dont il s'est fait une règle pour avoir le plaisir de la violer, l'inspecteur principal adjoint bouillonne, écume. Son mégot baladeur s'est tristement immobilisé dans le coin droit des lèvres, comme pour se faire oublier. Cette immobilité inaccoutumée pue la tristesse.

Il y a une heure à peine, le mégot allait et venait encore plein de courage, quand le divisionnaire avait entrebâillé la porte du bureau :

« Bonjour, Courthiol. Toujours ponctuel... C'est bien, c'est bien. Votre dimanche a été bon ?

– Excellent, patron !

– Tant mieux, mon vieux, tant mieux... Dites-moi, j'ai une bricole à vous confier. Oh ! trois fois rien. Un vol à la Banque du Mékong. C'est mon collègue du quartier de la Madeleine qui vient de m'alerter. Il paraît que le voleur est déjà identifié. Je voudrais pourtant que vous y fassiez un saut, histoire de pouvoir renseigner le préfet. Vous saisissez ? »

La porte s'était refermée. A regret, Courthiol avait

verrouillé son tiroir, enfilé son pardessus de cheviotte, resserré l'écharpe de laine que Mme Courthiol lui avait tricotée pour sa fête, et vérifié l'équilibre de son chapeau. Le long de la Seine, le vent glacial l'avait saisi. Il avait traversé le pont Saint-Michel au petit trot, et sauté sur la plate-forme de l'autobus 27, direction Concorde. Le mégot avait repris quelque vigueur tandis que Courthiol, accoudé à la rambarde, regardait défiler d'un œil blasé le Louvre, les Tuileries, le Carrousel, les jardins...

La grosse horloge de la place marquait dix heures lorsqu'il a collé sa carte de police sous le nez de l'huissier de la Banque du Mékong, galonné comme un amiral de la conquête coloniale.

Il subit maintenant les coassements de la responsable du service, un monstre aux cheveux poivre et sel, relevés en chignon, à la poitrine en perdition. Son haleine aigre anéantit les effluves du mégot.

« Jamais je ne me serais doutée d'une chose pareille, monsieur l'inspecteur. Un si brave garçon, ce Bouline, poli, dévoué, ponctuel... Toujours le premier au travail... Quand il m'a dit " Mademoiselle Brosse "... »

Pour prendre son mal en patience, Courthiol se résout à allumer, avec un soin religieux, une cigarette neuve. La salle des titres est l'antre de la désolation. Un sombre tombeau, triste et froid. Une crypte plutôt, avec ses murs blanchis à la chaux, son plafond en ogive et ses vitraux en losange, encadrés de rouge. Le poêle Godin exale une odeur de poussier mal consumé. Alignées le long des cloisons, des armoires métalliques vomissent des dossiers ventrus. Sur des tables-comptoirs encombrées de documents empilés en équilibre instable, des employés las, silhouettes grises dans la blouse, compulsent sans conviction des bordereaux barbouillés d'étranges annotations. Il semble que l'événement du jour les ait un peu réveillés, puisqu'ils jettent de temps en temps, à la dérobée, un coup d'œil à Courthiol.

« Il m'a dit, reprend Mlle Brosse, qu'il avait besoin d'une permission pour aller au chevet de sa mère mourante...

— « Une permission », dit Courthiol. On se croirait à l'armée, ici, hein ? Continuez !

— Eh bien, poursuit la pimbêche pincée, je n'ai pas pu refuser, forcément.

— Forcément. »

Il voit très bien la scène, Courthiol. Debout, au garde-à-vous, devant la table de l'adjudant-femelle, Lucien Bouline sollicite un congé exceptionnel. Il pleure d'émotion quand ses collègues l'abreuvent de paroles de réconfort. Il renifle quelques remerciements. Le dos voûté, il gagne le vestiaire, se débarrasse de sa blouse. Puis il quitte la banque, sous le fardeau de sa peine... et des précieux titres.

« Alors, monsieur l'inspecteur, c'est après son départ que tout a commencé. Un de mes collaborateurs n'a pas retrouvé dans ses dossiers un relevé important. Naturellement, il m'en a tout de suite référé... »

Mlle Brosse se rengorge. Elle marque un temps d'arrêt. Cet inspecteur se rend-il bien compte de l'importance des fonctions de l'indispensable Mlle Brosse ? Elle est loin d'en être sûre, aussi son nez se pince-t-il de plus en plus. C'est d'un ton plus sec qu'elle poursuit :

« J'ai pensé que M. Bouline, bouleversé par son chagrin, avait commis une erreur de rangement. J'attends donc son retour... et qu'est-ce que j'apprends ?

— Qu'est-ce que vous apprenez, hein ? demande Courthiol, en soulevant une paupière.

— Il avait quitté son hôtel sans laisser d'adresse, après avoir réglé sa note !

– Au moins là, il a été honnête, dit Courthiol. Après ?

– Tout était clair, hélas ! monsieur l'inspecteur ! Il devait reprendre son service ce matin à huit heures trente. Comme il est l'exactitude même, je me suis inquiétée à huit heures trente-cinq. J'ai envoyé un de mes collègues passage des Abbesses pendant que l'on vérifiait les comptes... Il manquait pour environ dix millions de valeurs étrangères ! »

La cigarette de Courthiol est vite arrivée à l'état de mégot, et commence sa promenade.

« Alors ?

– Alors, le fondé de pouvoir est allé aussitôt faire une déclaration au commissariat de la rue d'Anjou... Et quand il est revenu, reprend Mlle Brosse dans une sorte de curieux sanglot, le chiffre atteignait deux cents millions !

– Je suppose qu'il est reparti au commissariat, hein ? » dit Courthiol, ironique.

La vieille fille chausse les besicles qu'une fine chaînette dorée retient à son cou.

« Nous avons téléphoné tout de suite... A l'heure actuelle nous repointons tout, mais je crains que le préjudice ne soit encore plus grand.

– Ce n'est déjà pas mal », dit Courthiol, pince-sans-rire.

Mlle Brosse lui tend une liste qu'il repousse de la main. Elle commente :

« Il manque des Suez, des Oubangui oriental, des bons de la Caisse autonome, des obligations franco-canadiennes...

– Quelle salade, hein, une vraie catastrophe... »

Courthiol n'est pas méchant. Pourtant, il se réjouit presque des ennuis qui ne vont pas manquer de tomber sur le crâne de l'adjudant de service. Dans le privé, c'est comme dans l'administration : il faut une tête de Turc.

« Bon, abrège-t-il. Fournissez-m'en une liste complète, le plus rapidement possible, hein... Je m'en servirai pour faire une diffusion. Si quelqu'un est assez imprudent pour négocier les coupons, je pourrai remonter la filière. C'est tout ce que je peux faire, hein... Vous vous rendez compte ! Il y a au moins trois cents établissements bancaires à toucher, et je n'ai personne pour actionner la ronéo ! »

Il sort de son portefeuille une carte de visite écornée, la pose sur la table :

« Voici mon numéro de fil, dit-il. Turbigo 92.00, poste 642. Vous vous rappellerez : 6, 4, 2... C'est facile !

– Et Bouline, s'inquiète l'adjudant Brosse, vous me le retrouverez, au moins ?

– Vous y tenez tant que ça ? ricane Courthiol. Je ferai de mon mieux, croyez-moi. Je vais déjà lancer contre lui une circulaire de recherches. De votre côté, si vous avez de ses nouvelles, prévenez-moi, hein ? »

« Qu'est-ce que c'est ? demande Hyacinthe Lefébure, qui, en financier prudent, a barricadé sa porte blindée.

– Le facteur, dit l'Archange. Un recommandé. »

Le Colt 11,43 mm a sauté dans sa main au moment même où il appuyait sur le bouton de la sonnette.

« Il va rigoler, l'ordure », chuchote-t-il, en écoutant le bruit des verrous qui se tirent.

Dans l'angle du palier, Toussaint Michelesi répond d'un sourire.

La porte s'ouvre, découvrant un gentleman très mince, dont les cheveux d'argent sont du plus heureux effet sous le lustre de l'entrée. La robe de chambre en soie bordeaux recouvre un pantalon bleu marine à fines rayures blanches, qui s'arrête au ras des chaussures de crocodile noir. Le visage du viveur fatigué se fige devant le 11,43.

L'Archange bouscule sans vergogne la figure de mode.

« J'espère que vous êtes seul, dit-il.

– Pourquoi ? bafouille le banquier, qui passe un bout de langue sur ses lèvres desséchées.

– Il vaudrait mieux... On n'aime pas déranger ! »

Michelesi, silencieux comme une ombre, pousse Lefébure devant lui, referme la porte.

« Je ne vous connais pas, dit l'élégant, en affectant un courage qu'il est loin d'éprouver. Qu'est-ce que ça veut dire ?

– On vient chercher nos titres. Ceux que Pépé Massiac vous a remis.

– Vos titres ?

– Il doit être sourd, dit l'Archange, s'adressant à Toussaint. Vous êtes sourd, ou pas ?

– Pas du tout.

– Alors, soyons sérieux. Massiac vous a bien remis un paquet d'actions, non ?

– Oui. Enfin, une partie. Il en a gardé pour les négocier lui-même...

– Elles sont à moi. Je viens les récupérer. Massiac me les a volées. C'est clair ? »

Lefébure est victime d'un curieux phénomène. Sa robe de chambre semble se ramollir, se ratatiner, s'écrouler, en même temps que son front.

« Comment savez-vous qu'elles étaient ici ? » demande-t-il, pour gagner du temps.

L'Archange, d'un sourire bonhomme, montre qu'il veut bien jouer le jeu un moment.

« Pépé Massiac m'a peut-être aidé, dit-il, faisant tournoyer son arme autour de l'index par l'anneau de la gâchette.

– Je comprends de moins en moins, dit Lefébure. Il m'avait dit que ces valeurs appartenaient à un de ses amis, un restaurateur...

– Et vous l'avez cru ?

– Ma foi...

– Vous avez cru que Forlini, un minable troquet de la rue des Abbesses, gardait dans son tiroir crasseux deux cents millions d'économies ? Et qu'il avait besoin de vous, comme ça, pour les négocier... Vous ne vous foutez pas de moi, par hasard ? En tout cas, que vous l'ayez cru ou non, moi je veux mes titres ! »

Le ton a changé, brusquement. Lefébure a sursauté, sur les deux derniers mots, qui ont claqué comme un coup de fouet.

« C'est que... », murmure-t-il, pâlissant davantage.

L'Archange reprend sa voix douce, un peu sifflante. Il examine pensivement son Colt, en soupèse la crosse :

« Mes titres, et épargnez votre salive. »

Du canon de son pistolet, il pousse le banquier dans le living. Lefébure s'écarte, comme s'il avait touché un serpent.

« J'en ai expédié une partie en province, avant de partir en week-end.

– Et le reste ?

– Je l'ai là, dans mon coffre. Massiac devait m'en apporter d'autres, aujourd'hui.

– Ne vous en faites pas, dit l'Archange. Il va le faire. »

Son regard venimeux jaillit, plus démoniaque que jamais, du fond de ses lunettes.

« En ce qui vous concerne, ce n'est pas grave... Je deviens votre client, en quelque sorte. Vous me donnez la contrepartie en liquide, et vous vous rattraperez sur l'argent qui vous rentrera. »

La face de Lefébure n'évoque plus qu'un noyé en décomposition.

« C'est que ce n'est pas la coutume, parvient-il à articuler. On ne paie que lorsque les fonds... »

Il a parlé sans conviction, il a envie de pleurer, il emploie toute sa volonté à ne pas regarder le canon braqué sur lui.

« Vous croyez que c'est le moment de parler de la coutume ? demande l'Archange. Allez chercher l'argent, et qu'on en finisse. »

Lefébure, vaincu, hausse les épaules. Il précède l'Archange et Michelesi jusqu'aux portes d'acajou de la bibliothèque, s'arrête derrière un bureau garni de bronzes. Il appuie sur un bouton dissimulé sous une tablette, faisant ainsi basculer une rangée de fausses reliures.

Le déclic de la combinaison s'égrène dans le silence de la pièce.

« Il ne me reste pas grand-chose, dit Lefébure. Quelques Suez... Un peu d'Oubangui... »

Il tend les actions d'une main tremblante. Mais l'Archange n'y touche pas. Il plonge la main dans le coffre, en retire une liasse de billets.

Lefébure trouve encore la force de clamer quelque chose comme « Vous n'avez pas le droit ! », tandis que l'Archange ordonne à   :

« Vide-moi tout ça !

– C'est du vol ! glapit le banquier.

– Moraliste, maintenant ? ironise l'Archange.

– Bon Dieu, jure Toussaint, il y en a un sacré paquet ! »

Il est aux anges, Toussaint. Il a sorti de sous son imperméable un sac en plastique, et le bourre consciencieusement.

« Il y a au moins quarante briques, s'extasie-t-il.

— Ça nous dédommagera à peine du préjudice que Monsieur nous a causé », dit l'Archange.

Le banquier s'est effondré dans le fauteuil de son bureau. Il a pris la tête entre ses mains, comme un banqueroutier acculé au suicide. Son visage distingué n'est plus qu'une symphonie de tics, comme si s'était détraquée quelque mécanique cachée.

Le coffre est vide.

Toussaint Michelesi a refermé le sac. Il attend les ordres.

Pendant quelques secondes, l'Archange regarde Lefébure avec mépris, en silence. Puis, d'un geste brusque du canon du pistolet, il pousse vers le banquier le combiné téléphonique.

« Appelez Massiac.

— Massiac ?

— Oui, Pépé Massiac. Il n'y en a pas deux, non ? Qu'il vous apporte d'urgence les titres qu'il a gardés chez lui. Vous avez un acheteur sous la main, il faut en profiter. C'est simple. Dépêchez-vous !

— Il va se méfier... A huit heures du matin...

— Pourquoi ? Et si j'étais preneur, moi ? Vous allez voir, il sera ravi, au contraire. Dans vingt minutes il est là. Appelez, je vous dis ! Plus vite ça sera fait, plus vite on s'en ira. Et attention, pas de bavures, hein. »

L'Archange appuie le canon du pistolet sur la nuque du banquier. Il hoche la tête, satisfait : Lefébure joue son rôle à merveille. La peur lui donne du talent.

« Viens vite, Pépé, dit-il, très affairé. J'ai un client pour le reste. Il part dans une heure pour Grenoble...

— J'arrive ! »

Le banquier raccroche, saisi d'un tremblement. Maintenant que la comédie est terminée, son courage l'abandonne de nouveau.

« Qu'allez-vous en faire ? demande-t-il enfin.
– Ça, dit l'Archange, ça me regarde... »
Sa main droite n'a pas lâché le Colt.
De sa main gauche, il sort une cigarette de sa poche. Prend sur le bureau le briquet en or massif, allume la cigarette, repose le briquet, souffle la fumée vers le plafond. Lefébure suit des yeux chacun de ses gestes, comme si sa vie en dépendait.
Le temps s'étire indéfiniment, semble de plus en plus long.
L'Archange se met à arpenter la pièce, pour venir se planter de nouveau devant le banquier.
« Puisque nous avons l'air de nous entendre, dit-il, on va faire passer le temps. Que diriez-vous d'une petite page d'écriture ? Tenez, prenez une feuille de papier et votre stylo ! »
Lefébure, ahuri, ne bouge pas.
« Je ne plaisante pas, dit l'Archange. Allez, écrivez :
« S'il m'arrivait quoi que ce soit, il faut interroger Pépé
« Massiac. »
– Je ne peux pas écrire ça, dit Lefébure. C'est idiot. Que voulez-vous qu'il m'arrive ? »
Le canon de l'arme se rapproche. Le banquier s'empresse de décapuchonner son stylo, assorti au briquet, et de prendre la position de l'écolier appliqué.
« Je vous rends service, dit Malaggione. Continuez :
« Massiac a tué Gina, la femme de Forlini, pour
« prendre les titres de la Banque du Mékong. Il m'a
« aussi menacé à plusieurs reprises »... Voilà, c'est tout. Signez. »
Il prend la feuille des mains du banquier, la secoue pour sécher l'encre.
« Avec ça, vous êtes tranquille, dit-il.
– Je n'y comprends vraiment rien, dit Lefébure.
– Aucune importance. »

L'Archange glisse la lettre dans une enveloppe, la ferme, la place dans le coffre, en évidence, repousse la porte du coude sans la fermer. Il laisse le trousseau de clefs sur la serrure...

« Je peux me laver les mains ? »

Lefébure acquiesce, décontenancé. Il précède les deux hommes dans la salle de bain, de l'autre côté de la chambre tapissée de soie mauve. Il se penche, ouvre la porte d'un placard, y prend une serviette.

Michelesi a sorti de sa poche un P.38 enveloppé d'un chiffon blanc, le tend à Malaggione. Doucement. L'Archange dégage le canon.

« *Pace et salute* », dit-il en visant la nuque du banquier.

La mosaïque se teinte de rouge. L'Archange dépose l'arme sur le lavabo, enlève le chiffon, regagne le bureau. La main protégée par l'étoffe, il décroche le téléphone, compose le 17.

« Police-Secours ? dit-il. Venez vite. Boulevard Murat, chez le banquier Lefébure. J'ai entendu des coups de feu... »

En rigolant, il repose le combiné sur son perchoir, ramasse les titres de la Banque du Mékong et le briquet en or.

« On y va, souffle-t-il à Michelesi. Laisse la porte de l'appartement ouverte. Quand Massiac va débarquer dans ce bordel avec les actions volées dans sa poche, ça va barder ! La lettre... le flingue... Il a du pain sur la planche, le Pépé... C'est peut-être pas joli, joli, mais ça lui apprendra à se foutre de ma gueule... »

Il rit largement, découvrant ses dents de fauve.

L'ascenseur dépose les deux hommes au rez-de-chaussée. Dominique Léonelli les attend au volant de la traction, à l'angle de la rue Boileau. Ils sont à peine assis que la vieille Renault d'Etienne Massiac se range devant l'immeuble du boulevard Murat. Calmement, Pépé ferme sa portière, s'engage dans le hall de son pas poussif.

« Qu'est-ce qu'on fait ? demande Léonelli.

– Une seconde, dit l'Archange. Tu vois, le gars qui vient d'entrer chez Lefébure ? Eh bien, il a sur lui des actions fauchées à la Banque du Mékong. Il va dégringoler pour recel... »

Léonelli fixe Malaggione, sans comprendre, avec un pressentiment, presque de peur...

« Et aussi pour meurtre, poursuit l'Archange.

– Pour meurtre ? s'étonne Léonelli, d'une voix blanche.

– Roule, ordonne Michelesi, je t'expliquerai... »

L'inspecteur principal adjoint Courthiol pénètre dans l'ancien empire de Lucien Bouline, ex-légionnaire héroïque, ivrogne émérite et voleur en fuite.

L'hôtel de la Providence dresse tant bien que mal sa façade lézardée entre deux palissades recouvertes de lambeaux d'affiches. L'immeuble voisin achève de s'écrouler. Le produit des avalanches successives s'est répandu sur la chaussée. Les abîmes de ses caves éventrées servent de dépôts d'ordures aux habitants de l'impasse des Abbesses et de pension de famille trois étoiles pour les rats géants qui s'y sont taillé leur fief.

Lucien Bouline partage son espace de registre avec Zéphyne Liégeois qui a indiqué exercer la profession de secrétaire. Courthiol se marre, répète une ou deux fois « secrétaire ! », relève les identités, les adresses précédentes et le numéro de la chambre.

« On peut monter ? » demande-t-il, sur un ton impératif, en regardant la propriétaire d'un air d'empereur romain.

La grasse logeuse décroche une clef du tableau marron qui branle au mur entre deux clous, au-dessus du guichet. Elle se replonge dans la lecture des annonces matrimoniales du *Chasseur français.*

« Excusez-moi, articule Courthiol avec une politesse affectée, mais je ne peux visiter seul une chambre. Il me faut un témoin. Si vous voulez venir... »

Courthiol correspond précisément à l'annonce 19437 – même âge, même corpulence. Aussi, elle lui sourit et monte devant lui, s'épuisant à tortiller des fesses dans l'escalier qui craque tel un vieux sommier. Elle se retourne, jette à Courthiol un regard gêné en énoncant d'une voix suave :

« Vous savez, il n'y a rien là-haut.

– On verra bien, grogne Courthiol. Avancez donc ! »

Après quelques ondulations ascendantes, les fesses de la patronne s'immobilisent au premier, à l'angle d'un couloir éclairé par un lumignon. Une plaque à l'émail ovale, aux trois quarts écaillée, laisse encore lire le chiffre 3. La serrure lâche au premier tour de clef. Courthiol, dans la pénombre, distingue un lit couvert d'un édredon, une table et une chaise sur laquelle des vêtements sont soigneusement pliés.

« Pauvre mais propre, hein ? dit Courthiol. Vos locataires ont donné congé et leur chambre n'est pas prête à être relouée ? Vous n'avez même pas rangé ces vêtements ? »

La grosse tente d'ouvrir les persiennes qui résistent. Elle se retourne :

« Je n'ai pas l'habitude de faire le ménage », roucoule-t-elle.

Mais comme Courthiol la toise, rigolard, elle se durcit, soudain furieuse :

« Ici, c'est un meublé, et chacun fait sa chambre. Vous croyez que j'ai de quoi me payer une bonniche avec ce que ça rapporte ? Si j'avais des clients, on verrait. Pour le moment, ça reste comme ça ! »

En reniflant son dépit, elle réussit à écarter les volets non sans mal. On y voit plus clair.

« Dites donc, fit Courthiol, il ne suçait pas de la glace, le Bouline ! Il y a au moins dix cadavres sous le lavabo. »

De fait, des litrons vides sont alignés, près du lit, soigneusement rincés, prêts à être échangés contre leurs semblables pleins.

Courthiol grille d'un coup un bon tiers de sa cigarette. Ses yeux ont vite fait le tour de la pièce étroite, s'attardant une seconde sur le lit, fait au carré. Son index retourne un tas de papiers sur la cheminée, où croupissent les cendres d'un feu de bois.

« Rien d'intéressant, en effet... Ils ne vous ont pas dit où ils allaient ?

– Si vous croyez qu'ils étaient causants, ceux-là ! Encore lui, au début, ça allait. Quand il rentrait soûl, il me racontait le débarquement en Provence. Mais elle, motus. Bonjour, bonsoir, c'est tout... Remarquez, elle tenait bien sa chambre. Et c'est pas facile avec un type qui boit... Le meilleur client de Gina...

– Gina ? Qui c'est, celle-là ?

– La patronne du Bar-des-Amis, à côté. Ils y étaient toujours fourrés. Ce que je ne comprends pas, c'est pourquoi ils sont partis si vite. Ils étaient pas mal, ici... »

Ça y est, la cigarette a atteint son rassurant état de mégot. Courthiol s'humecte les lèvres, regarde fixement la femme pendant quelques secondes. Il se demande si elle ne plaisante pas. Devant son air sérieux, il précise :

« Ils sont partis parce qu'il a fauché la banque où il travaillait... »

Et comme la grosse le dévore de ses yeux ronds, il précise :

« Il paraît qu'il est parti avec deux cent millions de titres. »

Un hurlement de rire parvient à rendre plus hideuse encore la face de l'honorable propriétaire de l'hôtel de la Providence qui siffle entre les trous de ses molaires défuntes :

« Et vous croyez ça, vous ? Qu'est-ce que vous voulez qu'il en fasse, des titres ? Il ne connaît personne à Paris ! A moins qu'il soit allé se mettre au vert chez sa mère, en Belgique. Mais ça m'étonnerait. Il n'ira pas loin, en tout cas. Elle non plus, c'est une paumée. »

Elle se calme, cligne de l'œil :

« Voyez du côté de Gina... Mais je ne vous ai rien dit...

— Rien », dit Courthiol en sortant, soulagé, de cet antre de misère.

Le Bar-des-Amis est fermé, ce lundi matin. Aucun écriteau ne l'indique cependant. Courthiol frappe à plusieurs reprises sur le rideau métallique extérieur, tambourine à la porte secondaire du couloir, secoue le bouton. Il colle son oreille au panneau mais ne perçoit que le bruit de la rue à travers la boutique. Cette fermeture insolite l'étonne.

« Ça se complique, se dit-il en regagnant la rue. Heureusement que le patron disait que c'était une bricole de trois fois rien... Avec le pot que j'ai, il va bien me tomber encore une tuile sur la gueule ! »

Et comme le bourdon de Saint-Jean de Montmartre sonne l'Angélus de midi :

« Au moins, je vais pouvoir déjeuner chez moi.

Je suis tout près. Mais ça ne m'avance pas. J'ai l'impression que j'ai mis les pieds dans un sacré gâchis. »

S'il savait...

XXII

« Tu ferais mieux de tout me raconter, dit Sylvia. De tout me dire, depuis le début... »

Ils sont allongés nus, l'un contre l'autre, dans le grand lit défait. Le petit appartement de la rue Blanche a perdu son enchantement des premiers temps. Il semble qu'une malédiction s'y est installée, en a rongé les murs.

Avant de rentrer, à midi, Dominique a bu quelques pastis avec Toussaint Michelesi qui lui a raconté, en riant, l'épisode sanglant chez le banquier Lefébure. Dominique a ri, lui aussi, pour faire semblant...

Mais il a peur.

En rentrant, ce matin, il a déclaré qu'il ne ressortirait pas. Que tout ce qu'il voulait, c'était dormir. Inquiète, Sylvia l'a regardé :

« Qu'est-ce qu'il y a ? Qu'est-ce que tu as fait, avec l'Archange ?

– Rien de spécial... Je suis fatigué, c'est tout. »

Un moment, Sylvia a cru que Dominique avait appris – mais comment ? – ses rendez-vous hebdomadaires avec Borniche, à la Guitoune. Mais non. Dominique n'a pas l'air de lui en vouloir à elle particulièrement. En veut-il même à quelqu'un, d'ailleurs ? Comment savoir ?

Il est absent, anéanti. Sylvia en éprouve un malaise indéfinissable. Elle se rappelle quelques paroles de Borniche :

« Ce Malaggione est un fauve. Votre Dominique n'est pas de force, Sylvia... »

Ou encore :

« Vous protégerez Dominique, Sylvia. Grâce à moi. Sans nous, il est perdu... »

Depuis l'affaire Filtex, elle croyait tout savoir des activités de l'Archange. Et voilà que quelque chose, de nouveau, lui échappe.

Et cela la met sur la piste d'autres inquiétudes, suggère d'autres doutes. Chaque fois qu'elle n'était pas aux côtés de Dominique, c'est-à-dire la plupart du temps, que faisait-il ? Toujours avec l'Archange et son fidèle Michelesi, bien sûr...

« Raconte-moi tout, raconte, dit-elle. Tout. »

Il a fermé les paupières. Il semble dormir. Ou fait-il semblant, pour éviter les questions ?

« Tu dors, Dominique ? »

Il ne répond pas. Il semble qu'il s'efforce de rendre, exprès, son souffle plus régulier. Sylvia a le sentiment que tout leur échappe. Cette société, dont elle croyait triompher, ne viendra-t-elle pas à bout d'eux avec une facilité dérisoire ?

Tout se mêle, dans sa tête. Les souvenirs se pressent en désordre. Le château de Neyrac, désolé au fond de ses forêts. Honoré-Gonzague, le père, ses bordées et ses maîtresses. La mère et le gros balourd de médecin de campagne. Et le couvent de Limoges... Et les Roussel, il n'y a pas si longtemps, ses bourreaux de chaque jour, punis par Malaggione...

Punis ? Non, c'est elle qui est punie. Punie de quoi ? De rien. De s'être trouvée à Longchamp un jour de bombardement, d'avoir rencontré Dominique, le premier, le seul homme de sa vie. Comment l'amour-foudre, l'amour-fou, serait-il puni ?

Punie d'avoir bavardé devant Malaggione, à la Lorraine ? Elle ne pensait pas à mal. Ce n'est pas sa faute, si... Ce n'est pas non plus la faute de Dominique.

Et c'est pourtant à cause de cette bêtise, qui n'en est même pas une, que Borniche l'a retrouvée. Qu'il a commencé à démonter les rouages de sa vie. Ceux de la vie de Dominique.

Il semble qu'il ait fourré son grand nez de flic dans des histoires inconnues d'elle, si lointaines. Des histoires enfouies dans les profondeurs de la nuit de l'Occupation.

Ce Borniche, qui prétend la protéger, ne serait-il pas son mauvais ange ? Le fossoyeur de leur bonheur, à Dominique et à elle ?

Il a fait d'elle une *indic !*

Elle n'en avait pas vraiment honte, jusqu'à ces jours-ci. Elle ne se posait pas vraiment la question. Mais voilà que des hommes sont en prison, à cause d'elle. Et loin de se sentir à l'aise, protégée, comme dit Borniche, elle a le cœur serré, lourd.

Dominique et elle sont riches, mais à quoi sert l'argent quand l'instinct vous fait entrevoir un horizon chargé de menaces ?

« Je perds la tête, pense Sylvia. Serais-je lâche ? »

Elle a beau se dire que ce n'est qu'un moment de dépression, elle rougit de honte au regard de l'héroïne romantique qu'elle croyait être.

« Quoi, si peu d'audace ? Tout de suite découragée, apeurée, même ? »

L'abattement de Dominique, son sommeil vrai ou simulé, son silence, autant de signes qui ne trompent pas. Son Corse si jeune, si beau, si dynamique et désinvolte, s'est mis dans un mauvais pas. Une affaire, ou plusieurs, dont il ne veut pas parler... Ou dont il ne peut pas parler. A cause de l'Archange...

Elle sursaute. Un frôlement derrière la porte. Elle se lève, court, prête l'oreille. Elle n'entend que les battements de son cœur.

« Je deviens folle », dit-elle.

Elle frissonne, s'approche du radiateur à gaz, dont elle place le bouton au maximum. Elle se tourne pour réchauffer son dos, pense, avec un rire bref, à un poulet dans une rôtissoire.

« Je suis cuite, dit-elle. Nous sommes cuits. »

Tout allait si bien, pourtant... Elle met la radio en sourdine. Un air d'accordéon vient accroître sa détresse. La lumière est si grise, dans cet appartement. Cet après-midi ne finira donc jamais !

Elle passe un peignoir, s'assoit sur la chaise, devant la fenêtre.

« Une jeune fille mélancolique à sa fenêtre, dit-elle. Comme dans Balzac. »

Elle songe à s'efforcer de lire quelques pages de Balzac, elle n'en a même pas le courage. Il ne ferait que la mettre en face de son désarroi, révéler le fossé entre ses ambitions et les dures réalités qui s'annoncent...

Soudain, sa rêverie s'interrompt :

« Et si Dominique avait tué quelqu'un ? »

Glacée, elle se tourne vers le lit, regarde le dormeur au beau visage innocent...

« Non. Ce n'est pas possible, et pourtant... »

Pourtant, elle sait bien qu'il est armé, comme Malaggione, comme Michelesi. L'Archange a même dit à Sylvia, l'autre jour :

« Maintenant que vous êtes des nôtres, ma petite, il faudra apprendre à tirer. Ça peut toujours servir. Il y en a qui pensent qu'il vaut mieux ne pas être armé, ce n'est pas mon avis. Un bon revolver n'a jamais fait de mal à personne, sauf à ceux qui en veulent à votre peau... »

Dominique prétend que l'Archange n'a jamais tiré que pour se défendre. Et Sylvia croit maintenant que c'est faux.

« C'est un fauve, a dit Borniche.

— C'est un fauve », a dit Courthiol.

Ils ont beau être des flics, ils n'inventent pas tout. Surtout, ils ne se sont pas donné le mot. Ils n'avaient même pas l'air de se connaître. Alors ?...

« Dominique, réveille-toi, je t'en prie ! Ouvre les yeux ! »

« Voilà, il valait mieux que tu saches tout... »

Pour la première fois, Dominique a raconté sa vie. Bien sûr, Sylvia en connaissait déjà des bribes. Elle connaissait l'enfance pauvre, à Cargèse, la mort de la mère, puis du père...

Las, allongé, fumant lentement, les yeux au plafond, il rêvait tout haut...

Sylvia suivait l'inexorable cheminement entre les premiers coups de main du résistant à Marseille, et les actes de banditisme, sous les ordres de l'ex-gestapiste Malaggione.

Dominique, le pur, au service de l'Archange ! Où était-il, l'enthousiasme patriotique qui l'avait jeté, jeune naïf, dans les bras des Guérini ?

« Tu comprends, Sylvia, ils se battaient pour la bonne cause. Et c'est par eux que je me suis fait des relations... Je ne savais pas que l'Archange était de l'autre bord. Quand je l'ai appris, Antoine Guérini lui-même m'a recommandé de ne pas m'occuper de ça. « Laisse tomber, Doumé, on est entre Corses, non ? » Que répondre à cela ?

« Et puis, je vais te dire, Sylvia, je t'aime, je ne voulais pas que tu manques d'argent... Regarde les autres, ils font travailler leurs femmes, tu sais comment...

— Moi aussi, j'aimais notre vie, Dominique, je l'aime toujours. »

Elle posait un long baiser sur ses lèvres.

« Mais, reprend-elle, l'Archange m'a toujours fait peur. Enfin, jusqu'à ces derniers temps. Je commençais à me rassurer. Je me disais que si c'était le tueur, le fauve que j'imaginais, il ne me permettrait pas de travailler avec vous... Je me trompais ? »

Elle avait lancé cette dernière question comme un cri éperdu, elle aurait voulu être rassurée, sans espoir...

« Non, disait Dominique d'une voix sourde, tu ne te trompais pas. C'est bien un tueur, un fauve, comme tu dis... »

Un silence de mort régnait sur le petit appartement de la rue Blanche. Sylvia se gardait de le troubler. Elle avait pris la main de Dominique dans la sienne, y imprimait de tendres mouvements d'apaisement.

C'est alors que Dominique avait avoué tout ce qu'elle ignorait : l'exécution de Pascal Zatella dans le cimetière d'Ajaccio tout d'abord :

« Je n'y assistais pas. L'Archange avait seulement besoin de moi pour liquider la Pontiac de Zatella. Mais... »

Il racontait à Sylvia glacée de terreur ce qu'il avait appris d'autre : les tortures infligées à Montana dans la forêt de Cuges-les-Pins.

« Mais là, je te jure que je n'étais pas dans le coup. Souviens-toi : j'étais à Paris avec toi.

— Tu le savais ! Et malgré ça, tu... »

Dominique fermait les yeux une seconde, répondait d'une voix lasse :

« Avec l'Archange, j'étais sûr de gagner des fortunes... Tu le croyais aussi, toi...

— Oui, mais moi, j'ignorais tout... »

« C'est faux, pensait-elle, Borniche m'avait prévenue. Je n'avais qu'à l'écouter. Je suis aussi responsable que Dominique, sinon plus... »

« Continue, disait-elle doucement. Quand je saurai la vérité, on réfléchira à ce qu'on peut faire...

— Je vivais dans un rêve, avec toi, dit Dominique. Je ne pensais qu'à l'argent, à l'argent pour nous deux... Et puis, au début, c'étaient des règlements de comptes... La vendetta corse...

— Tu te donnais bonne conscience en te disant que ça ne te regardait pas. Mais maintenant ? Qu'est-ce qui s'est passé, l'autre nuit ? Qu'est-ce que vous avez fait ? Et ce matin ? »

Dominique ne s'arrêtait plus de parler, et c'était un défilé d'images d'horreur.

L'assassinat de Gina Belloque... Crispé au volant, il s'efforçait de ne pas regarder...

Comme il terminait son récit, Sylvia se précipitait dans la cuisine. Les mots « je vais devenir folle » lui martelaient le crâne, tandis qu'elle dirigeait le jet du robinet sur son visage. « Je vais devenir folle, ou je vais m'évanouir. » Elle se cramponnait au rebord de l'évier pour ne pas tomber.

Et puis, la scène de cauchemar continuait. Elle revenait s'asseoir au bord du lit. Dominique n'osait pas la regarder.

Après les atroces images de la mort de Gina, l'assassinat de Lefébure ressemblait à un accident de parcours. Et puis, Dominique n'était pas là...

« Je suis quand même complice. Je les attendais en bas, dans la voiture... Je ne savais pas...

— Tu ne sais jamais... »

Lorsqu'il avait décrit le mécanisme diabolique monté par l'Archange pour faire arrêter Massiac, Sylvia avait repris son sang-froid. Avec le machiavélique Malaggione, il ne fallait surtout pas s'affoler. Pour sauver Dominique, il fallait rivaliser de ruse avec le fauve. Elle réfléchissait très vite, et le nom de Borniche ponctuait ses réflexions...

« ...Seulement, il me tient, l'Archange, conclut Dominique en écrasant sa cigarette dans la soucoupe. Je ne peux plus le lâcher. Ce matin encore, il disait : « Mon « petit Doumé, avec Toussaint et toi, je n'ai besoin de « personne d'autre. Nous trois, rien que nous trois, « avec ta Sylvia quand on en a besoin. Une équipe sou- « dée, c'est le secret de la réussite ! »

Dominique et Sylvia se taisent, maintenant. L'Archange les tient, en effet. Il a pris soin de mouiller Dominique dans l'affaire du cimetière d'Ajaccio, dans l'assassinat de Gina... Il l'a associé, ainsi que Sylvia, au hold-up contre la société Filtex... Et puis, maintenant, Lefébure, Massiac... Cela ne s'arrêterait jamais, jusqu'à ce que le fauve, traqué, entraîne tout le monde dans le désastre.

« Et toi qui étais si fière de travailler avec nous, dit soudain Dominique. Tu vois... »

Ils se regardent, effarés. Ils sont perdus.

Et puis, Sylvia, dans un sursaut, se dresse, toute droite :

« Assez pleurniché, dit-elle. On va s'habiller, aller dîner à la Cloche-d'Or, boire du champagne, s'étourdir... Après, je pourrai réfléchir... »

Pépé Massiac ne veut rien savoir, ne veut rien dire, et les heures passent.

Courthiol commence à l'interroger à quinze heures

précises au moment où Dominique entame devant Sylvia, rue Blanche, le chapitre des grandes confessions...

L'interrogatoire se poursuit toute la nuit.

Et le lendemain matin.

La lassitude, l'exaspération, ont tour à tour pris possession du bureau du quai des Orfèvres, empuanti par les innombrables mégots de Courthiol, qui les jette sans y penser puis les récupère dans la corbeille à papiers.

Il est fatigué, Courthiol. Les yeux cernés, pas rasé, il fait peine à voir.

Il n'a pas chômé. Il a su se montrer, au fil des heures, persuasif, débonnaire, paternel, menaçant, doucereux... Un flic sérieux, Courthiol.

Pourtant, Pépé Massiac s'entête. Il refuse, en bloc, tous les arguments.

Il soutient vaillamment sa version : c'est une cabale montée par la police, pour faire tomber l'empereur du Paris-Sud nocturne !

Les titres saisis sur lui dans un paquet ficelé ? Il ne sait pas d'où ils viennent. La porte de l'appartement de Lefébure était ouverte. Il a vu ce paquet sur le sol... Il l'a ramassé. Il s'apprêtait à le poser sur le bureau quand les agents ont surgi...

Le meurtre ? Il ne comprend pas. Lefébure est l'ami à qui il rend visite à chaque retour de week-end. Ils sont associés en affaires, et il n'avait aucune raison de le supprimer.

« D'ailleurs, il n'y avait pas mes empreintes sur l'arme, alors ?

— Et le chiffon ? dit Courthiol. Hein, le chiffon ?

— Le chiffon ?

— Qui était sur le bureau, près du téléphone. Dont vous vous êtes servi pour entourer la crosse. Même qu'il porte des taches de sang, comme vos chaussures. »

Massiac passe sa main sur son crâne huileux. Il hausse les épaules. Ce pauvre flic déraille. Le sang sur les chaussures ? Foutaises ! C'est en ouvrant la porte de la salle de bain, alors qu'il s'inquiétait du silence de Lefébure, qu'il a découvert le cadavre, et sans doute marché dans la flaque de sang.

« Et la lettre, Massiac, la lettre ? Cette bon Dieu de lettre qui vous accuse, hein ?

– Je ne comprends pas.

– C'est tout ce que vous savez dire ! »

Pépé est sincère. Oui, c'est l'écriture de Lebéfure. Oui, c'est sa signature. Mais il devait être fou quand il a écrit ça. Ce n'est pas possible autrement ! Ou alors, on le menaçait. Mais qui ?

« Je m'entendais bien avec Lefébure, inspecteur. Quelqu'un peut en témoigner : Gina Belloque. Téléphonez-lui. »

Les heures ont passé. C'est sur un ton las que Courthiol répond :

« Vous tombez mal, Massiac. Elle a disparu, votre Gina. »

Là, il en prend un coup, l'empereur des nuits de la rive gauche !

Gina, c'était son alibi. Elle témoignait de l'absurdité de la lettre. Volatilisée – mais pourquoi, comment ? –, elle le place dans une situation impossible, au centre d'une machination dont il aura du mal à se dépêtrer. Quoi qu'il dise, il est coincé.

Nier le meurtre, mais reconnaître que Forlini lui avait remis les titres volés ? Ça ne suffira pas à établir sa bonne foi. C'est même sa perte. On ne le croira qu'à moitié, juste assez pour l'expédier en taule.

Nier tout, en bloc, c'est aussi dangereux. Si Forlini,

arrêté, se met à table, Massiac est perdu. Personne ne croira ses protestations d'innocence dans l'histoire du meurtre. D'autant que ce gros lourdaud de Courthiol insiste :

« Vous la connaissiez bien, Gina, hein ? J'ai retrouvé la trace de vos galipettes dans le dossier de la Mondaine... Vous l'aviez recommandée à Lefébure pour qu'il lui prête de l'argent. La Puce m'a tout raconté... Vous savez bien, la petite Oranaise, hein ! »

La salope ! Toutes les mêmes, ces putains, à se faire des confidences !

Courthiol avait dû aller au registre du commerce, farfouiller dans le dossier du Bar-des-Amis... Après tout, il n'y avait rien de mystérieux, là-dedans. Rien de prohibé.

Lefébure avait le droit de prêter de l'argent à qui il voulait, de prendre les intérêts qui en découlaient. Gina avait acquis le bar par ce procédé tout à fait normal. Et alors ?

Alors, ce prêt établissait, en un moment inopportun, les relations Belloque-Massiac-Lefébure.

Encore heureux que le nom de ce bellâtre de Forlini n'apparaisse pas ! Pépé Massiac et Lefébure s'en étaient méfiés...

Courthiol ne sait même plus quelle heure il est, s'il a faim ou non, ou soif, lorsqu'il reprend, en un furieux tourbillon de mégot :

« A vous entendre, Massiac, vous êtes l'homme des coïncidences malheureuses, hein ? Je ne sais pas si le juge d'instruction sera de votre avis... J'aimerais que vous réfléchissiez avant de faire sa connaissance. C'est Gollety. Vous avez entendu parler de l'affaire Petiot ? Pas facile, le Ferdinand, vous pouvez me croire ! »

Pépé Massiac a décidé de demeurer silencieux, d'attendre que le destin vole à son secours. Il lui a toujours été favorable, le destin. La preuve : son ascension rapide vers les honneurs et la fortune...

Et puis, merde! S'il doit aller quelques jours en taule, ce n'est pas la mort. Son avocat saura bien l'en sortir, ce cher maître qui sait si bien ingurgiter le caviar et les honoraires!

C'est pour ses relations politiques que Pépé Massiac le paie au mois. Eh bien, c'est le moment de s'en servir, de ces fameuses relations! Ses capacités, c'est secondaire : un avocat qui plaide n'est pas un bon avocat... Les affaires s'arrangent en douce, hors du Palais.

... Et si le cher maître s'avisait de le laisser s'éterniser quelques mois en prison, histoire de tirer sur la ficelle? Il a tellement besoin d'argent, le baveux, avec sa danseuse!

« Quelle engeance, cette justice, se dit Pépé, en luttant contre le sommeil. C'est comme la police, toujours à profiter du malheur des braves gens! »

L'empereur déchu renifle sa rancune : tout à l'heure, tandis qu'on le conduisait aux toilettes, il a croisé, l'un après l'autre, deux inspecteurs de la Mondaine. Ils ont tourné la tête, gênés, pour ne pas le reconnaître... Pourtant, quand ils venaient chercher leur enveloppe mensuelle, ils le connaissaient bien, Pépé Massiac!

... De très loin lui parvient la voix inlassable de Courthiol :

« ... Reprenons la série des coïncidences, voulez-vous? Deux cents millions de titres s'envolent de la Banque du Mékong. Un employé, Bouline, l'ivrogne abonné du Bar-des-Amis, et sa concubine, une pauvre fille connue du service des Mœurs, s'évaporent à leur tour dans la nature... Première coïncidence! Leurs amis Gina Belloque et Giuseppe Forlini, qui entre parenthèses sont aussi les vôtres puisque leurs noms figurent dans votre agenda, disparaissent eux aussi, samedi soir, dans des conditions mystérieuses. Personne ne les a revus, ni rue des Abbesses, ni rue de Rochechouart, où je suis passé... Deuxième coïncidence. Vous me suivez, hein ? »

Pépé Massiac a repris espoir, pour un moment.

« Si Giuseppe s'est fait la malle, se dit-il, il ne risque pas de me mettre dans le bain tout de suite... Quand les amis auront retrouvé sa trace, on le fera taire pour l'éternité... »

Sans témoins. Comme Paul le Bougnat, autrefois...

On fera taire Gina, par la même occasion. Il vaut mieux être prudent. Pépé Massiac aura un alibi increvable : il sera derrière les grilles de la Santé !

Mais il faut faire vite. Très vite. Quitte à doubler les honoraires du cher maître, qui se chargera de transmettre les ordres.

Pépé Massiac a à peine eu le temps de rassembler ces quelques solides pensées, que Courthiol reprend :

« ...Troisième coïncidence : je découvre que Gina doit de l'argent à votre ami Lefébure, qu'elle a connu par vous et qui n'a pu ouvrir sa porte qu'à un habitué. Quatrième coïncidence, il est assassiné au moment où vous vous trouvez chez lui. Ne protestez pas, un voisin a entendu le coup de feu, hein ! »

« Il m'agace avec son mégot et ses « hein », se dit Massiac. Si ce n'était pas un flic, je lui foutrais volontiers mon poing sur sa gueule... »

Ces discours qu'il se tient à lui-même lui permettent de rester impassible, silencieux, en face de Courthiol qui ne se décourage pas :

« ... Cinquième coïncidence : vous avez sur vous les titres volés par Bouline. »

Il attend en vain une réaction du roc auvergnat, toujours inébranlable.

« Massiac, pour moi, l'affaire est claire. Le circuit est

bouclé. Vous avez voulu négocier les titres avec la complicité de Lefébure. Vous avez eu la trouille, je ne sais pas encore pourquoi, et vous avez voulu les récupérer. Lefébure n'était pas d'accord, vous l'avez menacé, par téléphone sans doute. Et vous l'avez supprimé... Comme Gina ! Plus de témoins, plus d'ennuis ! »

Là, Massiac n'y tient plus. Il se dresse, rugit comme un volcan d'Auvergne enfin réveillé :

« Et Forlini ? Je l'ai tué aussi, pendant que vous y êtes ? »

Courthiol, de la langue, caresse son mégot avec satisfaction : l'Auvergnat a réagi.

« Possible, répond-il froidement. Il n'a pas laissé de lettre, lui, mais ça ne m'étonnerait pas qu'on retrouve son cadavre un de ces jours. Et si Gina et lui avaient été flingués avec la même arme que Lefébure, hein ? C'est là que vous rigoleriez, Pépé ! »

Pépé ne rigole pas du tout.

Il n'est coupable que de recel, une broutille, et le voilà au centre, il en a parfaitement conscience, d'une monumentale erreur judiciaire... Surtout ne rien dire, se laisser incarcérer, et attendre l'avocat...

Il ferme les yeux, décidé à sommeiller, si on le garde encore dans ce bureau. Comme dans un rêve, il entend Courthiol décrocher son téléphone, demander le Palais de Justice, présenter ses respects les plus plats au juge d'instruction :

« ... Oh ! non, il n'a pas avoué, monsieur le juge, c'est un coriace. Mais son dossier tient, dur comme fer, hein ! »

Sylvia et Dominique dorment paisiblement, dans les bras l'un de l'autre. Ils se sont réveillés pour avaler un petit déjeuner rapide, puis se sont rendormis, épuisés.

Ils sont rentrés de Tabarin à l'aube. La grande crise d'angoisse de la veille est passée, comme dissoute dans le champagne.

C'est Sylvia qui a réagi, avec violence. Pendant le dîner, elle a rassuré Dominique, lui a prouvé qu'il ne risquait rien s'il se retirait à temps de l'engrenage. Et c'était possible, à condition de s'y prendre assez prudemment pour ne pas encourir les foudres de l'Archange.

Elle ne lui a pas dit qu'elle gardait un atout dans sa manche, pour le cas où tout tournerait mal : Borniche...

Mais elle espérait bien ne pas en arriver là.

L'horreur des crimes de l'Archange, connus ou inconnus, elle ne voulait pas y penser. Elle se forgeait, à l'intention de Dominique et d'elle-même, une indifférence basée sur les crimes de guerre, au regard desquels les exactions de Malaggione n'étaient que jeu d'enfant...

Oui, elle mettait toute la mauvaise foi dont elle était capable au service de leur tranquillité d'esprit provisoire.

« On va dire à l'Archange qu'on veut faire un petit voyage, Dominique. Qu'on veut prendre un peu de bon temps. On attendra que tout ça se tasse, et puis on verra... »

Peu à peu, Dominique s'était repris à sourire. Il l'admirait d'être aussi forte.

Il ne l'avait jamais autant aimée.

Malgré plusieurs tasses de café, et un demi-paquet de cigarettes liquidé à une vitesse record, sans même laisser — ô sacrilège — le mégot arriver au point de ramollissement idéal, l'inspecteur principal adjoint Courthiol oscille entre la fatigue et l'exaspération.

Il ne supporte pas d'être contraint à transmettre aux magistrats un rapport sans aveux, basé seulement sur des hypothèses. En ces temps troublés, où les juges sont débordés, c'est le plus sûr moyen de faire bénéficier les plus fieffés coquins d'une liberté provisoire inespérée...

Si seulement il avait pu retrouver sur l'arme du crime les empreintes de Massiac...

Rien!

Henriot a été formel : non seulement elles ne figurent pas sur la crosse, mais la comparaison des douilles et des balles n'a permis d'établir aucun lien avec les autres meurtres.

Aucune empreinte non plus dans l'appartement de feu Lefébure, à part les siennes... Courthiol en veut presque à son vieil ami de l'identité judiciaire!

Quant à la perquisition chez Massiac, elle n'a rien donné du tout. Désespérant, en vérité!

« Merde! grommelle Courthiol, tenant à deux mains sa tête douloureuse. C'est le marasme, hein, le pot-au-noir, depuis que je cours après cet Archange de malheur, rien ne va plus, nom de Dieu!... »

A croire que l'Archange le poursuit d'une haine occulte. Danos et lui jouent à cache-cache avec l'infortuné Courthiol. Les millions de la société Filtex s'évanouissent. Ceux de la Banque du Mékong idem. Et le comble, c'est que les principaux intéressés disparaissent à la même cadence : Bouline, Liégeois, Belloque, Forlini, envolés. Lefébure, muet à jamais...

Quant aux titres qu'il est chargé de retrouver, c'est un vulgaire commissariat de quartier qui met la main dessus et qui, de plus, arrête l'assassin présumé de Lefébure, ce Pépé Massiac qui joue les innocents outragés! De quoi se faire garde champêtre!

Courthiol a le cafard.

D'autant que la presse n'est pas tendre pour la police, ces temps-ci. Depuis la Libération, le crime règne sur le pays. On n'a jamais vu autant de meurtres, d'agressions, d'escroqueries en tous genres. Le gang des tractions avant, Pierrot le Fou, Jo Attia et Abel Danos en tête, opère avec la tranquille assurance qui fait son charme[1].

René Girier, le célèbre René la Canne, est devenu l'Arsène Lupin de l'après-guerre. Les journalistes le surnomment aussi le gangster intellectuel, ou le bandit bien-aimé. Lui, peu soucieux des titres de gloire qu'on lui décerne, jongle sur les gouttières des palaces avec les bijoux et les économies de ses victimes. On l'a signalé place de l'Opéra, en galante compagnie, au volant d'une superbe Studebaker, naturellement volée. L'inspecteur Morin s'essouffle à sa poursuite...

C'est dans cette atmosphère que Courthiol éprouve la nécessité d'un dossier bien clair, bien net, bien bouclé. Si Pépé Massiac pouvait avouer !

Mais il n'a pas pipé, le vieux renard d'Auvergne.

Et ce n'est pas chez le juge qu'il se mettra à table. Quand un suspect n'a pas fait ses confidences aux flics, le juge n'en tire rien. Surtout que l'avocat est là. Et surtout quand le gars a de l'argent... C'est si facile de faire se rétracter les témoins... Quoique, là, il n'y en ait même pas, de témoins ! Des victimes, oui. Des témoins, néant... Saloperie de dossier !

Courthiol sort de son tiroir une feuille de papier vierge. Il va essayer de les retrouver, ces témoins fantômes ! Ils viendront au quai des Orfèvres de gré ou de force. Il éprouve déjà la satisfaction de l'artisan appliqué en trempant sa plume sergent-major dans l'encre violette, en commençant à rédiger la circulaire qui sera

1. Voir *Le Gang*.

imprimée lorsque les services techniques le voudront bien... Là aussi, l'épuration a clairsemé les rangs !

« *Il y a lieu de rechercher très activement les nommés :*

Bouline *Lucien Alfred né le 19 septembre 1916 à Villers-la-Ville (Belgique) de Jules Alfred et de Léonie Watelos, sujet belge, titulaire de la carte d'identité d'étranger n° 35 AA 74021 délivrée par la Préfecture de Police et valable jusqu'au 6 novembre 1950, célibataire, employé de banque, ayant demeuré 6, passage des Abbesses à Paris (XVIII*e*). Auteur présumé du détournement commis au préjudice de la Banque du Mékong à Paris. Signalement : taille 1,65 m environ, très forte corpulence, cheveux blond cendré, coiffés flou, teint rose, yeux clairs, rasé. Il peut être vêtu d'un complet veston sport à martingale, d'un pardessus ample en tweed gris foncé ou d'une vareuse genre canadienne en drap foncé. Il porte toujours un chapeau mou de teinte marine. Cet individu peut être accompagné de la femme :*

– Liégois *Zéphyne, alias Gailion, alias Donaste Ginette, née le 23 avril 1922 à Collioure (P.-O), plusieurs fois condamnée pour vol, prostitution, entôlage, ayant demeuré avec lui. Signalement : taille 1,62 m, mince, cheveux châtain moyen, nez rectiligne à base relevée. Vêtue d'un manteau noir et d'une robe rouge, fendue sur les côtés. Très maquillée genre excentrique. Objet d'un jugement du Tribunal de Vichy pour usurpation d'état civil.*

Emporté par son élan, Courthiol est sur le point d'aligner, dans la foulée, Gina Belloque et Giuseppe Forlini sur la même circulaire.

« Non, se dit-il. Rien ne permet d'affirmer qu'ils sont dans le coup de la Banque... Et puis, qui dit qu'ils ont réellement disparu ? Ils ont pu partir en voyage pour quelques jours. Je vais attendre... »

Il réfléchit encore quelques minutes. La concierge de la rue Rochechouart et la patronne de l'hôtel de la Providence l'avertiront si elles apprennent quelque chose... Elles le lui ont promis. Oui, pour Gina et Giuseppe, il vaut mieux attendre. Boucler la circulaire par la formule habituelle. Il replonge sa plume dans l'encrier...

« *En cas de découverte, procéder à arrestation et avertir d'urgence la préfecture de Police, direction de la Police judiciaire, Turbigo 9200 et Odéon 4380 (postes automatiques 357, 360, 280, 377, 865 et 642).*

Le directeur de la Police judiciaire : R. Desvaux. »

Courthiol soupire. Range son porte-plume. Que faire d'autre ?

XXIII

Georges Cocagne, notre colosse familier, notre champion de l'obturateur, ne s'intéresse qu'à ce qu'il fixe sur sa pellicule. Le givre qui étincelle dans les forêts de l'Ile-de-France, il s'en fout. Comme du roux de l'automne, du vert tendre et printanier, des pique-niques bruyants de l'été. Quand Cocagne s'enfonce dans une forêt, c'est pour photographier, voilà tout. A quarante-quatre ans, il a acquis une philosophie solide et supporte avec une majesté hautaine les fines et inévitables plaisanteries des collègues, qui surnomment « le Mât » l'inspecteur photographe, témoignant une fois de plus de l'influence de l'almanach Vermot sur le vocabulaire policier. Le Mât est solide, heureusement. Il porte aux petits hommes qui l'entourent l'indifférence amusée des géants. Rien ne l'émeut, rien ne l'irrite.

Il dirige le laboratoire scientifique de la première brigade mobile, mais qu'on ne se méprenne pas sur cette noble fonction ! Elle consiste à évoluer, lustrine aux manches, dans l'ancienne cuisine du rez-de-chaussée aux carreaux à damier jaune et blanc, entre l'évier ébréché, le réfrigérateur aussi silencieux qu'un moteur de tracteur, et les cuves de porcelaine où les épreuves photographiques stagnent dans l'hyposulfite.

Cocagne a barbouillé de noir les vitres de la fenêtre,

et calfeutré de bandes de papier journal les interstices de la porte. L'assiégeant toujours redouté, c'est la lumière du jour... Son domaine, c'est l'obscurité. Et quand les étrangers s'émerveillent de la technique évoluée de notre police, il y aurait de quoi faire s'esclaffer un régiment de vocifératrices, les coûteuses pleureuses corses des cortèges funéraires...

Car seules la conscience professionnelle et la débrouillardise de Cocagne suppléent la pauvreté du matériel. Dès l'annonce d'un cambriolage ou d'un crime, il fonce, l'appareil à soufflet et son trépied de bois alignés dans leur boîte, recouverte d'une moleskine qui fut autrefois neuve. Dans une autre mallette, plus petite, il tient en réserve la panoplie du releveur d'empreintes : le pinceau à poils de soie, les poudres fines dont les couleurs diverses contrasteront avec celles des objets à examiner, le papier blanc glacé, le tube d'encre d'imprimerie, le rouleau de caoutchouc et l'indispensable plaque de verre.

Aujourd'hui, c'est en ma compagnie que Cocagne a foncé. Poiret est là, lui aussi. Je franchissais le seuil de la brigade quand Baniel m'a intercepté dans le hall, au pied de l'escalier, sous l'œil rigolard du sinistre Cingard qui, déjà, notait mon heure d'arrivée.

« Vous tombez bien, Borniche! Il y a un macchab à Triel. La gendarmerie vous attend. Prenez Cocagne, Poiret et le chauffeur de permanence. »

Mon premier cadavre! Lorsque nous avons cessé d'admirer la forêt de Saint-Germain et les hauteurs boisées de l'Hautil, les gendarmes nous ont entraîné sur les bords de la Seine. C'est là que gisait, recroquevillé entre bois et eau, le corps gonflé d'une femme. La mort l'a saisie dans un geste de défense. L'avant-bras droit, raidi, est replié sur les yeux. Elle est nue. Le maréchal des logis-chef m'a glissé :

« C'est un pêcheur qui nous l'a signalée, un nommé Marceau. Elle flottait entre deux eaux, emportée par le courant. On l'a repêchée à la gaffe. Pas d'indices, rien! Le Parquet est prévenu. »

Déjà, Cocagne a déplié son trépied, vissé son appareil, appuyé sur la poire, après avoir réglé l'objectif sous le drap noir et lancé à la cantonade, dans le plus pur style des garçons de café :

« Ne bougeons plus! Un sourire, pour le petit zoziau, un! »

Sans la moindre amorce de dégoût, il prend les mensurations de la victime à l'aide d'un double mètre de couturière. D'une main précise, il porte ses notes sur un calepin.

Tout ça n'est pas beau à voir, et je me demande comment il ne tremble pas...

Il ouvre la bouche du cadavre nu, compte les dents, constate que trois molaires sont aurifiées, inscrit à nouveau...

Il me désigne, au milieu du front, l'orifice d'entrée de la balle, qui a incrusté dans la peau une auréole de poudre. Le coup a été tiré presque à bout portant.

En sifflotant un air d'Offenbach, Cocagne sort de sa mallette le tube d'encre, le rouleau et la plaque de verre. Je le regarde opérer, dans une horrible odeur de vase et de chair pourrie. Poiret a déballé un énorme sandwich au camembert, et commence à le dévorer.

Cocagne s'applique : à l'aide du rouleau, il étale une mince couche d'encre sur la plaque, qu'il pose sur le ventre ballonné de l'inconnue, le temps de sortir de la mallette un chiffon et un flacon d'alcool. Après avoir nettoyé les extrémités des doigts, il les fait rouler l'un après l'autre sur le verre, puis sur le papier glacé. J'ai eu la sinistre impression que sous ses efforts la plaque allait voler en éclats.

Les empreintes digitales apparaissent. Cocagne, en artisan consciencieux, se recule pour juger de l'effet produit. Il fait claquer sa langue de satisfaction, et rengaine ses outils.

« Si la môme est dégringolée, dit-il, on a ce qu'il faut pour l'identifier dans les deux heures qui suivent.

— Et si elle n'a jamais été arrêtée ? »

Je sais que les fichiers de l'identité judiciaire, à la Préfecture, contiennent de véritables collections d'empreintes digitales de suspects... Mais si la femme n'a jamais eu affaire à la police, rien ne va plus ! Faute d'autres moyens d'identification, sa fiche ira grossir les listes des cadavres inconnus, à moins que ne survienne un témoignage de dernière heure. Et au bout de dix ans, délai de la prescription, l'assassin pourrait même s'accuser sans crainte d'être arrêté !

« Planque ton casse-croûte, Poiret, dit Cocagne, voilà le proc ! »

Les autorités judiciaires sont là, aussi guindées dans leur attitude que dans leur petit costume. Ils ne doivent pas rigoler tous les jours, les magistrats !

Le médecin légiste, lui, a l'œil égrillard. C'est un bon gros, jovial à la figure en forme de lune.

Les gendarmes, au garde-à-vous, saluent à tours de képis. Je me présente :

« Inspecteur Borniche, de la première brigade. Le commissaire Baniel s'excuse, monsieur le procureur... »

Un signe de tête hautain, une poignée de main molle...

Cocagne et Poiret sont déjà dans la voiture. Le chauffeur, au volant, feuillette sans conviction, une revue libertine. Le pêcheur Marceau, un grand timide visiblement, tourne sa casquette de cuir entre ses doigts gourds. C'est vrai qu'il fait grand froid, dans cette forêt ! Le Parquet bat la semelle. Marceau, lui, pense que sa photo sera demain à la une des journaux. Les journalistes surgissent.

« Je ne vais pas faire l'autopsie en plein air, proclame le médecin. Allons à la mairie ou dans le cimetière. »

Bien dit. Mais qui va transporter le cadavre? Pas moi, en tout cas!

Les gendarmes font une drôle de gueule, quand ils enveloppent le corps dans une couverture. Les curieux commencent à affluer. Rien ne les attire comme l'odeur de la mort. Je m'en passerais bien, moi qui n'ai pas demandé à être là!

« Vous êtes O.P.J.? » me demande le juge, le stylo à la main.

Hélas! non. Du moins, pas encore. Si je réussis à mon examen, dans quelques mois, je l'aurai, ce fameux titre d'officier de Police judiciaire... O.P.J.! Pour le moment, je ne suis qu'un simple agent de recherches, délégué par son patron sur le terrain.

« Ça ne fait rien, dit le juge. Je délivre la commission rogatoire à votre commissaire. Dites-lui de mener l'affaire rondement... Suivez-nous à l'autopsie. »

Me voici dans le hall de la mairie. C'est vraiment la journée des grandes premières : je vais assister à une opération de dissection.

Je serre les dents.

Et je m'efforce de ne pas fermer les yeux devant la danse macabre du marteau, de la scie, du scalpel...

La boîte crânienne est décapsulée, le sternum scié, l'estomac ouvert... Le toubib a dû faire ça toute sa vie, lui, il n'a pas la nausée quand sa pince va chercher, dans la bouillie du cerveau, une balle de laiton qu'il brandit triomphalement sous le nez du procureur.

« D'après le trajet, dit-il, la femme était à genoux quand le coup l'a atteinte. C'est net. Le tireur est un individu de petite taille. »

Il en connaît un bout, le toubib ! J'admire sa façon de manier ses outils, de prélever les viscères, de les placer dans des bocaux pour l'analyse toxicologique. Il n'a pas froid. Il transpire, même, il s'essuie le front du revers de la manche de sa blouse blanche. Il ajoute, en fouillant dans l'estomac :

« Digestion terminée depuis longtemps. Elle a dû trépasser en fin de journée... Il y a bien quatre jours, à mon avis. »

Et voilà... Moi qui m'instruis sur le tas, je trouve que la science fait bien les choses, puisqu'on peut donner le moment exact d'un décès, à quelques heures près...

Savoir aussi, en analysant les poumons, que la victime n'est pas morte noyée, mais qu'elle avait cessé de respirer lorsqu'on l'a jetée à l'eau.

« Vous n'avez pas trouvé de vêtements ? demande le procureur au maréchal des logis-chef. Aucun indice ?

— Non, dit le gradé. Impossible de savoir où le meurtre a été commis. Elle a aussi bien pu être transportée, ça s'est déjà vu !

— Conclusion, me dit Cocagne dans la voiture qui nous ramène sur Paris, si les empreintes ne donnent rien et si la balle est muette, tu as les dents, c'est déjà ça ! Tu sais ce que tu vas faire ?

— Ben...

— Une diffusion du plan de la mâchoire, à tous les dentistes ! Ça m'étonnerait bien que tu n'aies pas de résultat sur le nom de la bonne femme... Mais attention ! Il ne faut pas être pressé ! Parce que avant qu'ils répondent, il en sera passé, de la flotte sous le pont... Avec ou sans cadavre ! »

J'ai foncé tout droit à l'identité judiciaire, muni des empreintes et de la balle. Pour ce qui est du confort, les techniciens de la Préfecture ne sont pas mieux lotis que leurs collègues de la Sûreté. Mais pour les recherches, c'est autre chose !

Le professeur Sannié, le patriarche de ce grenier de la vérité policière, a réussi, dans le cadre étroit des crédits alloués à la fonction scientifique, à doter ses taudis des appareils les plus perfectionnés.

J'en reste bouche bée !

Dans les pièces mansardées qui se succèdent sous les combles du Palais de Justice, les indices du crime sont épluchés, les victimes et les criminels identifiés grâce aux données de la biologie, de la physique, de la chimie et des sections annexes : dactyloscopie, anthropométrie, signalement descriptif dit portrait parlé...

Pour le moment, ce sont les empreintes qui m'intéressent. Je frappe au secrétariat du chef de service :

« Borniche, de la Sûreté. Pour une identification.

– Venez ! » dit un employé en se levant.

Je lui emboîte le pas. On arrive dans une salle où se meuvent des hommes qui font de la criminalistique à longueur de journée. Mon guide interpelle un de ces obscurs dont la blouse grise porte l'écusson bleu et rouge de la P.P.

« Desjeux ! Vois avec le collègue de la Sûreté. C'est urgent. »

L'imberbe Desjeux, dont l'accent sonore me rappelle celui de Durieu examine, dans un appareil grossissant, la fiche dressée par Cocagne.

« Tu vois, me dit-il, je mets un numéro sur chacune des particularités des empreintes.

– Oui... Et alors ?

– Alors, c'est simple. Chacune d'elles est répertoriée

selon sa forme : boucle gauche, boucle droite, boucle jumelée et arc de verticille...

– C'est de l'hébreu, pour moi...

– Pas pour nous. C'est un code. Je traduis tout ça en chiffres, et j'obtiens un numéro. Il n'y a qu'à piquer, dans le fichier la carte correspondant à ce numéro. »

Ça n'a pas l'air sorcier, en effet. Il n'a pas fallu plus de cinq minutes à Desjeux pour me coller sous le nez un carton rectangulaire qui porte une photo de femme, face et profil.

Je lis : « *Belloque Ginette, dite Gina la Rousse, née le 23 avril 1914 à Montauban – Prostituée – Dossier Archives H. 327.911.* »

« Ça alors, dis-je admiratif, vous ne perdez pas de temps, vous ! J'ai une balle à expertiser, par la même occasion. »

Desjeux a déjà regagné son tabouret :

« Vois Henriot, à la balistique, dit-il. La porte au fond du couloir. »

Autre pièce, autre matériel, autre méthode...

Henriot, c'est le calme incarné. Sa poignée de main en témoigne. Il place la balle sur un curieux support. Je lis : hatoscope de Soderman. Un oculaire commande deux objectifs dont les lentilles surmontent deux écrous de serrage. Il règle sa visée. Les doigts de sa main gauche jouent du tambourin sur la table. Il vise de nouveau, réfléchit, tourne lentement une vis molletée, tambourine encore...

Toujours muet, il se relève, sort d'un comptoir une deuxième balle, la place sur l'autre objectif, vise encore...

« Regarde ! »

Il s'efface pour me laisser coller l'œil gauche sur

l'oculaire. Je ferme le droit. Dans le champ, séparé en deux, du microscope comparateur, les rayures des balles se prolongent.

Moi, tout à mon initiation, je demande, sur le ton du bon élève :

« Ça veut dire ?

– Qu'il y a identité d'arme. Les stries laissées sur le laiton sont exactement les mêmes. C'est un P.38 qui les a tirées. Tu le savais ?

– Ma foi... Non.

– Eh bien, je suis ravi de t'apprendre quelque chose, soupire Henriot. C'est donc un P.38, et il a tiré aussi dans le XVIe arrondissement, il n'y a pas si longtemps... Sur un certain Lefébure. Un banquier. Va donc voir Courthiol, à la Criminelle. C'est lui qui s'occupe de l'enquête. Il a saisi le flingue et piqué le meurtrier, Pépé Massiac, qui jure, bien entendu, qu'il n'y est pour rien. Qu'est-ce qu'il y a ? Ça n'a pas l'air de te faire plaisir... »

Je dois avoir une drôle de tête, pour que le spécialiste de la balistique s'en aperçoive. Je bégaie :

« Si, si, bien sûr... Mais tu comprends, ça me gêne qu'il soit arrêté, l'assassin ! J'aurais préféré le faire moi-même... »

L'œil ahuri de l'inspecteur Henriot suit ma progression accablée vers la sortie. Il est sûrement très fort en balistique, Henriot, mais mes états d'âme lui échappent...

Ça gamberge dur, dans ma tête à états d'âme. Ma tête prise dans le vent glacé de la butte Montmartre. Il faut à tout prix que je marque un point sur mes rivaux de la Préfecture.

Je veux bien que Massiac ait tué Lefébure, moi. Mais

il a aussi tué Gina... Et ce crime-là a été commis dans mon secteur, là où Courthiol n'a rien à faire.

Il est donc à moitié à moi, Massiac ! J'irai l'interroger à la prison, après avoir vu les lieux où vivait Gina. Et je le ferai avouer. Avant Courthiol.

Qu'il fait froid, sur la butte !

Comme par hasard, le dossier Belloque n'était plus aux archives, quand j'avais voulu en prendre connaissance. Courthiol m'avait encore précédé. Mais j'ai déniché l'adresse de Gina en téléphonant à l'ami Maurice Vincent, de la Mondaine. Un garçon sympathique. L'encyclopédie vivante de la prostitution...

« Gina la Rousse ? Elle est garée des voitures, mon vieux. Retirée des affaires. Elle tapinait au Bois, mais maintenant, elle a un rade à Montmartre, rue des Abbesses. Ça s'appelle le Bar-des-Amis. Elle est là-dedans avec Giuseppe Forlini, un rital... C'est un ancien mac. »

J'ai repéré tout de suite le rideau métallique baissé du Bar-des-Amis. Le couloir donne dans une cour intérieure. Du linge pend aux fenêtres de l'immeuble délabré, dégouline sur le crépi crasseux.

Une tête noiraude se profile au premier étage. C'est ma chance.

« Dites, vous ne savez pas s'il y a quelqu'un au bar ? »

La tête se penche :

« Non. La police, elle est venue, l'autre jour.

— Quelle police ?

— Je sais pas. Faut que tu demandes à Mlle Liliane. La voisine. Tu vois, la charcuterie, au coin de la rue Lepic. Elle travaille là... »

J'ai fourré ma plaque sous les bajoues de la charcutière en chef. Et comme un bonheur n'arrive jamais seul, voilà que Liliane Monternat est en congé hebdomadaire. Où ? Personne n'en sait rien. Peut-être chez sa sœur, rue Saint-Vincent, au pied du Sacré-Cœur...

La rue est vite explorée. En vain. Pas de Mlle Liliane. Le découragement me submerge. De quoi tout abandonner à Courthiol. Après tout, puisqu'il tient le meurtrier de Lefébure, autant lui laisser l'affaire Belloque... Ça nous ferait de la paperasserie en moins !

Ce n'est pas l'assassin qui revient sur les lieux de son crime, c'est le flic qui repasse devant le Bar-des-Amis... L'Arabe est là, sur le seuil du couloir.

« Tu l'as vue, la mamoiselle ?

— Non. Elle ne travaille pas. »

Il réfléchit quelques instants. Mon échec semble le contrarier. Il se décide :

« Ecoute... Tu dis pas que c'est moi qui te l'a dit ! Le patron, l'Italien, il fait fic-fic avec mamoiselle Liliane. Gina le sait pas. Tu dis rien, hein ?

— Mais non.

— Elle a la clef de la boutique. Hier soir tard, elle est entrée par-derrière, je sais pas pourquoi. Et puis, j'ai entendu parler chez elle. Je crois bien que le patron, il était là...

— Tu crois qu'il va revenir ?

— Je sais pas. Faudrait que tu attendes. »

Je me demande où ça va me mener, mais j'attends. Dans le fond, comme dit Baniel, la police ne se pratique pas au bureau.

Ce n'est pas amusant, de faire le pied de grue dans le vent sibérien. Heureusement, il y a la courette...

Personne ne peut imaginer les services que rendent aux flics les discrets abris des w.-c. Surtout quand ils occupent une position stratégique, entre deux étages, par exemple, ou dans une cour intérieure. Ils permettent de découvrir, par les fentes de visée, un univers d'où on ne vous voit pas. De déchiffrer les graffiti obscènes étalés sur les murs avec dessins évocateurs à l'appui.

Le tout est de ne pas se faire prendre. Il suffit de lancer un énergique « occupé ! » à l'intrus qui secoue la poignée avec vigueur, et de déguerpir discrètement dès qu'il a réintégré son logement. Ça réussit presque toujours. Bien entendu, il y a certains horaires à respecter, pour avoir la tranquillité. Sont contre-indiqués les moments qui suivent le petit déjeuner, les repas de midi et du soir, et ceux qui précèdent le coucher. Mais le reste du temps, c'est le calme plat. La béatitude. C'est un plaisir, de séjourner dans un tel poste d'observation !

Nous autres flics, nous ne prisons pas tellement les démolitions des vieux quartiers. Le modernisme nous fait peur.

« Plus de refuges adéquats, gémit souvent Durieu. Plus de concierges volubiles... Des parlophones ! Il est joli, le progrès. »

Je tiendrai le coup jusqu'à minuit dans cet observatoire de fortune. C'est l'heure limite que je me suis fixée. Après, si Liliane n'est pas rentrée, j'abandonne.

C'est que la journée m'a paru longue...

J'ai eu beau me laisser distraire par les allées et venues des ménagères du quartier, dont certaines sont assez mignonnes, ma foi... J'ai eu beau écouter les chanteurs des rues en me réchauffant à l'embouchure du métro, me réchauffer encore en sirotant force Viandox au snack rival du Bar-des-Amis, je suis exténué. La fatigue m'accable, d'un coup, tandis que j'assistais à la fermeture des magasins et à l'extinction des lumières derrière les rideaux métalliques.

Maintenant, c'est pire encore. Je le sue, dans l'air glacé, mon maigre salaire ! La fente de la porte des toilettes est placée trop haut. Elle m'oblige à me tenir sur la pointe des pieds. La crampe, sournoise, guette mes mollets. Qui dit fatigue, dit découragement, et je me demande où tout ça va me mener...

Et si je m'en allais. Si je laissais tomber, tout simplement, abandonnant Gina à Courthiol ?

D'ailleurs, n'est-ce pas idiot, ce que je suis en train de faire ? Même si la charcutière rentre dans sa chambre, qu'est-ce qui va se passer ? Si j'interviens, c'est une violation de domicile, puisque l'heure légale, vingt et une heures, est dépassée depuis longtemps...

... L'aborder sur le seuil ? Je n'ai même pas de voiture pour la conduire à la brigade. Et de quel droit ?

Si Forlini est avec elle, je ne suis guère plus avancé... Ou alors, je le bluffe, je le conduis au poste de police le plus proche, et je viens le chercher demain matin... Quel dommage de ne pas avoir sur moi le moindre revolver, la plus petite paire de menottes. S'il s'enfuit en cours de route, j'aurai bonne mine.

Bon. Je n'en peux plus. Je m'en vais. Et comme la rue Lepic est à deux pas, je suis chez moi en quelques minutes. Un dernier regard en arrière sur mon opération chou-blanc, et j'attaque l'escalade de mes cinq étages. Je vais tâcher de ne pas réveiller Marlyse...

... « Bonsoir, chéri ! »

Elle est là, Marlyse, dans le couloir, habillée. Elle m'embrasse du bout des lèvres...

« Dis donc, tu rentres tard... Tu as téléphoné chez Baniel, au moins ?

— Baniel ? Pourquoi l'aurais-je appelé ?

— C'est embêtant ! Figure-toi qu'il a débarqué ici à huit heures, avec Durieu. Il était furieux contre toi : tu l'as laissé sans nouvelles depuis ce matin... Donc, tu ne sais pas ce qui s'est passé ? »

Je me dépouille de mon imperméable avec une lenteur accablée. Je le laisse choir sur la banquette de l'entrée, dénichée dans un état chancelant, chez un brocanteur de Versailles.

« Comment veux-tu que je le sache? dis-je. Ça t'ennuierait de t'expliquer?

– Courthiol a arrêté les voleurs de la Banque du Mékong, un légionnaire, Bouline, et sa maîtresse. »

Je respire. Je m'installe sur une chaise de la cuisine.

« C'est tout? Qu'est-ce que tu veux que ça me fasse?

– Oh! rien... Mais où l'affaire se complique, c'est qu'il a aussi arrêté un nommé Forlini, mis en cause par Bouline. »

Là, mes oreilles se dressent toutes droites...

« Et c'est pour ça que Baniel était dans tous ses états, poursuit Marlyse. Il paraît que c'est toi qui avais le dossier, et que tu ne t'en es pas sérieusement occupé...

– Qui lui a dit ça?

– Courthiol... Je leur ai offert l'apéritif pour détendre un peu l'atmosphère. On pensait que tu n'allais pas tarder... Baniel m'a expliqué que Courthiol avait appris ton passage à l'identité judiciaire. Tu as bien identifié la maîtresse de Forlini assassinée en Seine-et-Oise, non? »

Fumier d'Henriot! Salopard! Dès que j'ai eu le dos tourné, il s'est précipité sur le téléphone... Je reconstitue la scène en un clin d'œil.

« Allô, Courthiol? J'ai une bonne nouvelle pour toi. Tu sais qui sort d'ici? Un blanc-bec de la Sûreté. Il a un cadavre sur les bras, une femme : Gina Belloque. Et tiens-toi bien, elle a été flinguée avec le même calibre que ton banquier Lefébure!

– Hein?

– Comme je te le dis. L'expertise est formelle..

Alors, tu m'as compris : tu fais d'une arme deux coups... »

Oh ! oui, je l'entends bien, cette scène ! Comment voulez-vous que la Sûreté coopère avec des faux jetons pareils, avec leur manie de tirer la couverture à eux ?

Pendant que je rumine ma fureur, Marlyse a fait chauffer la poêle, cassé les œufs.

« C'est vrai, dis-je, j'ai identifié Gina Belloque et son amant. Ce type, je l'ai attendu jusqu'à maintenant, rue des Abbessses... En vain... »

Marlyse me jette un regard de sympathie affligée, tout en agitant sa fourchette dans la poêle :

« Tu pouvais toujours l'attendre, mon pauvre chéri ! Courthiol l'avait piqué ce matin ! Et il s'est mis à table. Toute l'affaire de la Banque du Mékong a été montée chez lui. Il a avoué avoir remis les titres à Pépé Massiac, celui qui a tué Lefébure.

– Il t'en a dit des choses, Baniel ! »

Comment déguiser mon amertume ? Marlyse hausse les épaules. Les œufs sentent bon. Elle les fait glisser dans mon assiette. Vais-je me calmer, dans cette quiétude de tout petit bourgeois ?

« Tu comprends pourquoi il est furieux, Baniel... Si tu avais arrêté Forlini, c'est vous qui sortiez l'affaire !

– Ne dis pas de bêtise, Marlyse ! Courthiol avait piqué Forlini avant même qu'on l'ait identifié !

– C'est bien ce que j'ai dit à Baniel. Mais tout ce qui compte pour lui, c'est que Courthiol va se glorifier d'avoir identifié l'assassin de Gina Belloque. « Il aura « bouclé le circuit, m'a-t-il dit, il ne va plus se sentir « pisser ! »... L'affaire de la Banque du Mékong réussie avec arrestation des voleurs et d'un assassin... Dès demain, la presse va monter ça en épingle... Le Bar-des-Amis de feu Gina Belloque était le repaire de redoutables gangsters... Tu vois les titres d'ici ! Ah ! tu sais ce qu'il m'a dit aussi, Baniel ? »

Le morceau de pain cesse de tournoyer dans mon assiette. Marlyse poursuit :

« Forlini a parlé d'un Corse, un certain Maladre, Ange Maladre, dont il a donné le signalement. Courthiol lui a montré une photographie, puis l'a montrée à Bouline. Maladre devait profiter du vol, mais Forlini l'a doublé avec Massiac... Personne ne l'a plus revu... Tu ne vois pas qui c'est ? »

Je grogne :

« Si j'avais le signalement...

– Pas la peine, chéri. C'est Malaggione ! C'est établi. Ange Malaggione était dans le coup ! Oui, mon cher. Ton Archange ! Tu vois comme elle était franche du collier, ta Sylvia ! »

QUATRIÈME PARTIE

XXIV

Laurent Poiret n'est pas un romantique. La poésie des ruines, il s'en moque. Comme Cocagne se moque des quolibets. Les pans de murs dégringolés, les carcasses de maisons détruites, même sur un sinistre ciel d'hiver, ça ne lui coupe pas l'appétit. Et c'est la bouche pleine qu'il bafouille, comme toujours :

« Foutu, Le Havre, mon vieux. Ratatiné, rayé de la carte. »

Il exagère à peine, le vorace !

Et quand on descend du train, tous les deux, c'est vrai qu'il n'y a pas de quoi s'extasier. Ma manie du détail et du renseignement précis m'a appris que cent soixante-douze bombardements ont détruit trente-cinq mille maisons. Le Havre... le beau nom, pourtant, un nom pour la paix, pour la certitude : Le Havre... Mais nous sommes là pour contempler les effets de cette furie récente ! Et croyez-moi, l'après-guerre, ce n'est pas drôle. Rien qu'au Havre, Havre de paix, refuge... cinq mille morts. Quatre-vingt mille sans abri, entassés dans des baraquements qui évoquent les camps nazis, sans four à gaz.

Ce n'est plus une ville. C'est un éboulis. Un géographe cynique y verrait des montagnes, des vallées. Je n'y constate que l'absurdité de l'autodestruction humaine...

... Est-ce que je vais jouer à l'alpiniste dans les caves éventrées qui vomissent une eau verdâtre et nauséabonde ?

La tempête écarte les lézardes des murs.

Les bâtiments scalpés, les façades aveugles...

Le vent.

Il plaque les tôles sur les pans de pierre qui restent. Les poulies des caboteurs échoués grincent dans les bassins. Le ressac s'amuse à chahuter ce cauchemar.

Poiret, lui, il s'en fout. Il bouffe.

Il fait une pause, pour crachoter quelques débris qui lui encombrent les dents, devant l'église Saint-François. Elle se dresse, dans le vieux quartier, comme un défi à la démolition... Seigneur, puisque vous avez su préserver votre église, pourquoi n'avez-vous pas su préserver le reste ?

Le reste du désastre vers lequel on s'achemine, Poiret et moi, arc-boutés contre ce putain de vent de marée qui transforme nos imperméables, tous pans relevés, en uniformes de fantômes. Colle sur les lèvres. Colle salée.

Ce qui reste du quai du Port est un désert. L'Etoile de la Marine fait semblant d'être une oasis. L'héroïne de l'Atlantide, fille de salle aux cheveux filasse, est rougeaude au départ du dernier client... Lèche-t-elle les verres de calva, pourtant ressuçotés jusqu'à encore soif ?

Elle est accoudée au comptoir, le regard vide. Grainville fait ses comptes.

Georges Grainville, le colosse aux joues écarlates, à la crinière flamboyante, un gros Normand tranquille qui adore aligner des chiffres. Sa passion, c'est le calepin recouvert de toile cirée noire. Une casquette à visière escamote son crâne de crétin. Il manque deux boutons de métal à son caban. Et le bas du pantalon kaki singe, au-dessus des bottes, la tenue du joueur de golf.

Grainville fait ses comptes, et ses yeux délavés se portent par instants sur les vitres, et les tôles qui les suppléent. C'est le bistrot du port. C'est *Quai des Brumes,* un peu moins mièvre, et pas du tout touristique. Devanture : vert criard. Salle : carrelage semé de sciure, pour les crachats des hommes ou les petits besoins des chats.

Et, comme il se doit, il y a des filets de pêche derrière le comptoir. On a droit aux boules de verre, aux coquillages, et surtout à l'étoile de mer d'un orange fatigué, emblème de l'établissement. Les traces de papier collant sur les carreaux, c'est le souvenir d'une protection illusoire, pour que les consommateurs ne soient pas mitraillés par les vitres quand les bombes avaient fini de dégringoler. Les tables Godin, marbre et fonte, évoquent des clients perdus. Car il n'y a personne. Sauf un chien pas très valide, un peu sale et un peu jaune, qui sue la tristesse. Il somnole devant le poêle noir. Ses grandes pattes remuent. Il rêve...

Tout ça, on le voit derrière la vitre. Et Poiret me demande si on entre, ou quoi ?

C'est le rouleau compresseur, Poiret, l'homme de l'action immédiate. Tout dans les muscles, rien ailleurs. Un brave type, pourtant. Il m'a bougrement rendu service... Parce que c'est à ses risques et périls qu'il est venu avec moi au Havre.

Nous sommes dans le fief de la brigade de Rouen, et à coup sûr bons pour toutes les sanctions imaginables, conseil de discipline et le reste, si on fait un faux pas.

Nous avons profité du week-end pour violer les règles. Pour bouger un peu. A l'insu de nos patrons.

« Tu vois, ai-je dit à Poiret, on va voir les horreurs de la guerre sur le deuxième port de France... Tu te souviens, l'empereur de l'Atlantique, tu sais, le *Normandie*...

– Non... »

A midi, en quittant la brigade, j'avais aperçu ses épaules qui dodelinaient vers le métro George-V. Je l'avais coincé au bas des marches.

« Hé ! Laurent. Où tu vas ? »

Il s'était retourné, m'avait regardé comme s'il ne m'avait jamais vu. Il m'avait quand même reconnu, avant d'éructer :

« Je rentre chez maman. Pourquoi ?

– Moi, je vais au Havre (les horreurs de la guerre, etc.) Si tu veux, je t'emmène...

– Au Havre ?

– Oui, mais en douce. J'ai un tuyau sur Michelesi, le copain de l'Archange. On va là-bas tous les deux, ni vu ni connu, on le sucre et on le ramène à Baniel. »

Bien sûr, sa bonne bouille a été frappée de stupeur :

« Ben, t'en as pas parlé ce matin au bureau...

– Non, Poiret, je n'en ai pas parlé. Je veux faire une surprise au patron... J'ai une chance sur dix... Mais au moins, si ça ne marche pas, il ne sera pas déçu.

– Ouais. Et on mange où ?

– On prend des sandwiches à Saint-Lazare, et ce soir on bouffe bien... D'accord ? »

Bien sûr, le mot « bouffe » le séduit, et il dit oui.

Et on galope. On fait la course pour escalader l'escalier de la salle des Pas Perdus. On montre nos cartes de circulation au contrôleur de quai, tandis que Poiret sifflote finement « il est cocu, le chef de gare... » Le train s'ébranlait, et on a pris de justesse le dernier wagon.

Poiret avait fait la gueule parce qu'on n'avait pas eu

le temps d'acheter les fameux sandwiches. Mais son sourire était reparu à Rouen, vingt minutes d'arrêt, le temps de se ravitailler en fourguant des faux tickets de pain plus vraisemblables que les vrais. Efficaces, en tout cas, parce que Poïret a pris des provisions pour la guerre de Cent Ans ou davantage.

L'euphorie du départ faisait long feu...

Tassé dans mon coin de compartiment, je devenais soucieux à mesure que le convoi prenait quelque vitesse, puis ralentissait au rythme des innombrables arrêts.

Allais-je réussir ?

L'information de Sylvia méritait vérification. Ou bien Toussaint Michelesi était au Havre, planqué chez Georges Grainville dit Gégé, tenancier du bar l'Etoile de la Marine qui devait lui procurer un passage clandestin sur un cargo en partance pour l'Amérique du Sud, ou bien il était, pour quelques jours, chez sa maîtresse Héléna, une Polonaise de Champagne-en-Valromey dans le département de l'Ain.

Dominique avait tout raconté à Sylvia. Depuis que Courthiol avait arrêté les voleurs de la Banque du Mékong, Michelesi avait jugé prudent de prendre le large, de ménager un espace confortable entre la police et lui. L'argent, il en avait assez pour vivre tranquille un bout de temps.

« Mieux vaut un manque à gagner, disait-il volontiers, qu'une place à l'ombre... »

Grainville, le seul Normand de ses relations, se révélait d'autant plus précieux qu'il pouvait aussi lui procurer de faux papiers d'identité, pris sur une des victimes inconnues des bombardements. Personne ne viendrait contrôler...

Le Havre était le plus près de Paris, j'avais opté pour Le Havre !

... Le chauffeur de la locomotive poussive qui nous traîne interminablement au travers de la campagne normande, compense le manque de vigueur de son engin par des coups de sifflet fréquents dans la meilleure tradition des westerns. Ils ponctuent mes méditations, où se récapitulent les péripéties de la veille.

Les phases de mon affrontement avec Sylvia reviennent, obsessionnelles. Que de patience, pendant tant de jours, pour amener mon indic où je voulais... Je n'ai pas perdu mon temps, certes non. Je ne suis pas tellement fier de moi. J'ai beau me dire que seul le résultat compte, et que dans ma chasse aux fauves, je n'ai pas le choix des moyens, je garde un goût amer dans la bouche : j'ai parfaitement conscience d'avoir contraint la belle Sylvia à jouer un jeu dangereux...

... Il est cinq heures, la veille, quand je fais les cent pas devant la Guitoune, rue Cardinet. La voiture de Crocbois m'attend au coin de la rue.

Mon plan est simple, et j'ai de la chance, car l'équipe de Baniel au complet est partie pour tout l'après-midi sur un crime commis à Méréville, au fin fond de la Seine-et-Oise. Ils m'ont laissé le champ libre, ça ne peut mieux tomber !

Je suis décidé à agir vite et bien. Finies les plaisanteries. Finies aussi les dépenses exagérées en Martini-gin et en cigarettes américaines...

Exceptionnellement, j'ai convoqué Sylvia pour vendredi. Elle ne s'attend pas à ce qui va se passer. Je lui ai préparé un accueil spécial, cette fois-ci.

De gré ou de force, elle crachera le morceau.

J'ai trop patienté, et la situation s'est détériorée.

Malaggione et Michelesi accumulent si joyeusement les cadavres que chaque heure compte désormais. Ils ont trop de crimes à leur actif pour que tous les coups ne soient pas permis... Et je suis convaincu que Sylvia sait où ils se trouvent.

Jusque-là, elle n'avait fait qu'un petit effort : grâce à elle nous avons pu arrêter les auteurs du coup des Magasins Unifiés... Ce n'est pas grand-chose, d'autant qu'Abel Danos nous a échappé... Le Mammouth, le complice sanglant de Malaggione et de Pierrot le Fou !

« Sylvia ! »

Elle est là, rayonnante, dans le manteau de lainage qui laisse deviner un buste et des hanches à faire rêver.

Je l'interpelle alors qu'elle s'apprête à pénétrer dans le bar. Elle marque un temps d'arrêt, surprise. Puis vient vers moi, en même temps que je m'avance. Je ne sais pourquoi je trouve à ce double mouvement quelque chose de solennel... Comme si cette confrontation prenait une grandeur tragique, promesse de drames sans doute nécessaires pour éviter des drames plus sanglants encore...

« Aujourd'hui, Sylvia, on change de quartier. Venez ! »

Je lui ai serré la main, comme d'habitude, me donnant le plaisir innocent de prolonger quelques secondes de trop le contact avec la peau si douce, si tiède, et comme abandonnée à travers le gant léger.

Mais elle a dû distinguer quelque chose de dur, de froid, d'inhabituel sur mon visage... Elle fronce le sourcil.

« Pourquoi ? On était tranquilles, ici...

– N'ayez crainte. Personne ne nous verra. »

J'ouvre la portière. Elle adresse un coup d'œil surpris au chauffeur, qui a réajusté dans le rétroviseur une mèche rebelle. Le voici subjugué, à son tour. Elle ne rate jamais son effet, Sylvia ! Avenue de Wagram, place de l'Etoile, rue de Bassano. Il règne dans la traction un silence de mort, lourd, extrêmement désagréable. Le chauffeur lui-même semble mal à l'aise, comme s'il percevait des ondes néfastes.

« Par ici... »

Sans mot dire, Sylvia me suit, grimpe les marches de l'imposant escalier.

Je me donne de l'importance en m'installant derrière le bureau de Baniel. Ça sent le cigare refroidi, mais c'est le bureau du patron...

« Je ne comprends pas, monsieur Borniche. »

Elle dégrafe son manteau, ôte ses gants tandis que j'achève de la déshabiller du regard. Elle me dévisage, avec une pointe d'arrogance et de défi.

« Moi, je comprends, Sylvia. Je comprends même beaucoup de choses. Nous sommes arrivés, vous et moi, au point de non-retour. »

Elle se trouble. La couleur de ses yeux semble changée, comme une eau dormante que le vent agite soudain. Je lui rends son regard de défi, avant de poursuivre :

« ... Vous comprenez ? Si nous ne nous entendons pas aujourd'hui, si vous ne m'aidez pas un peu plus que vous ne l'avez fait jusqu'à présent, je ne réponds plus de votre liberté ni de celle de Dominique... Je ne plaisante pas ! »

Elle croise les genoux, demande poliment :

« Je peux fumer ? »

Jamais elle ne m'a dit ça à la Guitoune ! Il suffit de se trouver dans un bureau de police pour que les attitudes changent radicalement. D'actif, le témoin devient passif. Il n'ordonne plus, il quémande...

« Bien sûr. »

Elle sort son paquet de Philip Morris, me le tend...

« Merci... »

Moi aussi, j'ai changé. Je ne suis plus le brave, le conciliant Borniche. Je suis le flic froid, distant... Question de tactique.

Sylvia souffle longuement la fumée bleue vers le plafond, ses lèvres sensuelles s'arrondissent en une moue charmante, presque boudeuse...

Quand Baniel rentrera, il s'apercevra qu'une femme s'est assise à son bureau, et il me demandera des explications. Il faudra penser à vider les cendriers, et à aérer la pièce pour chasser le parfum Shalimar.

En attendant, j'y baignais, dans ce coquin de Shalimar, en regardant sans plaisir Sylvia qui se décomposait devant moi.

Impitoyablement, je récapitulais.

Elle savait, elle me le disait elle-même en se forçant courageusement à l'ironie, qu'elle était vraiment devenue mon indic depuis l'affaire des Magasins Unifiés. Je saisissais dans ses yeux un éclair de panique quand je nommais ceux qui sont en prison à cause d'elle, Dédé la Traction et l'Anguille, et puis Abel Danos, qui courait toujours.

A partir de ce moment, elle vivait un cauchemar que ni elle ni moi, elle le savait, n'avions le pouvoir de faire cesser.

Le nom de Malaggione revenait comme une idée fixe, à laquelle elle opposait inlassablement un « je ne sais pas où il est » obstiné.

« Mais moi, je ne tarderai pas à le savoir, affirmais-je effrontément. Et je sais aussi que vous n'avez pas cessé de me mentir. »

Désabusée, découragée, elle levait les yeux au ciel, et cela signifiait : « Si vous le savez, pourquoi ne me laissez-vous pas enfin tranquille ? »

Je lui décrivais la police comme une araignée géante qui tissait sa toile de Paris à Ajaccio, d'Orléans à Marseille. Nous arrêtions tôt ou tard tous les truands, tous leurs complices, nous connaissions tous les moyens de les faire avouer.

« Vous m'amusez, soupirait-elle, rassemblant son énergie.

– Vous allez rire encore plus : je suis assez idiot pour vous donner une dernière chance. Vous m'indiquez la planque de l'Archange, pour me faire gagner du temps. Ou alors, j'arrête Dominique. Je le fais tomber comme chauffeur de la traction de l'opération Filtex... »

Là, elle vacillait, pauvre boxeur surpris, ses paupières s'affolaient. J'avais touché juste, elle n'était plus en mesure de me le dissimuler. Guidot, l'éleveur de lapins, le chauffeur-convoyeur boutonneux, ne s'était pas trompé lorsqu'il lui avait semblé reconnaître Léonelli sur la photo que je lui avais montrée... Bien sûr, je lui avais forcé la main, et alors ? Bien sûr, je ne tenais pas à confronter Léonelli avec Guidot, qui risquait de se montrer moins affirmatif et de flanquer mes conclusions par terre. Alors, Léonelli s'en tirait... Je jouais donc par la bande, sans la moindre hésitation... sinon sans scrupules...

J'exposais froidement l'alternative : ou j'oubliais le comparse Léonelli, et n'arrêtais que Malaggione et Michelesi. Ou bien, si Sylvia se taisait, je mettais plus de temps à trouver Toussaint et l'Archange, mais en ce cas je les bouclais tous les trois.

Et à mesure que je parlais, elle se décomposait. Ses beaux yeux se voilaient dans son visage livide. J'avais, sans le savoir, mis le doigt sur quelque chose d'autre. Quelque chose concernant l'opération Filtex, qu'elle savait et dont je ne me doutais pas...

Je me promettais d'y revenir, reprenant pour l'instant mon éternel leitmotiv :

« Vous avez peur, Sylvia, et vous avez raison d'avoir peur. Combien de fois vous ai-je répété que Malaggione est un fauve. Un fauve dénaturé, qui tue par plaisir !

– Et c'est pour ça que vous voulez que je le dénonce ? »

C'était mon tour d'être ébranlé.

Le cri du cœur, cette expression d'angoisse, d'indignation vraie... Il en voulait dire, des choses, ce cri : qui dénoncerait l'Archange signerait son arrêt de mort. Même en prison Malaggione avait trop d'amis pour ne pas être vengé : Michelesi, Danos, Camotti, Mathieu Costa, combien d'autres ?...

Sylvia me regardait, moi, comme un assassin en puissance... Son assassin !

« J'y ai pensé, lui disais-je avec une fausse douceur. Nous arrêterons Michelesi, discrètement... Nous l'interrogerons, et nous arrêterons aussitôt Malaggione. Il croira que c'est Toussaint qui a parlé.

– Je ne sais pas où il est, lui non plus... »

Vrai ? Faux ?

De toute façon, son entêtement m'exaspérait. A mon tour d'allumer calmement une cigarette, de souffler vers le plafond des volutes de fumée bleue, avant de soupirer, avec indifférence :

« Tans pis. Je me passerai de vous. Avec les risques que ça comporte... »

Et comme l'ironie déformait ses lèvres dont la moue méprisante me condamnait sans appel, je frappais un nouveau coup :

« Pour commencer, le Milieu saura que c'est vous qui avez donné Dédé la Traction, et l'Anguille. C'est la loi de la guerre, que voulez-vous ? Nous autres flics, nous avons trop à faire en protégeant nos alliés pour faire des cadeaux à nos ennemis. Votre cher Balzac aurait pu vous apprendre ça... »

Je les prenais vite, les habitudes policières de chantage, de provocation à la délation. « Tu me donnes ceci, je te protège de ça. »

J'ai mauvaise conscience, et alors? L'instinct de la chasse est plus fort. Il me faut le fauve Malaggione, avant Courthiol, avant Baniel, avant tout le monde. La fin justifie les moyens. Devise douteuse, devise de flic... L'autre jour, j'entendais Baniel répondre, l'estomac en avant, à la question d'un journaliste : « Etre flic? Mais c'est le plus beau métier du monde! » J'avais envie de répondre : « Le plus dégueulasse, aussi... »

C'était vrai.

En quelques mois, j'avais appris que toute réussite, dans ce « beau » métier, se traduisait par délation, mouchardage, corruption...

Et je les détestais, les informateurs, ces indispensables indics! Ils auraient vendu père et mère pour sauver leur peau, leur portefeuille. Il y en avait même que la délation faisait jouir!

Je comprenais le mutisme des héros devant la violence, la torture, la mort... La souffrance plutôt que la trahison. Je les admirais, encore que je n'étais pas certain d'être des leurs. Je comprenais aussi certains truands qui, dans leur forme de respect des lois du Milieu, nous opposaient un mutisme qui nous mettait hors de nous-mêmes. C'était leur honneur qui était en jeu, leur code... Je ne voulais pas savoir s'ils avaient tort ou raison.

J'étais flic. C'était à moi de percer leur mystère, leur silence, d'arriver à la vérité, avec ou sans aveux. C'est pour cela que j'ai toujours été contre la violence. Et que toujours j'aurai devant les yeux le visage tuméfié de ce sympathisant communiste, à Orléans... Massacré mais silencieux, combien avait-il sauvé de vies, en se taisant ? De combien d'exécutions eût-il, en parlant, été responsable ?

Etais-je un égaré dans la police ? Je n'avais ni œillères, ni poings en forme de massue, ni violence en réserve...

Alors, qu'est-ce que je faisais, avec Sylvia, que je ravalais au rang d'indic ? N'étais-je pas aussi vil que les autres ? C'était commode de garder ces questions-là pour plus tard, de ne pas s'avouer les contradictions essentielles...

Combien me révoltait, pourtant, le sadisme d'un Durieu devant un suspect récalcitrant, agenouillé sur une règle au milieu de la pièce, un bottin dans chaque main, quémandant une goutte d'eau. Jamais je ne me délecterais des passages à tabac qui se pratiquaient couramment sous les combles de la rue de Bassano, surtout au bureau 19. J'étais convaincu qu'il était indigne d'un flic d'obtenir des aveux par la bestialité, même si ses anciens lui avaient appris l'art de distribuer les coups sans laisser de marques...

... Images dégradantes : la roue de vélo, le petit coup de la pointe du pied sur la jante nue, qui entre dans les genoux du supplicié... Des cris, des supplications, tandis qu'un flic se croit au cinéma, assis sur le bord du bureau, une jambe pendant dans le vide, le chapeau rejeté en arrière et l'œil rigolard. « Ce sont des crapules... S'ils étaient à notre place, ils en feraient autant »... Peut-être, mais ils n'y sont pas. Ce n'est pas parce qu'ils agissent en voyous qu'il faut les imiter...

... Et j'imitais qui, moi, en jouant au matou rusé derrière le bureau de Baniel ?

Bien sûr, je ne l'aurais jamais donnée au Milieu, Sylvia. Tout ce que je voulais, c'était lui faire peur, la pousser dans ses retranchements. Mais n'était-ce pas trop, déjà ? Il n'était plus temps de douter. Si je m'étais forgé une indic, c'était pour m'en servir.

Je la dévisageais en souriant, articulant, mielleux :

« Parlez-moi de la Banque du Mékong... »

Elle encaissait mal. Décidément, je les collectionnais les bons coups, ceux qui atteignent l'objectif sans qu'on ait besoin de vider... La métamorphose de Sylvia faisait peine à voir. On aurait dit qu'elle venait de s'enfuir du château de Dracula. Quel nœud de mystères, cette fille ! Je n'étais certainement pas au bout de mes surprises...

Pourtant, elle tenait encore bon, la vaillante descendante des Croisés... Elle ne connaissait la Banque du Mékong que par les journaux.

« Moi, je la connais autrement, disais-je. Et je vais vous raconter une histoire... »

Je narrais, avec des exagérations dignes d'un auteur de romans d'épouvante, ma promenade dans la forêt avec Cocagne, la découverte du corps de Gina... Je ne lésinais pas sur les mutilations relevées par le médecin légiste... Je me complaisais dans l'identification de la balle, liée à l'assassinat de Lefébure, et dans la culpabilité évidente de l'Archange, confirmée par les aveux de Bouline, de Zéphyne Liégeois, de Forlini...

Pour en arriver au précieux témoignage de Branchardot, le voisin de palier de Gina, rue de Rochechouart :

« Il avait échappé à Courthiol, celui-là... C'est un vieux fouineur. Quand les Corses sont venus chez Gina, Branchardot a d'abord cru que c'était la police. Il entendait aller et venir, à travers la cloison... Ils retournaient les tiroirs et Gina prétendait qu'elle n'avait rien chez elle. Au bout d'un moment, un type a monté l'escalier. Le vieux a entrebâillé la porte... Et il a vu un jeune et beau garçon, tête nue, frapper chez Gina. Personne ne répondait. Alors il a murmuré : « Ouvrez, c'est Doumé... » Et la porte s'est ouverte. Les trois hommes sont repartis avec Gina... Qu'est-ce que vous pensez de tout ça, Sylvia ?

– Si je suis loyale avec vous, monsieur Borniche, le serez-vous avec moi ?

– Vous savez bien que oui... »

Elle n'avait guère le choix, en tout cas.

J'attendais.

J'exultais.

J'avais envie de l'embrasser.

C'était le moment de jouissance que connaissent bien les policiers, quand on sent physiquement l'imminence des aveux.

Sylvia joignait les mains, pécheresse repentie.

« Je vous écoute, disais-je. Faites-moi confiance. Vous savez bien que je suis là pour vous protéger... »

Protéger Sylvia, peut-être. Mais comment sortirais-je Léonelli des bains successifs dans lesquels il s'était plongé comme à plaisir ?

« Vous me promettez le secret ? » suppliait-elle.

Il en fallait, des précautions oratoires, pour arriver au but ! Et des promesses, et des secrets, croix de bois, croix de fer, celui qui ment, il va en enfer... Que de temps perdu !

« Malaggione est planqué rue de la Faisanderie », lâche enfin Sylvia, sans me regarder.

Dès qu'elle m'a donné le numéro, j'ai été pris d'une surexcitation difficilement contrôlable. Je m'agitais sur ma chaise, je tremblais presque.

Malgré tout, je m'entendais dire d'une voix neutre :

« Merci de me faire gagner du temps... Si vous m'aviez dit ça plus tôt, vous auriez empêché bien des crimes, vous ne croyez pas ?

Comme elle se mettait à pleurer, j'ai contourné le bureau, pour venir poser sur son épaule une main qui se voulait enfin fraternelle.

« Ça reste entre nous. Je ferai en sorte que Dominique ne puisse savoir que ça vient de vous. Pas un mot à Dominique non plus, il serait capable de le prévenir.

— Ecoutez-moi, je vous en prie, balbutiait Sylvia en essuyant ses larmes.

— Dites... »

Elle se reprenait, raffermissait sa voix :

« Nous ne sommes que cinq à la connaître, cette adresse : Dominique, Michelesi, Mathieu Costa et Camotti, de l'Attelage. L'Archange pensera tout de suite que c'est moi, l'indic... Alors il faut faire ce que vous me disiez tout à l'heure : arrêter d'abord Michelesi ! »

C'est un comble, mais c'est logique. C'est cela l'engrenage, elle était obligée d'en remettre elle-même, maintenant !

« D'accord, disais-je, planant comme dans un rêve. Eh bien où est-il, Toussaint ?

— Au Havre... »

Sylvia baissait la tête, et ses paroles étaient à peine audibles.

« Au Havre, oui... chez Gégé, Georges Grainville, le patron de l'Etoile de la Marine, un bistrot sur le port... Ou alors, peut-être, chez Héléna à Champagne-en-Valromey...

— Héléna ?

— ... Son amie, une Polonaise... »

Naturellement, je n'avais pas tenu parole. Le soir même, j'étais rue de la Faisanderie. Hasard, intuition de l'Archange ? Il n'y avait personne. Le sort en était jeté. J'irai d'abord au Havre, chercher Michelesi.

« Alors, qu'est-ce qu'on fait ? » répète Poiret.

Il est manifestement de mauvaise humeur. Il doit

avoir soif. Et froid, en plus, car Le Havre, en hiver, ce n'est vraiment pas la Polynésie...

Mais malgré le vent glacial, malgré le ressac, malgré l'aspect sinistre du décor, je ne bouge pas. Pour la bonne raison que je ne sais vraiment pas quoi faire. J'ai beau écarquiller les yeux, je n'aperçois pas l'ombre du moindre Michelesi à travers les vitres...

La serveuse endosse son manteau, serre la main du patron.

« Je la suis, dis-je. Reste là. Et planque-toi, en attendant. »

Poiret proteste, mais déjà j'emboîte le pas à la fille, qui connaît manifestement bien la ville, et va bon train. Elle suit le quai, qui longe un bassin. Elle traverse un pont, enjambe des éboulis pour disparaître sous une voûte : un raccourci qui unit deux rues. Elle presse encore le pas.

Je la rejoins, essoufflé, devant un poteau de guingois qui annonce « Rue des Drapiers ».

« Mademoiselle... »

Apeurée, elle se met à courir. Moi aussi.

« Police, mademoiselle ! »

Je sors ma plaque jaune, qu'elle ne peut même pas voir, la rengaine.

« Vous sortez de l'Etoile de la Marine ? » dis-je.

Elle me regarde, interloquée. Elle acquiesce.

« C'est calme, là-bas ?

– Mais... oui... dit-elle.

– On nous avait signalé une bagarre... Une bagarre au couteau ! On s'est foutu de nous, alors ? C'est la troisième fausse alerte en huit jours ! Je commence à en avoir marre ! »

Elle me fixe de ses yeux ronds. La pauvre, elle ne doit pas faire courir les Don Juan du Havre, avec ce regard de batracien !

« C'est sûrement une blague, dit-elle. Quand je l'ai quitté, le patron allait monter chez lui...

– Bon, alors je rentre au commissariat... Quelle connerie, de me faire sortir par un temps pareil ! »

La servante a haussé les épaules, sans rien dire. Elle a repris sa marche, et je l'accompagne vers un boulevard, au milieu des ruines. Là encore, la guerre a fait du beau travail...

Je me tiens à quelque distance de la fille. Il s'agit de ne pas l'effaroucher, et même de lui inspirer confiance. Je me réchauffe peu à peu, en marchant.

« Il y a longtemps que vous travaillez chez Gégé ? C'est un brave type...

– Deux mois, dit-elle, à peine ! Avant, j'étais blanchisseuse, mais je n'aimais pas ça...

– Vous avez raison, dis-je, en dédiant une pensée émue à la Gervaise de Zola, c'est dur... Vous devez donc connaître mon copain Toussaint, le Corse ? Il descend souvent chez Gégé, il s'y plaît beaucoup à ce qu'il m'a dit... »

Mes paroles s'envolent dans le vent, et la fille est redevenue muette. Pas la peine d'insister.

« Bon retour, dis-je. Si vous voyez Toussaint, dites-lui bonjour de la part de Félix. Et si vous avez besoin de quelque chose, demandez-moi, au commissariat. Tout le monde me connaît. »

Je lui tends la main, ce qui semble la rassurer un peu.

« Merci, dit-elle en se forçant à sourire. Mais je ne le verrai pas, votre ami. Il est parti ce matin... »

... Il ne me faut pas plus de cinq minutes pour retrouver Poiret, glacé jusqu'aux os devant la porte de l'Etoile de la Marine. La lumière a disparu.

« Il est au premier étage, dit-il en s'efforçant de maîtriser le claquement de ses dents. Il a fait pisser son chien, il a retiré le bec-de-cane, il est remonté... Dis, j'en ai assez, moi! Qu'est-ce qu'on fait? J'ai soif, depuis ce matin. Tu ne m'y reprendras pas, avec tes conneries... Et où on va coucher, maintenant qu'il n'y a plus de train?

– A l'hôpital! Viens... C'est là qu'il fait le plus chaud! »

« Un calva, messieurs?

– Merci, dis-je, en réprimant un haut-le-cœur. Pour moi ce sera un café.

– Pour moi aussi », dit Poiret.

Georges Grainville fait la grimace. Ce doit être un sacrilège, de refuser la tournée du patron. Il se console en remplissant à demi un verre d'apéritif qui sent l'alcool à brûler.

On n'a pratiquement pas dormi, Poiret et moi, dans le poste de garde de l'hôpital, mais au moins on n'a pas eu froid. A huit heures, nous étions quai du Port, au moment où l'Etoile de la Marine faisait son plein de figures violacées sous les effets conjugués du vent et de l'alcool.

Je ne peux pas me permettre de perdre du temps au Havre. Il faut agir vite, pour prendre le train de dix heures et commencer à planquer devant le domicile de l'Archange.

« Je voudrais vous parler, dis-je à Grainville en exhibant ma plaque. Vous avez un petit coin, par là... »

D'un trait, Georges le Rouquin a vidé son verre, s'est versé une autre rasade et nous a entraînés, le verre à la main :

« C'est pour quoi?

– Nous aimerions savoir combien de temps Toussaint Michelesi est resté ici, et comment vous le connaissez. Dépêchez-vous, on est au courant de tout, et on est pressés... »

Gégé est manifestement plus doué pour écluser et vendre son tord-boyaux que pour patauger dans les affaires de truands corses.

« Moi, vous savez, dit-il du bout des lèvres, je voulais bien lui rendre service, mais si ça tourne comme ça... Je ne le connaissais même pas, ce type ! C'est un copain de régiment, Adrien Camotti, de Paris, qui me l'a envoyé pour que je lui trouve une place sur un cargo... Comme si ça se faisait comme ça ! Il voulait aussi des faux papiers, vous voyez le travail ! Je l'ai envoyé se faire foutre, et en beauté, encore ! »

Il ment comme un cochon, cela se sent à plein nez, autant que son calva !

La lassitude me reprend. Tout tourne autour de moi, une seconde : Le Havre éventré, la brume, le froid, cette écœurante odeur d'alcool...

« Quand ça ? dis-je, presque machinalement.

— Hier matin... Il a repris la route de Paris... Vous savez, moi, j'ai de la famille dans la police. Blancpaille, vous connaissez ? »

Je feins de m'intéresser au cousin Blancpaille, tandis que Poiret pousse un soupir à fendre l'âme. Il sent qu'on est mal barrés, mon brave Poiret. Il me regarde d'un œil de chien triste.

« Blancpaille... Ça me dit quelque chose. Il n'est pas inspecteur principal à la P.P. ?

— Non, répond Grainville, assez étonné. Il est gardien de la paix au commissariat de Limoux. Il préfère la campagne à la ville...

— Et la blanquette, dis-je, vaguement amusé, malgré tout. Et Michelesi ?

— ... Je vous ai dit que je l'avais viré. Vous me voyez

avec cet individu sur les bras, moi qui ai un beau-frère flic ?

– Ça la foutrait mal, dis-je, bienveillant. Et ça serait encore plus moche si vous parliez de notre visite à Toussaint... Vous saviez qu'il est recherché pour plusieurs meurtres ? »

Georges Grainville me gratifie d'un regard horrifié. J'ajoute :

« ... Alors, avec votre copain de l'Attelage, motus ! Vu ?

– Vu, grommelle Gégé en léchant la dernière goutte de poison au fond de son verre. Mais vous, pareil, hein ? Alors, un tuyau puisque vous êtes chouettes : voyez du côté de Marseille ! Il avait l'intention de s'embarquer par là pour l'Algérie... »

Je remercie le Rouquin d'une solide poignée de main qui se veut rassurante, et nous filons, Poiret et moi, dans la brume du Havre, à la recherche de notre train.

Commissaire divisionnaire chef du service régional de Police judiciaire à Paris à Commissaire divisionnaire chef du S.R.P.J. Lyon. Numéro 1423. Selon renseignement confidentiel Michelesi Toussaint objet fiches de recherches J/43/5627, J.45/15643 et 45/24984 se trouverait hébergé à Champagne-en-Valromey chez une nommée Broziak. Individu dangereux recherché pour meurtres, association de malfaiteurs, vols qualifiés. En cas de découverte, aviser d'urgence commissaire Baniel du Service qui enverra instructions. Intéressé susceptible de gagner Marseille avec faux papiers. Surveiller port et frontières. Taille un mètre soixante-cinq, yeux marron cheveux châtains. Aviser aussi Direction P.J., 11, rue des Saussaies Paris.

XXV

L'Archange a garé sa voiture rue Cambon, à l'angle de la rue Saint-Honoré. Il continue à pied afin de semer les curieux éventuels. Il jette un coup d'œil circulaire, du fond du périscope de ses lunettes. D'ailleurs, il fait très commandant de sous-marin, avec sa face de grenouille amaigrie et son costume bleu marine du bon faiseur.

On le salue, lorsqu'il entre au restaurant du Ritz, place Vendôme. On le connaît ici, c'est un Monsieur. Le Ritz, pour lui, c'est le symbole de la réussite sociale d'une vie mouvementée... Pour les individus de son espèce, la place Vendôme signifie en général les prestigieuses bijouteries aux vitres blindées. L'Archange, lui, devient, dans ce noble quartier, le baron Philippe d'Istria.

C'est à ce nom qu'est réservée la table où le maître d'hôtel l'accompagne. L'honorable larbin s'efforce de rester digne, malgré la présence du Mammouth, déjà vautré devant la table.

Il arbore une mine réjouie, le Mammouth. Il tend son large battoir à l'Archange en hurlant :

« Comment vas-tu, ma vieille? »

Ce n'est pas le genre de l'endroit, et Malaggione s'efforce de ne pas avoir l'air trop gêné. Il confie, d'un geste superbe, son manteau et son chapeau, tout en essayant de mettre assez de froideur dans son regard pour décourager les familiarités du Mammouth... en vain, hélas !

L'Archange s'installe le dos au mur, et dit très bas, d'une voix dure :

« A vrai dire, ça va mal. Je les ai dans les reins. »

Il a vérifié qu'il contrôlait bien, en enfilade, les deux sorties de la salle. Et une fois de plus, il aime à sentir, sur son ventre, le canon froid du Colt prêt à cracher des flammes.

Abel Danos, de joyeuse humeur décidément, éclate d'un rire grasseyant qui fait grincer les dents de l'Archange.

« Dis pas de conneries, éructe-t-il, c'est pas nouveau et c'est pas aujourd'hui qu'on va s'en faire ! »

L'Archange n'a rien contre les instincts meurtriers de Danos le Sanguinaire. Il pardonne beaucoup de choses à son vieux complice : sa stupidité étonnante, sa lourdeur presque difforme, sa face de King Kong mal rasé. Mais ce qui l'exaspère, chez Danos, c'est cette prodigieuse vulgarité dont rien ne semble pouvoir venir à bout. C'est physique. Il en a la nausée, lorsqu'il doit subir ses tapes magistrales entre les omoplates, ses exclamations saugrenues qui le font universellement repérer, ses écroulements éléphantesques sur les sièges, les joyeuses libertés qu'il prend avec le plus élémentaire savoir-vivre, lorsqu'il tient le couteau par la lame et qu'il ingurgite les plats, lapant avec une satisfaction bruyante les nourritures solides qu'il affectionne, tête baissée et coudes sur la table...

Mais aujourd'hui, l'Archange a besoin du Mammouth !

Car malgré sa goinfrerie et sa grossièreté, il est sûr, le Mammouth, il est discret.

« Si ça t'intéresse de travailler avec moi, tu passes un coup de fil à Marie-Louise, rue Blondel », lui avait dit Abel lorsqu'il l'avait rencontré, déambulant sur l'avenue des Champs-Elysées... Il n'en avait pas tenu compte, à l'époque. Se mêler au gang des tractions avant, très peu pour lui ! Les équipées suicidaires de Pierrot le Fou avaient beau être fructueuses, elles ne dureraient pas longtemps.

De la folie, tout ça !

Ange Malaggione est certain que ça tournera mal, puisque tout le Milieu sait que Loutrel et Jo Attia ont établi leur Q.G. à Champigny, sur les bords de la Marne, et qu'ils y passent leur temps, entre deux dérapages de tractions, à jouer aux boules ou à baiser des filles extraites, pour l'occasion, du One Two Two de la rue de Provence... Et le Milieu se demande, justement, pourquoi la police n'investit pas l'auberge de Cornélius, la Bonne-Oseille, dont les belles allées ombragées que baigne la paisible rivière retentissent chaque jour de coups de feu féroces[1]...

L'Archange survole le menu, se décide pour le fameux suprême de turbotin, spécialité du Ritz. Abel, hilare, approuve :

« Toujours amoureux des bonnes choses, hein, ma vache... »

Le maître d'hôtel a fait semblant de ne pas entendre. D'un geste imperceptible, il appelle le sommelier, s'éloigne avec une indestructible dignité.

« Pouilly fuissé », commande l'Archange.

Le sommelier acquiesce. Avec le turbotin, le choix est bon.

1. Voir *Le Gang*.

« On va s'en foutre plein la gueule, ricane le Mammouth. Bon... Alors, qu'est-ce que je peux faire pour toi ?

– J'ai besoin d'une planque, murmure l'Archange. Les poulets ont trouvé la mienne, rue de la Faisanderie... Je me demande comment ! »

Le Mammouth gonfle ses joues, arrondit ses petits yeux :

« Ils sont venus au rancard ?

– Je n'en sais rien. La concierge est bizarrement muette... Elle fait une drôle de gueule depuis que ma photo a paru dans les journaux. Je suis retapissé pour le coup de la Banque du Mékong et tous les jours, il y a des placards sur moi... Figure-toi, Mammouth, qu'il y a un immeuble en construction juste en face de chez moi... »

Il s'interrompt. Le sommelier, arborant son éternel sourire de croque-mort optimiste, lui fait goûter le pouilly fuissé, attend l'appréciation, sert, s'éloigne...

« Ça fait du bien par où ça passe, soupire le Mammouth, dans un claquement de langue. Un autre verre, l'Archange, et cul sec !

– Tu bois trop, Mammouth, écoute un peu... J'ai l'impression que les poulets connaissent ma planque. C'est tout, et ça me suffit. C'est comme si ça me chatouillait le crâne, tu comprends ? »

Abel Danos manque d'applaudir, fasciné comme toujours par l'intuition magique de son ami.

« Ça alors, souffle-t-il entre deux relents de vin blanc, je me demande où tu vas chercher tout ça !

– Je suis médium, dit modestement l'Archange. Tais-toi, voilà le garçon... »

Le Mammouth se tait. Il prend un air de deuxième couteau dans un film sur la Maffia. Et pour donner encore mieux le change, il sifflote entre ses dents la chanson de l'Occupation, *Lily Marlène*. Malaggione lui donne un coup de pied, sous la table. Le Mammouth manque d'en avaler sa bouchée de turbotin, sur laquelle il s'est jeté alors que le garçon n'avait même pas fini de le servir.

Quand ils sont de nouveau seuls, et que l'Archange a de nouveau repéré les deux issues précieuses de ces lieux, le Mammouth propose :

« J'ai une planque, mais je ne sais pas si cela te plaira... C'est pas du luxe. Juste pour te dépanner... C'est à la Goutte d'Or, chez les Bics... Les perdreaux n'y mettent jamais les pattes. Ils ont la trouille !

– Calme ? demande l'Archange, en savourant le turbotin.

– Comme le désert d'Afrique, mon zami. Et propre. Y a une chambre, une cuisine, et une douche. De l'artillerie, aussi, dans une fausse cheminée. On ne sait jamais... On peut soutenir un siège, là-dedans. Je vais te dire un truc, la fenêtre de la douche débouche sur la soupente de l'immeuble voisin. L'escalier donne sur une autre rue... La planque rêvée, quoi ! »

L'Archange effleure de ses lèvres le bord du verre, tandis que ses insondables lunettes parcourent la salle. Il est perplexe. Son instinct de fauve le fait pencher en faveur de la solution Mammouth. Et puis, bien qu'il se refuse encore à l'admettre, il passe de nouveau en revue les amis qui auraient pu renseigner la police sur son refuge actuel.

Et il n'y en a pas des masses !

Mathieu Costa ?

Impossible.

C'est un homme, Mathieu, un vrai ! Il l'a prouvé en plusieurs occasions, et pas des moindres. Et il ne chante pas ses affaires sur les toits.

Toussaint ? Le fidèle, l'inconditionnel ? Impossible, aussi.

Dominique ? Impossible, encore ! Il est trop mouillé, comme Toussaint, d'ailleurs.

Adrien Camotti, alors ? Allons donc ! Encore récemment, il lui a proposé une affaire au Mans. Dominique est allé repérer le coup. « Pas possible à réaliser pour l'instant », a-t-il dit. Et puis, c'est un parent, Adrien. Enfin presque, puisqu'il vit avec la cousine Flora.

Alors, si ce n'est personne, c'est peut-être une coïncidence ? Quelqu'un a pu le voir entrer dans son immeuble sans qu'il s'en aperçoive ?

« Et la concierge ? »

Il a pensé tout haut, et le Mammouth fonce aussitôt, soulevant ses puissantes épaules :

« Une concierge ? Ça va pas, non ? Pourquoi ? Tu veux qu'on fasse ton ménage ?

— Non, dit l'Archange. Je pensais à la mienne. »

Un rayon de soleil vient jouer dans le pouilly doré. Cette lueur dans un contexte plutôt noir emporte, comme un signe du destin, la décision de Malaggione :

« J'accepte, dit-il. Mais on n'est que deux à connaître l'adresse. D'accord ?

— Tu parles, fait Abel, la bouche pleine. Et encore, on est deux de trop ! Tu vois, moi, quand j'ai franchi ma lourde, je ne m'en souviens même plus, de ma crèche... Comme ça, il ne peut pas y avoir de fuites... Ma combine est simple : je téléphone deux fois par jour rue Blondel au cas où une occasion se présenterait pour le boulot, mais c'est tout. Si on veut me toucher, on laisse un numéro, et je rappelle... Tu les connais, les lardus : s'il n'y a pas un pourri pour nous balancer, ils ne trouvent jamais rien. C'est comme ça que je tiens le coup depuis le départ des Chleuhs. Je ne fréquente personne, je reste pépère à la maison... Une petite sortie de temps en temps, pour assurer la matérielle, et c'est marre... Et Toussaint, ça va ?

— Parti, dit l'Archange, qui décidément est trop pensif pour avoir faim. Il va tenter sa chance au Havre, chez un pote qui le fera peut-être passer en Amérique. Quand il sera là-bas, il me fera signe, et j'irai. On a du fric, assez en tout cas pour attendre la prescription. On reviendra après... »

De sa grosse patte, le Mammouth a torché ses lèvres. Il a secoué le fond de la bouteille dans son verre, avant de conclure, en vieux philosophe :

« Ben oui, vous, c'est facile... Vous n'avez ni femme ni gosses. Moi, je suis piégé. Dès que j'aurai un peu d'oseille, je foutrai le camp en Italie. Ça coûte cher de vivre hors la loi, avec tous ces mecs qu'il faut payer pour qu'ils se taisent... Tiens, voilà la clef. C'est 38, rue des Gardes. La rue derrière, c'est le passage Léon.

— J'y coucherai ce soir », dit l'Archange.

Il allume une cigarette, avant d'ajouter :

« J'ai la femme d'un copain, une chouette fille, qui déménagera mes affaires de la Faisanderie dans sa petite bagnole. Les flics n'iront pas la repérer. »

Je suis voué aux rafales de vent. La rue de la Faisanderie n'a rien à envier aux brèches que les bombes ont ouvertes dans les maisons du Havre. La tempête s'y engouffre, aussi glaciale... Sur mon échafaudage, en tout cas. Quelle position, pour un pauvre flic qui n'est ni maçon ni acrobate !

Pelotonné dans mon pardessus, je guette l'éventuelle lumière, la bienheureuse lumière ! dans l'appartement de Malaggione. Je n'ai pas plus de chance que la veille de mon départ pour Le Havre. Baniel, que j'ai mis au courant de ma piste en me gardant bien de lui parler de Sylvia, m'a donné le feu vert. Mieux, il a promis de doubler mes frais si je réussissais. C'est dire qu'il n'y croit pas beaucoup.

« Allez, va te recoucher, dis-je à Poiret. S'il vient, je te ferai toucher par le commissariat du quartier. »

Ce bon Poiret, qui observe l'immeuble depuis l'échafaudage de côté, ne répond pas.

« Va, je te dis ! Ça ne sert à rien de te geler. Si ça se trouve, il ne reviendra jamais dans cette baraque de luxe...

– Et toi ?

– Je reste. S'il n'est pas là à deux heures du matin, je foutrai le camp... C'est pas un type à traîner dans les boîtes de nuit, l'Archange... »

Il hésite, Poiret. Il a envie de partir, mais il a scrupule de me laisser seul. La nuit est tombée depuis longtemps sur ce quartier résidentiel où la circulation est pratiquement nulle. Marlyse m'a bien donné une bouteille Thermos, mais l'eau teintée de café est plus tiède que chaude. J'ai la goutte au nez. Et à deux reprises, je me suis pincé jusqu'au sang pour ne pas éternuer.

Poiret, lui, a choisi de singer les Lapons, entortillant sa tête dans un cache-nez si large qu'il disparaît presque entièrement. Seul émerge son nez, rougi par la bise.

Heureusement que des sacs de sable me protègent les jambes, au-dessus des glaçons qui me servent de pieds... On parle à voix basse, comme si on avait peur d'oreilles indiscrètes, suspendus tels des oiseaux migrateurs sur ces cinq étages d'échafaudages...

Poiret me tape sur l'épaule, et sa voix me parvient étouffée, au travers de l'écharpe :

« Dis donc, tu ne crois pas qu'il y a de la lumière, toi ?

– Où ça ?

– A la fenêtre de gauche. »

J'ai beau me pencher au risque de ma vie, écarquiller mes yeux, je ne vois rien. C'est le noir des nuits polaires.

« Tu rêves, ou quoi ?

– Regarde entre la persienne, tout à droite, et le mur... On dirait de la lumière. Pas beaucoup, bien sûr... Comme si le double rideau était mal fermé... »

Comment fait-il pour voir ça, mon étonnant Poiret ? Il m'a intoxiqué, ou quoi ? Moi qui ne voyais rien, il me semble maintenant distinguer quelque chose... Je me frotte les yeux, les ferme pour les reposer...

« Je ne vois rien !

– Forcément, dit Poiret, placide. Ça s'est éteint. »

Je hausse les épaules. Je pense « quel con, ce Poiret », et il le sait. Prudent, il n'essaie même plus de me convaincre de ce qu'il a vu.

Et c'est alors que les événements lui donnent raison, ô combien !

Une minute s'est à peine écoulée qu'un claquement sec me fait sursauter : l'ouverture automatique d'une porte... Je baisse les yeux vers le rez-de-chaussée de l'immeuble. Poiret me fait « non » de l'index.

« C'est une bonne femme », dit-il.

Il se remet en faction, sentinelle du Grand Nord !

Et j'ai le choc. Le grand.

Pas d'erreur possible. Comment pourrais-je, même à cette distance, ne pas reconnaître la silhouette de l'unique, de la divine Sylvia ?

Cette silhouette de mes rêves, de mes désirs, de mes angoisses, que je connais si bien... Celle que je guettais si souvent, et pour cause, à la Guitoune...

La Guitoune, lieu de cette parodie de rendez-vous d'amour !

C'est ma Sylvia, mon indic femelle, ma créature forgée avec amour, qui apparaît comme un fantôme avec son manteau de laine, une valise à la main.

Je ne peux pas me jeter du haut de mon échafaudage pour la rejoindre... Il n'y a même pas d'escalier !

Qu'est-ce qu'elle vient foutre ici, cette salope ?

J'ai envie de la tuer, quand je la vois poser sa valise à terre, fouiller dans son sac, ouvrir la portière d'une petite Simca 5 noire qui s'était rangée au point mort à l'angle de l'avenue... Au point mort, puisque nous ne l'avions pas entendue arriver.

Sylvia a une voiture ! Je me rends compte que je la voyais toujours, sottement, comme une adolescente... Oh ! le rêve se dissipe si vite que ça fait mal !

Elle sait conduire, la petite, et elle n'a pas que les clefs de sa voiture. Elle a celles de l'appartement de Malaggione, aussi. Elle est venue chercher quelques affaires de l'Archange, bien sûr.

Sérieusement, j'ai envie de me jeter sur elle, du cinquième étage, pour l'écraser dans ma chute. Oui, elle me rend fou, la garce... Heureusement, je me calme en quelques secondes... Le temps de me rendre compte que je ne peux rien faire, coincé sur mon perchoir ! Même pas la suivre pour découvrir la nouvelle cachette de l'Archange !

Elle m'a bien eu.

Oh ! bien sûr, elle ne m'a trompé ni sur la rue de la Faisanderie ni sur Le Havre, mais elle a dû s'arranger pour faire déguerpir Malaggione et Michelesi des deux planques éventées...

Elle t'a doublé, Borniche. Tu ne vas pas pleurer, quand même ? Rappelle-toi ce que disait Marlyse : « Tu vois comme elle est franche du collier, ta Sylvia... »

Une bonne leçon, apprenti flic...

La petite voiture, dérisoire, et quelque peu cahotante, moqueuse, en tout cas, passe tranquillement sous notre nez. Ses feux rouges s'estompent à mesure qu'elle se rapproche de l'avenue Foch.

« Allez, viens, Poiret ! On a assez joué aux cons. On rentre ! »

XXVI

Les plus belles demeures sont des prisons dès lors qu'on s'y cache, et qu'on y est cloîtré. Toussaint Michelesi bâille, s'étire, n'en finit pas de s'ennuyer. Il sait que son protecteur est l'un des rois de Marseille, et qu'il ne risque rien. Mais il trouve déjà le temps long.

Il sait aussi que l'heure est grave, et qu'il ne peut s'éterniser dans la luxueuse villa d'Antoine Guérini. Ce n'est qu'une étape, et il ne sera tranquille que lorsqu'il aura pris le large.

Il n'est pas assez inquiet, néanmoins, pour ne pas sentir le poids du temps, et la longueur du jour... Comment se distrairait-il, dans cette retraite dorée ? Il n'a jamais lu un livre de sa vie. Les titres du journal lui suffisent. La musique l'ennuie, la radio le fatigue. Il se console en se disant qu'il est à Marseille, berceau de ses hauts faits, dont il se remémore les plus spectaculaires avec une pensée émue pour l'Archange.

Patience... Antoine Guérini a contacté un de ses amis, inspecteur à l'hôtel de police de l'Evêché. Il faudra quarante-huit heures à ce zélé fonctionnaire pour établir une carte d'identité et un passeport au nom imaginaire de Jean Girardoni. Dans quelques jours, Toussaint sera parfaitement en règle. Il voguera vers l'Amérique du Sud, via Casablanca.

C'est un seigneur, Antoine. Quand Toussaint lui a téléphoné de Lyon, après sa fuite mouvementée de Champagne-en-Valromey, il a chuchoté dans l'appareil : « Viens donc ici... Ça te fera quelques jours de vacances... » Tout ému, tout gonflé de reconnaissance, Michelesi avait sauté dans sa traction noire aux roues jaunes pour foncer vers Marseille. Grâce aux petites routes, qui n'ont pas de secret pour lui, il a déjoué les barrages de la Nationale 7. C'est avec un frémissement de satisfaction qu'il a débarqué dans sa seconde patrie, poussé par le mistral. Il a abandonné sa voiture derrière le Palais de Longchamp. Avec une extrême prudence, il a gagné le chemin de Montolivet, nouveau domaine du seigneur Antoine.

Il en a fait, lui, du chemin, le petit berger Antoine, depuis qu'il a débarqué sur le continent un jour de 1930. C'est un homme de goût, et sa villa est renommée dans tout Marseille. La chambre où s'étire Toussaint est meublée avec une élégance qui le met presque mal à l'aise. Souvent, ses yeux se posent sur ce qui est pour lui le symbole de la réussite : des objets précieux qu'on n'a besoin ni de planquer ni de fourguer, qui garnissent les étagères d'un meuble-vitre en acajou blond.

Le mistral est tombé. C'est la pluie, maintenant, qui résonne sur les persiennes. Une fois encore, Toussaint regarde sa montre : vingt et une heures trente... A peine! Une fois encore, Toussaint soupire. Il éteint sa dernière cigarette, dont le mégot vient grossir un tas de cendres dans la soucoupe de la table de nuit.

Comment les flics ont-ils pu retrouver sa trace à Champagne-en-Valromey, cette bourgade perdue au pied des monts du Jura, où les anémiques et les tuberculeux viennent se refaire une santé? En partant du Havre, il ne savait pas encore s'il ferait ou non un détour pour embrasser sa vieille maîtresse, Héléna Broziak, incurable, la malheureuse...

Il avait passé trois jours auprès d'elle. Il y serait resté plus longtemps si policiers et gendarmes n'avaient cerné la maison. Il s'étonne encore de la chance providentielle qui l'a servi : il venait de reprendre sa traction chez le garagiste d'Artemare, le village voisin. Il la faisait périodiquement réviser pour éviter les pannes, dont les plus minimes peuvent avoir des conséquences incalculables dans le métier de truand. Il avait aperçu, de loin, un déploiement d'uniformes à l'entrée de Champagne, devant la maison d'Héléna... Il en avait vu assez !

« Toujours aussi discrets, ces cons-là, avait-il murmuré. Heureusement... »

Et il avait pris aussitôt la route de Belley, abandonnant, malgré lui, son amie à son triste sort.

Qui avait pu donner l'adresse d'Héléna ? Pas Grainville, en tout cas : Toussaint ne lui avait pas dit où il allait.

Alors, qui ? Seuls, Malaggione et Léonelli connaissent l'existence d'Héléna, et il n'a téléphoné qu'à l'Archange, pour lui annoncer sa retraite passagère, quand ce fumier de Grainville s'est défilé.

Aussi Toussaint Michelesi ne comprend-il pas.

Antoine Guérini, lui non plus, ne comprend pas.

« Tu es sûr qu'il n'y a pas de trace de ta liaison aux Archives ? a-t-il demandé.

– Impossible ! »

Les journaux ont recommencé à publier sa photo en long et en large, ainsi que celles de Malaggione et de Danos. Pourvu qu'il n'y ait pas d'accroc en franchissant le contrôle de police, lors de l'embarquement. Mais là encore, Antoine a tout prévu. Sa voix tranquille rassurait Toussaint :

« Tu te posais moins de questions, quand on avait affaire aux Chleuhs... C'était pourtant plus dangereux, alors ? Tu n'as qu'à passer tout à fait normalement. Je te fais accompagner par Pascal et Joseph. S'il y a le moindre pépin, ils créent une bousculade et tu as le temps de sauter dans la voiture qui t'attend... Mais ça m'étonnerait ! Je vais m'arranger pour que ce soit un compatriote qui tamponne les passeports, ce jour-là... »

Au moment où Toussaint va éteindre la lumière, le téléphone sonne. Un peu endormi déjà, il descend à pas lents dans le hall d'entrée, dont le sol de marbre vert et bleu glace ses pieds nus. Il décroche, attend, retenant son souffle.

« Toussaint ? » demande la voix.

Michelesi reconnaît le timbre gras de Joseph Gidorga, le berger de Vizzavona devenu le garde du corps d'Antoine. C'est un sauvage, petit, trapu, totalement illettré. Un être indéchiffrable, tout dévoué à Antoine. Vingt fois, la police l'a interrogé pour de mystérieuses affaires, et vingt fois la police a dû le relâcher : ni preuves, ni aveux...

« Antoine n'est pas là, Joseph...

« Je sais... C'est toi que je voulais. Avec Pascal, on est au Paradou, rue Saint-Saëns... Tu descends ? »

Toussaint se souvient des recommandations d'Antoine :

« Tu ne bouges pas avant d'avoir des papiers en règle. D'ailleurs, tu n'as pas de voiture. »

La rue Saint-Saëns, comme son nom l'indique, fait partie de l'Opéra, ce vieux quartier de bars louches peuplé de prostituées. On ne s'y ennuie pas, entre le grouillement des hommes du Milieu et les descentes de police.

« Je me couche, dit Toussaint. Je suis à poil. Et je n'ai pas de tire...

— Oh ! viens... On est entre amis ! On boit une rouille avant ton départ... Je te passe Pascal. »

Toussaint a envie de raccrocher. Gidorga est un inconscient, et ce n'est pas le moment de céder à la tentation...

« Toussaint ? J'ai un taxi. On monte te chercher. »

Déjà, Pascal a coupé. Toussaint s'en veut de sa mollesse. Mais de toute façon, ils auraient rappelé. Mieux vaut les attendre et leur expliquer pourquoi il est dangereux pour lui de s'aventurer à l'Opéra.

L'agent cycliste Cardon met pied à terre. D'un geste du coude, il rejette sa pèlerine vers l'arrière. Il se place au milieu du chemin de Montolivet; et fait signe au taxi de stopper. Le brigadier Salameillas s'approche du chauffeur :

« Vous n'avez pas vu qu'il vous manque une lumière, et que vous tenez tout le chemin ? »

Constant Santoni tâche de réprimer un hoquet de surprise. Depuis quinze ans qu'il fait l'artisan-taxi, il n'a jamais eu affaire à la police. Jamais une contravention, jamais un excès de vitesse, jamais de conduite en état d'ivresse. Aujourd'hui, hélas !...

Hélas ! il a accepté de boire un petit coup au Paradou avec le tandem Gidorga-Cattenao, les deux clients bien sympathiques qu'il y déposait. Au sixième pastis, Constant ne savait plus compter mais baignait dans une douce euphorie. A la neuvième tournée, il ne pouvait plus rien refuser à ses nouveaux amis, quand ils lui ont demandé d'aller boulevard Richard, à Montolivet, chercher un copain :

« On n'en a pas pour longtemps. On redescend tout de suite. »

Dans l'état où était Constant, c'était un exploit de

grimper la Canebière, de suivre le boulevard de la Libération, de ne pas rater l'avenue des Chartreux. Chemin de Montolivet, à l'angle du boulevard Tristan-Corbière, le chauffeur avait manqué de peu un poteau électrique...

« Tu m'attends là, avait dit Gidorga à l'angle du boulevard Richard. Je vais chercher mon pote. Fais demi-tour. »

Dix minutes plus tard, tandis que Pascal s'était assoupi sur la banquette arrière, Joseph était réapparu en compagnie d'un petit homme vêtu d'un pardessus marron clair. Les trois hommes s'étaient serrés sur la même banquette, et le taxi avait repris, en zigzaguant, le chemin du Paradou...

... « Et vous empestez l'alcool », ajoute le brigadier.

Constant Santoni voudrait bien se justifier, mais comment? Il baisse la tête, bredouillant on ne sait quoi. Il farfouille dans la poche de sa veste de velours côtelé, tend ses papiers aux agents, déclare dans un hoquet :

« C'est pas de ma faute... Je rentrais chez moi... J'ai pas vu la loupiote éteinte. »

Salameillas n'écoute plus. Il a ouvert la portière arrière, intimé aux trois occupants :

« Vos papiers, vous aussi ! »

Les trois hommes s'exécutent. Toussaint Michelesi exhibe une feuille de paie des Etablissements Jeunet, rue La Fayette à Paris, et un permis de conduire. Sa main droite se crispe sur la crosse de son Colt. Il enrage. S'il n'avait pas répondu au téléphone... S'il avait su dire non à ces deux abrutis. Il ne serait pas dans cette situation, en ce moment !

« C'est tout ce que vous avez? demande Salameillas.

– Oui, dit Toussaint, s'efforçant en vain de sourire...

J'ai oublié ma carte d'identité dans mon autre veston. Mais si vous voulez, on peut aller la chercher...

— Et puis quoi ? dit Salameillas. En route ! On verra ça au poste. »

Il referme la portière et ajoute à l'intention de Santoni :

« On passe devant. Vous nous suivez doucement jusqu'au poste... Vous savez où c'est, au moins ? A côté du bar Lido, en face de l'avenue du Petit-Bosquet.

Il enfourche sa bicyclette. Le gardien Cardon fait de même. Le taxi s'ébroue, la première vitesse saute dans un grincement assourdissant. Salameillas se retourne, hausse les épaules.

« Qu'est-ce qu'il tient, le frère, dit-il à l'agent. Avançons un peu plus vite, qu'il ne nous écrase pas ! »

L'increvable bonne étoile de Toussaint l'a encore sauvé !

A travers le pare-brise, il a vu s'éloigner dans la nuit les feux rouges des agents cyclistes. Constant Santoni arrive tant bien que mal à passer en seconde, à accélérer...

« Oh ! pas si vite, dit Toussaint, je suis malade... »

Tel un automate, Constant ralentit. Il est arc-bouté sur son volant, dans un état second. Les ordres lui parviennent à travers un brouillard, et il obéit par réflexe.

Toussaint, doucement, enlève sa chaussure droite, puis la gauche, ouvre la portière...

« Arrête-toi une seconde, dit-il, la tête baissée. Je vais au refile, j'ai trop bu... »

Les pieds de Constant freinent, débraient... Michelesi, plié en deux, se glisse sur la chaussée obscure, referme la portière, tandis que Joseph ordonne :

« Vas-y... Ça va mieux... »

Le taxi s'est éloigné. Toussaint Michelesi a couru sur le boulevard Turgot, s'est jeté dans la traverse des Quatre-Chemins, a refermé sur lui la porte de la villa d'Antoine Guérini, s'est laissé tomber sur le lit de la petite chambre si élégante, si confortable, si rassurante, en ponctuant de soupirs de soulagement ses actions de grâces à la Bonne-Mère.

Et pendant ce temps, au poste de police du chemin de Montolivet, le brigadier Salameillas et le gardien Cardon n'en croient pas leurs yeux : le taxi Renault ne contient plus que trois hommes au lieu de quatre... Ce n'est pas la paire de chaussures jaunes toute neuve qui va les consoler...

En leur annonçant qu'ils ont raté le dangereux bandit Toussaint Michelesi, leur commissaire leur signifiera une suspension d'activité de trois mois. Quant aux gorilles de Guérini, ils ne savent rien, comme d'habitude...

MESSAGE — COMMISSAIRE DIVISIONNAIRE-CHEF SRPJ MARSEILLE A DIRECTION DES SERVICES DE P.J. PARIS. N°A 1825 — AFFAIRE MALAGGIONE-MICHELESI — AI DESSAISI SECTION JUDICIAIRE LOCALE PROFIT POLICE MOBILE. — STOP — BARRAGES, RAFLES ET CONTROLES ONT ÉTÉ PRESCRITS MARSEILLE ET RÉGION AINSI QUE RÉGIONS MONTPELLIER TOULOUSE LYON NICE CLERMONT-FERRAND — STOP —

LES GARDIENS QUI AVAIENT INTERPELLÉ MICHELESI AFFIRMENT N'AVOIR PAS CONNU PERSONNALITÉ DE CE DERNIER — STOP — INTERROGATOIRES SANTONI, GIDORGA ET CATTENAO NÉGATIFS. — STOP — ENQUÊTE SE POURSUIT — FIN.

TÉLÉGRAMME DÉPART — DIRECTION P.J. PARIS A S.R.P.J. MARSEILLE.

AC 23456 — AFFAIRE MALAGGIONE-MICHELESI — RÉPONSE A VOTRE MESSAGE, VOUS INFORME QUE MICHELESI TOUSSAINT CHERCHERAIT GAGNER VENEZUELA SANS PLUS DE PRÉCISIONS — STOP —

MALAGGIONE TOUJOURS PARIS — STOP — VOUS TIENDRAI INFORMÉ — FIN —

« Cette nuit, en tenant dans ma main la main glacée de ce jeune mort, je me suis promis à moi-même de renoncer à la lutte insensée que je soutiens depuis vingt ans contre la société tout entière... »

« Toute mauvaise action est rattrapée par une vengeance quelconque, avec quelque rapidité qu'elle s'y dérobe... »

Ces phrases que Vautrin adresse au procureur général, M. de Grandville, à la fin de *Splendeurs et Misères des Courtisanes,* Sylvia de Neyrac les relit, comme dans un cauchemar.

Dominique dort.

Et elle se souvient de ce jour où il dormait, comme un enfant, ou faisant semblant... Cet après-midi où il lui avait avoué, facilement, ce qu'était l'Archange... Ange Malaggione... le fauve.

Elle referme le livre. Cherche dans l'armoire les deux autres volumes frappés aux initiales du si lointain banquier de Bourges... Roussel... Sur l'armoire, il y a la valise de cuir armoriée. Elle monte sur une chaise pour l'atteindre, fait du bruit, s'exaspère : il ne faut pas que Dominique se réveille, trouble le rêve de voyages lointains, dont les trois Balzac, rangés cuir sur cuir dans la valise, évoquent les mystères.

Et puis, sur la carte d'Afrique du Petit Larousse, elle survole le Gabon et le Congo au gré des toutes naissantes compagnies d'aviation locales, qui sentent bon l'huile brûlée et les atterrissages en catastrophe.

Il lui semble que sur ce continent-là, ils trouveront la paix. Hier, elle a téléphoné à l'institut Pasteur pour les vaccinations nécessaires.

Et quand Dominique se réveille, elle lui dit :

« Il y a beaucoup d'argent à gagner, là-bas.

– On est bien, à Paris, dit-il. Qu'est-ce que tu veux qu'on aille foutre chez les nègres ?

– Gagner de l'argent...

– Mais on en gagne, ici. L'Archange... »

Elle dissimule la peur que ce mot seul lui inspire. Elle répète, comme machinalement :

« Bien sûr, l'Archange... »

Elle décerne un sourire amusé au peignoir de soie que Dominique s'est offert à lui-même, la veille. Un peignoir rouge sang.

« On a tellement d'argent, disait-il. Qu'est-ce qu'on va en faire ? »

Sylvia ne pense qu'à Borniche.

Prisonnière de cet infernal chantage.

« Tu sais, Dominique, Paris m'ennuie. Cet hiver n'en finit pas. J'ai besoin des mers chaudes, l'Afrique...

– Je te vois bien toute nue sous un cocotier, dit bêtement Dominique. L'argent, ça peut servir à voyager, tu as raison. »

« S'il savait, se dit-elle, s'il savait... »

Le cœur lui manque, lorsqu'elle voit le sourire insouciant, à peine vulgaire, du premier homme qu'elle a aimé... « S'il savait... »

Lorsqu'elle l'admire (il est beau, insouciant, sûr de son impunité comme de leur amour), elle revoit le visage de Borniche, ce regard de flic, ces yeux parfois chaleureux, d'autres fois sévères...

Elle a peur. Pas de Borniche, non. De la vie. De cet hiver parisien qui n'en finit pas. De la vengeance du fauve, surtout.

L'Archange... « Toute mauvaise action est rattrapée par une vengeance... » Où est la mauvaise action ? Est-ce le crime, est ce la dénonciation du crime ?

« Finalement, c'est pas bête, l'Afrique, dit Dominique.

– On est jeunes, on a de l'argent, tout ce qu'il faut pour réussir là-bas.

– Oui... »

Depuis quelques jours, il met sa coquetterie dans une moustache discrète, qu'il taille avec soin.

« Eh bien, tu vois, en Afrique, je me laisserai pousser la barbe. J'aurai une vraie bonne gueule de légionnaire...

– Libreville. Un beau nom pour une ville...

– Oui, dit Dominique. Libre... »

Les yeux de Sylvia se baissent sur la valise béante, riche seulement de ses trois Balzac...

L'auront-ils, cette liberté, quand finira le cauchemar... Quand l'Archange...

XXVII

Ange Malaggione n'a pas besoin d'une grande imagination pour se croire dans une scène de *Pépé le Moko.* Il lui suffit de fermer les yeux. Malgré le froid, il a ouvert la fenêtre pour prendre l'air de casbah qui monte jusqu'à lui.

Il ne peut s'empêcher de trouver à ce quartier un charme malsain, trouble, qui contraste avec l'élégance bourgeoise, feutrée, de la rue de la Faisanderie.

Car l'Afrique a envahi, à la Libération, le quartier de la Chapelle. Les innombrables passages et impasses grouillent d'une population interlope, colorée, bruyante, royaume d'outre-mer implanté au hasard des rues sales.

Le sabir a chassé l'argot. L'Arabe a supplanté le titi. La rue de la Goutte-d'Or s'est transformée en une scène, comme pour une opérette dans laquelle chacun semble tenir son rôle. Les marchands de tapis croisent des vendeurs de cacahuètes, de fétiches et de grigris. Les fatmas éternellement enceintes règnent sur le linge multicolore qui pend à chaque fenêtre et s'imprègne des effluves du couscous et du mouton grillé.

L'appartement du Mammouth est bien tel que le prévoyait l'Archange : minuscule mais confortable. On s'étonne de le découvrir au recoin d'un palier sombre de cet immeuble sale et pauvre. Il a de l'instinct pour trouver les bonnes cachettes, le Mammouth, malgré son air abruti. Bien malin celui qui l'attrapera...

Mais l'Archange n'a guère le temps de philosopher sur sa situation de hors-la-loi, qui veut qu'on apprenne à vivre, au hasard des événements, dans les décors les plus divers, tantôt riches et tantôt misérables.

Il a d'autres soucis.

Dont un problème qui le préoccupe gravement. Il n'a pas dormi de la nuit, ce qui n'est vraiment pas dans ses habitudes.

Tout a commencé par un coup de fil à Adrien Camotti, le patron de l'Attelage...

« J'ai l'impression qu'il y a une fuite quelque part, disait Adrien... Gégé a vu débarquer deux poulets dans son bistrot du Havre. Ils cherchaient Toussaint... Et c'est là que je n'y comprends rien. Toussaint n'a pas fait de publicité, quand il est parti pour Le Havre. Tu me comprends? Alors, qu'est-ce que tu en penses?

– Rien, disait l'Archange, en raccrochant. Enfin, rien pour l'instant... »

Mais il ruminait chaque mot de Camotti, tout en attendant, dans le bureau de postes de la rue de la Chapelle, sa communication pour Marseille.

Plus il réfléchissait, plus son cœur se glaçait de fureur...

...De fait, qui connaissait l'existence de l'obscur Gégé? Toussaint, avant son départ, ne s'était confié qu'à trois personnes : Adrien, qui justement l'avait branché sur Gégé. Dominique Léonelli. Et l'Archange.

Il avait ajouté que si ça ne gazait pas, il filerait sur Marseille demander un passage à Antoine Guérini...

... Antoine dont la voix résonnait, maintenant, dans

le récepteur. Appuyé au mur de la cabine du bureau de la Chapelle, l'Archange écoutait :

« Dis, Ange, tu ne crois pas qu'il y a des fuites du côté de chez toi... »

Presque la même phrase qu'Adrien !

L'Archange étouffait, dans la cabine. Une seconde, il entrouvrait la porte, puis la refermait, le sourcil froncé, le front barré d'un pli au-dessus des épaisses lunettes. L'allusion d'Antoine l'humiliait :

« Explique-toi, Antoine...

– Tu sais que notre ami avait une vieille copine malade, du côté de Champagne-en-Valromey. Eh bien, quand il est allé l'embrasser,... les poulets étaient là... Tu trouves ça normal ? »

... Hélas ! non, l'Archange ne pouvait pas trouver cela normal. Parce que là encore, peu de monde était au courant.

« Je vais réfléchir, disait-il.

– En tout cas, sois prudent », insistait Antoine avant de raccrocher.

Aussitôt, l'Archange appelait Mathieu Costa, pour apprendre que la police planquait rue de la Faisanderie, et qu'il l'avait échappé belle. Son flair, une fois encore, le sauvait.

« Fais gaffe, disait Mathieu. Je ne sais pas ce qui se passe, mais ça ne sent pas bon... »

Dans la petite chambre, l'Archange respire l'air froid à pleins poumons, par la fenêtre grande ouverte sur les senteurs africaines de la Goutte-d'Or. Cela le calme un peu.

Il se rappelle une phrase d'Abel, à la fin de leur déjeuner du Ritz :

« Tu vois, l'Archange, j'ai pas fait beaucoup de conneries dans ma vie, mais il y en a une qui a failli me coûter cher... Je me suis embarqué avec des guignols, et les flics étaient au rendez-vous. Je n'ai pas compris comment... Je m'en souviendrai, des Magasins Unifiés ! »

L'Archange, lui, commence à comprendre.

Implacablement, le schéma se construit...

... Bien sûr, ce ne sont pas les deux complices du Mammouth qui ont envoyé la police pour se faire arrêter en flagrant délit !

D'ailleurs, tout le monde est maintenant en prison, dans cette malheureuse affaire des Magasins Unifiés. Courthiol a procédé au grand nettoyage, de l'indicateur du coup à l'ex-futur receleur, qui avait fourni les armes...

« A qui avais-tu parlé de ce coup-là, Abel ?

— A personne. Sauf à Doumé. Je voulais le prendre comme chauffeur... »

Doumé...

Encore et toujours Doumé !

Ce prénom familier revient comme un leitmotiv. Quoi qu'on fasse, on retombe toujours sur Dominique Léonelli, lui-même...

... Déjà, le Mammouth parlait d'autre chose, et l'Archange se débarrassait du portier avec un pourboire royal. Mais c'était la troisième fois que Dominique revenait sur le tapis, comme la plaque d'un joueur qui s'obstine sur le même numéro...

« Ce n'est pas possible, dit l'Archange à voix haute. Lui, presque un fils... Lui dont je voulais faire mon successeur. »

Les imprécations d'un joueur de bonneteau malheureux troublent ses réflexions. Il ferme la fenêtre, d'un geste rageur. Il revoit le beau visage de Dominique, qui respire la fidélité, la confiance...

Presque un fils, oui. Un compatriote qu'il formait peu à peu, qu'il protégeait. Il lui aurait fait gagner des fortunes... « A la vie, à la mort », avaient-ils dit un jour.

Il avait même adopté Sylvia, l'Archange.

Une fille pas comme les autres. La seule peut-être qu'il estimait, qu'il respectait... Lui, l'Archange!

Quand Doumé, à l'Attelage, lui avait raconté la visite de Borniche, rue Blanche, il avait haussé les épaules :

« Il ne faut pas se frapper pour rien, petit... Ton inspecteur, c'est un jeunot qui veut faire du zèle, et rien de plus. S'il compte sur nous pour avoir de l'avancement... »

Et il avait ri, de son rire dur et sec, tandis que Dominique, soucieux, murmurait d'une voix contrariée :

« Il n'y a pas de quoi rigoler... »

D'où pouvait maintenant lui venir cette inquiétude, sinon d'une méfiance envers Sylvia?

Sylvia...

Il se répète ce nom avec angoisse.

Sylvia, bien sûr! Pas Léonelli, évidemment. Sylvia!

Les indics femelles, ça existe.

Sylvia, l'indic...

Heureusement qu'elle ne connaît pas sa nouvelle planque! Quand elle lui a remis sa valise de vêtements, l'autre soir, à la porte des Ternes, il lui a fait croire qu'il partait sur Neuilly. La rue des Gardes, perdue dans la casbah, il n'y a que le Mammouth qui la connaisse.

L'Archange enfile son pardessus, se coiffe de son chapeau à larges bords. La main sur la crosse de son arme, il descend l'escalier, de sa démarche de fauve souple et silencieuse. Sur le boulevard de la Chapelle, il presse le pas. Il entre à la brasserie Dupont-Barbès. Il commande un café, prend un jeton de téléphone et gagne la cabine au sous-sol. Il forme le numéro de l'Attelage :

« Adrien ? Il passe ce soir, Doumé, pour l'apéritif ?
— Sans doute... Tu as quelque chose à lui dire ?
— Qu'il se trouve demain matin à sept heures devant l'entrée des grandes lignes, gare du Nord. J'ai besoin de le voir. *Tchao.* »

Sylvia regarde Dominique nouer sa cravate sur une chemise à grand col qui lui sied à ravir. « Qu'il est beau, se dit-elle. Quelque chose d'enfantin, de fragile... »

Le cœur serré, elle s'efforce de sourire, luttant contre l'angoisse qui l'étreint.

« Dominique, tu vas te moquer de moi... »

Il cesse de siffloter, rectifie une dernière fois le nœud de sa cravate, vient poser un baiser sur le front de Sylvia, et demande avec un sourire insouciant, amusé, désarmant de jeunesse :

« Je ne me moque jamais de toi, tu le sais... Qu'est-ce qui se passe ?
— J'ai peur...
— Peur ? Mais de quoi ?
— Je me fais peut-être des idées... »

Le sourire de Dominique se fige sur ses lèvres. Le ton de Sylvia l'impressionne. Il la regarde mieux, et voit qu'elle est blanche, comme si elle n'avait pas dormi.

Elle ouvre la bouche, puis la referme. Les mots s'arrêtent sur ses lèvres. Comment pourrait-il deviner qu'elle a décidé, durant la nuit de cauchemar, de ne pas garder pour elle le secret de sa trahison ?

A deux reprises, elle a tendu la main vers Dominique endormi, pour le secouer, et tout lui avouer.

Puis elle a remis l'aveu au matin.

Il faut qu'elle l'empêche d'aller au rendez-vous de

l'Archange, qui lui semble bizarre... D'autant que le fauve avait disparu de la rue de la Faisanderie pour se cacher ailleurs. A Neuilly, avait-il dit.

Depuis sa dernière entrevue avec Borniche, Sylvia ne vit plus. Elle avait pourtant réussi à oublier, hier soir. Elle avait passé une excellente soirée avec son amant. Ils avaient d'abord versé quelques larmes à *La Symphonie pastorale,* au Gaumont. Puis ils étaient allés se consoler du mélo de Delannoy en s'offrant chez Graff un dîner bien arrosé.

Mais comme ils allaient se mettre au lit, Sylvia avait été reprise par ses terreurs en entendant sonner le téléphone à cette heure indue... C'était Camotti.

A l'annonce du rendez-vous fixé par l'Archange, Sylvia s'était sentie perdue.

Elle avait beau se raisonner, se dire qu'il était normal qu'il fasse de nouveau des projets avec Doumé, et que c'était le contraire qui eût pu paraître étrange, à tout prendre... Venue d'une zone obscure de sa conscience, remords ou instinct, la peur ne désarmait pas...

« ... C'est tôt sept heures, pour un rendez-vous ? Et pourquoi gare du Nord ? »

Dominique, lui, trouvait cela parfaitement naturel :

« Tu le connais... Il aime bien repérer sur place, à l'heure même du coup... Il m'en a déjà parlé, de la gare du Nord. Une attaque pas compliquée, contre les ambulants des P.T.T. Pas mal de fric, sans trop se fatiguer. »

Une attaque...

Elle en avait assez, des attaques, Sylvia... Et des meurtres, et des poursuites, et des flics...

Ah ! vivement l'Afrique.

Il fallait rompre avec le Milieu, pour toujours.

Leur tranquillité, leur bonheur, et peut-être leur vie, étaient à ce prix...

... Rompre surtout avec l'Archange, sous peine de désastre...

« Certes, se disait-elle dans ses insomnies, il aime repérer sur place... Mais avant, il prépare le coup chez lui, bien au calme, devant une carte ! Et là, il n'y a pas eu de préparation, c'est tout de même curieux. Pourquoi ne nous a-t-il pas convoqués ? Pour ne pas donner sa nouvelle adresse ? Parce qu'il se méfie de nous, évidemment... »

Toute la nuit, elle a ressassé son infernale histoire. Si Dominique désirait se rendre gare du Nord, tant pis, elle l'accompagnerait...

« Tu es folle, ma chérie, dit Dominique. Si l'Archange avait voulu que tu viennes, il l'aurait dit... Je sais qu'il t'aime bien, mais ça, c'est une affaire d'hommes, sûrement...

— Laisse-moi au moins aller avec toi. Je te déposerai, et j'irai faire des courses...

— Tu es une vraie gosse, parfois « dit Dominique.

Il la prend par les épaules, l'embrasse tendrement.

« Allons, dépêche-toi, dit-il. Et ne t'en fais pas. Tu es nerveuse, en ce moment... Tes projets de voyage te tournent la tête... Je vais chercher la voiture, et je t'attends devant la pharmacie. »

Sylvia conduit nerveusement, sur le boulevard de Clichy. Elle se dit que plus vite ils arriveront au lieu du rendez-vous, plus vite sera passé le mauvais moment sorti tout droit de ses cauchemars de ces jours derniers... Et pourtant, sa peur augmente à mesure qu'elle approche...

« En fait, se dit-elle, c'est ma mauvaise conscience

qui me joue des tours... Toujours à cause de ce Borniche de malheur! L'Archange ne peut pas douter de l'amitié de Dominique, de sa loyauté... Depuis qu'ils se connaissent, ils ont fait tant de choses ensemble... »

« A quoi penses-tu, encore? dit Dominique. Décidément, tu as vraiment besoin de changer d'air. Je ne te reconnais plus...

— Mais non, je n'ai rien », dit-elle sur un ton agacé.

Dominique hausse les épaules, se détourne vers la vitre.

« Je vais devenir folle », se dit Sylvia.

Paris, qui défile sous ses yeux, se change en un univers étrange... Combien y a-t-il de mois qu'elle s'y est plongée, et qu'elle y a peu à peu perdu pied? Comment a-t-elle pu tomber aussi bas?

« C'est l'amour qui m'a perdue, c'est un comble! Et Dominique aussi, peut-être... Lui, voulait m'offrir une vie facile... Moi, le protéger des flics... Beau résultat! On s'est installés dans ce monde où l'argent prime tout... Au secours, Balzac! »

Sylvia malmène les freins de la Simca 5 à l'angle de la rue de Dunkerque. Dominique grince des dents, mais ne proteste même pas. C'est une femme, après tout. Et quand les femmes s'énervent... Pour un oui, pour un non... Adrien Camotti ne disait-il pas : « Elle ne se prend pas un peu trop au sérieux, ta Sylvia? Les gonzesses, il faut les tenir, tu sais... Enfin, tu fais comme tu veux... »

Quand elle voit se profiler au loin les bâtiments de la gare du Nord, Sylvia a grande envie, une fois encore, de tout raconter à Dominique, de lui crier sa peur... De l'emmener chez Borniche, et de tout expliquer ensuite? Non, il ne lui pardonnerait jamais... Avoir une indic pour femme! Alors, il n'y a pas d'issue. Il faut attendre, compter sur la chance...

Elle accélère.

Elle n'a pas le choix. Elle gardera son angoisse pour elle, en espérant que tout ça, c'est du folklore, des cauchemars de jeune fille trop romantique et trop romanesque, une anxiété due à la fatigue, le besoin physique de sortir de ce tunnel parisien qui n'en finit pas.

Sylvia immobilise la voiture sur le boulevard Magenta. Dominique, paré de son irrésistible sourire, lui adresse, du bout des doigts, un baiser.

Elle le suit des yeux. La stature bien découplée, habillée de prince-de-galles s'engage, souple et légère, rue de Dunkerque. Se retourne. Pour un nouveau baiser, un clin d'œil... Sylvia démarre doucement, lui fait un signe de la main derrière le pare-brise. Dominique marche désormais sans se retourner, avance à grandes enjambées vers son rendez-vous.

Sylvia accélère, champignon au plancher. La petite voiture tremble de tous ses écrous, dégringole le boulevard Magenta, tourne brusquement à gauche dans l'avenue de Denain, vient se garer derrière l'emplacement des autobus.

Le cœur de Sylvia cogne très fort : une traction attend devant la gare. L'Archange, au volant, fume paisiblement. Sylvia ne voit pas grand-chose, à cause des reflets sur les glaces...

Voici Dominique qui s'avance, avec un sourire amical.

La portière avant s'est ouverte. Dominique s'installe à côté du chauffeur. Il semble à Sylvia qu'il se retourne vers l'arrière. Dans le miroir de la vitre, elle croit apercevoir une masse de chair qui se penche vers l'arrivant. La portière claque, la traction démarre sans se presser. Sylvia, elle, n'a pas arrêté le moteur. Elle suit...

« Ça me fait plaisir de te voir, Doumé... »

La traction tourne lentement dans la rue du Départ, longe les bâtiments administratifs des Chemins de Fer.

L'Archange répète, avec son sourire ambigu des mauvais jours :

« Ça me fait vraiment plaisir... »

Mais il ne se détourne pas, ne regarde pas Dominique qui fixe, perplexe, la face rougeaude du Mammouth. Le profil de l'Archange lui semble inquiétant, aujourd'hui. Ses lunettes sont plus mystérieuses que jamais. Et ce mince sourire qui n'en finit pas...

Sans se presser, la traction contourne la gare du Nord, pour se garer derrière le mur de l'hôpital Lariboisière. Et là, l'Archange se détourne, pose son coude sur le dossier du siège...

Jamais Dominique n'avait remarqué que sa voix était aussi dure, aussi métallique...

« On a des explications à te demander, Doumé. Et crois-moi, ça me fait mal au cœur d'en arriver là... Je te prenais pour un frère, tu le sais. Seulement, voilà, il y a quelque chose qui ne va pas... »

Dominique frissonne, il ne sait pourquoi. Il s'en étonne. Qu'est-ce qui se passe ? Pourquoi se sent-il mal à l'aise, tout à coup, les jambes molles ? Il ne reconnaît pas sa propre voix lorsqu'il articule :

« Tu déconnes, ou quoi ? »

La grosse voix du Mammouth l'assourdit, brutale :

« L'Archange ne déconne pas. L'Archange ne déconne jamais. Seulement, tu vois, petit, quand il y a un abcès, il faut le crever. Un point, c'est tout. »

Ils dévisagent tous les deux Dominique. Deux faces dissemblables, mais également monstrueuses. L'une, pâle, émaciée, dévorée par les lunettes. L'autre, congestionnée, le front bas... Un serpent prêt à mordre, un taureau prêt à foncer...

« Expliquez-vous, bon Dieu !

– Laisse le Bon Dieu de côté, siffle l'Archange. On va commencer par... »

A mesure que la voix de l'Archange égrène, implacable, la liste de ses soupçons, le visage de Dominique se décompose. L'infaillible mémoire de Malaggione ne fait pas de cadeau. Le Mammouth approuve le récit en soufflant bruyamment.

Malaggione, lui, est très calme. Il se veut à la fois confesseur et justicier...

« Je sais bien que ce n'est pas toi qui as bavardé, Doumé... »

Le récit se poursuit : Toussaint, Le Havre, Champagne-en-Valromey...

« Et sais-tu, Doumé, qu'il y a des flics en planque, rue de la Faisanderie ? Alors, qui les renseigne ?

– Et quand j'ai failli me faire piquer boulevard Haussmann ! gronde le Mammouth.

– ... Parce que tu vois, Doumé, poursuit tranquillement l'Archange, il y a un indic parmi nous. Alors, on en a marre... »

Dominique ferme les yeux. Un nom l'assaille, l'obsède, depuis quelques minutes : Sylvia !

Il voudrait dire quelque chose, mais ses mâchoires crispées le lui interdisent...

Que n'a-t-il été aussi muet devant la femme de sa vie ! Car il lui a tout raconté, à Sylvia...

Mais elle marchait avec eux... Elle insistait même pour être dans les coups de l'Archange... « Dominique, répétait-elle, avec toi, j'ai tout ce que j'aime : l'amour, l'aventure, et l'argent... »

Alors ?

Pourquoi l'aurait-elle trahi ? Et comment ?

La colère l'envahit. Il regarde l'Archange droit dans les yeux. Il va la défendre, sa Sylvia. C'est trop facile, d'accuser.

« Vous déconnez, je vous dis ! rugit-il. Tu penses à Sylvia, Ange ? Sylvia, c'est ma femme. J'en réponds !

– Du calme », dit l'Archange.

Il allume une cigarette, et reprend inlassablement l'énoncé des faits. Puis il conclut, se penchant pour poser sa main sur l'épaule de Dominique :

« Tu sais, fils, il n'y a pas de devins, chez les flics. Ils ont des indics, c'est tout. Ou c'est Sylvia, ou c'est toi... »

Et la certitude, cette fois, envahit Dominique. Le voile s'est déchiré.

Sylvia les a trahis.

L'Archange et le Mammouth ont raison.

Sylvia est une indic.

Et une indic, ça se punit de mort.

Sylvia est l'indic de Borniche, ce sale jeunot de flic qui est venu fouiner rue Blanche tandis que Dominique était en Corse. Tout s'explique, maintenant. Ils ne se perdaient pas de vue. Mais où se rencontraient-ils ?

Tandis que l'Archange et le Mammouth le regardent sans mot dire, il essaie de se souvenir de l'emploi du temps de Sylvia.

Bien sûr, elle avait tout le temps de le duper... Comment savoir, avec les femmes ? Ses poings se crispent douloureusement. Et si elle les avait faites sur l'oreiller, ces confidences ? Le flic lui extorquant... La rage l'étouffe.

« Alors, Doumé ? »

La voix de l'Archange rompt le cours du cauchemar qui tournoyait dans sa tête.

« Tu ne dis plus rien, fils ! Dans le Milieu, il ne faut pas avoir de femme. Ou alors, on se tait. On discute entre hommes. Elle t'a eu, ta Sylvia. Tu vois le travail, maintenant. »

L'Archange regarde Dominique avec indifférence, presque avec dégoût. Il l'aimait bien, Dominique, mais à ce stade, le pardon est impossible. Sa liberté, sa vie, la vie et la liberté de ses amis sont en jeu. Alors...

La tête de Léonelli est tombée sur sa poitrine, dodeline pitoyable, de droite à gauche. Il ne peut plus réprimer le tremblement de tout son corps.

Sylvia...

C'est pour elle, la splendide traîtresse, qu'il a perdu la confiance de ses amis... Qu'il a tout perdu... Plus d'amour, plus d'amitié...

« Alors ? » demande l'Archange.

Dominique relève la tête, regarde fixement son bourreau.

Il a du courage, maintenant, car il a la certitude que Sylvia a trahi Malaggione et Michelesi, mais qu'elle ne l'a pas trompé, lui. Ce flic la faisait chanter, c'est sûr. C'est bien leur méthode, à ces fumiers. Elle n'a rien osé dire. Pauvre Sylvia ! Elle croyait pouvoir s'en tirer comme ça, toute seule... Protéger son homme, sans doute... Son homme, lui, Dominique... C'est pour ça qu'elle avait peur, qu'elle voulait qu'ils partent au loin, en Afrique... Elle l'aime...

Dominique regarde le Mammouth et l'Archange, mais c'est comme si son regard passait au travers. Sa décision est prise.

« Sylvia n'a rien à voir là-dedans, dit-il d'une voix mate, impersonnelle, une voix qui n'est déjà plus de ce monde. C'est moi. Oui, moi. Moi tout seul, qui vous ai donnés. Tous donnés, oui. Borniche m'a mouillé dans l'affaire Filtex et m'a mis le marché en main. C'était ça ou rien. J'ai choisi... Voilà, maintenant, vous êtes fixés... »

Le visage de l'Archange est plus pâle encore, d'une blancheur crayeuse, effrayante. Ses lèvres n'existent plus, tant sa bouche est pincée. Ses yeux se plissent tandis qu'il énonce, mot à mot :

« Je ne te crois pas... Va-t'en... »

Dominique ouvre la portière. Un répit, un espoir fou : s'enfuir avec Sylvia, au bout du monde. Ses jambes le portent à peine. Il titube en mettant pied à terre...

« *Pace et salute* », dit Ange en refermant la portière.

Sylvia, au bout d'un temps interminable au long duquel elle a fini par se rassurer (« Ils ont l'air vraiment d'attendre... C'est donc bien un repérage... Sans doute une histoire de fourgon postal... ») voit s'ouvrir la portière. Jusque-là, elle ne discernait, d'où elle était, que des ombres derrière l'étroite vitre arrière de la traction.

Quand elle voit descendre Dominique, elle pousse un profond soupir. Elle rit toute seule, enfin soulagée. Elle va laisser partir la traction. Puis elle rattrapera Dominique... Ça lui fera une surprise... Elle se serrera contre lui...

La traction ne démarre pas. On dirait que Dominique titube, les jambes molles. Qu'est-ce qu'il a ? Qu'est-ce qu'ils lui ont fait ?

Une détonation.

Sylvia pousse un hurlement, comme une bête blessée.

Une seconde détonation. Dominique s'affaisse. La traction démarre. Sylvia, dans un état second, démarre à son tour, accélère. Elle a agi automatiquement, par réflexe. Le cœur chaviré, elle dépasse le corps de Dominique qui gît, ensanglanté, sur le trottoir.

En une fraction de seconde, elle a réalisé. Elle sait que l'Archange ne laisse pas de blessés... Tandis que des cheminots vêtus de bleus accourent vers le corps, elle laisse couler ses larmes, serre les dents, accélérateur au plancher.

Dominique n'a plus besoin d'elle. C'est trop tard. Tout ce qu'elle peut faire pour lui, c'est traquer le fauve, pour que s'accomplisse la vengeance...

Elle ne lui permettra pas de disparaître de nouveau dans la jungle de Paris...

La traction, là-bas, a ralenti au coin du boulevard de la Chapelle, a viré à droite. Elle s'est arrêtée quelques instants sur le pont qui enjambe les voies de chemin de fer. Le colosse inconnu est descendu pour s'engouffrer dans le métro. La traction repart, tourne à gauche, prend la rue Jessaint puis la rue Stéphenson, se gare à l'angle de la rue Myrha. Sylvia, elle, s'immobilise juste au coin de la rue Cavé.

De son foulard de soie, elle essuie ses yeux. Elle ne pleure pas. Les yeux secs de la vengeance... La fine silhouette de l'Archange avance paisiblement, sans se retourner, les mains dans les poches.

Sylvia se dissimule dans les encoignures des portes. Il lui semble que son rôle de justicier la rend puissante, invulnérable. Enfin, elle éprouve, au sein de sa douleur, une joie sauvage : la joie du chasseur...

Malaggione est entré dans un immeuble de la rue des Gardes.

Sylvia patiente, tapie. L'Archange ne ressort pas.

Elle entre dans un bar algérien, sous les regards surpris de la clientèle. Un thé à la menthe, pour avoir droit au téléphone...

« Balzac 47.70 ? Monsieur Borniche ? Venez vite au 38, rue des Gardes. C'est là qu'habite l'Archange. Il vient d'assassiner Dominique... »

XXVIII

Le printemps n'arrivera donc jamais ? Pluvieux sont les quais de la gare d'Austerlitz. Tristes sont les trains verdâtres. J'ai pu éviter à Sylvia une attente interminable devant les guichets si désorganisés qu'on se croirait encore en pleine guerre...

« C'est gentil d'être venu, monsieur Borniche.

– Puisque vous m'avez si gentiment prévenu de votre départ... »

On échange des banalités tout à fait ordinaires. Ce qui est moins ordinaire, c'est que nous soyons là, tous les deux, à attendre le train de Limoges dans ce vilain matin gris.

Il est en retard, bien sûr, l'express de Limoges. Et nous sommes tous les deux en avance, comme si nous avions voulu nous ménager, sans nous concerter, le temps d'une ultime conversation...

« Nous avons le temps de boire un café, Sylvia. Il doit être infect, ici, mais...

– Le matin, je ne bois que du thé, vous le savez bien...

– Comment le saurais-je ?

– Vous savez tout de moi...

– Mais non !

– Si... C'est un peu comme si vous m'aviez faite.

– J'aimerais bien avoir une fille comme vous, Sylvia.

– Vous êtes trop jeune...

– Les flics n'ont pas d'âge... »

Sylvia me regarde, étonnée... Je suis moi-même stupéfait d'avoir dit ça. Est-ce que je le pense vraiment ? Sans doute, après tout...

Pas d'âge, pas d'âme, pourquoi pas ? Je n'en suis pas encore là.

Sylvia est grave comme mon remords. Comme la tendresse que je lui porte. Elle n'est pas vêtue de noir. Elle est drapée dans une vaste cape bleu marine qui évoque une écolière grandie.

« Vous savez, me dit-elle, j'ai tout laissé dans l'appartement. Les fourrures. L'argent. Tout cela était taché de sang. »

Ces paroles me font frissonner... Non, je ne suis pas encore un flic aguerri.

Le flot des banlieusards s'est écoulé, et le petit buffet qui donne sur le quai est un peu moins bruyant. J'offre une cigarette à Sylvia, et nous fumons en silence. On nous regarde. Un voyageur de commerce rougeaud, orné d'une décoration bizarre qui ressemble vaguement au Mérite agricole, ne quitte pas des yeux les jambes de cette belle fille qui fume, debout au comptoir. Il voudrait bien voir ce qu'il y a sous la pèlerine, et doit se dire que l'homme au costume minable, à côté d'elle, a bien de la chance... Et moi, je suis écœuré par cette bestialité masculine qui assaille les femmes dans les lieux publics... Qu'est-ce qui me prend ? Je deviens pudibond ?

Mais non. Je suis jaloux, tout simplement.

Je sens contre mes jambes la vieille valise de cuir frappée aux armes des Neyrac. Elle repose lamentablement au pied du comptoir, dans la sciure et les mégots.

« Alors, dis-je pour rompre ce silence trop lourdement installé, qu'est-ce que vous allez faire, maintenant ?

– Je ne sais pas. Tout ce que je veux, c'est fuir Paris.

– Et les flics...

– Oh ! les flics... »

Elle les balaie de la main, les flics, superbement.

« Vous avez peur... des autres...

– Non, je ne risque plus rien... »

Sa voix se casse une seconde, puis elle ajoute :

« Il a payé pour moi. »

Une fois de plus, j'admire cette voix si ferme, sans nulle complaisance, cette émotion noble, ce maintien qui force le respect.

« Le train ne va pas tarder, dis-je bêtement.

– Oui... »

A-t-elle même entendu ? A quoi pense-t-elle, tandis que ses yeux immenses semblent fascinés par la publicité d'une marque de bière, derrière le comptoir.

Elle se tourne vers le quai, hausse les épaules :

« Il finira bien par arriver... »

Ma gorge se serre.

Oui, il finira bien par arriver... et par emporter Sylvia. Je me souviens de ma première intrusion dans son petit appartement de la rue Blanche... Et nos rendez-vous du mercredi, où je m'apprenais à jouer au flic, blessent mon cœur comme des rendez-vous d'amour perdus dans un autre temps, un autre monde...

« Vous ne m'avez toujours pas dit ce que vous alliez faire...

– Si vous connaissiez Neyrac, vous ne poseriez pas cette question. Il n'y a rien à faire, à Neyrac. Un château glacial, des prés et des bois lugubres...

Je n'y ai même pas de beaux souvenirs d'enfance...

– Vos parents ?

– J'aime autant ne pas en parler... Non, je vais peut-être rester à Limoges. Si les sœurs du couvent où j'étais pensionnaire veulent bien de moi comme institutrice...

– A Sainte-Marie-Mère-de-Dieu...

– Vous voyez que vous en savez des choses... »

Pour la première fois, un bref sourire a écarté ces lèvres sur lesquelles, tant de fois, j'avais eu envie de poser les miennes.

« Vous n'allez pas vous enterrer dans un couvent à votre âge ! »

De nouveau, ce geste d'indifférence suprême, plus douloureux que des pleurs. Ou que des reproches...

« Excusez-moi, dit-elle avec un nouveau petit sourire, je vous confie ma valise... »

Tandis qu'elle s'éloigne vers les toilettes, silhouette fantomatique dans la pèlerine bleue, je me prends à penser que je fais un métier de salaud.

J'ai réussi un beau coup, c'est vrai.

J'ai fait arrêter l'Archange.

Mieux, je l'ai ceinturé moi-même.

Et pourtant, je ne me sens pas fier. Oh ! je sais bien que le bonheur de Sylvia et de Dominique n'aurait pu se poursuivre, même si je n'avais pas fait d'elle mon indic. Dominique aurait fini par s'enfoncer dans le crime, comme Malaggione. Et Sylvia, elle, l'aurait suivi... Enfin, peut-être.

Baniel, lui, n'aurait assurément pas mes remords injustifiés. De toute façon, la mise en cage du fauve excuse tout. Mais moi, je suis trop neuf dans le métier. Je suis sorti trop brutalement de la routine administrative pour trancher en pleine pâte humaine. Mon initiation a été trop rapide. Si j'étais resté tranquillement dans mes fichiers, au lieu de me forger une indic, comme un grand flic...

Je soupçonne Sylvia de s'être enfermée dans les toilettes pour que je ne la voie pas pleurer. Ensuite, elle passera de l'eau sur ses yeux pour qu'ils ne soient pas rouges...

Je l'attends, et le cuir de la valise frôle mes jambes comme une caresse.

Je l'attends, et je récapitule malgré moi la belle arrestation opérée grâce à elle,... et grâce à l'exécution de son Dominique. Opérée à chaud...

... Le soleil pâle, entre deux nuages, blanchissait le dôme du Sacré-Cœur. Les marchands de tapis, de colliers et de cacahuètes me harcelaient dans la rue des Gardes. Des filles de joie, plus dévêtues et plus bariolées les unes que les autres, m'adressaient leurs sourires vendus. Un Noir gigantesque, coiffé d'une chéchia de tirailleur, ouvrait sa gandoura pour montrer ce qu'il avait à me vendre : une mitraillette américaine, à un prix défiant toute concurrence. Elle grouillait, la casbah, royaume du toc et du troc... Ça valait le voyage ! Mais rien ne m'intéressait, sauf cette porte en piteux état, ouverte sur un couloir sombre...

« Ce doit être au quatrième ou au cinquième, m'avait dit Sylvia avant de déguerpir, secouée de sanglots. J'ai entendu ses pas, là-haut... »

Elle n'avait pas voulu faire le guet pendant que je courais prévenir la brigade. Elle était à bout de forces. M'ayant montré la tanière du fauve, elle s'était précipitée à l'hôpital, pour apprendre que Dominique était déjà mort quand on l'y avait amené...

Mes tempes bourdonnaient. Mon cœur battait la breloque. Si l'Archange n'était plus là, j'étais perdu...

Baniel avait déclenché le grand jeu, et ne me pardonnerait jamais d'être ridiculisé. D'autant que Courthiol et la P.P. étaient mobilisés, eux aussi...

Oh! oui, j'étais à demi mort d'angoisse... Aujourd'hui encore, en pensant aux énormes responsabilités que j'avais prises — pardon, que j'avais fait prendre aux autres, du fond de mon modeste grade d'inspecteur même pas O.P.J. — mon cœur bat plus vite. Et pourtant, j'en ai vu, depuis...

Quelque chose de grave, d'exceptionnel, allait survenir dans les minutes qui suivaient. Le quartier serait bouclé. L'immeuble, envahi. Les sommations seraient répétées à chaque porte des étages supérieurs.

Ce n'était pas du cinéma, vraiment pas!

Et pourtant, si l'Archange était bien là, c'était soit la fusillade, soit la poursuite sur les toits.

Soit les deux...

J'avais encore dix bonnes minutes avant que les fourgons grillagés ne déversent leurs tonnes d'uniformes sur le boulevard.

J'étais décidé à tenter ma chance.

Le temps d'avoir peur, et j'entrais dans l'immeuble...

Juste avant, j'avais imaginé, en quelques secondes, mon gibier : l'Archange...

Par exemple, allongé sur le lit de sa chambre secrète... Et là, je me faisais mon cinéma... Il laissait vagabonder ses pensées. Sa main gauche caressait machinalement la crosse du pistolet posé contre lui. Une douche écossaise l'avait revigoré. Il s'était rasé de frais. Il avait fait chauffer l'eau de son café sur le réchaud électrique... Un petit confort élémentaire, mais le confort quand même. Un logement clair, meublé avec goût. Ce qu'il faut pour une bonne cure de sécurité. Les placards regorgeaient de conserves et de biscottes. Le casier à bouteilles était plein. Pleines aussi les étagères au-dessus du lit, débordant de cartouches de cigarettes et de romans policiers... Bien sûr, il y avait, derrière la plaque de cheminée, une cache pour les deux mitraillettes, la dizaine de chargeurs et les deux grenades défensives... Eh bien, tout devait se révéler à peu près vrai ! Y compris le Herstal 7,65 dans le tiroir de la table de nuit. J'avais reconstitué la panoplie du parfait assiégé...

... Mais l'Archange n'avait pas l'intention de profiter longtemps de cette oasis au sein de l'Afrique de la Chapelle. Le fauve flairait tous les pièges de la jungle parisienne. Ça grouillait d'indics... *Pace et salute,* Doumé ! L'Archange n'avait pas encore décidé du sort de Sylvia. Etait-elle même dans le coup ? Le plus urgent, après l'exécution de cet indic de Doumé, c'était de changer d'air. Donc de pays. Rejoindre ce vieux Toussaint en Amérique du Sud... L'Archange, heureusement, avait tout prévu : l'argent, bien planqué dans le compartiment H 346 de la consigne, gare du Nord. Et les faux papiers.

Tout à l'heure, il téléphonerait à Adrien. Impossible de le toucher avant onze heures, celui-là. Il lui remettrait la clé du logement, pour qu'il la rende au Mammouth. Ensuite, le taxi, Orly, et tchao, le vieux continent...

Je déchiffrais quelques noms sur les boîtes aux lettres déglinguées. Je gravissais l'escalier à pas de Sioux. Au quatrième étage, je redoublais de prudence... Deux portes : une, sans indication, l'autre, au nom de M. et Mme Brémond, et leurs enfants, s'il vous plaît. Au cinquième, de chaque côté d'une fenêtre qui donnait sur l'immeuble voisin, deux portes, anonymes. L'anonymat se porte bien, dans la maison. Le silence, aussi. Tout semble inoccupé. Hélas ! l'Archange avait dû partir pendant que je téléphonais à Baniel pour le convaincre de mettre sur pied l'invincible armada. Je n'avais plus qu'à redescendre les cinq étages, complètement démoralisé. Et à attendre que le divisionnaire mette une croix sur ma carrière policière. Après tout, ce n'était peut-être pas plus mal...

Et puis, ma pauvre petite angoisse s'était installée.

Ils étaient tous là, le commissaire Baniel, congestionné devant l'immeuble... A vingt mètres, l'équipe au grand complet : Durieu, qui se marrait dans son coin, Billois, qui limait ses ongles comme si tout ça ne le concernait pas, Le Gueltel, qui roulait ses épaules de débardeur. Et Poiret qui méditait, assis sur le capot de la traction... D'habitude, cela me faisait chaud au cœur de les voir tous. Mais là, je me disais qu'ils allaient me prendre pour un con. Et cela me faisait plutôt froid.

Je disais, avec autant de conviction que possible :

« Je ne sais pas s'il est là. Il va falloir planquer. »

La meute policière avait droit à un cercle de Nord-Africains admiratifs, Berbères et Arabes mêlés pour le spectacle. Des mômes aux yeux rieurs tournaient autour de la voiture de Crocbois.

« Je suis monté dans la maison, ajoutais-je d'une voix de fausset. Mais il est difficile de situer le logement... »

Baniel ne me regardait même pas avant de m'annoncer que les renforts de la P.P. étaient massés sur le boulevard, et que tout ce monde-là allait cerner le pâté de maisons.

« Dites-moi, Borniche... Il n'y a pas de sortie par-derrière ?

– Possible... Dans ces maisons-là...

– Bon ! »

Il distribuait les rôles à Poiret, Le Gueltel (« passage

Léon ! »), à Durieu et Billois (« Vous restez ici ») et à moi (« Venez, Borniche ! »). Je le suivais, dans un état second... et je pensais à Sylvia !

A Sylvia, oui.

Pour un homme d'action, ce n'était pas brillant. Qu'en aurait pensé le moindre sous-fifre des troupes de la Préfecture, sagement alignées le long du trottoir, sous le métro aérien ?

Il y avait Courthiol, l'état-major de la P.P., un monsieur au visage maigre, la boutonnière fleurie de rouge... On l'entourait. Le préfet, pourquoi pas ?

Ensuite, tout a été très vite. Baniel avait fourré des uniformes dans tous les coins des toits. Lui, me précédait dans l'immeuble. A travers les fenêtres, d'étage en étage, on apercevait les tenues sombres. Les casques luisaient sous le soleil...

« Le train est là, monsieur Borniche ? »

Non, elle n'a pas les yeux rouges... Enfin, à peine. Ses lèvres, en revanche, sont plus colorées. Et ses pommettes poudrées. Je devine qu'elle a pleuré.

« Toujours pas de train, Sylvia. Peut-être ne partirez-vous jamais... »

Et son regard éperdu me décide. Après tout, je ne lui ai jamais raconté le détail de sa vengeance... comment j'ai ceinturé, avec rage, le fauve qu'elle m'a donné... Alors, je continue à récapituler, tout haut... Je laisse la monnaie des thé et café au goût indéfinissable, j'empoigne la valise armoriée, je pousse Sylvia vers le quai. Je lui raconte comment l'Archange a collé son oreille au panneau de la porte...

... Les yeux de Sylvia brillent, son visage renaît, bon Dieu ! Je la retrouve, elle se mord les lèvres jusqu'au sang. C'est elle qui devient la louve, le fauve...

Charles Perrault de mon enfant Sylvia, je raconte... Perrault flic...

Malaggione glissait son pistolet dans sa soutane, ouvrait le vasistas de la cuisine, sur la passerelle déserte. Les flics connaissaient-ils ce chemin ? Un risque à prendre. Il tirait doucement le vasistas, l'enjambait au moment où la première sommation résonnait dans l'immeuble.

Quand Baniel, après la rafale de Durieu qui avait troué la porte en passoire, donnait le coup d'épaule et criait « au nom de la loi », nous découvrions un logement vide.

« On continue », criait Baniel, montrant l'étage supérieur.

Et moi, je me disais que le genre « Bonaparte au pont d'Arcole », ça ne donnerait rien, surtout avec un Corse...

Et je la trouvais, la passerelle où l'Archange était blotti, confondu avec le mur, attendant que les casques brillants entreprennent, sur les toits, une vaine poursuite.

On s'est regardés.

Je n'avais pas d'arme. Je n'ai jamais porté d'arme. Mais, bien sûr, j'avais cet énorme appareil policier autour de moi. C'est pourquoi il m'est difficile de dire que je l'ai hypnotisé... Il savait ce que déclencherait un coup de feu...

« ... Eh oui, Sylvia. Le fauve n'avait pas envie de mourir sous les balles. Trop malin...

— La fureur de vivre, dit-elle, machinalement.

— Une fureur calme, en tout cas.

— Le vrai salaud, dit Sylvia. Et qu'est-ce qu'il a fait ?

— Il m'a tendu son Colt. Il le tenait délicatement, par le canon. Il m'a dit : « Bravo. »

— Après ?

– Oh ! après, l'Archange n'était plus qu'un petit bonhomme très myope, entre Baniel et moi... »

... Et le train entrait en gare. La foule se pressait, malgré le haut-parleur qui nasillait quelque chose comme : « Départ dans vingt minutes. »

J'installais Sylvia à un coin-fenêtre, plaçais la valise dans le filet, je repartais dans le couloir, bouleversé, je disais :

« Adieu, Sylvia... »

Elle m'appelait, par la vitre :

« Vestiges de ma splendeur, monsieur Borniche ! Vous avez vu, je suis seule dans mon compartiment de première classe. »

Je me suis approché du train, mais pas trop, comme si j'en avais peur.

« On a le temps, m'a-t-elle dit. Vous avez entendu... Encore un quart d'heure, au moins. »

C'était mon indic qui me parlait sur ce ton de mâle arrogance. Et c'était moi qui répondais, parce qu'elle me donnait des forces nouvelles, insoupçonnées :

« Je vous... »

Et elle m'interrompait, ses deux longues mains crispées sur le rebord de la vitre, comme des serres (« Il est dangereux de se pencher au-dehors – *E pericoloso sporgersi* »), elle continuait ma phrase en me narguant de ses lèvres et de ses yeux...

« Vous m'aimiez bien, monsieur Borniche, je le sais. Je ne vous en veux pas. Pour rien.

– Pour rien ?

– Non. De toute façon, l'Archange, c'était la mort. »

Un porteur m'a bousculé, je l'ai injurié, pas assez fort...

« Vous ne savez pas gueuler comme un flic, monsieur Borniche.

– Sylvia, si jamais vous avez besoin...

– ... de quoi que ce soit ? Eh bien, je souhaite que vous soyez à ce moment-là le Vautrin de notre société, monsieur Borniche. Chef de la Sûreté, pour le moins. Si vous tenez le coup, jusque-là... »

La locomotive haletait. Je croyais entendre les sanglots sans larmes de Sylvia. Puis je me révoltais. Contre moi. J'essayais de proclamer :

« Que ce soit une leçon, Sylvia... »

Mais comme elle se taisait, comme les gens se bousculaient, comme la première classe de sa défunte splendeur commençait d'être envahie, comme je voyais des ombres s'agiter, valises soulevées, derrière cette plus belle figure du monde qui me parlait, par cette vitre qui m'évoquait une guillotine à l'envers, j'ai crié simplement :

« Vous vous en sortirez, Sylvia ! »

Puis :

« Ecrivez-moi ! »

Je souhaitais, de toutes mes forces, que le train commence à rouler. Mais non. Aucun sifflet. Aucun frémissement des wagons.

J'ai tourné le dos. Je marchais déjà contre la foule quand j'ai entendu un cri, un ordre, une voix de dresseur de fauves :

« Monsieur Borniche ! »

Et je suis revenu vers ce premier compartiment du premier wagon de première classe Paris-Limoges.

Elle me faisait signe d'attendre, disparaissait dans le compartiment, je patientais, et la première chose que je voyais c'étaient ses mains, portant deux, trois volumes reliés que j'aurais reconnus entre mille, marqués B.R., au dos...

J'ai dit quelque chose comme : « Qu'est-ce que vous faites ? »

Et elle s'est mise à rire, très fort, et je sentais une curiosité autour de nous, dans le train, sur le quai. Une animosité, même, voisine de l'effroi.

Machinalement, j'avais pris dans sa main droite les deux volumes qu'elle me tendait.

« Attendez », disait-elle.

Elle cherchait quelque chose autour d'elle. Un nouvel arrivant du compartiment lui tendait un stylo. Elle écrivait quelque chose sur le troisième volume...

... Je lisais, sur la page de garde :

« *Hommage de l'indic... Sans signature.* »

Et comme le chef de gare sifflait enfin, comme l'univers de ce train se déplaçait très lentement, mais déjà trop vite pour moi, elle criait :

« On se retrouvera peut-être un jour ! »

Puis, comme j'agitais ma main, en m'efforçant de sourire :

« B.R., monsieur Borniche ! Bernard Roussel ! Vous voici receleur, maintenant !

Mougins 1976
Paris 1977

DU MÊME AUTEUR

Aux Éditions Bernard Grasset :

LE PLAY-BOY.
L'INDIC.
L'ARCHANGE.
LE RICAIN.
LE GRINGO.
LE MALTAIS.

Aux Éditions Fayard :

FLIC STORY (porté à l'écran par Jacques Deray avec Alain Delon et Jean-Louis Trintignant).
RENÉ LA CANNE (porté à l'écran par Francis Girod avec Gérard Depardieu, Michel Piccoli, Sylvia Kristel).
LE GANG (porté à l'écran par Jacques Deray avec Alain Delon et Nicole Calfan).

« Composition réalisée en ordinateur par IOTA »

IMPRIMÉ EN FRANCE PAR BRODARD ET TAUPIN
7, bd Romain-Rolland - Montrouge - Usine de La Flèche.
LIBRAIRIE GÉNÉRALE FRANÇAISE - 14, rue de l'Ancienne-Comédie - Paris.
ISBN : 2 - 253 - 02174 - 1

30/5241/2